AF372055

TODOS SOMOS VILLANOS

M.L. RIO es una actriz reconvertida en académica. Tiene un máster en estudios sobre Shakespeare del King's College de Londres y del Shakespeare's Globe. Es candidata a doctorado en la Universidad de Maryland y vive en Washington, D.C. con muchos libros, muchos discos y su confiable sabueso, Marlowe.

Código BIC: FH | Código BISAC: FIC031000
Diseño de cubierta: Julia Lloyd
Imágenes de cubierta: © Shutterstock

TODOS SOMOS VILLANOS

M. L. RIO

Traducción de Julieta María Gorlero

Argentina • Chile • Colombia • España
Estados Unidos • México • Perú • Uruguay

Título original: *If We Were Villains*
Editor original: Flatiron Books
Traducción: Julieta María Gorlero

1.ª edición en **books4pocket** Junio 2025

ISBN: 978-84-19130-58-7
E-ISBN: 978-84-17780-90-6
Depósito legal: M-9.978-2025

Fotocomposición: Urano World Spain, S.A.U.

Impreso por Novoprint, S.A. – Energía 53 – Sant Andreu de la Barca (Barcelona)

Impreso en España – *Printed in Spain*

Para los raros y maravillosos actores dramáticos
a quienes tengo la fortuna de llamar mis amigos
(os prometo que no se trata de vosotros).

ACTO I

★ ★ ★

Prólogo

Estoy sentado con las muñecas esposadas a la mesa y pienso: *Si no tuviese prohibido revelar los secretos de la prisión que habito, podría contarte una historia cuya palabra más leve bastaría para atormentar tu alma.* El guardia está de pie junto a la puerta, observándome como si estuviese esperando a que ocurra algo.

Entra Joseph Colborne. Ya es un hombre canoso, tiene casi cincuenta. Ha sido sorprendente observar, cada pocas semanas, cuánto ha envejecido; y ha ido envejeciendo un poco más cada pocas semanas durante diez años. Se sienta frente a mí, cruza las manos y dice:

—Oliver.

—Joe.

—He oído que la audiencia de libertad condicional fue a tu favor. Enhorabuena.

—Te lo agradecería si creyera que lo dices en serio.

—Sabes que creo que no deberías estar aquí.

—Eso no quiere decir que creas que soy inocente.

—No. —Suspira, observa su reloj (el mismo que ha usado desde que nos conocemos) como si lo estuviera aburriendo.

—Y bien, ¿por qué has venido? —pregunto—. ¿Por la misma razón quincenaria?

Sus cejas forman una línea negra fina.

—Podrías decir «quincenal», maldita sea.

—Puedes sacar a un muchacho del teatro… o alguna de esas frases.

Niega con la cabeza, entretenido e irritado a la vez.

—¿Entonces? —insisto.

—Entonces, ¿qué?

—«La horca hace bien. Pero ¿cómo hace bien? Hace bien a aquellos que hacen el mal» —respondo, decidido a merecer su irritación—. ¿Por qué has venido? A estas alturas, ya deberías saber que no te diré nada.

—En realidad —dice—, esta vez quizás pueda hacerte cambiar de opinión.

Me siento más derecho en mi silla.

—¿Cómo?

—Me retiro de la fuerza. Me he vendido, he aceptado un trabajo en seguridad privada. Tengo que pagar la educación de mis hijos.

Por un momento, tan solo lo miro. Siempre imaginé que, para verlo dejar la jefatura, a Colborne tendrían que ponerlo a dormir como a un viejo perro rabioso.

—¿Y por qué me persuadiría eso? —pregunto.

—Todo lo que digas será estrictamente confidencial.

—Entonces, ¿para qué te molestas?

Suspira otra vez y se hacen más profundas todas las arrugas de su cara.

—Oliver, ya no me interesa repartir castigos. Alguien ha cumplido la condena y, en nuestra profesión, rara vez conseguimos esa satisfacción. Pero no quiero jubilarme y pasar los próximos diez años preguntándome qué ocurrió en realidad diez años atrás.

No digo nada al comienzo. Me gusta la idea, pero no confío. Echo un vistazo alrededor, a los lúgubres bloques de hormigón, a las pequeñas cámaras de video negras que espían desde cada esquina, al guardia con su mentón prominente. Cierro los ojos, respiro hondo e imagino la frescura de Illinois en primavera, cómo será salir al aire libre después de inhalar el aire viciado de la prisión durante un tercio de mi vida.

Cuando exhalo, abro los ojos y Colborne me está observando detenidamente.

—No sé —respondo—. Saldré de aquí de una forma u otra. No quiero arriesgarme a volver. Parece más seguro dejar las cosas como están.

Sus dedos tamborilean contra la mesa.

—Dime —insiste—. ¿No te ha pasado alguna vez que, acostado en tu celda, mirando el techo y preguntándote cómo terminaste aquí dentro, no pudieras dormir porque no podías dejar de pensar en aquel día?

—Me pasa todas las noches —digo, sin sarcasmo—. Pero ¿sabes cuál es la diferencia, Joe? Para ti fue solo un día y después, lo mismo de siempre. Para nosotros fue ese día y todos y cada uno de los días que vinieron después. —Me inclino hacia adelante, apoyado en mis codos, de modo que mi cara queda solo a unos pocos centímetros de la suya y puede escuchar cada palabra cuando bajo la voz—. Debe carcomerte el no saber. No saber quién, no saber cómo, no saber por qué. Pero tú *no lo conocías*.

Hace un gesto extraño, como de asco, como si me hubiese vuelto extremadamente feo y le costara mirarme.

—Has mantenido tus secretos todo este tiempo —comenta—. Eso volvería loco a cualquiera. ¿Por qué lo haces?

—Porque quise.

—¿Aún quieres?

Mi corazón se siente pesado en mi pecho. Los secretos son cargas pesadas como el plomo.

Me inclino hacia atrás. El guardia mira sin inmutarse, como si fuésemos dos extraños que hablan en otro idioma y nuestra conversación fuera lejana e insignificante. Pienso en los otros. *Nosotros*, en otra época. Hicimos cosas retorcidas, pero también eran necesarias, o al menos eso parecía. Mirando atrás, años después, no estoy tan seguro de que lo fueran y ahora me pregunto: ¿cómo podría explicárselo todo a Colborne, los pequeños giros y vueltas, el *éxodo* final? Estudio su cara franca, con expresión vaga, sus ojos grises, que parecen alados ahora por las patas de gallo, pero cristalinos y brillantes como siempre.

—Está bien —cedo—. Te contaré una historia. Pero debes entender algunas cosas.

Colborne se queda inmóvil.

—Soy todo oídos.

—Primero, comenzaré a hablar después de salir de aquí, no antes. Segundo, esto no puede volverse en mi contra ni en contra de nadie, nada de doble enjuiciamiento. Y, por último, esto no es una disculpa.

Espero alguna clase de respuesta por su parte, un gesto con la cabeza o una palabra, pero solo me mira y parpadea, en silencio y estoico como una esfinge.

—¿Y bien, Joe? —pregunto—. ¿Puedes vivir con eso?

Me ofrece el frío atisbo de una sonrisa.

—Sí, creo que sí.

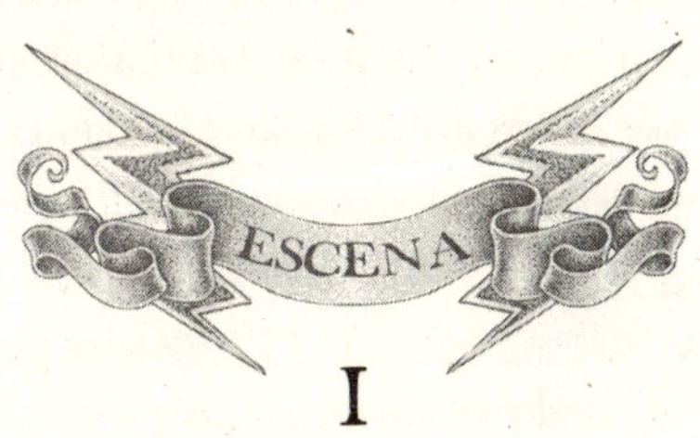

I

La época: septiembre de 1997, mi cuarto y último año en el Conservatorio Clásico Dellecher. El lugar: Broadwater, Illinois, un pequeño pueblo casi sin importancia. Hasta entonces, había sido un otoño cálido.

Entran los personajes. Éramos siete en ese entonces, siete criaturas jóvenes con futuros enormes y valiosos ante nosotros, aunque no veíamos más allá de los libros que teníamos frente a nuestras narices. Estábamos siempre rodeados de libros y palabras y poesía, todas las intensas pasiones del mundo contenidas en cuero y papel vitela. (A esto culpo, en parte, por lo que pasó). La biblioteca del Castillo era una espaciosa habitación octagonal con paredes cubiertas de estanterías, abarrotada de muebles viejos y ostentosos, donde siempre hacía un calor soñoliento, proveniente de una colosal chimenea que ardía casi de forma constante, sin importar la temperatura que hiciera fuera. El reloj en la repisa del hogar tocó las doce y todos comenzamos a estirarnos, uno por uno, como siete estatuas que cobran vida.

—«Es ya la medianoche» —dijo Richard. Estaba sentado en la silla más grande, como si fuera un trono, con sus largas piernas estiradas y los pies sobre la chimenea. Tres años de interpretar reyes y conquistadores le habían enseñado a sentarse así en cualquier silla, encima del escenario o fuera de él—. Y para mañana a las ocho en punto, tendremos que habernos convertido en inmortales. —Cerró su libro de un golpe.

Meredith, acurrucada como un gato en un extremo del sillón (mientras que yo estaba despatarrado como un perro en el otro), jugaba con un mechón de su largo cabello cobrizo cuando preguntó:

—¿A dónde vas?

RICHARD: «Agotado de andar, me apresuro a mi lecho…».

FILIPPA: Haznos el favor.

RICHARD: Tengo que levantarme temprano y esas cosas.

ALEXANDER: Lo dice como si estuviera preocupado.

Wren, que estaba sentada sobre un almohadón con las piernas cruzadas frente a la chimenea y sin darse cuenta de que los otros discutían, preguntó:

—¿Todos habéis elegido vuestras piezas? No logro decidirme.

YO: ¿Qué hay de Isabella? Tu Isabella es excelente.

MEREDITH: *Medida* es una comedia, tonto. La audición es para *Julio César*.

—No sé para qué es la audición. —Alexander, que estaba echado sobre la mesa, holgazaneando en la oscuridad del fondo de la habitación, levantó la botella de *whisky* escocés que había al lado de su brazo. Volvió a llenar su vaso, bebió un enorme trago y miró al resto de nosotros con una mueca en la boca—. Yo podría seleccionar el reparto para la maldita cosa ahora mismo.

—¿Cómo? —pregunté—. Yo nunca sé dónde aterrizaré.

—Eso es porque siempre te seleccionan al final —respondió Richard—, para el papel que haya quedado.

—Vaya —comentó Meredith—. ¿Eres Richard hoy o Dick, el Cretino?

—Ignóralo, Oliver —aconsejó James. Estaba sentado solo en el rincón más lejano, reacio a levantar la vista de su cuaderno.

Siempre fue el estudiante más serio de nuestro curso, lo que (probablemente) explicaba por qué también era el mejor actor y (ciertamente) por qué nadie lo odiaba por eso.

—Veamos. —Alexander había sacado un fajo de billetes de diez dólares de su bolsillo y los contaba en voz alta sobre la mesa—. Tengo cincuenta dólares.

—¿Para qué? —preguntó Meredith—. ¿Quieres un baile privado?

—¿Por qué preguntas? ¿Quieres practicar para después de que te gradúes?

—¡Bésame el culo!

—Solo si me lo pides bien.

—¿Para qué son los cincuenta dólares? —pregunté, ansioso por interrumpir. Meredith y Alexander eran, de lejos, los más groseros de nosotros siete y sentían una especie de orgullo perverso cuando se superaban uno al otro al lanzarse groserías. Si los dejábamos, seguían toda la noche.

Alexander dio unos golpecitos a la pila de billetes de diez con su largo dedo.

—Apuesto cincuenta dólares a que puedo decir el reparto ahora mismo sin equivocarme.

Cinco de nosotros intercambiamos miradas curiosas; Wren aún tenía el ceño fruncido y los ojos centrados en el fuego de la chimenea.

—Muy bien, te escuchamos —anunció Filippa y dejó escapar un suspiro breve y lánguido, como si la curiosidad la hubiese traicionado.

Alexander se quitó sus rebeldes rizos negros de la cara y dijo:

—Bueno, obviamente Richard será César.

—¿Porque en secreto todos queremos matarlo? —preguntó James.

Richard alzó una sola ceja oscura.

—¿*Et tu, Brute?*

—*Sic semper tyrannis* —respondió James y arrastró la punta de su bolígrafo a lo ancho de su garganta, como si fuera una daga. *Así siempre a los tiranos.*

Alexander fue señalándolos uno por uno.

—Exactamente —dijo—. James será Bruto, porque siempre es un buen tipo, y yo seré Casio, porque siempre soy el malo. Richard y Wren no pueden estar casados, porque eso sería desagradable, así que ella será Porcia, Meredith será Calpurnia y Pip, tú terminarás travestida otra vez.

Filippa, a quien era más difícil darle un papel que a Meredith (la mujer fatal) o Wren (la ingenua), no le quedaba otra que vestirse de hombre cada vez que nos quedábamos sin buenos papeles femeninos (lo que era común en el teatro shakesperiano).

—Matadme —dijo.

—Esperad, ¿eso dónde me deja? —intervine yo, probando, en efecto, la hipótesis de Richard de que siempre me tocaban las sobras en el proceso de audiciones.

Alexander me observó con ojos entrecerrados, barriendo sus dientes con su lengua.

—Probablemente como Octavio —decidió—. No te pondrán como Antonio. No te ofendas, es solo que no eres lo bastante *llamativo*. Será ese insufrible estudiante de tercero, ¿cómo se llama?

Filippa: ¿Richard Segundo?

Richard: Graciosísimo. No, Colin Hyland.

—Maravilloso. —Bajé la mirada al texto de *Pericles* que estaba releyendo por lo que parecía la centésima vez. Con tan solo la mitad de talento que el resto, yo parecía destinado a interpretar roles secundarios en las historias de los demás. Me había preguntado demasiadas veces si era el arte el que imitaba a la vida o al revés.

ALEXANDER: Cincuenta dólares a que ese será el elenco exactamente. ¿Alguien apuesta?

MEREDITH: No.

ALEXANDER: ¿Por qué no?

FILIPPA: Porque sucederá precisamente eso.

Richard lanzó una risotada y se levantó de su silla.

—Ojalá sea así. —Avanzó hacia las escaleras y, en el camino, se inclinó hacia adelante para pellizcar una de las mejillas de James—. «Buenas noches, dulce príncipe…».

James apartó la mano de Richard de un golpe con su cuaderno, luego desapareció detrás de este otra vez. Meredith imitó la risa de Richard y añadió:

—«¡Eres tan pendenciero como nadie en Italia!».

—«Una maldición sobre ambas casas» —murmuró James.

Meredith se estiró —con un gemido breve, sugestivo— y se levantó del sillón.

—¿Vienes a la cama? —preguntó Richard.

—Sí. Alexander ha hecho que todo este trabajo pareciera en vano. —Dejó sus libros desparramados en la mesa de café frente al fuego, junto a su copa de vino vacía, a cuyo borde se aferraba una medialuna de pintalabios—. Buenas noches —dijo a la habitación en general—. Buena suerte. —Y desaparecieron juntos por el pasillo.

Me froté los ojos, que comenzaban a arder por el esfuerzo de leer sin parar durante horas. Wren arrojó su libro hacia atrás por encima de su cabeza y me sobresalté cuando aterrizó justo a mi lado en el sillón.

WREN: A la mierda con esto.

ALEXANDER: Así me gusta.

WREN: Interpretaré a Isabella y listo.

FILIPPA: Solo vete a dormir.

Wren se puso de pie lentamente, parpadeando contra la vestigial luz del fuego.

—Lo más probable es que no pueda dormir y termine recitando líneas toda la noche —reveló.

—¿Quieres venir a fumar? —Alexander había terminado su *whisky* (otra vez) y estaba montando un porro sobre la mesa—. Quizás te ayude a relajarte.

—No, gracias —respondió ella, ya vagando por el pasillo—. Buenas noches.

—Como quieras. —Alexander empujó su silla hacia atrás, con el canuto en la comisura de la boca—. ¿Oliver?

—Si te ayudo a fumar eso, me levantaré sin voz mañana.

—¿Pip?

Empujó sus gafas hacia arriba, hasta su pelo, y tosió con suavidad para probar su garganta.

—Dios, eres una pésima influencia —respondió—. Vamos.

Él asintió, ya estaba a mitad de camino de la puerta, con las manos enterradas en los bolsillos. Los observé irse, con un poco de envidia, luego me desplomé contra el brazo del sillón. Luché para centrarme en mi texto, que estaba tan violentamente comentado con notas que ya casi era ilegible.

PÉRICLES: *¡Adiós, Antioquía! La sabiduría ve que quienes
no dudan en cometer actos más oscuros que la noche
no dudan tampoco en ocultarlos.
También sé que un pecado llama al siguiente;
y que el asesinato y la lujuria son parientes.*

Murmuré esas últimas dos líneas para mí. Las sabía de memoria, las había aprendido hacía meses, pero el temor a olvidar una palabra o una frase en mitad de mi audición me carcomía de todas formas. Miré al otro lado de la habitación, a James, y dije:

—¿Te has preguntado alguna vez si Shakespeare se sabía estos discursos tan bien como nosotros?

Apartó la mirada del verso que estaba leyendo, levantó la cabeza y dijo:

—Todo el tiempo.

Esbocé una sonrisa, al sentirme lo bastante reivindicado.

—Bueno, me rindo. La verdad es que no estoy consiguiendo nada.

Él miró su reloj.

—Creo que yo tampoco.

Me levanté del sillón y seguí a James por la escalera de caracol hasta la habitación que compartíamos, que estaba directamente encima de la biblioteca y era la más alta de las tres habitaciones que había en una pequeña columna de piedra comúnmente llamada la Torre. Antes la usaban solo como ático, pero a finales de los 70, se deshicieron de las telarañas y el desorden para conseguir más espacio para los estudiantes. Veinte años después, nos albergaba a James y a mí, dos camas con mantas de Dellecher, dos enormes armarios antiguos y un par de estanterías de distinto juego que eran demasiado feas para poner en la biblioteca.

—¿Crees que todo saldrá como dice Alexander? —pregunté.

James se quitó la camisa y su pelo quedó desgreñado en el proceso.

—Para mí, es todo demasiado predecible.

—Jamás nos sorprenden.

—Frederick me sorprende todo el tiempo —comentó—. Pero Gwendolyn tendrá la última palabra, como siempre.

—Si dependiera solo de ella, Richard haría todos los papeles de hombre y la mitad de las mujeres.

—Lo que dejaría a Meredith con la otra mitad. —Presionó la base de sus manos contra sus ojos—. ¿Cuándo es tu lectura mañana?

—Justo después de Richard. Y a Filippa le toca después de mí.

—Y yo voy después de ella. Dios, me siento mal por ella.

—Sí —respondí—. Es asombroso que no haya dejado el conservatorio.

James frunció el ceño, pensativo, mientras se contoneaba para quitarse los vaqueros.

—Bueno, es un poco más fuerte que el resto de nosotros. Quizás sea por eso que Gwendolyn la atormenta.

—¿Solo porque puede resistirlo? —pregunté, arrojando mi propia ropa en una pila en el suelo—. Eso es cruel.

James encogió los hombros.

—Así es Gwendolyn.

—Si pudiera elegir, yo daría la vuelta a todo —comenté—. Haría que Alexander interpretara a Julio César y Richard a Casio.

Plegó su manta hacia atrás y preguntó:

—¿Yo sigo siendo Bruto?

—No. —Le lancé un calcetín—. Tú eres Marco Antonio. Por una vez, me toca ser el personaje principal.

—Ya llegará el momento de que seas el héroe trágico. Solo espera a la primavera.

Levanté la vista del cajón que estaba revolviendo.

—¿Frederick te ha estado contando secretos otra vez?

Se acostó y puso las manos detrás de su cabeza.

—Puede que haya mencionado *Troilo y Crésida*. Tiene una idea fantástica: hacer la obra como una guerra de sexos. Todos los troyanos son hombres, todos los griegos son mujeres.

—Es una locura.

—¿Por qué? La obra trata sobre el sexo tanto como sobre la guerra —sostuvo—. Gwendolyn querrá que Richard sea Héctor, obviamente, pero eso te convierte en Troilo.

—¿Y por qué demonios no serías *tú* Troilo?

Se movió, arqueó la espalda.

—Quizás haya mencionado que me gustaría tener un poco más de variedad en mi currículum.

Lo miré con fijeza, sin saber si debía sentirme insultado.

—No me mires así —soltó, con un dejo de reproche en la voz—. Él estuvo de acuerdo en que todos necesitamos librarnos de nuestros encasillamientos. Estoy harto de interpretar tontos enamorados como Troilo y estoy seguro de que estás harto de ser el segundón.

Me dejé caer de espaldas sobre la cama.

—Sí, probablemente tengas razón. —Dejé que mis pensamientos vagaran un momento y luego dejé salir una risotada.

—¿Qué es tan gracioso? —preguntó James, estirándose para apagar la luz.

—Tendrás que ser Crésida —le dije—. De nosotros, eres el único lo bastante guapo.

Nos quedamos acostados ahí, riendo en la oscuridad, hasta que el sueño nos llevó y nos dormimos profundamente, sin forma alguna de saber que estaba a punto de abrirse el telón de un drama de nuestra propia autoría.

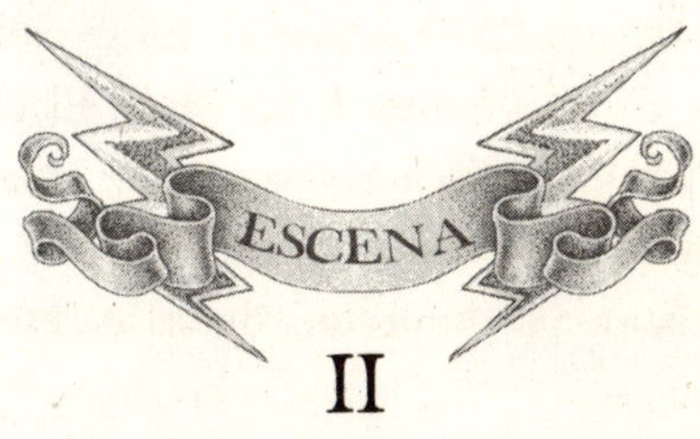

II

El Conservatorio Clásico Dellecher ocupaba unas veinte hectáreas de tierra en el extremo oriental de Broadwater, y los límites de ambos se superponían de tal forma que con frecuencia era difícil saber dónde terminaba el campus y dónde empezaba la ciudad. A los estudiantes de primer año se les asignaba una residencia en un grupo de edificios de ladrillo en la ciudad, mientras que los de segundo y tercero estaban apiñados en la Residencia y el puñado de estudiantes de cuarto año eran ubicados en extraños rincones aislados en el campus o debían arreglárselas por su cuenta. Nosotros, los estudiantes de teatro de cuarto año, vivíamos en el extremo más alejado del lago, en lo que juguetonamente llamábamos el Castillo (que, en realidad, no era un castillo en absoluto, sino un pequeño edificio de piedra que tenía una torrecilla y que, en sus orígenes, solía ser la dependencia del jardinero).

La Mansión Dellecher, una enorme casa solariega de ladrillos rojos, miraba desde lo alto de una colina empinada hacia el agua oscura y tranquila del lago. Los dormitorios y el salón de baile estaban ubicados en el tercer y cuarto piso; las aulas y las oficinas, en el primero y en el segundo; mientras que la planta baja estaba dividida en el comedor, la sala de conciertos, la biblioteca y el conservatorio. En el extremo occidental del edificio sobresalía una capilla y, en algún momento de los años 60, se erigió allí el Pabellón de Bellas Artes Archibald Dellecher (al que, en general, todos se referían como el PBA, por más de una razón). Entre ambos, había un pequeño patio y un laberinto de senderos. El PBA albergaba el Teatro Archibald Dellecher y la sala de ensayos y, por lo tanto, era donde pasábamos la mayor parte del tiempo. A las ocho de la mañana del primer día de clases, estaba excepcionalmente silencioso.

Richard y yo caminamos desde el Castillo juntos, aunque faltaba media hora para mi audición.

—¿Cómo te sientes? —me preguntó, cuando subíamos por la colina empinada hacia el patio.

—Nervioso, como siempre. —La cantidad de audiciones en mi haber no importaba; la ansiedad jamás me había abandonado en realidad.

—No deberías estarlo —dijo—. Nunca eres tan malo como crees. Solo no te muevas tanto de un lado para otro. Eres mucho más interesante cuando te quedas quieto.

Lo miré con el ceño fruncido.

—¿A qué te refieres?

—Me refiero a cuando olvidas que estás sobre el escenario y olvidas estar nervioso. Realmente escuchas a los otros actores, realmente escuchas las palabras como si fuera la primera vez que las oyes. Es maravilloso para trabajar y es maravilloso verlo. —Negó con la cabeza ante la consternación en mi cara—. No debería haberte dicho nada. No te cohíbas. —Apoyó una de sus enormes manos en mi hombro y, como estaba tan distraído, salí disparado hacia adelante y mis dedos rozaron la hierba cubierta de rocío. La risa estridente de Richard hizo eco en el aire matinal. Me sujetó del brazo para ayudarme a encontrar el equilibrio—. ¿Ves? —señaló—. Mantén los pies firmes y estarás bien.

—Eres lo peor —dije, pero con una sonrisa reticente. (Richard tenía ese efecto en la gente).

En cuanto llegamos al PBA, me dio otra palmada amistosa en la espalda y desapareció en la sala de ensayos. Caminé de un lado al otro del cruce, reflexionando sobre lo que me había dicho y repitiendo *Pericles* en mi cabeza como un rosario de Ave Marías.

Las audiciones de nuestro primer trimestre determinaban qué papeles interpretaríamos en la producción de otoño. Ese año, *Julio César*. Las tragedias y las obras históricas estaban reservadas para los de cuarto año, mientras que los de tercero quedaban relegados a los romances y las comedias, y los roles cortos iban para los de segundo. A los de primero les tocaba trabajar detrás de escena, esforzarse para aprobar la formación general y preguntarse en qué demonios se habían metido. (Todos los años, los estudiantes con desempeño insatisfactorio eran expulsados del programa; con frecuencia, la mitad. Sobrevivir hasta cuarto año era una prueba de talento, o bien pura buena suerte. En mi caso, esto último). A lo largo de la pared del cruce estaban colgadas en dos hileras ordenadas las fotografías de las promociones de los últimos cincuenta años. La nuestra era la última y, por cierto, la más sensual; la fotografía publicitaria de la producción del año anterior de *Sueño de una noche de verano*. Teníamos un aspecto más joven.

A Frederick se le había ocurrido hacer *Noche de verano* como una fiesta de pijamas. James y yo (Lisandro y Demetrio, respectivamente) estábamos de pie en ropa interior a rayas y camisetas blancas, mirándonos con furia; Wren (Hermia, con un camisón corto de color rosa) había quedado atrapada entre nosotros. Filippa estaba a mi izquierda, vestida con un camisón azul más largo, aferrando la almohada con la que ella y Wren se habían golpeado en el tercer acto. En el medio de la foto, Alexander y Meredith estaban enroscados entre sí como un par de serpientes: él, un siniestro y seductor Oberón en una ajustada bata de seda; ella, una voluptuosa Titania en un revelador camisón de encaje negro. Pero el más llamativo era Richard, que estaba de pie entre los otros artesanos maleducados, en un excéntrico pijama de franela y con unas enormes orejas de burro que sobresalían de su espesa cabellera negra. Su Fondón fue agresivo, impredecible y completamente trastornado. Espantó a las hadas, atormentó a los otros actores, aterrorizó al público y, como siempre, robó el espectáculo

Los siete de nosotros habíamos sobrevivido a las tres «purgas» anuales porque, de alguna manera, éramos indispensables para la compañía teatral. En el transcurso de cuatro años, habíamos pasado de ser una muchedumbre de extras a una tropa de actores dramáticos meticulosamente entrenados. Algunos de nuestros valores teatrales eran obvios: Richard era pura potencia, medía más de un metro noventa y estaba tallado en hormigón; tenía unos intensos ojos negros y una estridente voz de bajo que apagaba cualquier otro sonido que hubiera en una habitación. Interpretaba a líderes guerreros y déspotas y cualquier otro personaje con el que se necesitara impresionar o asustar al público. Meredith estaba excepcionalmente hecha para seducir, un sueño de curvas y piel de seda hecho realidad. Pero había algo despiadado en su atractivo físico: la mirabas moverse quisieras o no, pasara lo que pasara alrededor. (Ella y Richard habían estado «juntos» en todo el sentido típico de la palabra desde la primavera de nuestro segundo año). Wren —prima de Richard, aunque jamás lo hubieses imaginado al verlos— era la ingenua, una muchacha común, una flacucha con pelo como de maíz y ojos redondos de muñeca de porcelana. Alexander era nuestro villano titular, delgado e hirsuto, con largos rizos y colmillos afilados que le daban aspecto de vampiro al sonreír.

Filippa y yo éramos más difíciles de categorizar. Ella era alta, de piel aceitunada y rasgos ligeramente masculinos. Había algo relajado y camaleónico en ella que la volvía igual de convincente como Horacio o Emilia. Yo, por otro lado, era común y corriente de todas las formas posibles: no era especialmente atractivo, ni especialmente talentoso, ni especialmente bueno en nada, solo lo bastante como para aprovechar lo que los demás dejaban. Estaba convencido de haber sobrevivido a la purga de tercer año solo porque, sin mí, James se hubiera vuelto malhumorado y lúgubre.

El destino nos había dado una buena mano en primer año, cuando él y yo nos encontramos apretujados en una pequeña habitación en el último piso de los dormitorios. Cuando abrí nuestra puerta por primera vez, él levantó la mirada de la maleta que estaba deshaciendo, me ofreció la mano y dijo: «"¡Aquí viene Sir Oliver! Se encuentra bien", espero». Era el tipo de actor de quien todos se enamoran en cuanto aparece en el escenario y yo no fui la excepción. Incluso en nuestros primeros días en Dellecher, fui su protector e, incluso, un poco posesivo cuando otras amistades se acercaban demasiado y amenazaban con usurpar mi lugar de «mejor amigo» (un evento tan raro como una lluvia de meteoritos). Algunos me veían como los roles que Gwendolyn siempre me asignaba: tan solo el compañero leal. James era tan perfecto como héroe que esto no me molestaba. Era el más atractivo de nosotros (Meredith una vez lo comparó con un príncipe de Disney), pero más encantador que eso era la profundidad infantil de sus emociones, tanto en el escenario como fuera de él. Durante tres años disfruté el exceso de su popularidad y lo admiré intensamente, sin celos, aunque era el obvio favorito de Frederick casi de la misma forma en que Richard era el de Gwendolyn. Por supuesto, James no tenía el ego de Richard ni su temperamento y les gustaba a todos, mientras que a Richard lo odiaban y lo adoraban con igual ferocidad.

Teníamos la costumbre de mirar la audición que siguiera tras la propia (interpretar sin ser observado era una compensación por ir primero) y mientras caminaba de un lado al otro del cruce, deseé que James hubiese sido mi espectador. Aunque no tuviera la intención, Richard era un espectador intimidante. Podía escuchar su voz, que venía desde la sala de ensayos, retumbando contra las paredes.

Richard: «Por eso, ten cuidado al comprometernos, ten
    cuidado de despertar la espada dormida de la guerra. Te
    lo pido en nombre de Dios, ten cuidado. Porque jamás
    dos reinos se han enfrentado sin que se derramara

demasiada sangre; cuyas gotas inocentes son todas las veces una aflicción, un reproche doloroso contra aquel cuyas faltas afilan las espadas que generan tal derroche en la breve mortalidad».

Ya lo había visto interpretar el mismo discurso dos veces antes, pero eso no lo volvía menos impactante.

A las ocho y media exactas, la puerta de la sala de ensayos crujió al abrirse. La cara familiar de Frederick, arrugada y graciosa, se asomó por el lateral.

—¿Oliver? Estamos listos para ver tu actuación.

—Genial. —Mis pulsaciones se aceleraron; un revuelo como de pequeñas alas de ave atrapadas entre mis pulmones.

Me sentí pequeño mientras avanzaba hacia la sala de ensayos, como siempre me pasaba. Era una habitación cavernosa, con un techo alto y abovedado y ventanas que daban al campus. A cada lado de ellas, colgaban cortinas de terciopelo azul, cuyos extremos polvorientos se amontonaban sobre el suelo de madera. Mi voz hizo eco cuando hablé.

—Buenos días, Gwendolyn.

La figura enjuta de la mujer pelirroja detrás de la mesa de audiciones levantó la cabeza hacia mí, su presencia en la habitación era desproporcionadamente enorme. Sus labios pintados de color rosa intenso y la pañoleta estampada que llevaba en la cabeza le daban un aire gitano. Sacudió los dedos para saludarme, lo que hizo que los brazaletes en su muñeca tintinearan. Richard se sentó en la silla a la izquierda de la mesa, con los brazos cruzados, mirándome con una sonrisa cómoda. Yo no tenía pasta de protagonista y, por lo tanto, no cumplía los requisitos para ser competencia. Le sonreí y luego intenté ignorarlo.

—Oliver —dijo Gwendolyn—. Me alegro de verte. ¿Has perdido peso?

—De hecho, lo he ganado —respondí y mi cara se acaloró. Antes de que me fuera por vacaciones de verano, me había aconsejado que ganara músculo. Todos los días de junio, julio y agosto, había pasado horas en el gimnasio con la esperanza de impresionarla.

—Mm —repuso. Sus ojos descendieron lentamente desde la punta de mi cabeza a mis pies, con la mirada escrutadora de un comerciante de esclavos—. Bueno, ¿comenzamos?

—Sí. —Con el consejo de Richard en mente, planté con firmeza los pies en el suelo y decidí no moverme sin motivo.

Frederick se acomodó en su asiento, al lado de Gwendolyn, se quitó las gafas y las limpió con el dobladillo de su camisa.

—¿Qué has preparado para hoy? —preguntó.

—Pericles —contesté. Había sido una sugerencia suya el año anterior.

Asintió ligeramente con la cabeza, en un gesto cómplice.

—Genial. Comienza cuando quieras.

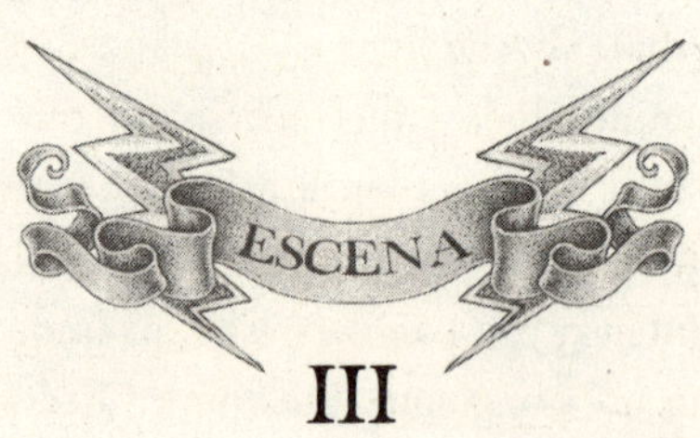

III

Pasamos el resto del día en el bar, un cuchitril con paredes recubiertas de madera y mala iluminación donde los empleados conocían a los estudiantes de Dellecher por su nombre, aceptaban documentos de identidad falsos y no parecía llamarles la atención que algunos de nosotros tuviésemos veintiún años durante tres años seguidos. Para el mediodía, todos los de cuarto año habíamos hecho nuestras audiciones, pero Frederick y

Gwendolyn tenían otros cuarenta y dos estudiantes que evaluar, así que —teniendo en cuenta las pausas para almorzar, cenar y deliberar— las listas con los elencos no se publicarían hasta la medianoche. Seis de nosotros nos sentamos en nuestra mesa habitual en Bore's Head (la broma más inteligente que podía surgir en Broadwater, un juego de palabras con el nombre del antiguo teatro Boar's Head y *Bore,* que en inglés se pronuncia igual y significa «aburrimiento»). Fuimos acumulando vasos vacíos en la mesa. Todos bebíamos cerveza, excepto Meredith, que le daba duro al vodka con cola, y Alexander, que bebía *whisky* escocés a palo seco.

Era el turno de Wren de esperar a que apareciera la lista con la asignación de roles en el PBA. Al resto de nosotros ya nos había tocado y si ella reaparecía con las manos vacías, entonces la rotación volvería a empezar. El sol se había puesto horas atrás, pero lejos estábamos de terminar de diseccionar nuestras audiciones.

—La he cagado por completo —dijo Meredith, probablemente por décima vez—. He dicho «ocular» en lugar de «ocultar», como una perfecta idiota.

—En el contexto del parlamento, no es importante —la consoló Alexander, con cansancio—. Es probable que Gwendolyn no lo haya notado y a Fredrick no creo que le importe.

Antes de que Meredith pudiera responder, Wren irrumpió en el bar con una sola hoja de papel en la mano.

—¡Aquí está! —anunció y todos nos pusimos de pie de un salto. Richard la llevó hasta la mesa, la ayudó a sentarse y le arrebató la lista. Ella ya la había visto y tuvo que soportar que la hiciéramos a un lado mientras el resto de nosotros nos inclinábamos hacia adelante sobre la mesa. Después de unos minutos de silencio y lectura furiosa, Alexander volvió a erguirse.

—¿Qué os había dicho? —Dio un golpe al papel, señaló a Wren y gritó—: Camarero, ¡déjeme comprarle un trago a esta dama!

—Siéntate, Alexander, ridículo —espetó Filippa, tirando de su codo para que volviera a sentarse—. ¡No acertaste en todo!

—Claro que sí.

—No, Oliver interpretará a Octavio, pero también a Casca.

—¿En serio? —Había dejado de leer en cuanto había visto la línea que unía mi nombre con Octavio, así que volví a inclinarme para echar otra mirada.

—Sí, y yo tengo tres: Decio Bruto, Lucilio y Titino. —Me ofreció una sonrisa estoica, su compañero en esto de ser *persona non grata*.

—¿Por qué harían eso? —preguntó Meredith, revolviendo lo que quedaba de su vodka para luego sorber las últimas gotas con su pequeña pajita roja—. Tienen estudiantes de segundo de sobra para eso.

—Pero los de tercero harán *La fierecilla* —explicó Wren—. Así que van a necesitar todos los cuerpos que puedan.

—Colin va a estar ocupado —comentó James—. Mirad, lo han puesto a interpretar a Antonio *y* a Tranio.

—Me hicieron lo mismo el año pasado —sostuvo Richard, como si no lo supiéramos ya—. Fondón con todos vosotros y el Rey Actor con los de cuarto. Ensayaba ocho horas al día.

Algunas veces, elegían a algunos de tercero para interpretar roles en el elenco de los de cuarto que no se podían dejar a los de segundo. Significaba tener clases desde las ocho hasta las tres, después ensayo con un elenco hasta las seis y media y ensayo con el otro hasta las once. En secreto, no envidiaba para nada a Richard ni a Colin.

—Esta vez no será así —dijo Alexander, con una sonrisa pícara—. Solo tienes que ensayar media semana: mueres en el tercer acto.

—Brindo por eso —soltó Filippa.

—«¡A cuántos tontos enamorados esclaviza la locura de los celos!» —declaró Richard.

—Ay, cállate —exclamó Wren—. Tráenos otra ronda y quizás te soportemos un rato más.

Él se levantó de su asiento y, mientras se abría paso hacia el bar, declaró:

—«¡Daría toda mi fama por una jarra de cerveza!».

Filippa negó con la cabeza y dijo:

—Ojalá.

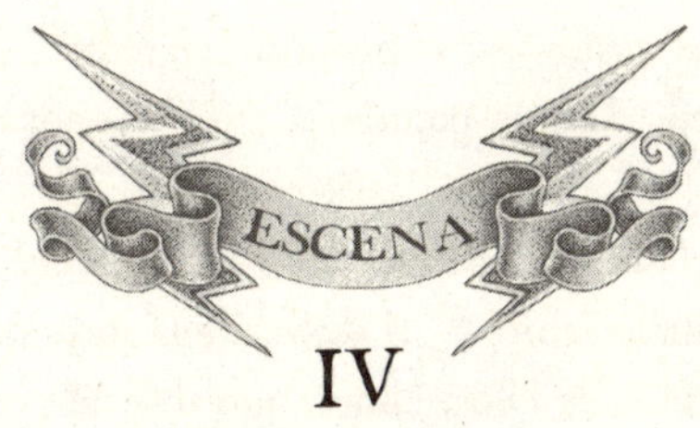

IV

Dejamos nuestras cosas en el Castillo y corrimos alocadamente por entre los árboles y bajamos las escaleras de la ladera hasta la orilla del lago. Reímos y gritamos, seguros de que nadie nos escucharía y demasiado alcoholizados para que nos importara si alguien lo hacía. El muelle se extendía sobre el agua desde el cobertizo para botes, donde una colección de herramientas viejas e inútiles se erosionaba y se cubría de óxido. (No había habido ni un solo bote albergado en la margen sur del lago desde que el Castillo se había convertido en residencia de estudiantes). Pasamos muchas noches cálidas y algunas frías fumando y bebiendo en el muelle, con nuestras piernas colgadas sobre el agua.

Meredith, quien tenía el mejor estado físico de todos y era mucho más rápida que el resto, iba delante, con su cabellera ondeando como una bandera, y llegó primero. Se detuvo y levantó los brazos, dejando al descubierto, por encima de su cintura, una pálida raya de su espalda.

—«¡Cuán dulce el rayo de luna que duerme sobre la ladera!». —Giró y sujetó mis dos manos, porque era el que estaba más cerca—. «Aquí nos sentaremos y dejaremos que el sonido de la música se cuele en nuestros oídos: la suave quietud y la noche acompañan el dulce compás». —Fingí una protesta cuando me arrastró hasta el final del muelle, los otros bajaban a trompicones las escaleras para unirse a nosotros uno a uno. Alexander iba en la retaguardia, jadeando.

»¡Nademos desnudos! —propuso Meredith, que ya se quitaba los zapatos de una patada—. No he nadado en todo el verano.

—«Hasta la más escrupulosa de las vírgenes es demasiado pródiga —advirtió James—, si desvela a la luna su belleza».

—Por el amor de Dios, James, qué aburrido eres. —Golpeó la parte de atrás de mis muslos con uno de sus zapatos—. Oliver, ¿no vienes conmigo al agua?

No confiaba para nada en esa sonrisa pícara, así que respondí:

—La última vez que saltamos al agua desnudos, caí en el muelle con el culo desnudo y pasé el resto de la noche bocabajo en el sillón mientras Alexander me quitaba las astillas del culo.

Los otros se rieron con ganas a mis expensas y Richard lanzó un largo aullido de lobo.

MEREDITH: Vamos, ¡que alguno venga a nadar conmigo!

ALEXANDER: No puedes dejarte la ropa puesta ni veinticuatro horas, ¿eh?

FILIPPA: Si tan solo Rick pudiera dejarla satisfecha, no sería tan zorra alrededor del resto.

Más risas, más aullidos. Richard le echó una mirada altanera y dijo:

—«La dama protesta demasiado, me parece».

Ella alzó la mirada al cielo y se sentó al lado de Alexander, que estaba ocupado desmenuzando marihuana sobre un papelillo.

Respiré hondo y contuve el aire con dulce aroma a madera en mis pulmones tanto tiempo como pude. El verano abrasador en los suburbios de Ohio me había hecho sentir deseoso de regresar a Dellecher y el lago. De noche, el agua era negra y, de día, verde azulada como el jade. Un denso bosque lo rodeaba por todos lados, salvo uno: la orilla del norte, donde los árboles eran más delgados y un trecho de arena daba forma a una playa que, bajo la luna, brillaba como polvo de diamantes. En la orilla sur estábamos lo bastante lejos de las luces de luciérnaga de la Mansión como para que realmente corriésemos peligro de que nos vieran o, mucho menos, de que nos escucharan. En esa época, nos gustaba nuestro aislamiento.

Meredith se recostó hacia atrás, con los ojos cerrados, canturreando tranquilamente. James y Wren se sentaron en el lado contrario del muelle, mirando hacia la playa. Alexander terminó de montar su porro, lo encendió y se lo pasó a Filippa.

—Dale una calada. No tenemos nada que hacer mañana —indicó, aunque eso no era del todo cierto. Teníamos nuestro verdadero primer día de clase y una ceremonia más tarde. De todos modos, aceptó el canuto y dio una larga calada antes de pasármelo. (Todos nos dábamos el gusto en ocasiones especiales, salvo Alexander, que siempre estaba al menos un poco colocado).

Richard suspiró, un sonido de profunda satisfacción que retumbó en su pecho como el ronroneo de un felino grande.

—Este será un buen año —dijo—, puedo sentirlo.

Wren: ¿No será porque te ha tocado el papel que querías?

James: ¡Y tienes la mitad de líneas que el resto de nosotros!

Richard: Creo que es justo, después del año pasado.

Yo: Te odio.

Richard: El odio es la forma más sincera de adulación.

Alexander: Esa es la imitación, idiota.

Unos pocos de nosotros echamos risitas en voz baja, aún placenteramente mareados. Nuestras riñas eran amistosas y normalmente inocuas. Como siete hermanos, habíamos pasado tanto tiempo juntos que habíamos visto lo mejor y lo peor de cada uno y nada nos impresionaba.

—¿Os podéis creer que es nuestro último año? —preguntó Wren, cuando la calma entre nuestras risas se había extendido demasiado.

—No —respondí—. Parece que fue ayer caundo mi padre me gritó por desperdiciar mi vida.

Alexander rio por la nariz.

—¿Eso te dijo?

—«¿Vas a desperdiciar una beca en Case Western y pasar los próximos cuatro años maquillado y en leotardos, haciéndole el amor a una muchacha a través de una ventana?».

La sola frase «academia de bellas artes» era suficiente para provocar a mi rígido y pragmático padre, pero la mayoría de las veces era la peligrosa exclusividad de Dellecher lo que le causaba preocupación. ¿Por qué se arriesgarían estudiantes inteligentes y talentosos a una expulsión obligada de la escuela todos los años para graduarse sin siquiera un título tradicional para exhibir como prueba de su supervivencia? Lo que no comprendía la mayoría de la gente que no vivía en el extraño ámbito de la educación de conservatorio era que un certificado de Dellecher era como uno de los billetes dorados de Willy Wonka: le otorgaba a su dueño la admisión a las élites artísticas y filosóficas que sobrevivían fuera de la academia.

Mi padre, que se oponía incluso con más firmeza que la mayoría, rehusó aceptar mi decisión de desperdiciar mis años universitarios. Actuar era malo, pero algo tan especializado y pasado de moda como Shakespeare (en Dellecher no interpretábamos otra cosa) era exponencialmente peor. Vulnerable, a los dieciocho años sentí por primera vez el extraordinario horror de querer algo con desesperación y verlo escaparse de mis manos, así que me arriesgué a decirle que o iba a Dellecher o no iba a ningún lado. Mi madre lo convenció de pagar mi matrícula —después de semanas de ultimátums y discusiones circulares— con el argumento de que mi hermana mayor estaba a punto de ser suspendida de Ohio State y solo contaban conmigo para poder jactarse en las cenas con amigos. (Por qué no tenían más esperanza en Leah, la más pequeña y la más prometedora de nosotros, era un misterio).

—Ojalá mi madre hubiese estado tan furiosa —dijo Alexander—. Aún cree que voy a la escuela en Indiana. —La madre de Alexander lo había dejado en una casa de acogida a temprana edad y solo hacía un mínimo esfuerzo por mantenerse en contacto. (Lo único que se dignó a contarle de su padre fue que el hombre era o bien de Puerto Rico o de Costa Rica, no se acordaba de cuál, y que no tenía idea de que Alexander existía). Su matrícula fue pagada gracias a una extravagante beca y una pequeña suma de dinero que le dejó un abuelo al morir, solo para fastidiar a sus propios hijos derrochadores.

—Mi padre solo está decepcionado de que no haya salido poeta —añadió James. El profesor Farrow daba clases en Berkeley sobre los poetas románticos, y su esposa, una mujer mucho más joven (escandalosamente, una de sus exestudiantes), fue poetisa hasta que sufrió una crisis nerviosa al estilo de Plath cuando James estaba en primaria. Los había conocido dos veranos atrás cuando había ido a visitarlo a California y había confirmado, de manera inequívoca, mis sospechas de que eran personas interesantes pero padres desinteresados.

—A mis padres no les importa una mierda —sostuvo Meredith—. Están demasiado ocupados poniéndose bótox y evadiendo impuestos, y mis hermanos se están ocupando bien de la fortuna familiar. —Los Dardenne repartían su tiempo entre Montreal y Manhattan, vendían relojes extraordinariamente caros a políticos y celebridades y trataban a su única hija más como a una mascota de moda que como a un miembro de la familia.

Filippa, quien nunca hablaba de sus padres, se quedó callada.

—«Algo más que pariente y algo menos que afecto» —recitó Alexander—. Por Dios, nuestras familias son lamentables.

—Bueno, no todas —repuso Richard. Sus padres y los de Wren eran tres actores renombrados y un director que vivían en Londres y solían actuar en los teatros del West End. Se encogió de hombros—. Nuestros padres están encantados.

Alexander sopló un chorro de humo y sacudió la ceniza de su porro.

—Qué suerte la tuya —declaró y empujó a Richard fuera del muelle.

Este aterrizó en el agua con un enorme salpicón que lanzó agua sobre todos nosotros. Las chicas chillaron y cubrieron su cabeza con sus brazos, mientras que James y yo lanzamos gritos de sorpresa. Un momento después, estábamos todos mojados, riendo y aplaudiendo a Alexander con tanta fuerza que no escuchamos a Richard maldiciendo cuando su cabeza irrumpió en la superficie otra vez.

Nos quedamos cerca del agua durante otra hora antes de comenzar, uno por uno, a andar la suave subida hacia el castillo. Fui el último hombre de pie en el muelle. No creía en Dios, pero le pedí a quien fuera que estuviese escuchando que no dejara que la predicción nos trajera mala suerte. Lo único que quería era tener un buen año.

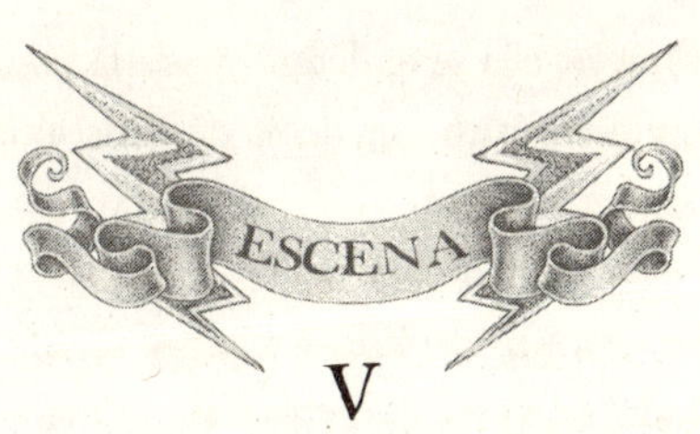

V

Las ocho de la mañana era realmente demasiado temprano para Gwendolyn.

Nos sentamos en un círculo irregular, con las piernas cruzadas como los indios de los libros de cuentos, bostezando y aferrados a las tazas de café del comedor. El Estudio 5 —la madriguera de Gwendolyn, adornada con tapices coloridos y atestada de velas aromáticas— estaba en el primer piso de la Mansión. No había muebles propiamente dichos, sino una generosa colección de almohadones en el suelo, que solo aumentaban la tentación de estirarse y echarse a dormir.

Gwendolyn llegó quince minutos pasada la hora («elegantemente tarde», solía decirnos), envuelta en un chal de lentejuelas y con los dedos llenos de brillantes anillos dorados, tan gruesos como una manopla. Brillaba más que la suave luz del sol de la mañana y mirarla casi provocaba dolor.

—Buenos días, queridos míos —saludó con entusiasmo. Alexander gruñó un saludo, pero nadie más respondió. Gwendolyn se detuvo, de pie por encima de nosotros, con las manos en sus caderas huesudas—. Bueno, esto es vergonzoso. Es vuestro primer día de clase. Deberíais estar exultantes y llenos de energía. —Nos quedamos mirándola hasta que lanzó las manos al cielo y dijo—: ¡De pie! ¡Vamos!

La siguiente media hora estuvo dedicada a una serie de dolorosas posiciones de yoga. Para una mujer de sesenta años, Gwendolyn era perturbadoramente flexible. Cuando el minutero se movió hacia el nueve, ella se enderezó desde la postura de paloma real con un suspiro eufórico que debía de haber puesto incómodo a más de uno, además de mí.

—¿No estamos mucho mejor? —preguntó. Alexander volvió a responder con un gruñido—. Estoy segura de que todos me habéis echado de menos durante el verano —continuó—, pero ya tendremos tiempo de sobra para ponernos al día después de la ceremonia, así que lo que quisiera hacer ahora es que nos pongamos manos a la obra y contaros que este año las cosas van a ser un poco diferentes.

Por primera vez, la clase (y no solo Alexander) dio señales de vida. Nos movimos nerviosos, nos sentamos más derechos y comenzamos a escuchar en serio.

—Hasta ahora, habéis estado en la zona de confort —explicó Gwendolyn—. Y siento que debo advertiros de que esos días han terminado.

Eché una mirada de soslayo a James, quien había fruncido el ceño. Yo no podía descifrar si estaba siendo tan dramática como siempre o si realmente iba a hacer cambios.

—Ya me conocéis —añadió—. Sabéis cómo trabajo. Frederick os persuade y os halaga, pero yo soy exigente. Os he exigido y exigido, pero —levantó un dedo— nunca más de la cuenta.

—Yo no estaba del todo de acuerdo. Los métodos de enseñanza de Gwendolyn eran despiadados y no era inusual que los estudiantes abandonaran su clase llorando. («Los actores son como ostras», explicaba ella cuando alguien pedía explicaciones sobre esa brutalidad emocional. «Tienes que romper su valva y abrirlas con fuerza para encontrar las preciadas perlas que llevan dentro»). Continuó—. Este es vuestro último año y voy a exigiros tanto como deba. Sé de lo que sois capaces y no podré vivir conmigo misma si no logro sacar lo mejor de vosotros para cuando dejéis este lugar.

Compartí otra mirada nerviosa, esta vez con Filippa.

Gwendolyn se acomodó el chal, se alisó el cabello y dijo:

—Bien, ¿quién puede decirme cuál es el mayor impedimento para una buena actuación?

—El miedo —respondió Wren. Era uno de los muchos mantras de Gwendolyn: «En el escenario, debes ser impávido».

—Sí. ¿Miedo de qué?

—De ser vulnerables —especificó Richard.

—Exacto —señaló Gwendolyn—. Interpretamos personajes solo en un cincuenta por ciento. El resto somos *nosotros* y nosotros tememos mostrar a la gente quiénes somos realmente. Tenemos miedo de parecer ridículos si revelamos la fuerza completa de nuestras emociones. Pero en el mundo de Shakespeare, la pasión es irresistible, no abochornante. ¡Así que! —Juntó sus manos en un aplauso y el sonido hizo que la mitad de nosotros se sobresaltara—. Vamos a eliminar el miedo y empezaremos ya mismo. No podéis hacer buenos trabajos si os estáis escondiendo, así que sacaremos toda la fealdad a la luz. ¿Quién empieza?

Nos quedamos sentados en silencio por la sorpresa algunos segundos, hasta que Meredith soltó:

—Yo empiezo.

—Perfecto —dijo Gwendolyn—. Ponte de pie.

Miré a Meredith con nerviosismo mientras ella se levantaba. Se puso de pie en el centro de nuestro pequeño círculo y pasó su peso de un pie al otro hasta que encontró el equilibrio, movió su pelo para despejar su cara y se lo puso detrás de sus orejas; su método habitual para concentrarse. Todos teníamos uno, pero pocos podíamos hacer que pareciera tan fácil.

—Meredith —dijo Gwendolyn, sonriéndole—. Nuestro conejillo de indias. Respira.

Meredith se meció en el lugar, como en el vaivén de una brisa, con los ojos cerrados, los labios ligeramente abiertos.

Mirarla era extrañamente relajante (y, al mismo tiempo, extrañamente sensual).

—Muy bien —alentó Gwendolyn—. ¿Estás lista?

Meredith asintió y abrió los ojos.

—Genial. Comencemos con algo sencillo. ¿Cuál es tu mayor fortaleza como intérprete?

Meredith, quien usualmente tenía mucha confianza en sí
misma, dudó.

GWENDOLYN: Tu mayor fortaleza.

MEREDITH: Supongo que…

GWENDOLYN: Nada de suponer. ¿Cuál es tu mayor fortaleza?

MEREDITH: Creo que…

GWENDOLYN: No quiero escuchar lo que crees, quiero escuchar lo que *sabes*. No me importa si suenas engreída, me
    importa en qué eres buena y como intérprete debes ser
    capaz de decírmelo. *¿Cuál es tu mayor fortaleza?*

—¡Soy corporal! —respondió Meredith—. Siento todo con
mi cuerpo entero y no tengo miedo de usarlo.

—No tienes miedo de usarlo, pero ¡tienes miedo de expresar
lo que realmente quieres decir! —Gwendolyn hablaba casi a gritos. Miré de una a la otra, alarmado por la rapidez con la que
todo se había vuelto tan intenso—. Vas con cautela porque estamos todos sentados aquí mirándote —sostuvo Gwendolyn—.
Ahora, dilo. *Dilo.*

La cómoda elegancia de Meredith se desvaneció y, en lugar
de eso, estaba de pie con las piernas trabadas y los brazos rígidos
a los costados.

—Tengo un cuerpo increíble —confesó—, porque trabajo
muy duro para ello. Me encanta verme así y me encanta que la
gente me mire. Y eso me vuelve magnética.

—Tienes toda la maldita razón, es así. —Gwendolyn la miraba con lascivia, como el gato de Cheshire—. Eres una chica preciosa. Suena arrogante, pero ¿sabes qué? Es verdad. Y es *honesto*, lo que es más importante. —La picó con un dedo—. *Eso* ha sido honesto. Bien.

Filippa y Alexander se movían inquietos, ambos evitaban la mirada de Meredith. Richard la observaba como si quisiera arrancarle toda la ropa ahí mismo y yo no sabía dónde mirar. Ella asintió y comenzó a volver a su lugar, pero Gwendolyn la frenó.

—Aún no has terminado. —Meredith se quedó helada—. Hemos establecido tus fortalezas. Ahora quiero saber tus debilidades. ¿Cuál es tu mayor miedo?

Meredith miró con furia a Gwendolyn, quien, para mi sorpresa, no interrumpió el silencio. El resto de nosotros nos pusimos tensos en el suelo, nuestros ojos se dispararon hacia Meredith con una mezcla de conmiseración, admiración y vergüenza.

—Todos tenemos una debilidad, Meredith —afirmó Gwendolyn—. Tú incluida. Lo más poderoso que puedes hacer es admitirlo. Estamos esperando.

Durante la dolorosa pausa que vino a continuación, Meredith se quedó de pie imposiblemente quieta y sus ojos ardían como el ácido. Estaba tan expuesta que mirarla parecía algo invasivo, voyerista, y tuve que luchar contra el impulso de gritarle que simplemente dijera alguna condenada cosa.

—Tengo miedo —dijo muy despacio, después de lo que pareció ser un año— de ser más atractiva que talentosa o inteligente y que, por eso, nadie me tome en serio jamás. Como actriz o como persona.

Un silencio mortal otra vez. Me obligué a bajar los ojos, eché miradas a los otros. Wren estaba sentada con una mano en la boca. La expresión de Richard era la más tierna que le había visto jamás. Filippa parecía ligeramente asqueada; Alexander luchaba por reprimir una sonrisa nerviosa. A mi derecha, James la observaba con gran interés, un interés analítico, como si ella fuera una estatua, una escultura tallada mil años atrás para dar forma a una deidad pagana. Su desenmascaramiento fue duro, hipnótico y, en cierta manera, digno.

Comprendí, de una forma extraña, desconcertante, que eso era exactamente lo que Gwendolyn quería.

Le sostuvo la mirada a Meredith durante un rato tan largo que pareció que el tiempo se había detenido. Luego lanzó una larga exhalación y dijo:

—Bien. Siéntate. Allí.

Las rodillas de Meredith se doblaron de forma mecánica y quedó sentada en el centro del círculo, con la columna derecha y rígida como un poste de luz.

—Muy bien —anunció—. Hablemos.

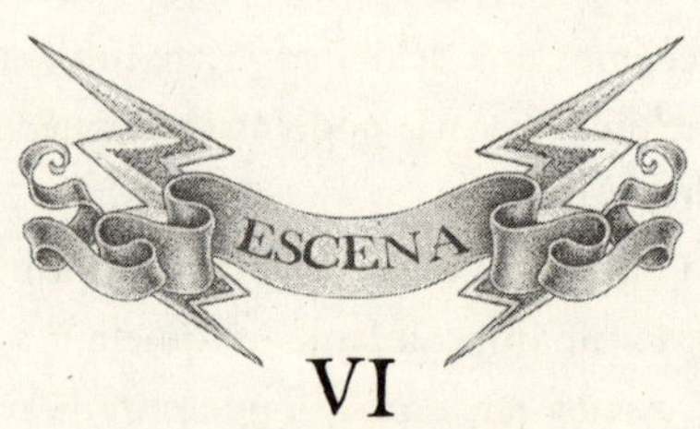

VI

Después de una hora de interrogar a Meredith sobre sus inseguridades (tenía más de las que yo jamás habría pensado), Gwendolyn nos dejó ir con la promesa de que todos los demás seríamos sometidos al mismo interrogatorio exhaustivo en el transcurso de las dos semanas siguientes.

De camino al segundo piso por las escaleras, rodeados por los estudiantes de arte de segundo año que bajaban a toda prisa hacia el conservatorio, James vino a mi lado.

—Eso ha sido despiadado —comenté, *sotto voce*. Meredith caminaba algunos pasos delante de nosotros, Richard iba al lado, con un brazo sobre sus hombros, aunque ella no parecía haberlo notado. Avanzaba de forma decidida, evitando mirar directamente a nadie.

—Una vez más —susurró James—, así es Gwendolyn.

—Nunca pensé que diría esto, pero espero con ansias las dos horas de encierro en la galería.

Mientras Gwendolyn nos enseñaba los elementos más viscerales de la actuación —la voz y el cuerpo, el corazón por encima de la mente—, Frederick nos instruía sobre los detalles más íntimos de los textos de Shakespeare, desde la métrica hasta la historia de los inicios de la edad moderna. Como yo era estudioso y reservado, prefería mucho más las clases de Frederick que las de Gwendolyn, pero era alérgico a la tiza que él usaba en el pizarrón y la mayor parte del tiempo que estaba en la galería, me la pasaba estornudando.

—Vamos —dijo James en voz baja—, antes de que Meredick robe nuestra mesa. —(Filippa había acuñado ese particular término al final de nuestro segundo año, cuando ambos acababan de enamorarse y estaban en el momento más desagradable para el resto de nosotros). La expresión de Meredith aún parecía distante cuando pasamos a su lado en las escaleras. Fuera lo que fuera que Richard le había dicho para reconfortarla, no estaba funcionando.

Frederick prefería dar las clases de cuarto año en la galería, más que en el aula que estaba obligado a usar para los numerosos estudiantes de segundo y tercero. Era una habitación estrecha y de techos altos que alguna vez se había extendido por toda la longitud del segundo piso, pero que había sido toscamente dividida en estudios y habitaciones más pequeñas cuando se fundó la academia. La Gran Galería se transformó en la Pequeña Galería, de apenas unos seis metros de un lado al otro; dos de sus paredes estaban cubiertas de bibliotecas y salpicadas de retratos de primos e hijos Dellecher muertos mucho tiempo atrás. Un sillón de dos plazas y un sofá bajo se enfrentaban bajo el techo elaboradamente estucado, mientras que una pequeña mesa redonda y dos sillas disfrutaban de la luz que entraba a través de la ventana estilo Tudor en el extremo sur de la habitación. Siempre que tomábamos el té con Frederick (algo que hacíamos dos veces al mes en tercer año y que haríamos a diario en cuarto), James y yo íbamos directo a la mesa. Era el lugar más alejado del nefario polvo de tiza y ofrecía una increíble vista al lago y a los bosques de alrededor, el techo cónico de la Torre se alzaba por encima de los árboles como un gorrito de fiesta.

Frederick ya estaba allí cuando llegamos, arrastrando el pizarrón con rueditas afuera de un pequeño armario colocado entre dos bibliotecas y el busto sin nariz de Homero al fondo de la habitación. Estornudé cuando James saludaba:

—Buenos días, Frederick.

Este alzó la mirada desde el pizarrón.

—James —respondió—. Oliver. Qué bien teneros de regreso. ¿Contentos con el reparto?

—Absolutamente —dijo James, con un tono melancólico que me sorprendió. ¿Quién podría decepcionarse por interpretar a Bruto? Entonces recordé el comentario que me había hecho dos noches atrás acerca de querer un poco más de variedad en su currículum.

»¿Cuándo es nuestro primer ensayo? —preguntó.

—El domingo. —Frederick guiñó un ojo—. Pensamos que sería bueno daros una semana para que volváis a aclimataros.

Dado que residían sin supervisión en el Castillo y su infame afición por los excesos, se esperaba que los estudiantes de teatro de cuarto año hicieran una fiesta de inicio de clases al comienzo del año. La habíamos planeado para el viernes. Frederick y

Gwendolyn, y probablemente también el decano Holinshed, estaban al tanto, pero fingían, indulgentemente, lo contrario.

Richard y Meredith finalmente entraron desde el pasillo y James y yo nos dimos prisa para dejar nuestras cosas en la mesa. Volví a estornudar, me limpié la nariz con una servilleta de tela y eché una mirada a través de la ventana. El campus estaba empapado en la luz del sol, la brisa generaba suaves ondas en el lago. Richard y Meredith se sentaron en el sofá más pequeño, dejando el otro para que Alexander y Filippa lo compartieran. Ya no se molestaban en dejarle lugar a Wren, quien (de forma encantadora, como una niña entusiasmada por la hora del cuento) prefería sentarse en el suelo.

Frederick sirvió el té sobre el aparador, así que la habitación olía, como siempre, a tiza, limón y té de Ceilán. Cuando terminó de llenar las ocho tazas —beber té era obligatorio en su clase; se estimulaba el uso de la miel, pero la leche y el azúcar eran de contrabando—, dio media vuelta y declaró:

—Bienvenidos otra vez. —Brillaba al hablar con nosotros como un pequeño Papá Noel intelectual—. Disfruté vuestras audiciones de ayer y estoy entusiasmado de volver a trabajar con vosotros este semestre.

Pasó la primera taza a Meredith, quien se la pasó a Richard, quien se la pasó a James y así sucesivamente hasta que terminó en las manos de Wren.

—Cuarto año. El año de la tragedia —continuó Frederick, con tono pomposo, una vez que la bandeja de té estuvo vacía y todos tenían una taza con su platillo. (Tomar el té en un tazón, solía recordarnos, era como beber un buen vino en un vaso de plástico)—. Me abstendré de deciros que os toméis las tragedias con más seriedad que las comedias. De hecho, uno podría argumentar que, para los personajes, la comedia es extremadamente seria o no será graciosa para el público. Pero esa es una conversación para otro momento.

—Levantó su propia taza de té de la bandeja, bebió con delicadeza y la volvió a apoyar. Frederick jamás había tenido un escritorio o un atril y, en lugar de eso, mientras enseñaba, caminaba lentamente de un lado al otro de la habitación frente al pizarrón—. Este año, nos dedicaremos a las obras trágicas de Shakespeare. ¿Qué creéis que abarca ese programa de estudios?

Estornudé como en respuesta a su pregunta y hubo una breve pausa antes de que comenzáramos a sugerir temas.

ALEXANDER: Material de referencia.

FILIPPA: Estructura.

WREN: Imaginería.

MEREDITH: Conflicto, tanto interno como externo.

YO: Destino contra voluntad.

JAMES: El héroe trágico.

RICHARD: El villano trágico.

Frederick levantó una mano para detenernos.

—Sí, muy bien —exclamó—. Todas esas cosas. Por supuesto, tocaremos cada una de estas obras; incluidas *Troilo y Crésida* y otras obras de tinte social. Pero, como es natural, comenzaremos con *César*. Una pregunta: ¿por qué no es *César* una obra histórica?

James fue el primero en contestar, con su característico entusiasmo académico.

—Las obras históricas están limitadas a la historia inglesa.

—Así es —repuso Frederick y retomó su caminata. Yo sorbí por la nariz, revolví mi té y me recliné hacia atrás en mi silla para escuchar—: La mayoría de las tragedias incluyen algún elemento histórico, pero lo que elegimos llamar obras «históricas», como bien dice James, son en realidad obras sobre historia inglesa y todas llevan por título el nombre de monarcas ingleses. ¿Por qué otra razón? ¿Qué es lo que hace que *César* sea primordialmente una tragedia?

Mis compañeros intercambiaron miradas curiosas, reacios a ofrecer la primera hipótesis y arriesgarse a estar equivocados.

—Bueno —aventuré, cuando nadie más habló, con la voz espesa por la congestión—, para el final de la obra, la mayoría de los personajes principales están muertos, pero Roma sigue de pie. —Me detuve para intentar expresar bien la idea—. Creo que trata más sobre las personas y menos sobre la política. Definitivamente es política, pero si la comparas con, no sé, el ciclo de *Enrique VI*, donde todos pelean por el trono, *César* es más personal. Es sobre los personajes y quiénes son, no sobre quién está en el poder. —Encogí los hombros, sin estar demasiado seguro de haber podido dejar en claro ninguna parte de mi argumento.

—Sí, Oliver tiene razón en eso —concedió Frederick—. Permitidme plantear otra pregunta. ¿Qué es más importante? ¿Que a César lo asesinen o que lo asesinen sus amigos íntimos?

No era la clase de pregunta que necesitaba respuesta, así que nadie contestó. Noté que Frederick me estaba observando con el orgullo y el afecto paternal que solía reservar para James (quien me ofreció una sonrisa leve pero alentadora cuando le eché un vistazo al otro lado de la mesa).

—Es ahí —concluyó Frederick— donde yace la tragedia. —Nos miró a todos, con las manos en la espalda y los rayos del sol del mediodía destellando contra sus gafas—. Entonces, ¿comenzamos? —Se giró hacia el pizarrón, tomó una tiza de la bandeja y comenzó a escribir—. Acto I, Escena 1. Una calle. Abrimos con los tribunos y los plebeyos. ¿Qué creéis que es importante de eso? El zapatero tiene una batalla de ingenio con Flavio y Marulo y, tras una serie de preguntas, nos presenta a nuestro héroe-tirano epónimo…

Revolvimos el interior de nuestras mochilas para encontrar nuestros cuadernos y bolígrafos y, mientras Frederick continuaba con la lección, escribimos casi todas las palabras que dijo. El sol calentaba mi espalda y el aroma agridulce del té negro flotó hacia mi rostro. Robé algunas miradas furtivas a mis compañeros, que tomaban apuntes, escuchaban y, de vez en cuando, hacían preguntas, conmovido al darme cuenta de la suerte que tenía de estar entre ellos.

VII

La ceremonia de inicio tradicionalmente tenía lugar en la sala de conciertos dorada el 9 de septiembre, día del nacimiento de Leopold Dellecher. (Se mudó aquí desde Chicago y mandó construir la Mansión en algún punto de los años 1850. No se transformó en un conservatorio hasta la mitad del siglo siguiente, cuando mantenerla se volvió difícil para la familia Dellecher, que se reducía rápidamente). Si el viejo Leopold hubiese logrado eludir la muerte de algún modo, habría cumplido ciento ochenta y siete años. Un enorme pastel con ese número exacto de velas esperaba, escaleras arriba, en el salón de baile, donde estudiantes y docentes recibirían una porción después del discurso de bienvenida del decano Holinshed.

Nos sentamos a la izquierda del pasillo, en medio de una larga fila llena de estudiantes de segundo y tercer año. Los estudiantes de teatro, que siempre eran los más ruidosos y los más propensos a las risas, se sentaron detrás de los estudiantes de música instrumental y coral (quienes eran más bien retraídos y, por lo que parecía, estaban decididos a perpetuar el estereotipo de que eran los estudiantes más autocomplacientes y menos accesibles de las siete disciplinas que había en Dellecher). Los bailarines (una colección de criaturas subalimentadas y con apariencia de cisne) se acomodaron detrás de nosotros. En el lado opuesto del pasillo, se sentaron los estudiantes de artes plásticas (identificados con facilidad por sus peinados poco convencionales y su ropa, que siempre estaba manchada con pintura y yeso), los de idiomas (quienes hablaban casi exclusivamente en griego y latín entre sí y, a veces, también con otros) y los de filosofía (que eran, de lejos, los más extraños, pero también los más divertidos y propensos a tratar toda conversación como un experimento social y a lanzar palabras como «hilozoísmo» y «componibilidad» como si fueran tan comprensibles como un «buenos días»). El cuerpo docente estaba sentado en una hilera de sillas sobre el escenario. Frederick y Gwendolyn estaban lado a lado, como una pareja casada desde hace mucho, y conversaban en voz baja con sus vecinos. La ceremonia de inicio era una de esas raras ocasiones en las que todos nos mezclábamos, un mar de gente vestida de «azul Dellecher», como todos lo llamábamos, porque nadie quería decir «azul pavo real». Usar los colores del conservatorio no era obligatorio, pero casi todos llevaban puesto el mismo suéter azul, con el escudo bordado sobre el pecho izquierdo. Había una versión más grande del blasón de la familia colgada en un estandarte detrás del podio: una cruz de San Andrés blanca contra un fondo azul; en primer plano, una llave dorada y una afilada pluma negra cruzadas como si fuesen espadas. Debajo estaba el lema: PER ASPERA AD ASTRA. Había escuchado varias traducciones, pero la que más me gustaba era «A través de las espinas, a las estrellas».

Como siempre, era una de las primeras cosas que decía Holinshed en la ceremonia.

—Buenas tardes a todos. *Per aspera ad astra*. —Había aparecido en el escenario desde las sombras de los bastidores, el foco que le apuntaba al rostro nos había dejado a todos en silencio—. Otro año comienza. A los de primer año que están entre vosotros, simplemente debo daros la bienvenida y deciros que estamos encantados de teneros. A los de segundo, tercero y cuarto, bienvenidos de nuevo y felicidades. —Holinshed era un hombre raro, alto pero encorvado, tranquilo pero contundente. Tenía una prominente nariz aguileña, pelo escaso de color cobrizo y unas pequeñas gafas cuadradas tan gruesas que triplicaban el tamaño natural de sus ojos—. Si estáis sentados en esta habitación esta noche —continuó—, significa que habéis sido aceptados en la estimada familia Dellecher. Aquí haréis muchos amigos y, quizá, unos pocos enemigos. No dejéis que esto último os atemorice; si no habéis hecho ningún enemigo en la vida, entonces habéis estado viviendo sin riesgos. Y eso es lo que deseo desalentar. —Hizo una pausa, consideró sus palabras un momento.

—Se ha puesto un poco extravagante —murmuró Alexander.

—Bueno, tiene que reciclar sus discursos, por lo menos, cada cuatro años —susurré—. No puedes culparlo.

—En Dellecher, os aliento a vivir con audacia —continuó Holinshed—. Haced arte, cometed errores y no tengáis arrepentimientos. Habéis venido a Dellecher porque valoráis algo más que el dinero, algo más allá de las convenciones, más allá del tipo de educación que se puede evaluar en números. No dudo en deciros que sois extraordinarios. Sin embargo —su expresión se oscureció—, nuestras expectativas están a la misma altura de vuestro enorme potencial. Esperamos que seáis dedicados. Esperamos que seáis decididos. Esperamos que nos deslumbréis. Y *no nos gusta* que nos decepcionen. —Sus palabras resonaron a través del salón y quedaron flotando en el aire como un vapor maloliente, invisible pero imposible de ignorar. Dejó que el silencio antinatural se posara sobre todos nosotros demasiado tiempo, luego, abruptamente, se inclinó hacia atrás en el podio y dijo—: Algunos de vosotros os habéis unido a nosotros en el final de una era y cuando os vayáis, emergeréis no solo a una nueva década y a un nuevo siglo, sino también a un nuevo milenio. Planeamos prepararos para él de la mejor manera posible. El futuro es enorme y azaroso y lleno de promesas, pero también es inestable. Aprovechad cada oportunidad que se os presente y aferraos a ella para que la marea no se la lleve.

Su mirada se posó innegablemente sobre nosotros, los siete actores dramáticos de cuarto año.

—«Hay una marea en los asuntos humanos que, navegada a favor, trae fortuna» —recitó—. «En tal creciente del mar flotamos ahora y debemos aprovechar la corriente cuando impulsa, o demos por perdida nuestra aventura». Damas y caballeros, no desperdiciéis ni un solo momento. —Holinshed sonrió como compenetrado en una ensoñación, luego miró su reloj—. Y hablando de no echar nada a perder, hay un enorme pastel esperando a ser devorado en el piso de arriba. Buenas noches.

Y desapareció del escenario antes de que el público pudiera comenzar a aplaudir.

VIII

Pasó una semana sin que nada interesante ocurriera. Después de la clase de Frederick (donde una discusión sobre la delgada línea entre lo homosocial y lo homoerótico en la infame «escena de la tienda» nos dejó a todos tambaleándonos entre la diversión y la vergüenza), descendimos juntos las escaleras, quejándonos de tener hambre. El comedor —en otra época, el salón comedor de la familia Dellecher— estaba atestado al mediodía, pero nuestra mesa habitual estaba vacía, como esperándonos.

—Me muero de hambre —declaró Alexander, que atacó el plato antes de que el resto de nosotros pudiera sentarse—. Beber todo ese maldito té me sienta fatal.

—Si desayunaras, tal vez eso no te pasaría —sugirió Filippa, que observaba con asco cómo él se llenaba la boca de puré de patatas.

Richard llegó tarde, con un sobre ya abierto en su mano.

—Hay correspondencia —anunció y se sentó al final de la mesa entre Meredith y Wren.

—¿Para todos? —pregunté.

—Eso creo —respondió sin levantar la mirada.

—Iré a buscarla —me ofrecí, y unos pocos de ellos murmuraron su agradecimiento cuando me puse de pie. Nuestros buzones estaban al final del comedor y encontré que mi nombre era el primero en la pared de pequeños casilleros de madera. El de Filippa era el que más cerca estaba del mío, luego el de James, y el resto se iba extendiendo hacia el final del alfabeto. El mismo sobre cuadrado esperaba en cada uno de nuestros buzones, con nuestros nombres escritos en la parte de delante con la letra pequeña y elegante de Frederick. Los llevé a la mesa y los repartí.

—¿Qué son? —preguntó Wren.

—No lo sé —respondí—. No creo que sean los monólogos para los exámenes de mitad de semestre, ¿no?

—No —repuso Meredith, que ya estaba abriendo el suyo—. Es *Macbeth*.

El resto de nosotros dejamos de hablar inmediatamente y abrimos nuestros propios sobres.

Todos los años tenían lugar, en Dellecher, unas pocas funciones tradicionales. Cuando el tiempo aún era cálido, los estudiantes de arte recreaban *Noche estrellada* de Van Gogh con tiza. En diciembre, los estudiantes de idiomas hacían una lectura de «Una visita de San Nicolás» en latín. Los estudiantes de filosofía reconstruían su Paradoja de Teseo todos los eneros y celebraban un simposio en marzo, mientras que los estudiantes de instrumentos y música coral hacían *Don Giovanni* el Día de San Valentín y los bailarines interpretaban *La consagración de la primavera* de Stravinski en abril. Los estudiantes de teatro hacían escenas de *Macbeth* para Noche de Brujas y escenas de *Romeo y Julieta* en el baile de máscaras de Navidad. Como los estudiantes de primero, segundo y tercero apenas estaban involucrados, no tenía ni idea de cómo sería el elenco.

Rompí el sello que cerraba mi sobre y saqué una tarjeta que tenía otras pocas líneas escritas en la diminuta letra de Frederick:

Por favor, preséntese en el comienzo del sendero
quince minutos antes de la medianoche en la Noche de Brujas.
Prepare el Acto I – Escena 3 y Acto IV – Escena 1.

Interpretará a Banquo.

Acuda al taller de vestuario a las 12:30 p. m.
del 18 de octubre para una prueba de vestuario.
No hable de esto con sus compañeros.

Me quedé mirándola, pensativo, preguntándome si sería algún tipo de error administrativo. Examiné el sobre otra vez, pero sin lugar a dudas decía «Oliver». Levanté la mirada hacia James, para ver si había notado algo inusual, pero su cara no mostraba nada. Yo había creído que él interpretaría a Banquo para acompañar al Macbeth de Richard.

—Bueno —dijo Alexander, que parecía ligeramente entretenido—. Supongo que no podemos hablar de esto.

—No —respondió Richard—. Esa es la tradición. Para el baile de máscaras de Navidad es igual, no debemos saber quién interpreta a quién antes de la función. —Por un momento, olvidé que él había interpretado a Teobaldo el año anterior.

Hice un esfuerzo por leer la expresión en el rostro de las chicas. Filippa parecía no estar sorprendida. Wren parecía entusiasmada. Meredith, levemente recelosa.

—¿No ensayaremos en absoluto? —preguntó Alexander.

—No —repitió Richard—. Mañana tendrás en tu buzón el guion con las acotaciones. Luego tan solo te aprendes tus líneas y te presentas. Disculpad. —Empujó la silla hacia atrás y dejó la mesa sin decir otra palabra.

MEREDITH: ¿Qué le pasa?

WREN: Estaba bien hace media hora.

MEREDITH: ¿Vas tú o quieres que vaya yo?

WREN: Adelante, ve.

Meredith abandonó la mesa con un suspiro, dejando su pastel de carne estilo inglés a medio comer. Alexander, que había terminado el suyo, tuvo la gracia de esperar tres segundos completos antes de consultar:

—¿Creéis que volverá a terminarse eso?

James empujó el plato hacia él.

—Cómetelo, troglodita.

Eché una mirada por encima de mi hombro. Meredith había encontrado a Richard en el rincón donde estaban las cafeteras y tenía el ceño muy fruncido mientras lo escuchaba hablar. Le tocó el brazo, dijo algo, pero él se encogió de hombros y se fue del comedor, con una sombra de confusión en los ojos. Ella lo observó irse, luego regresó a la mesa a contarnos que tenía migraña y que se iba al Castillo. Al parecer, ajena al hecho de que su plato había desaparecido, volvió a sentarse.

Mientras la comida se alargaba, comí y escuché a los demás lamentarse por la cantidad de líneas que debían aprender de *César* antes del ensayo sin guion, para el que faltaba una semana. Sentía el sobre pesado en mi regazo. Eché una mirada a James, que estaba sentado al otro extremo de la mesa. También estaba en silencio, sin prestarle verdadera atención a la conversación. Mis ojos pasaron de él a Meredith y luego a la silla vacía de Richard y no pude evitar sentir que el equilibrio de fuerzas de alguna manera había cambiado.

IX

La clase de combate escénico tuvo lugar después de la comida en la sala de ensayos. Arrastramos las colchonetas azules desde el armario donde estaban guardadas, las acomodamos en el suelo y comenzamos a estirar sin demasiadas ganas, mientras esperábamos a Camilo. Camilo —un joven chileno cuya barba oscura y arete dorado hacían que tuviera un aire a pirata— era nuestro coreógrafo para escenas de lucha, nuestro entrenador personal y profesor de movimiento. Las clases de movimiento de segundo y tercer año estaban dedicadas a la danza, el arte histriónico de los payasos y todas las acrobacias que un actor podría necesitar. En el primer semestre de cuarto año, aprendíamos combate mano a mano y en el segundo, esgrima.

Camilo llegó a la una en punto y, como era lunes, nos hizo hacer una fila para pesarnos.

—Has ganado dos kilos y medio desde el comienzo del semestre —dijo, cuando pisé la balanza. Él estaba contento con el progreso que yo había hecho durante el verano, pese a que Gwendolyn no—. ¿Estás siguiendo al plan que te di?

—Sí —aseguré y, en su mayoría, era verdad. Se suponía que debía ir a correr, hacer pesas, comer bien y no beber demasiado alcohol. Todos ignorábamos de forma unánime la política de consumo responsable de alcohol.

—Bien. Insiste con las pesas, pero no te mates. —Se acercó más, como si fuera a decirme un secreto—. Está muy bien que Richard parezca Hulk, pero seamos francos, tú no tienes ese metabolismo. Si sigues comiendo bastantes proteínas, estarás esbelto y en buena forma.

—Genial. —Bajé de la balanza y dejé que Alexander (quien era más alto que yo, pero siempre estaba demasiado delgado porque no podía dejar de fumar ni despertarse para desayunar) ocupó mi lugar. Le eché una mirada a mi reflejo en los largos espejos que cubrían la pared opuesta a las ventanas. Estaba en bastante buena forma, pero quería ganar un poco más de peso, tener un poco más de músculo. Me estiré y miré a James, que era el más menudo de los chicos (medía apenas 1,78 metros, delgado pero no escuálido). Había algo casi felino en él, una especie de agilidad primigenia. Para la clase de movimiento animal, Camilo le había asignado el rol de leopardo. Se pasó un mes aullando en la oscuridad por toda nuestra habitación hasta que se sintió lo bastante metido en el papel para atacarme mientras yo dormía. Después de eso, pasé la siguiente media hora esperando que mi corazón dejara de golpear contra mi pecho, mientras le aseguraba que sí, mi grito de horror había sido completamente genuino.

—¿No viene Richard hoy? —preguntó Camilo cuando Alexander bajó de la balanza.

—No se sentía bien —explicó Meredith—. Estaba con migraña.

—Qué pena —dijo Camilo—. Bueno, debemos proseguir sin él. —Se quedó parado mirándonos hacia abajo, ya que nosotros seis estábamos sentados como patos en una pequeña fila al borde de la colchoneta—. ¿Dónde lo dejamos la semana pasada?

FILIPPA: Bofetadas.

CAMILO: Cierto. Recordadme las reglas.

WREN: Asegurarnos de que no estemos demasiado cerca. Hacer contacto visual con nuestro compañero. Girar el cuerpo para esconder la palmada.

CAMILO: ¿Y?

JAMES: Siempre usar la mano abierta y plana.

CAMILO: ¿Y?

MEREDITH: Tienes que venderla.

CAMILO: ¿Cómo?

YO: Los efectos de sonido son lo más convincente.

—Perfecto —señaló Camilo—. Creo que estamos listos para intentar algo con un poquito más de fuerza. ¿Por qué no aprendemos el revés? —Se aclaró la garganta, hizo sonar sus nudillos—. El golpe de revés, que se puede hacer con la mano en puño o plana, según lo que queráis expresar, es distinto de la bofetada directa porque jamás debéis cruzar el cuerpo.

—¿Qué quieres decir? —preguntó Meredith.

—James, ¿puedo usarte un momento? —pidió Camilo.

—Por supuesto. —James se puso de pie y dejó que Camilo lo ubicara de forma que quedaron de pie el uno frente al otro. Camilo extendió un brazo y la yema de su dedo corazón quedó a un hilo de distancia de la punta de la nariz de James.

—Cuando abofeteas a alguien, debes mover la mano a través de la mitad de la persona. —Movió su propia mano a través de la cara de James como en cámara lenta, sin tocarlo. James giró su cabeza en la misma dirección—. Pero con un golpe de revés, no quieres hacer eso. En su lugar, mi manó irá derecha hacia arriba a lo largo de su costado. —El puño derecho de Camilo se movió de forma vertical desde su cadera izquierda hasta la coronilla de la cabeza de James—. ¿Veis? Una larga línea recta. Jamás debéis cruzar la cara al hacer esto porque podríais quitarle la cara a alguien. Pero no es más que esto que acabo de mostraros. ¿Lo intentamos a toda velocidad? James, tú harás la cabezada.

—Muy bien.

Cruzaron miradas y James asintió levemente. El brazo de Camilo voló por el espacio entre ambos y se escuchó un fuerte chasquido cuando James abofeteó su propio muslo, al mismo tiempo que se tambaleaba hacia atrás. Ocurrió con tanta rapidez que fue imposible darse cuenta de que jamás se habían tocado.

—Excelente —dijo Camilo—. Hablemos de cuándo o por qué querríais usar este movimiento. ¿Alguien?

Filippa fue la primera en responder. (En las clases de Camilo, solía ser así).

—Como no cruzas el cuerpo, puedes pararte más cerca del otro. —Ladeó la cabeza y miró de Camilo a James como si estuviera rebobinando y reproduciendo el golpe en su mente—. Lo que lo hace más íntimo y muy estremecedor, justamente *porque* es así de íntimo.

Camilo asintió.

—Es extraordinario cómo el teatro (y, en particular, Shakespeare) puede insensibilizarnos frente al espectáculo de la violencia. Pero no es solo un truco escénico. Cuando a Macbeth le cortan la cabeza o le cortan la lengua a Lavinia o los conspiradores bañan sus manos en la sangre de César, debería afectaros, seáis la víctima, el agresor o solo un testigo. ¿Habéis visto alguna vez una pelea de verdad? Es horrible. Es visceral. Y lo más importante, es emocional. En el escenario, tenemos que mantener control para no hacer daño a otros actores, pero la violencia debe venir de un sentimiento violento o el público no lo creerá. —Fue mirando a cada uno de nosotros hasta que sus ojos aterrizaron en mí. Una sonrisa destelló debajo de su bigote—. Oliver, ¿te unes a nosotros?

—Sí. —Me empujé contra el suelo para ponerme de pie y tomé el lugar de Camilo frente a James.

—Bien —indicó Camilo, que puso una mano en un hombro de cada uno—, es bien sabido que vosotros dos sois buenos amigos, ¿verdad?

Nos sonreímos el uno al otro.

—James, tú intentarás golpear de revés a Oliver. No lo digas en voz alta, pero quiero que pienses en qué te haría querer golpearlo. Y no muevas un solo músculo hasta que sientas ese impulso.

La sonrisa de James se desvaneció y me observó con una mirada confusa, íntima, con las cejas arrugadas con tensión sobre el caballete de la nariz.

—Oliver, quiero que hagas lo opuesto —señaló Camilo—. Imagina que has provocado este ataque y, cuando ocurra, deja que el sentimiento te golpee, aunque no lo haga el puño.

Parpadeé, ya estaba perdido.

—Cuando estéis listos —dijo y se alejó—. Tomaos el tiempo que necesitéis.

Nos quedamos parados allí, inmóviles, mirándonos. Los ojos de James eran de un color gris intenso y brillante, pero estando tan cerca pude ver un anillo dorado alrededor de cada pupila. Algo se estaba moviendo, fermentando en su mente; acompañado por una tensión en las esquinas de su mandíbula y un fruncimiento nervioso de su labio inferior. James jamás había estado realmente enfadado conmigo, que yo supiera. Absorto en la rareza de esto, olvidé por completo mi propia parte del ejercicio y simplemente observé cómo aumentaba la tensión, cómo sus hombros se levantaban, sus puños se cerraban con fuerza a sus lados. Me hizo un gesto breve, brusco con la cabeza. Sabía lo que venía a continuación, pero algún reflejo incoherente me hizo inclinarme hacia adelante, hacia él. Su mano se alzó a toda velocidad hacia mi cabeza, pero no reaccioné, no hice la palmada ni el giro, solo me encogí cuando algo afilado rebanó mi mejilla.

Me quedé extrañamente quieto y callado en la habitación. James me miró con el ceño fruncido, el hechizo de hostilidad roto.

—¿Oliver? No has hecho… ¡Uh! —Sujetó mi mentón con una mano y giró mi cabeza, rozó el costado de mi cara. Sangre—. Dios, lo siento.

Me apoyé en su hombro para estabilizarme.

—No, no pasa nada. ¿Está muy mal?

Camilo quitó a James de en medio.

—Veamos —dijo—. No, es solo un rasguño, te ha dado con la punta de su reloj. ¿Estás bien?

—Sí —respondí—. No sé qué ha pasado, me he desconectado del momento y me he inclinado hacia el movimiento. —Encogí los hombros con incomodidad, al darme cuenta, de repente, de que él y mis cuatro compañeros de clase, de quienes me había olvidado, estaban observándome—. Es mi culpa. No estaba listo. —James, a quien no había olvidado (¿cómo podría?), estaba parado mirándome con tanta preocupación que casi me eché a reír—. De verdad —insistí—, estoy bien.

Pero cuando regresé a mi lugar, casi me tropecé, mareado como si realmente me hubiese golpeado.

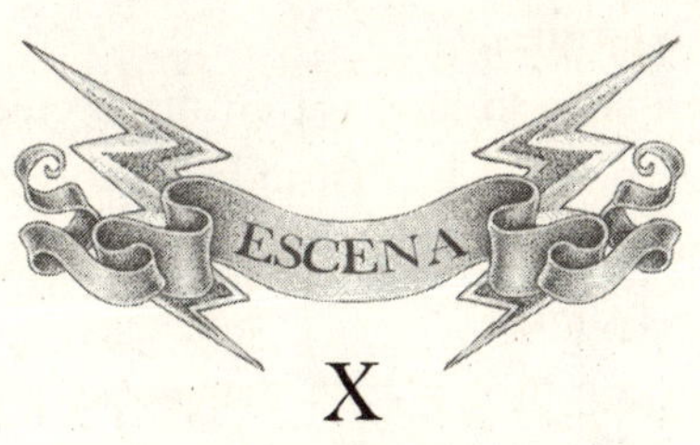

X

Nuestro primer ensayo sin guion no salió bien.

También fue nuestro primer ensayo en el lugar. El Teatro Archibald Dellecher podía albergar a quinientas personas y estaba decorado con toda la modestia de un teatro de ópera barroco. Los asientos estaban tapizados con el mismo terciopelo azul que el gran telón y la araña era tan impresionante que, a veces, las personas que se sentaban en el palco pasaban más tiempo observándola que mirando la obra que habían venido a ver. Como quedaban seis semanas de ensayo, aún no se había construido ninguna plataforma ni pieza de escenografía, pero estaban marcadas con cinta adhesiva en el escenario. Daba la sensación de que estábamos de pie en un rompecabezas gigante.

Me sabía las líneas de mi Casca, pero no había pasado tanto tiempo con las de Octavio, que no entraba hasta el Acto IV. Me quedé agazapado en un asiento de la tercera fila, leyendo furiosamente mis inminentes intervenciones mientras Alexander y James flaqueaban en lo que habíamos comenzado a llamar «la escena de la tienda», que para ese momento era, en parte, una disputa de estrategia militar y, en parte, una pelea de enamorados.

JAMES: «¿Habría yo respondido así a Cayo Casio? Cuando Marco Bruto se vuelva tan codicioso para negar unas míseras monedas a sus amigos, ¡preparad, dioses, todos vuestros rayos y hacedlo trizas!».

ALEXANDER: «No te las negué».

James: «¡Lo hiciste!».

Alexander: «No lo hice: era un tonto quien te trajo mi respuesta. Bruto ha destruido mi corazón. Un amigo debería soportar las flaquezas de otro amigo, pero Bruto exagera las mías».

Se miraron con furia por un tiempo tan prolongado que eché un vistazo a la mesa del apuntador antes de que James parpadeara y pidiera línea.

Sentí una punzada de vergüenza empática. Richard, que esperaba entre bastidores para entrar como el fantasma de César, pasó el peso de su cuerpo de un pie a otro, sus brazos cruzados de forma tensa.

—«No lo hago, hasta que las ejerces sobre mí» —indicó Gwendolyn desde el fondo del teatro. Me di cuenta, por el énfasis exagerado que había puesto en la métrica, de que estaba cansada de los retrasos.

James: «No lo hago, hasta que las ejerces sobre mí».

Alexander: «No me quieres».

James: «No aprecio tus faltas».

Alexander: «Los ojos de un amigo jamás verían tales faltas».

James: «Un adulador no, ¡aunque parezcan tan enormes como el alto Olimpo!».

Alexander: «¡Ven, Antonio, y ven, joven Octavio! Cobrad vuestra venganza solo en Casio; porque Casio está harto del mundo…». ¿Línea?

Gwendolyn: «Odiado por uno a quien ama…».

Alexander: «Odiado por uno a quien ama; desafiado por su hermano; regañado como un sirviente; todas sus faltas bajo observación, anotadas en un cuaderno…». Maldita sea. ¿Línea?

Gwendolyn: «… estudiadas y aprendidas de memoria…».

ALEXANDER: Cierto, perdón. «Estudiadas y aprendidas de memoria, para echárselas en cara. ¡Oh! ¡Podría derramar mi alma por las lágrimas de mis ojos!».

Alexander sacó una espada imaginaria (aún no teníamos atrezo) y abrió el cuello de su camisa con brusquedad.

—«¡Aquí está mi daga!» —exclamó—. «Aquí, mi pecho desnudo, y dentro, un corazón más valioso que el de Plutón». No, perdón: «que las minas de Plutón». ¿Es así? Su puta madre. Línea. —Miró hacia la mesa del apuntador, pero antes de que Gwendolyn pudiera señalarle el texto, Richard emergió bajo los reflectores del escenario desde los bastidores del lado izquierdo.

—Perdón —dijo, su voz profunda reverberó en el auditorio casi vacío—. ¿Vamos a dedicar toda la noche a esta escena? Está claro que no se saben las líneas.

En el silencio que vino como respuesta, observé a James, boquiabierto y temeroso de darme la vuelta. Tanto él como Alexander miraban a Richard con furia, como si hubiese dicho una obscenidad; Meredith, por su parte, se había quedado helada, sentada en el suelo del pasillo, con una pierna extendida para calmar un tirón en sus isquiotibiales. Wren y Filippa estiraron el cuello para intentar ver por encima de mi hombro en la oscuridad. Me arriesgué a echar una mirada atrás. Gwendolyn estaba de pie; Frederick estaba sentado al lado de ella con las manos cruzadas y mirando hacia abajo con el ceño fruncido.

—Richard, ya basta —advirtió Gwendolyn, con dureza—. Tómate cinco minutos y no regreses hasta que te hayas calmado.

Richard, al principio, no reaccionó, como si no hubiera entendido; luego, abruptamente, dio media vuelta y se fue por los bastidores sin decir una sola palabra.

Gwendolyn también miró con enfado a James y Alexander.

—Vosotros dos, tomaos cinco minutos también, repasad vuestras líneas y volved listos para trabajar. De hecho, tomaos cinco minutos todos. Idos. —Cuando nadie se movió, agitó las manos como para ahuyentarnos del auditorio, como si fuésemos una bandada de palomas indeseables. Me quedé haciendo tiempo hasta que James pasó a mi lado, entonces lo seguí hasta el muelle de carga. Alexander ya estaba allí, encendiendo un porro.

—Ese hijo de puta —exclamó—. Tiene la mitad de líneas que nosotros y ¡tiene el descaro de interrumpir nuestro primer ensayo sin guion! Se puede ir *a la mierda.* —Se sentó, aspiró con fuerza el porro y se lo pasó a James, que dio una calada corta y se lo devolvió.

—Tienes razón —concedió, mientras exhalaba y una nube de humo blanco surgía de entre sus labios—. Pero también la tiene él.

Alexander parecía estar en rebeldía.

—Bueno, vete a la mierda tú también.

—No te enfades. *Deberíamos* saber mejor nuestros diálogos. Richard simplemente nos ha puesto en evidencia, eso es todo.

—Sí —comenté—, pero la forma en que lo ha hecho ha sido una mierda.

La comisura de la boca de James se contrajo hacia una sonrisa.

—Es cierto.

Se abrió la puerta y apareció Filippa, con los brazos cruzados para combatir el frío nocturno.

—Ey, chicos, ¿estáis bien?

Alexander dio otra larga calada al porro y dejó la boca abierta para que el humo saliera en una ola larga y lenta.

—Ha sido una noche larga —respondió James, de forma inexpresiva.

—Si os hace sentir mejor, Meredith acaba de echarle una bronca tremenda a Richard.

—¿Por qué? —pregunté.

—Por portarse como un idiota —replicó, como si fuese obvio—. Que duerma con él no quiere decir que no note cuando él se comporta como un cretino.

JAMES: Estoy confundido. ¿Es un idiota o un cretino?

FILIPPA: Para ser sincera, creo que Richard podría ser ambas cosas.

YO: Al menos no tendrá sexo durante un tiempo.

ALEXANDER: Sí. Genial. Seguro que eso mejorará su compañerismo.

—De hecho, se ha disculpado —reveló Filippa—. Al menos con Meredith. Ha dicho que había sido infantil y que lo lamentaba.

—¿En serio? —preguntó Alexander; el humo rodeaba su cabeza, que por eso parecía a punto de estallar—. Entonces no solo es un cretino idiota hijo de puta que se comporta como la mierda, sino que encima ya se ha disculpado. —Lanzó el porro al suelo de cemento y lo aplastó con el talón—. Perfecto, ahora ni siquiera podemos seguir enfadados con él. De verdad, que se vaya a la mierda. —Terminó de pulverizar el porro y alzó la vista para mirarnos. Estábamos de pie casi en círculo alrededor de él, con los labios cerrados con fuerza, luchando por mantener la seriedad en nuestros rostros—. ¿Qué?

Filippa encontró mi mirada y ambos estallamos en carcajadas.

XI

«El tiempo viaja a distinto paso con diferentes personas». Con nosotros, paseó, trotó y galopó durante todo octubre. (Jamás se detuvo, hasta la mañana del 22 de noviembre y, al menos para mí, parecía no haberse movido desde entonces).

Habíamos terminado de catalogar nuestras fortalezas y debilidades hacía rato. Alexander fue después de Meredith y habló de su habilidad para asustar con bastante orgullo, pero confesó que le preocupaba ser el villano en su propia vida. Wren presentó una espada de doble filo: estaba íntimamente conectada con sus emociones, pero, como consecuencia, era demasiado sensible para el competitivo ambiente artístico. Richard nos contó lo que todos ya sabíamos: que tenía una confianza inquebrantable en sí mismo, pero su ego hacía que fuese difícil trabajar con él. Filippa hizo su declaración sin un ápice de vergüenza. Era versátil, pero como no tenía ningún «tipo», siempre terminaría interpretando personajes secundarios. James —hablando pausado, tan inmerso en sus reflexiones que no parecía ver al resto de nosotros— explicó que se compenetraba tanto con los personajes que interpretaba que a veces no podía abandonarlos del todo y volver a ser él mismo otra vez. Para cuando llegó mi turno, nos habíamos vuelto tan insensibles a las inseguridades de los demás que a nadie pareció sorprenderle que yo dijera que era la persona menos talentosa de nuestro año. No podía pensar en ninguna verdadera fortaleza mía y lo confesé, pero James me interrumpió para decir: «Oliver, cuando estás en una escena haces que los demás sobresalgan. Eres el mejor tipo de todos y el actor más generoso de entre nosotros, lo que probablemente sea más importante que el talento». Cerré la boca de inmediato, seguro de que era el único allí que pensaba eso. Extrañamente, nadie se lo discutió.

El 16 de octubre, nos sentamos en nuestros lugares habituales en la galería. En el exterior, la luz de un día de otoño perfecto hacía que los árboles que rodeaban el lago parecieran envueltos en llamas. La llamarada de color —naranja oscuro, amarillo sulfúreo, rojo intenso— resplandecía del revés sobre la superficie del agua. James echó una mirada a través de la ventana por sobre mi hombro y comentó:

—Al parecer, Gwendolyn pidió a las clases de arte que prepararan sangre falsa para esparcirla por la playa.

—Eso sí que será divertido.

Negó con la cabeza, con una sonrisa torcida en la boca, y se deslizó en la silla frente a la mía. Empujé una taza con su plato hacia él y observé cómo la llevaba a sus labios, que aún sonreían. Los otros entraron bulliciosamente desde el pasillo y el hechizo de perezosa tranquilidad se esfumó en el aire como el vapor.

Oficialmente, habíamos dejado atrás nuestras lecciones sobre *César* y habíamos pasado a *Macbeth,* pero las familiares líneas de *César* no dejaban de surgir en nuestras lenguas y, con ellas, venía una especie de tensa crispación. Semanas de ensayos difíciles y de manipulación emocional por parte de Gwendolyn habían hecho que la neutralidad fuese imposible. Ese día, lo que comenzó como un simple debate sobre la estructura de la tragedia rápidamente se transformó en una discusión.

—No, eso no es lo que estoy diciendo —espetó Alexander, transcurrida la mitad de la clase, y se quitó el pelo de la cara con impaciencia—. Lo que digo es que en *Macbeth* la estructura trágica es muy evidente; hace que *César* parezca una telenovela.

Meredith: ¿Eso qué mierda quiere decir?

Frederick: Cuida el lenguaje, Meredith.

Wren se sentó más derecha en el suelo y apoyó su taza en el platillo entre sus piernas.

—No —dijo—. Yo lo entiendo.

Richard: Entonces, explícanoslo al resto de nosotros, ¿quieres?

Wren: Macbeth es un héroe trágico de manual.

Filippa: Con un defecto trágico, la ambición.

Yo: *(Estornudo).*

—Y Lady Macbeth es una villana trágica de manual —añadió James, que miró de Wren a Filippa, como pidiendo su apoyo—. A diferencia de Macbeth, ella no tiene ningún escrúpulo para asesinar a Duncan, lo que allana el camino para el resto de los asesinatos que cometen.

—Entonces, ¿cuál es la diferencia? —cuestionó Meredith—. Es igual en *César*. Bruto y Casio asesinan a César y se exponen al desastre.

—Pero no son villanos, ¿cierto? —argumentó Wren—. Quizás lo sea Casio, pero Bruto hace lo que hace por el bien de Roma.

—«No es que amara menos a César, sino que amaba más a Roma» —recitó James.

Richard hizo un ruido con la nariz, de la clase que mostraba impaciencia, y preguntó:

—¿Cuál es tu argumento, Wren?

—Su argumento es el mismo que el mío —señaló Alexander, que se movió hacia adelante para quedar sentado en el mismísimo borde del sillón; sus largas piernas, dobladas de forma que sus rodillas estaban casi a la misma altura de su pecho—. *César* no está en la misma categoría de *Macbeth*.

MEREDITH: Entonces, ¿en qué categoría está?

ALEXANDER: Qué demonios sé yo.

FREDERICK: ¡Alexander!

ALEXANDER: Perdón.

—Creo que lo estáis complicando demasiado —dijo Richard—. *César* y *Macbeth* tienen la misma composición. Héroe trágico: César. Villano trágico: Casio. Un tercero insípido: Bruto. Supongo que podrías equipararlo con Banquo.

—Espera —solté—. ¿Qué hace a Banquo…?

Pero James me interrumpió.

—¿Consideras que César es el héroe trágico?

Richard encogió los hombres.

—¿Y quién, si no?

Filippa señaló a James.

—Em, ¡sí!

—Tiene que ser Bruto —explicó Alexander—. Antonio lo deja claro en 5-5. Es tu pie, Oliver, ¿qué dice?

Yo: «¡Este fue el más noble de todos los romanos! ¡Todos los conspiradores *(estornudo)*, menos él, hicieron lo que hicieron por envidia al gran César! Solo él tuvo una razón sincera y un interés por el bien común al unirse a ellos».

—No —insistió Richard—. Bruto no puede ser el héroe trágico.

James se sintió ofendido.

—¿Por qué no?

Richard casi se echó a reír al ver la expresión en su rostro.

—¡Porque tiene como catorce defectos trágicos! —argumentó—. Se supone que un héroe tiene solo *uno*.

—El de César es la ambición, igual que Macbeth —agregó Meredith—. Simple. El único defecto trágico de Bruto es ser tan estúpido como para escuchar a Casio.

—¿Cómo puede ser César el héroe? —cuestionó Wren, cuya mirada iba de uno a otro—. Muere en el tercer acto.

—Sí, pero la obra lleva su nombre, ¿no? —esgrimió Richard, sus palabras y su aliento se unieron en una ráfaga de exasperación—. Eso es lo que pasa en todas las otras tragedias.

—¿En serio? —dijo Filippa, con voz monótona—. ¿Basas tu argumento en el *título* de la obra?

—Yo aún estoy esperando que me cuente cuáles son estos catorce defectos —comentó Alexander.

—No he querido decir que haya *exactamente catorce* —respondió Richard, seco—. Me refería a que sería imposible identificar ese único error que lo lleva a condenarse a sí mismo.

—¿No se podría decir que el defecto trágico de Bruto es su excesivo amor por Roma? —pregunté, mirando al otro lado de la mesa a James, quien observaba a Richard con ojos entornados. Frederick estaba de pie frente al pizarrón con los labios fruncidos, escuchando con atención.

—No —respondió Richard—. Porque además de eso, tienes su orgullo, su arrogancia, su vanidad…

—Todo eso es exactamente lo mismo, tú deberías saberlo mejor que nadie. —La voz de James cortó la de Richard y el resto de nosotros nos quedamos en silencio, asombrados.

—¿Qué has dicho? —preguntó Richard. James apretó la mandíbula. Yo sabía que no había tenido intención de decir eso en voz alta.

—Ya me has oído.

—Sí, así ha sido, joder —repuso Richard y la frialdad en su voz hizo que se erizaran todos los pelos de mi nuca—. Te estoy dando la oportunidad de arrepentirte de lo que has dicho.

—*Caballeros.* —Casi había olvidado que Frederick estaba allí. Habló con suavidad, casi sin voz, y por un momento me pregunté si el susto no lo había hecho desvanecerse—. *¡Ya basta!*

Richard, que estaba inclinado hacia adelante como si estuviera a punto de lanzarse desde el sillón hacia el cuello de James, se reclinó hacia atrás contra los almohadones otra vez. Una de las manos de Meredith se posó sobre sus rodillas.

James apartó la mirada.

—Richard, discúlpame, no debería haber dicho eso.

La cara de Richard era ilegible al principio, pero entonces la rabia lo abandonó y pareció dejarlo abatido.

—Supongo que lo merezco —concedió—. Nunca me disculpé por mi pequeño exabrupto en el ensayo sin guion. ¿Tregua, James?

—Sí, por supuesto. —James volvió a levantar la mirada, sus hombros se relajaron un poco con alivio—. Tregua.

Tras una pausa ligeramente incómoda, en la que intercambié rápidas miradas de desconcierto con Filippa y Alexander, Meredith dijo:

—¿Qué acaba de pasar? Por Dios, es solo una *obra*.

—Bueno —respondió Frederick con un suspiro. Se quitó las gafas y comenzó a limpiarlas con el borde de su camisa—. Ha habido retos a duelo por mucho menos.

Richard alzó una ceja y miró a James.

—Espadas, ¿detrás del comedor al amanecer?

JAMES: Solo si Oliver acepta ser mi segundo.

YO: «Espero vivir, pero estoy preparado para morir».

RICHARD: Muy bien, Meredith puede ser la mía.

ALEXANDER: Gracias por el voto de confianza, Rick.

Richard rio, todo aparentemente perdonado. Volvimos a nuestro debate y procedimos con civilidad, pero observé a James por el rabillo del ojo. Siempre había habido rivalidades entre nosotros, pero jamás había habido semejante despliegue de hostilidad. Con un sorbo de té, me convencí de que simplemente todos estábamos reaccionando de forma exagerada. Los actores son volátiles por naturaleza; criaturas alquímicas compuestas de elementos inflamables: sentimientos, ego y envidia. Si las calientas y las mezclas, a veces puedes conseguir oro. Otras veces, un desastre.

XII

La Noche de Brujas se acercaba como un tigre en la noche, con un suave rumor de advertencia. Durante toda la segunda mitad de octubre, los cielos fueron morados y tormentosos, y Gwendolyn nos saludaba todas las mañanas con un: «¡Qué clima horriblemente *escocés* estamos teniendo!».

A medida que el día aciago se aproximaba, era imposible contener la agitación por la creciente excitación entre los estudiantes. La mañana del 31, los murmullos nos persiguieron por el comedor, mientras nos servíamos café. Todos querían saber qué pasaría esa noche en la playa azotada por el viento. Estábamos demasiado ansiosos para concentrarnos en nuestras clases y Camilo nos liberó más temprano, con la indicación de que «fuéramos a preparar nuestros hechizos». De vuelta en el Castillo, nos evitamos los unos a los otros, nos escabullimos cada uno a un rincón y repetimos nuestras líneas para nuestros adentros, como los pacientes de un asilo para lunáticos. Cuando llegó la hora encantada, partimos hacia el bosque, uno por uno.

La noche estaba siniestramente cálida y tuve que hacer un esfuerzo para seguir el sinuoso sendero del bosque en la oscuridad afelpada como el terciopelo. Raíces que no podía ver se levantaban para arañar mis tobillos y, en una ocasión, pisé mal y caí al suelo y el aroma húmedo de una inminente tormenta invadió mi nariz. Sacudí la suciedad de mi cuerpo y avancé con más cuidado, mis pulsaciones aceleradas y superficiales, como los latidos de un conejo asustado.

Cuando llegué al comienzo del sendero, temí, por un momento, haber llegado tarde. Mi vestuario (pantalones, botas, camisa y abrigo de un estilo militar culturalmente ambiguo) no incluía reloj. Deambulé por el borde del bosque, mirando colina arriba, hacia la Mansión. En tres o cuatro ventanas destellaban luces tenues e imaginé a los pocos estudiantes demasiado cautos para venir a la playa espiando con timidez hacia afuera. Una rama crujió entre las sombras y me di la vuelta.

—¿Hay alguien ahí?

—¿Oliver? —La voz de James.

—Sí, soy yo —respondí—. ¿Dónde estás?

Emergió de entre dos pinos negros; su cara, un óvalo blanco en la penumbra. Iba vestido casi igual que yo, pero unas hombreras de plata brillaban en sus hombros.

—Tenía la esperanza de que fueras mi Banquo —dijo.

—Supongo que mereces una felicitación, Señor de Todo.

Al confirmarse mis sospechas, sentí una pizca de orgullo; pero, al mismo tiempo, una sensación profética, una ansiedad indefinida. Con razón Richard no estaba para nada contento el día de la asignación de escenas.

Medianoche: el tañido sordo del reloj de una iglesia resonó a través del aire de la noche calma y James sujetó mi brazo con fuerza.

—«La campana me invita» —declaró. La excitación hizo que sus palabras sonaran livianas y aspiradas—. «No la oigas, Duncan, ¡porque su tañido es un llamado al cielo o al infierno!». —Me soltó y desapareció entre las sombras de las malezas. Lo seguí, pero no demasiado cerca, por miedo a volver a tropezar y arrastrarnos a ambos al suelo.

La franja de árboles entre la Mansión y la orilla norte era densa pero estrecha y, pronto, una luz de un color naranja crepuscular comenzó a filtrarse por entre las ramas. James —podía verlo con claridad para entonces o, al menos, su contorno— se detuvo y yo avancé de puntillas hasta quedar detrás de él. Cientos de personas abarrotaban la playa, algunas estaban apiñadas en los bancos, otras apretadas en pequeños grupos en el suelo; sus siluetas, negras contra el resplandor fulgurante de la hoguera. El rumor lejano de los truenos, apagado por el chapoteo de las olas contra la orilla y el crepitar de las llamas. Susurros de excitación comenzaron a surgir de los espectadores cuando el cielo, pintado al óleo de un violeta retorcido y premonitorio, se enrojeció con la luz blanca de un relámpago. Luego, la playa quedó en silencio otra vez, hasta que una voz aguda, chillona, exclamó:

—¡*Mirad!*

Una forma blanca y sólida se acercaba sobre el agua, un arco largo y redondeado, como el lomo del monstruo del Lago Ness.

—¿Qué es eso? —susurré.

—Son las brujas —respondió James, lentamente. La luz del fuego se reflejaba en sus ojos como chispas rojas.

A medida que la forma bestial se deslizaba cada vez más cerca, lentamente se iba haciendo más nítida, lo bastante como para que yo me diese cuenta de que era una canoa dada vuelta. A juzgar por la altura del casco en el agua, debajo solo debía haber apenas espacio suficiente para una burbuja de aire. El bote flotó hasta los bajíos y, por un momento, la superficie del lago quedó lisa como un espejo. Luego, apareció una onda, una agitación, y emergieron tres figuras. Una bocanada de asombro colectivo salió disparada del público. Las chicas no parecían tanto brujas al principio, sino más bien como espectros: su pelo caía lustroso y mojado sobre sus rostros, sus vaporosos vestidos blancos parecían derretidos sobre sus extremidades y se arremolinaban en espirales detrás de ellas. Al salir del agua, sus dedos goteaban y le tela se aferró tanto a sus cuerpos que pude distinguir quién era quién, aunque permanecieron cabizbajas. A la izquierda estaba Filippa, con sus inconfundibles piernas largas y sus caderas pequeñas. A la derecha, Wren, más pequeña y delgada que las otras dos. En el medio, Meredith; sus curvas, audaces y peligrosas bajo el fino vestido blanco. La sangre me palpitaba en los oídos. James y yo, por el momento, nos olvidamos el uno del otro.

Meredith alzó el mentón solo lo suficiente como para que su cabello se deslizara fuera de su cara.

—«¿Cuándo volveremos a vernos las tres?» —preguntó; su voz, baja y encantadora en el aire apacible—. «¿Cuando caigan rayos, truene o llueva?».

—«Cuando el alboroto termine —respondió Wren, con picardía—, cuando la batalla esté ganada y perdida».

La voz de Filippa sonó gutural e intensa:

—«Eso será antes de que el sol se ponga».

Un tambor hizo eco desde algún lugar en lo profundo del bosquecillo y el público se estremeció con gusto. Filippa miró hacia el sonido, directo al sendero donde James y yo estábamos escondidos bajo las sombras.

—«¡Tambor, tambor! Ahí viene Macbeth».

Meredith levantó sus manos a los costados y las otras dos avanzaron para sujetarlas.

Todas: «Las raras hermanas, tomadas de la mano, por tierra y por mar viajamos, así giramos y giramos tres veces alrededor de ti y tres veces alrededor de mí y tres veces más para llegar a nueve».

Se unieron formando un triángulo y empujaron sus palmas abiertas hacia el cielo.

—«¡Silencio!» —exclamó Meredith—. «El hechizo está hecho».

James inhaló de repente, como si antes de eso se hubiera olvidado de respirar, y salió a luz.

—«Jamás había visto un día tan feo y hermoso» —recitó y todas las cabezas se giraron hacia nosotros. Lo seguí de cerca, por detrás, ahora sin temor a tropezarme.

—«¿Cuánto nos faltará hasta Forres?» —pregunté, luego me detuve en seco. Las tres chicas estaban paradas lado a lado y nos miraban con fijeza—. «¿Qué son estas mujeres tan arrugadas y tan excéntricas en su vestir, que no parecen habitantes de esta tierra y, sin embargo, están en ella?».

Descendimos más despacio. Mil ojos sobre nosotros, quinientos pares de pulmones contenían el aire.

Yo: «¿Estáis vivas? ¿Sois capaces de responderme una pregunta? Parece que me entendéis...».

James: «Hablad, si es que podéis».

Meredith se hundió hasta quedar de rodillas frente a nosotros.

—«¡Salve, Macbeth! ¡Salve, Señor de Glamis!».

Wren se arrodilló al lado de ella.

—«¡Salve, Macbeth! ¡Salve, Señor de Cawdor!».

Filippa no se movió, pero con una voz clara y resonante, exclamó:

—«¡Salve, Macbeth, que un día será rey!».

James retrocedió, sobresaltado. Lo sujeté del hombro y dije:

—«Mi buen amigo, ¿por qué te sobresaltas y pareces temer cosas que suenan tan gratas?».

Me miró de lado y lo solté, a regañadientes. Después de un momento de duda, pasé a su lado y bajé el último escalón arenoso para pararme entre las brujas.

Yo: «En honor a la verdad, ¿sois fantasmas o aquello mismo que por fuera mostráis? A mi noble compañero saludáis con gran cortesía y grandes anuncios de títulos de nobleza y futura realeza, que parecen haberlo dejado pasmado. A mí no me habláis, si podéis ver en las semillas del tiempo y anunciar qué grano crecerá y cuál no, entonces habladme a mí, que no ruego ni temo vuestros favores ni vuestro odio».

Meredith estuvo de pie en un instante.

—«¡Salve!» —exclamó y las otras chicas la imitaron. Se inclinó hacia adelante, se acercó demasiado, su cara quedó solo a unos centímetros de la mía—. «Menos que Macbeth y más grande».

Wren apareció detrás de mí, sus dedos tamborilearon contra mi cintura, mientras me miraba con una sonrisa pícara.

—«No tan feliz, pero mucho más feliz».

Filippa, sin embargo, se mantuvo lejos.

—«Criarás reyes, pero rey no serás» —dijo ella, indiferente, casi aburrida—. «Por eso, ¡salve, Banquo! y ¡salve, Macbeth!».

Wren y Meredith siguieron acariciándome y tocándome, tirando de mi ropa, explorando las líneas de mi cuello y mis hombros, peinando mi cabello hacia atrás. La mano de Meredith vagó todo el camino hacia mi boca, las yemas de sus dedos recorrieron mi labio inferior, antes de que James —quien había estado observando con igual fascinación y repugnancia— se sacudiera y hablara. Las cabezas de las chicas apuntaron de inmediato hacia él y yo me tambaleé en el lugar, al temblar mis rodillas ante la pérdida de atención.

JAMES: «¡Quedaos, extrañas mensajeras! Contadme más. Por muerte de Sínel, sé que soy señor de Glamis; pero ¿de Cawdor?, ¿cómo? El Señor de Cawdor vive, próspero caballero. Y ser rey no está dentro de lo que creo posible».

Solo negaron con la cabeza, se llevaron un dedo a los labios y volvieron a sumergirse en el agua. Cuando habían desaparecido por completo debajo de la superficie y nosotros habíamos recobrado la sensatez, me giré hacia James con las cejas alzadas, expectante.

—«Tus hijos serán reyes» —soltó él.

—«Tú serás rey».

—«También señor de Cawdor. ¿No fue así que lo dijeron?».

—«Con la misma melodía y rima». —Se escucharon pasos desde el bosque y miré hacia allí—. «¿Quién anda ahí?».

El resto de la escena fue breve. Cuando no era mi turno de hablar, no dejé de observar con atención el agua. Estaba en calma otra vez y reflejaba el violeta del cielo tormentoso. Cuando llegó el momento, los dos estudiantes de tercero que habían tenido la suerte de interpretar a Ross y a Angus y yo salimos por la derecha, fuera de la luz de la hoguera.

—Hemos terminado —susurró uno de ellos—. Buena suerte.

—Gracias. —Me escondí detrás del cobertizo en el borde de la playa. No era más grande que un retrete externo y si me asomaba por un lateral, podía ver el fuego, la canoa que descansaba sobre el agua, la granja de arena donde ahora James estaba parado solo.

—«¿Es un puñal esto que veo frente a mí, con la empuñadura hacia mi mano?». —Tanteó el aire vacío frente a él—. «Vamos, ¡déjame empuñarte!».

Era un monólogo que jamás había pensado que le escucharía interpretar. Era demasiado pulcro para hablar de sangre y muerte como Macbeth, pero bajo el resplandor rojo de la hoguera, ya no tenía un aspecto tan angelical. En lugar de eso, parecía atractivo del modo en el que crees que lo será el diablo, de una forma intimidante.

James: «Tú, tierra segura y firme, no oigas mis pasos, adonde sea que vayan, porque temo que hasta las mismísimas piedras revelen dónde estoy, y llévate de estas horas el presente horror que las acompaña. Mientras amenazo, él vive: las palabras enfrían la resolución del acto. Me voy y está hecho».

Condenó a Duncan una vez más, luego se escabulló para encontrarse conmigo en la penumbra a la vera de la luz de la hoguera. Los espectadores susurraban comentarios entre sí mientras esperaban la siguiente escena.

—¿Y ahora qué? —pregunté cuando estuvo lo bastante cerca para escucharme.

—Creo que... aguarda. —Retrocedió y chocó contra mí.

—¿Qué?

—*Hécate* —siseó.

Antes de que pudiera comprender la esencia de la palabra, Alexander brotó explosivamente del agua. Agudos gritos de sorpresa surgieron del público, al tiempo que las olas regresaban para chocar contra su cuerpo. Estaba empapado, desnudo hasta la cintura y sus rizos sueltos se batían alrededor de su rostro. Lanzó la cabeza hacia atrás y aulló al cielo como un lobo.

—Literalmente aterrador.

Las chicas emergieron del agua otra vez y en cuanto Meredith dijo: «¿Qué ocurre, Hécate? Pareces enfadada», Alexander la agarró de la nuca, arrojando agua para todos lados.

—«¿Es que acaso no tengo razones, viejas presuntuosas y desfachatadas?» —gruñó—. «¿Cómo os atrevéis a tramar y traficar con Macbeth acertijos y presagios de muerte?».

James me sujetó con fuerza del brazo.

—Oliver —dijo—. «Cubierto de sangre, Banquo me sonríe».

—Uh. Uh. *Mierda*.

Me empujó hacia el cobertizo, la puerta chirrió traicioneramente detrás de nosotros. En el interior, el suelo estaba cubierto de remos y chalecos salvavidas, lo que dejaba apenas espacio suficiente como para que entráramos de pie el uno frente al otro. Una botella de cinco litros aguardaba en un estante bajo.

—Por Dios —comenté, desabrochando a toda prisa mi chaqueta—. ¿Cuánta sangre pensaron que necesitaríamos?

—Mucha, al parecer —respondió James, mientras se inclinaba hacia abajo para quitar la tapa—. Y *apesta*. —Un olor dulce y rancio llenó la habitación cuando me retorcí para quitarme las botas—. Supongo que debemos darles puntos por originalidad.

Mi brazo quedó enredado en la manga de mi camisa.

—*Mierda,* mierda, mierda, estoy atascado. Ay, joder… James, ¡ayuda!

—*¡Shh!* Ven. —Se puso de pie, sujetó la parte de abajo de mi camisa y tiró hacia arriba hasta mi cabeza. Esta quedó atorada por el cuello y caí contra él—. ¿Puedes ensuciar con sangre esos pantalones? —preguntó, mientras me sostenía de la cintura para estabilizarme.

—No pienso ir desnudo, así que sí.

Buscó la botella.

—Tiene sentido. Cierra la boca.

Cerré con fuerza la boca y los ojos y él vertió la sangre sobre mi cabeza, como si fuera un retorcido bautismo pagano. Escupí y tosí mientras la sangre se derramaba por mi cara.

—¿Qué *es* esta porquería?

—No lo sé. Y no sé cuánto tiempo tienes. —Sujetó mi cabeza—. Quédate quieto. —Derramó la sangre por mi cara, mi pecho y mis hombros, amontonó mi pelo con los dedos para que quedara de punto—. Ahora sí. —Durante medio segundo, solo me observó y, de alguna manera, parecía impresionado y, al mismo tiempo, completamente repugnado.

—¿Qué aspecto tengo?

—Increíble —respondió, luego me dio un pequeño empujón hacia la puerta—. Ahora, ve.

Salí del cobertizo a trompicones y corrí hasta los árboles, maldiciendo a las piedras y agujas de pino que se clavaban en mis pies descalzos. Aparecer a medianoche sin tener la menor idea de a quién encontraríamos en la oscuridad era ciertamente espeluznante, pero también problemático. Solo me sabía mis escenas, así que tan solo podía adivinar cuánto tiempo tenía antes de que me tocara entrar como el fantasma de Banquo. Una rama azotó mi cara, pero la ignoré y trepé la colina sobre raíces y piedras y enredaderas. Otro arañazo en mi mejilla no importaba; ya estaba cubierto de sangre. Sentí la piel pegajosa en el aire frío de la noche cruda y mi corazón otra vez palpitaba: en parte, por el esfuerzo de subir hasta el comienzo del sendero y, en parte, por el miedo mezquino a no llegar a mi segunda entrada.

Al final, llegué al límite del bosquecillo con tiempo de sobra. Me acerqué despacio y con torpeza, las ramas crujían bajo mis pies, pero los espectadores miraban con ansiosa atención la segunda reunión de James con las brujas y no notaron mi presencia. Me escondí bajo una rama que colgaba bien baja y el intenso aroma del pino penetró el hedor de la sangre falsa sobre mi piel.

WREN: «Mis dedos pican, señal de que algo perverso se aproxima».

JAMES: «¿Qué ocurre aquí, oscuras y misteriosas arpías de medianoche? ¿Qué estáis haciendo?».

Las chicas bailaron en círculo alrededor del fuego, tenían el pelo suelto y enredado y algunas algas verdes del lago se aferraban a sus faldas. De vez en cuando alguna de ellas arrojaba un puñado de polvo brillante al fuego y una nube de humo de colores estallaba sobre las llamas. Me moví con ansiedad en mi escondite, expectante. Yo aparecía al final de una serie de visiones, pero ¿cómo aparecerían? Barrí con la mirada la multitud de espectadores en busca de caras conocidas, pero estaba demasiado oscuro como para poder distinguir rasgos. Descubrí la cabeza rubia de Colin en el lateral izquierdo del anfiteatro y la luz de la hoguera destelló contra un bucle cobrizo que pensé que podría ser de Gwendolyn. No pude evitar preguntarme dónde demonios estaba Richard.

Una risa aguda de otro mundo salió de Wren y llevó mi atención de vuelta a la playa.

MEREDITH: «¡Habla!».

Wren: «¡Pide!».

Filippa: «¡Responderemos!».

Meredith: «Dinos si prefieres oírlo de nuestra boca o de la de nuestros amos».

James: «Llamadlos, quiero verlos».

Las voces de las chicas se alzaron en un cántico agudo y discordante. James se quedó parado mirando, siniestro y vacilante.

Meredith: «Vierte ahí dentro sangre de una cerda que ha devorado a sus nueve lechoncillos y aviva el fuego con la grasa que sudó en el patíbulo un asesino…».

Todas: «Ven, de arriba o de abajo, y ¡muestra con destreza tu ser y tu poder!».

Filippa arrojó algo al fuego y las llamas rugieron al elevarse por encima de sus cabezas. Una voz tronó a través de la playa, formidable y aterradora como la de un dios primordial. Sin duda alguna, Richard.

—«MACBETH. MACBETH. MACBETH. ¡CUÍDATE DE MACDUFF!».

No se lo veía por ningún lado, pero su voz parecía caer sobre nosotros desde todos lados, con tanta fuerza que me sacudió hasta los huesos. James no estaba menos alarmado que yo ni que nadie y las palabras trastabillaron en su boca cuando habló.

—«Seas lo que seas, agradezco tu buena advertencia. Has dado justo en el blanco de mi miedo: pero una palabra más…».

Richard lo interrumpió de forma ensordecedora.

Richard: «SÉ SANGUINARIO, AUDAZ, DECIDIDO; RÍETE CON DESPRECIO DEL PODER DEL HOMBRE, PORQUE NADIE QUE HAYA NACIDO DE UNA MUJER PODRÁ DAÑAR A MACBETH».

James: «Entonces, vive, Macduff; ¿por qué habría de temerte?».

RICHARD: «SÉ FUERTE COMO EL LEÓN Y ORGU-
LLOSO; QUE NO TE IMPORTE QUIÉN TE ABO-
RRECE O QUIÉN SE OFENDE O QUIÉN CONS-
PIRA CONTRA TI: MACBETH JAMÁS SERÁ
VENCIDO HASTA QUE EL GRAN BOSQUE DE
BIRNAM MARCHE AL ALTO MONTE DUNSI-
NAN PARA ALZARSE EN SU CONTRA».

JAMES: «Eso jamás ocurrirá… ¿quién puede reclutar a un
bosque, arrancar sus raíces de la tierra? ¡Dulces presagios son estos! ¡Bien! La cabeza de la rebelión no se al-
zará hasta que lo haga el bosque de Birnam y nuestro
Macbeth vivirá en su trono todo lo que la naturaleza
permita, pagará su aliento al tiempo y la costumbre
mortal. Sin embargo, mi corazón palpita por saber una
cosa: decidme, si vuestro arte consigue ver tan lejos: ¿la
descendencia de Banquo alguna vez reinará este reino?».

TODAS LAS BRUJAS GRITAN AL UNÍSONO: «¡No busques saber
más!».

JAMES: «Exijo saber: ¡negadme esto y una maldición eterna
caerá sobre vosotras! ¡Decídmelo!».

TODAS: «Que lo vean sus ojos y su corazón se llene de con-
goja; ¡venid como sombras y como sombras partid!».

Ocho figuras encapuchadas se alzaron en la última fila de
espectadores. Una chica que estaba sentada a su lado chilló de
sorpresa. Se deslizaron como flotando hasta el medio del pasillo
y comenzaron a descender (me pregunté si se trataba de más
estudiantes de tercero), mientras James los observaba con ojos
horrorizados.

—«¿Qué?» —cuestionó—. «¿Acaso esta serie durará hasta el
final de los días?».

Mi corazón saltó hasta mi garganta. Salí a la luz por segunda
vez, la sangre pegajosa y brillante sobre mi piel. James me miró

boquiabierto y todo el público se giró hacia mí al mismo tiempo. Gritos reprimidos se agitaron en la superficie del silencio.

—«Horrible visión» —dijo James, débilmente. Comencé a bajar las escaleras otra vez, alcé mi brazo para señalar a las ocho figuras y reclamarlas como propias—. «Ahora lo veo, es verdad; porque, cubierto de sangre, Banquo me sonríe y las señala como propias».

Bajé la mano y desaparecí, oculto por las sombras de alrededor, como si jamás hubiera existido. James y yo estábamos de pie a tres metros de distancia frente al fuego. Yo brillaba cubierto de rojo, ceñudo y ensangrentado como un recién nacido, mientras que la cara de James estaba fantasmalmente blanca.

—«¿Qué? ¿Es así?» —pareció decirme a mí. Sobrevino un silencio extraño, creciente. Ambos nos inclinamos hacia adelante sin mover nuestros pies, esperando que algo pasara. Entonces Meredith apareció entre nosotros.

—«Sí, señor» —respondió y alejó la mirada de James de mí—. «Todo esto es así: pero ¿por qué se asombra tanto Macbeth?».

Él se dejó llevar de vuelta al fuego y las tentadoras atenciones de las brujas. Yo trepé hasta el último escalón y allí me quedé merodeando para atormentarlo. En dos ocasiones, sus ojos vagaron hacia donde yo estaba, pero el público otra vez prestaba atención a las chicas. Ellas caminaban tambaleantes alrededor del fuego y reían a carcajadas hacia el cielo tempestuoso, entonces comenzaron a cantar de nuevo. James las observó un momento, horrorizado, luego dio media vuelta y huyó de la luz de la hoguera.

Todas: «Dos veces dos el esfuerzo y el problema, el caldero arde y el fuego quema, escama de dragón, diente de león, momia de bruja y fauces de granuja...».

Mientras Meredith y Wren continuaron la danza, con movimientos salvajes y violentos, Filippa levantó un cuenco que había estado escondido en la arena. Un líquido rojo y viscoso salpicó a los lados, la misma sangre falsa que hacía picar mi piel.

TODAS: «Dos veces dos el esfuerzo y el problema, el caldero arde y el fuego quema. Un poco de sangre de babuino y el hechizo firme y fuerte devino».

Filippa volcó el cuenco. Hubo un chapoteo desagradable y todo se volvió negro. Los espectadores saltaron de sus asientos y surgió de ellos un rugido de alegría y confusión. Yo corrí a ocultarme entre los árboles otra vez.

Cuando las luces a un lado del lago se encendieron —débiles focos anaranjados que parpadeaban extrañamente sobre los límites de la playa—, las orillas vibraban con gritos, risas y aplausos. En la oscuridad del bosque, me incliné hacia adelante y apoyé las manos en las rodillas, jadeando. Sentí como si acabara de huir corriendo de una avalancha. Lo único que quería era encontrar a mis compañeros de cuarto curso e intercambiar suspiros de alivio.

Pero la celebración no estaba destinada a ser tranquila. La Noche de Brujas exigía una fiesta de proporciones bacanales, que no tardó en empezar. En cuanto se fueron los profesores y los estudiantes de primero y segundo más timoratos, aparecieron los barriles de cerveza, como por arte de una magia que quizás había quedado en el aire. La música comenzó a retumbar por los altavoces que habían amplificado de forma tan siniestra la voz de Richard. Alexander fue el primero de nosotros en aparecer, tras salir dando tumbos del agua, como un hombre ahogado resucitado. Lo rodearon admiradores y amigos de otras disciplinas (había muchos de los primeros, muy pocos de los segundos) y él los entretuvo con un electrizante relato acerca de cómo anduvo en el agua por más de una hora. Yo esperé en la tranquilidad de los árboles un poco más, muy consciente de que estaba cubierto de sangre y que me resultaría imposible no llamar la atención. Solo cuando divisé a Filippa, me atreví a regresar a la playa.

En cuanto me dio la luz, hubo gente que me gritó felicitaciones, se acercó a mí para darme una palmada en la espalda o despeinarme antes de darse cuenta de lo pegajoso que estaba. Para cuando me abrí paso hasta Filippa, ya me habían puesto en la mano dos vasos de plástico rebosantes de espuma y cerveza.

—Ten —dije y le pasé uno—. Feliz Noche de Brujas.

Sus ojos se dispararon de mi rostro ensangrentado a mis pies descalzos y sucios y luego de vuelta a mi cara.

—Bonito disfraz.

Tiré de la manga de su vestido, que aún estaba empapado y, en su mayor parte, transparente.

—Me gusta más el tuyo.

Alzó la mirada al cielo.

—¿Crees que este año intentarán desnudarnos por completo a todos?

—Todavía queda el baile de máscaras de Navidad.

—Ay, Dios, no digas eso.

—¿Has visto a los demás?

—Meredith se ha ido a buscar a La Voz. Ni idea de dónde están James y Wren.

Alexander se disculpó con su audiencia y se coló entre nosotros, sujetándonos a cada uno del cuello.

—Eso ha salido lo mejor que podía esperarse —comentó. Luego, añadió—: ¿Qué narices? Oliver, estás hecho un asco.

—No, soy Banquo. —(Él había estado bajo el bote durante mis dos escenas).

—Hueles a carne cruda.

—Y tú, a agua de estanque.

—*Touché*. —Sonrió y frotó sus manos—. ¿Damos comienzo formal a esta fiesta?

—¿Cómo propones que lo hagamos? —preguntó Filippa.

—Alcohol, baile y con suerte algo más. —La apuntó con sus dedos en forma de revólver—. A menos que tengas una idea mejor.

Ella levantó las manos en rendición y dijo:

—Te sigo.

La Noche de Brujas parecía generar una especie de histeria sibarita en los estudiantes de Dellecher. Lo que recordaba de mis primeros tres años rápidamente pasó al olvido, ya que ser de cuarto era casi como ser una celebridad. Gente desconocida o que conocía poco o que apenas reconocía nos colmó de halagos a mí y a los demás, nos preguntó cuánto tiempo habíamos estado ensayando y expresó el asombro adecuado al descubrir que no habíamos ensayado en absoluto. Durante aproximadamente una hora, acepté bebidas y porros y cigarrillos, pero pronto la aglomeración de gente comenzó a sofocarme. Barrí con la mirada a la muchedumbre, con cierta urgencia, en busca de alguno de mis compañeros teatrales de cuarto año. (Me había separado de Alexander y Filippa, aunque en ese momento no recordaba cuándo ni cómo). Me libré de una chica de segundo año desesperadamente insinuante con la excusa de necesitar otro trago, encontré uno y vagué hacia el límite de la luz. Allí respiré con más libertad, feliz de observar por un rato el desenfreno sin participar. Bebí mi cerveza lentamente hasta que sentí una mano en mi brazo.

—Ey, hola.

—Meredith. —Se había separado de un grupo de chicos de bellas artes (que probablemente le habían estado rogando que posara para una clase de dibujo) y me siguió hasta la periferia de la fiesta. Aún tenía puesto su vestido de bruja y, en mi estado nebuloso, me resultó imposible no mirar a través de la tela.

—¿Cansado de escuchar lo fabuloso que eres? —preguntó.

—La mayoría solo quiere tocar la sangre.

Sonrió y sus dedos caminaron desde mi codo hasta mi hombro.

—Vaya enfermos. —Definitivamente había estado bebiendo, pero ella podía beber mucho más alcohol que el resto de nosotros antes de sentir los efectos—. Por otro lado, quizás solo querían una excusa para *tocarte*. —Lamió un poco de sangre escénica de la yema de su dedo y guiñó un ojo; sus gruesas pestañas negras, un abanico de plumas de avestruz. Era insoportablemente sensual, lo que por algún motivo me irritó—. ¿Sabes? —añadió—. Te queda muy bien este look con el pecho desnudo y cubierto de sangre.

—Y a ti, el andar sin sujetador y cubierta con una sábana —respondí sin pensar y con solo un dejo de sarcasmo. Una escena a cámara lenta de Richard dándome una patada en los dientes se reprodujo en mi cabeza, así que en voz bien alta añadí—: ¿Dónde está tu novio? No creo haberlo visto.

—Está de mal humor, así que intenta evitar que yo y todo el resto nos divirtamos. —Seguí su mirada, que apuntaba a la playa. Richard estaba sentado en un banco, solo y abrazado a una bebida, y miraba a los juerguistas como si el hecho de que estuvieran pasándola bien lo ofendiera.

—¿Qué le pasa ahora?

—¿A quién le importa? Siempre hay algo que le molesta. —Tiró de mis dedos y dijo—: Vamos, James te estaba buscando.

Liberé mi mano, pero la seguí obedientemente después de terminar mi vaso de un solo trago. Podía sentir la mirada furiosa de Richard sobre mí.

Alguien había reavivado la hoguera y el fuego llameaba con fuerza. James y Wren estaban de pie al lado de este, hablando entre sí e ignorando a los demás. Cuando nos acercábamos, él le ofreció su abrigo; ella se lo acomodó sobre sus hombros, luego se miró y rio. El dobladillo le llegaba casi a las rodillas.

—¿Cómo narices lo habéis hecho vosotros cuatro para entrar debajo de esa canoa? —preguntó James, cuando yo estaba lo bastante cerca como para escuchar.

—Bueno, ha sido todo bastante íntimo —respondió—. He estado a punto de besar a Alexander por accidente unas cinco veces.

—Precioso. Un par de bebidas más y estará contándoles a todos lo desesperada que estás por revolcarte con él.

Wren se giró hacia nosotros y lanzó un pequeño grito ahogado, aferrada con fuerza al cuello del abrigo de James.

—¡Oliver! ¡Me has asustado! Aún tienes un aspecto aterrador.

Yo: Me encantaría lavarme, pero el agua parece helada.

Wren: No es tan terrible una vez que estás sumergido hasta la cintura.

Yo: Dicho por la chica de pie junto al fuego y con el abrigo de otro.

—Wren —dijo Meredith, echando una mirada por encima de su hombro hacia los asientos—, ¿podrías hablar con Richard, por favor? Ya he tenido suficiente de él por hoy.

Wren nos ofreció una sonrisa débil y comentó:

—«Mi amable primo».

James la observó abrirse paso por entre la muchedumbre. Meredith miró su vaso medio vacío, bebió un poco y se estiró para tomar el mío.

—Si os quedáis aquí —sugirió—, volveré con más tragos.

—Qué bien —repuse—, no puedo esperar.

Cuando desapareció entre la gente, James se volvió hacia mí y preguntó:

—¿Todo bien?

—Sí —respondí—, bien.

Podía darme cuenta por su sonrisa escéptica de que no me creía, pero se apiadó y decidió cambiar de tema.

—¿Sabes? Realmente tienes un aspecto aterrador. Casi me muero del susto cuando has salido de entre los árboles así.

—James, tú me has puesto así.

—Sí, pero en la oscuridad de ese diminuto cobertizo, no tenía este aspecto. Cuando te ha dado la luz y has puesto esa mirada…

—Bueno —reflexioné—, «la sangre pide sangre».

—Bueno, mejor no te hago enfadar.

—Lo mismo digo. Eres sorprendentemente convincente como villano.

Encogió los hombros.

—Mejor yo que Richard. Parece a punto de asesinar a alguien.

Volví a dirigir la mirada hacia los asientos. Richard y Wren estaban sentados lado a lado, con las cabezas inclinadas hacia adelante. Una arruga ominosa oscurecía el rostro de Richard, que hablaba mirándose las manos. Reapareció con fuerza esa incomodidad que había quedado medio enterrada. Me dije a mí mismo que era solo un dolor de estómago, demasiado licor en poco tiempo.

—«Ruido y furia sin sentido» —comenté—. No le prestes atención.

Pasó otra hora o, tal vez, dos o tres. El cielo estaba tan oscuro que era imposible saber cuánto tiempo transcurría, salvo que contases los minutos según el número de bebidas que habías consumido. Perdí la cuenta después de la séptima, pero mi mano nunca estaba vacía. Los estudiantes más jóvenes se fueron a la Mansión, zigzagueando por entre los árboles, riendo y maldiciendo al tropezar con las raíces protuberantes o al volcarse encima lo que quedaba de sus cervezas. Los estudiantes de cuarto de todas las disciplinas y algunos precoces de tercero permanecieron en la playa. Alguien decidió que la noche no podía acabar sin que todos terminásemos empapados, y así fue cómo comenzaron las luchas en el agua, resbaladizas y tambaleantes. Los combates enfrentaban a parejas que luchaban con uno en el agua y el otro sentado a horcajadas sobre los hombros del primero.

Después de una decena de rondas, Alexander y Filippa eran los campeones reinantes. Más que dos personas, parecían una única criatura; las largas piernas de Filippa se enroscaban con tanta fuerza alrededor de los hombros de Alexander que podrían haber sido un par de gemelos siameses aterradores. Él estaba sumergido hasta la cintura, apenas se tambaleaba y la sujetaba de las rodillas. A diferencia de Meredith, su borrachera era obvia, solo que parecía hacerlo invencible.

—¿*Guiénsigue*? —gritó—. *Invencibles*, eso es lo que somos.

—Si alguien os vence, ¿podemos dar por terminada la noche? —preguntó James. El resto de nosotros estábamos sentados en la arena, con los pies descalzos al borde del agua y bebidas olvidadas colgando de la mano. El aire estaba demasiado templado para octubre, pero las olas frías nos lamían los dedos de los pies, un indicio del invierno que se avecinaba.

Alexander se inclinó hacia la izquierda y soltó la pierna de Filippa para señalarnos; ella rápidamente sujetó la otra mano de su compañero para evitar caer al agua.

—Si sois vosotoros, *shicos* —respondió.

Negué con la cabeza mirando a James. Los habíamos alentado y molestado con entusiasmo mientras acababan con los de tercero que quedaban.

Meredith: Yo no pienso volver al agua.

Filippa: ¿Qué pasa, Mer? ¿Tienes miedo de jugar a lo bruto?

Todos los que miraban, alrededor de treinta estudiantes, lanzaron vítores y silbidos.

Meredith: Sé muy bien lo que estás haciendo. Me estás provocando.

Filippa: ¡Es obvio! ¿Y está funcionando?

Meredith: ¡Por supuesto, perra! Veamos qué tienes.

La gente vitoreó y Filippa sonrió. Meredith se puso de pie, sacudió la arena que tenía en la espalda y llamó por encima de su hombro:

—¡Rick! Démosles a estos idiotas una lección.

Richard, que se había dignado a acercarse a la playa, pero estaba sentado a unos metros de nosotros, respondió.

—No. Haz el ridículo si quieres, pero yo me quedaré aquí, seco.

Otra ronda de risas, más crueles esta vez. (Meredith era muy admirada, pero también envidiada y cualquier mal paso que diera sería saboreado por unos cuantos).

—Como quieras —espetó, con frialdad—. Yo iré. —Levantó su falda y la hizo un nudo sobre su cintura para sujetarla. Entró caminando al agua, dio media vuelta y dijo—: Oliver, ¿vienes?

—¿Quién? ¿Yo?

—Sí, tú. Alguien tiene que ayudarme a hundir a estos idiotas, y estoy jodidamente segura de que de James no lo hará.

—Tiene razón —señaló James, de forma despreocupada—. No lo haré, joder. —(A diferencia del resto de nosotros, que nos sentíamos atraídos por Meredith de una forma casi biológica e inevitable, James parecía encontrar repulsivo su patente atractivo sexual). Me lanzó una sonrisa socarrona—. Diviértete.

Meredith y yo nos miramos un momento, pero la ferocidad de su expresión no me dejó otra alternativa más que aceptar el juego. Gente que no conocía me alentó a gritos, hasta que, con torpeza, logré ponerme de pie.

—Esto es una mala idea —dije, más que nada a mí mismo.

—No te preocupes. —Wren le dio un empujoncito a James con el codo—. Haré que luche conmigo contra los ganadores.

Él protestó, pero no escuché lo que decía porque Meredith me había sujetado del brazo y me arrastraba hacia dentro del agua.

—Ponte de rodillas —ordenó.

—Apuesto que les dice eso a todos los chicos —comentó Alexander—. «¿Acaso no tienes modestia o pudor de doncella? ¿Has perdido toda timidez?».

Lo fulminé con la mirada mientras me inclinaba hacia abajo en el agua. El frío casi me deja sin aire, al aferrarse a mi estómago y mi pecho como una manta de hielo.

—Por Dios —supliqué—. ¡Date prisa y móntate!

—Apuesto a que le dice eso a todas las chicas —soltó Filippa y guiñó un ojo—. «Me veo forzada a confesar que creí que eras dueño de mayor hidalguía».

—Muy bien —le dije a Meredith, cuando las risas lascivas invadieron mis oídos—. Acabemos con ellos.

—Así me gusta. —Puso una pierna sobre mi hombro, luego la otra, y casi me derrumbo y la arrojo al agua. No era pesada, pero yo estaba borracho y no me había dado cuenta de cuánto hasta ese preciso momento. Enganchó los pies debajo de mis axilas y yo me erguí lentamente. Hubo algunos aplausos mientras intentaba encontrar el equilibrio y deseé que el agua dejara de sacudirme de un lado a otro. Parte de la sangre escénica se ablandó en mi piel y bajó serpenteando por mi abdomen y mi cintura.

Colin, nuestro arrogante y joven Antonio, parecía estar haciendo las veces de árbitro. Estaba sentado a horcajadas sobre la canoa dada la vuelta, con vasos de plástico en ambas manos.

—Damas, nada de usar sus garras —indicó—. Tampoco vale arrancarle los ojos al rival, por favor. Los primeros en arrojar a una de las chicas al agua ganan.

Me costó enfocar a Alexander, mientras me preguntaba cómo volcarlo. Me estaba resultando bastante difícil concentrarme con los muslos de Meredith húmedos y relucientes a cada lado de mi cara.

—«¡Al diablo, tú!» —recitó Filippa, alegremente—. «¡Falsa, marioneta!».

—«¡Ah! Ya veo cuál es el juego» —respondió Meredith—. «Ahora mides estaturas, ¿cuán baja soy? ¡Habla!».

—«Uh, cuando se enfada, ¡es afilada y astuta!» —respondió Filippa—. «¡Era una víbora cuando iba a la escuela!». —Más risas escandalizadas.

—«¿Dejarás que me insulte así?» —espetó Meredith—. «¡Deja que me encargue de ella!».

Así fue que nos lanzamos hacia ellos. Zigzagueé debajo de Meredith luchando por mantenerme de pie. Las chicas forcejearon con violencia. La agitación del agua y la risa maniática de Alexander me aturdieron y desorientaron. Meredith perdió el equilibrio y el movimiento de su peso me lanzó con fuerza hacia atrás.

Impulsé mi cuerpo en la dirección opuesta y choqué contra Alexander. Filippa casi me dio una patada en la cara y el mundo entero dio vueltas, pero al mismo tiempo se me ocurrió una idea. Me lancé de cabeza contra Alexander otra vez y cuando vi el destello blanco del pie de Filippa, me arriesgué a soltar la pierna de Meredith para tomarlo. Casi caemos hacia un lado, pero grité:

—Meredith, *¡ahora!*

Impulsé el pie de Filippa hacia arriba y Meredith la empujó con fuerza. De inmediato, Filippa comenzó a caer hacia atrás, llevándose consigo a Alexander y, después de un breve momento de suspenso en que sus brazos se agitaron a los lados en un intento por recuperar el equilibrio, ambos cayeron con estruendo en el agua. Meredith y yo giramos hacia la derecha y volví a aferrar su muslo con mi mano libre. Los espectadores aplaudieron y vitorearon, pero apenas pude escucharlos porque Meredith abrazaba mi cabeza con sus piernas y con una mano tiraba de mi pelo. Mareado, giré e intenté sonreír.

Filippa y Alexander emergieron de debajo del agua, tosiendo y escupiendo.

—Muy bien —dijo Alexander—. Alguien que me dé un trago, ha sido suficiente para mí.

—Creo que ha sido suficiente para todos —comentó Filippa.

—Ah, no —respondió Meredith, muy a mi pesar—. Wren ha dicho que lucharía contra los ganadores.

Colin dio una palmada al costado de la canoa.

—¡Eso! ¡Eso!

—Voy si James me acompaña —señaló Wren.

Me froté los ojos para ver mejor y lo miré. Estaba sentado en la arena, inquieto y con una media sonrisa de vergüenza. De repente, quise que jugara.

—Vamos, James —dije—. Deja que te dejemos en ridículo y luego nos vamos todos a casa.

—Anda, ¡vénganos! —le pidió Filippa, parada ya sobre la arena y retorciendo su falda para escurrir el agua.

—Bueno —cedió—, si no queda otra.

Wren se puso de pie y ofreció su mano a James para ayudarlo a levantarse. Ató su falda con un nudo más discreto que el de Meredith y comenzó a avanzar hacia el agua. Algunos de los espectadores se habían ido, pero quedaban unos diez, que alentaban a gritos. Meredith había comenzado a pesar sobre mis hombros, así que la empujé un poco más hacia adelante. Ella me quitó el pelo de los ojos con las yemas de sus dedos y preguntó:

—¿Estás bien ahí abajo?

—Estoy demasiado borracho para eso.

—Eres mi héroe.

—Lo que siempre he querido.

Wren caminó por el agua hasta donde estábamos y se quejó:

—Por dios, ¡qué frío!

—«Es una noche cruel para ponerse a nadar». —James hizo una mueca al entrar al agua tras ella—. Déjame ayudarte a subir. —Se puso de cuclillas como había hecho yo y la sujetó de la mano mientras ella ponía una pierna sobre su hombro.

Pero antes de que ella pudiera terminar de trepar sobre él, una voz que casi no habíamos escuchado en toda la noche dijo:

—Realmente creo que ya hemos tenido suficiente de esto.

Me giré, despacio y con cuidado. Richard estaba de pie en la playa con el ceño fruncido.

—Tú no has querido jugar —espetó Meredith—. ¿Por qué crees que puedes opinar?

—Solo nos divertimos un poco —explicó Wren. Había trepado a medias y estaba posada como un loro sobre el hombro de James, que miraba con fijeza a Richard.

—Es una estupidez y alguien puede salir herido. Bajad.

—Anda, Rick. —Alexander intentó convencerlo desde la arena, donde estaba despatarrado y con otra bebida en la mano—. No le pasará nada.

—Cállate —replicó—. Estás borracho.

—¿Y tú no? —cuestionó Filippa—. Cálmate, es solo un juego.

—¿Qué mierda te metes, Filippa? Esto no tiene nada que ver contigo.

—¡Richard! —exclamó Wren. Filippa lo miró enfurecida, con la boca ligeramente abierta de la sorpresa.

—Bueno, creo que se ha terminado el espectáculo —señaló Colin, deslizándose fuera de la canoa—. Vamos, chicos, a dormir. —Los pocos estudiantes que quedaban murmuraron su descontento y comenzaron a irse lentamente. Colin vaciló, su mirada fue de Richard al resto de nosotros como decidiendo si aún necesitábamos un árbitro.

—¿Por qué no dejáis de fastidiar vosotros dos? —dijo Richard, su voz retumbó en el agua como si hubiera sido mágicamente amplificada otra vez.

—Ah, ya veo —respondió Meredith—. No puedes soportar que nos divirtamos porque estás demasiado ocupado lamentándote. Porque por una vez no te ha tocado el protagonista. —La cara de Richard se puso pálida (de furia). Yo apreté la rodilla de Meredith con fuerza, intentando advertirle para que no hablara de más. No lo percibió, no lo entendió o no le importó—. Me cago en eso. No todo es sobre ti.

—Es gracioso, viniendo de una puta adicta a la atención.

—Richard, ¿qué demonios haces? —Un estallido de furia hizo que mi cabeza, de repente, pareciera estar en llamas. Por reflejo, sujeté las piernas de Meredith con más fuerza. El instinto de defenderla fue inesperado, injustificado, pero no tenía tiempo de pensar en ello. Ella se quedó peligrosamente callada.

Richard comenzó a decir algo, pero James lo interrumpió.

—Ya es suficiente —sostuvo. Había una mordacidad en su voz que jamás le había escuchado—. ¿Por qué no te tomas cinco minutos y vuelves cuando te hayas calmado?

Los ojos de Richard se encendieron.

—Quita las manos de mi prima y te...

—¿Y *qué*? —Wren bajó, pero permaneció cerca de James—. ¿Qué diablos te pasa? Es solo un juego.

—Sí, bueno —respondió Richard, avanzando hacia el agua con pasos largos—. Juguemos entonces. Wren, apártate, es mi turno.

—Richard, no seas imbécil. —Meredith quitó la pierna de uno de mis hombros y yo la sostuve por la cintura para ayudarla a bajar. Sin el peso extra, sentí como si me hubieran llenado con helio. Parpadeé con fuerza, intentando aclarar mi cabeza.

—No, quiero jugar —insistió Richard. ¿Cuánto había bebido? Hablaba con claridad, pero sus movimientos eran imprecisos y temerarios—. Wren, sal de mi camino.

—Vamos, Richard, él no ha hecho nada —dije.

Giró hacia mí.

—Oh, no te preocupes, estaré contigo en un minuto.

Retrocedí. No me gustaban mis posibilidades si se decidía a pelear.

—Déjalo en paz —soltó James con brusquedad—. Solo ha jugado porque tú no has querido y quería ser amable.

—Sí, todos sabemos lo *amable* que es Oliver.

—Richard —exclamó Meredith—, no seas cabrón.

—No lo soy, solo que ahora quiero jugar. Vamos, creía que querías una última pelea. —Sujetó a Wren de la cintura y empujó a James hacia atrás. Se escuchó un salpicón cuando entró al agua.

—Richard, ¡basta! —ordenó Wren.

—¿Qué pasa? —preguntó—. ¡Un último juego! —Volvió a empujar a James y este apartó el brazo de Richard con fuerza.

—Richard, te lo advierto…

—¿Qué? Solo quiero jugar.

—Yo no estoy jugando —le advirtió James. Todos los músculos de su cuerpo estaban tensos y rígidos—. No vuelvas a hacer eso.

—Entonces, ¿jugarías con las chicas y Alexander y Oliver, pero conmigo no? —cuestionó Richard—. ¡VAMOS!

—Richard, ¡basta! —gritamos todos juntos, pero fue demasiado tarde. Volvió a empujar a James y no hubo nada de juguetón en ello. James cayó con fuerza en el agua, sus brazos golpearon la superficie al intentar frenar la caída. En cuanto estuvo de pie otra vez, arremetió contra Richard, lo golpeó con todo su peso y lo arrastró hacia atrás. Pero Richard reía mientras el agua se agitaba alrededor de ellos. Era mucho más grande que James, era imposible que la pelea fuese justa. Me moví hacia ellos, mis piernas luchaban contra la resistencia del agua, cuando la risa se transformó en un rugido y Richard sumergió a James de cabeza en el agua.

—¡RICHARD! —grité.

Quizás no me escuchó por encima del ruido que hacía James al agitarse para liberarse o quizás fingió no hacerlo. Lo mantuvo sumergido con un brazo trabado alrededor de su cuello. James lo golpeó en el costado con un puño, pero no logré darme cuenta de si había querido atacarlo o si simplemente intentaba liberarse. Las chicas, Colin y Alexander corrieron hacia ellos, pero yo llegué primero. Richard me empujó y el agua helada me abofeteó en la cara, saltó a mi nariz y boca. Me arrojé sobre él otra vez y me aferré como una sanguijuela.

—¡DETENTE! LO ESTÁS AHOGANDO… —Su hombro me golpeó el mentón y me mordí la lengua con fuerza. Colin apareció de la nada y tiró del brazo que mantenía a James sumergido mientras yo gritaba—: ¡LO VAS A MATAR! ¡DETENTE DE UNA PUTA VEZ!

Meredith agarró a Richard del cuello, luego Filippa lo sujetó del codo y para cuando finalmente soltó a James, estábamos todos enredados unos con otros y el agua se agitaba a nuestro alrededor, helada y feroz.

James salió a la superficie a toda velocidad, inhalando ruidosamente. Lo sujeté antes de que volviera a hundirse.

—James —lo llamé—. James, ¿estás bien? —Se aferró a mi cuello con un brazo, tosiendo agua y bilis, que salpicaron su torso.

Meredith golpeaba el pecho de Richard con los puños mientras le gritaba, forzándolo a salir del agua y a volver a playa.

—*¿Estás loco? ¡Podrías haberlo matado!*

—¿Qué pasa contigo? —gritó Wren, con voz entrecortada. Caían lágrimas por sus mejillas.

—¿James? —Lo sostuve como pude, rodeé sus costillas con mi brazo en una posición incómoda—. ¿Puedes respirar?

Él asintió débilmente y volvió a toser, con los ojos cerrados con fuerza. Sentí un nudo en el fondo de mi garganta, tenso como las cuerdas de un violín.

—Por el amor de Jesucristo —dijo Colin, en voz baja—. ¿Qué mierda ha sido eso?

—No lo sé —respondió Filippa, de pie entre nosotros, pálida y trémula—. Saquémoslo del agua.

Colin y yo ayudamos a James a llegar a la playa, donde colapsó de lado sobre la arena. Su pelo caía lacio y mojado sobre sus ojos, todo su cuerpo temblaba con cada respiración. Me arrodillé a su lado y Filippa se cernió sobre nosotros. Alexander estaba consternado. Colin, absolutamente aterrado. Wren lloraba en silencio, con pequeños hipos que sacudían sus hombros. Jamás había visto a Meredith tan furiosa; sus mejillas, carmesí incluso bajo la débil luz de la luna. Y Richard simplemente estaba ahí parado, aturdido.

—Richard —dijo Alexander, con cuidado—. Eso ha estado jodidamente mal.

—Pero él está bien, ¿o no? ¿James?

James lo miró desde el suelo, con ojos brillantes y duros como el acero. El silencio se posó sobre nosotros y me invadió la idea ridícula de que nosotros y todo lo que nos rodeaba estábamos hechos de cristal. Tuve miedo de respirar, de moverme, miedo de que algo se rompiera.

—Solo estábamos jugando —dijo Richard, con una sonrisa tensa—. Solo era un juego.

Meredith dio unos pasos para ponerse entre Richard y el resto de nosotros.

—Vete —ordenó. Él abrió la boca para contestar, pero ella lo interrumpió—. Vuelve al Castillo y vete a dormir antes de que hagas algo lo suficientemente estúpido como para que te expulsen. —Parecía una furia, sus ojos encendidos, su pelo empapado caía como cuerdas enredadas sobre los hombros—. Vete. *Ya mismo.*

Richard le lanzó una mirada furiosa, observó al resto de nosotros, luego dio media vuelta y se fue marchando de la playa. Sentí alivio en todo el cuerpo y me sobrevino un mareo, como si la sangre hubiese vuelto a correr por una extremidad dormida.

En cuanto desapareció de la vista, al desvanecerse entre las sombras de los árboles, Meredith se desmoronó.

—Dios. —Se inclinó hacia adelante, con las palmas presionadas contra los ojos y la boca fruncida como intentando contener el llanto—. James, lo lamento mucho.

Él se impulsó en la arena para quedar sentado con las piernas cruzadas.

—Está bien —respondió.

—No, *no* está bien. —Aún tenía las manos contra su rostro.

—No es tu culpa, Mer —dije. La idea de que Meredith se echara a llorar era tan extraña, tan perturbadora, no creí poder mirarla.

—No eres responsable de sus actos —añadió Filippa, que echó una mirada a Wren. Esta tenía los ojos fijos en el suelo, las lágrimas rodaban por su rostro y se aferraban a su mentón antes de caer a la arena—. Ninguno de nosotros lo es.

—«La noche ha sido caótica» —dijo Alexander, mucho más sobrio de lo que había estado media hora atrás—. Dios, qué mierda.

Meredith finalmente bajó las manos. Sus ojos estaban secos, pero tenía la boca abierta y sus labios no tenían color, como si estuviera a punto de vomitar.

—No sé vosotros, pero yo quiero asearme, irme a dormir y fingir que esto no ha pasado durante al menos ocho horas.

—Creo que a todos nos vendría bien irnos a dormir —sostuvo Filippa y hubo un murmullo de asentimiento.

—Idos, chicos —indicó James—. Yo solo... iré en un momento.

—¿Seguro? —preguntó Colin.

—Sí. Estoy bien. Solo quiero quedarme un momento.

—De acuerdo.

Lentamente, fuimos quedando rezagados en la playa. Meredith se fue primero, después de una última mirada de disculpa a James y, por alguna razón, a mí. Filippa la siguió, con un brazo sobre los hombros de Wren. Colin y Alexander vagaron hacia el sendero juntos. Yo me quedé con el pretexto de ir a buscar al cobertizo el resto de mi vestuario. Cuando salí, James estaba sentado justo donde lo habíamos dejado y miraba el lago.

—¿Quieres que me quede? —pregunté. No quería dejarlo.

—Por favor —respondió, con voz queda—. Es solo que no podía lidiar con los demás, durante un rato.

Dejé mis cosas en la arena y me senté a su lado. En algún momento de la fiesta, la tormenta había pasado de largo. El cielo estaba despejado y silencioso, las estrellas nos espiaban con curiosidad desde el enorme domo índigo. El agua también estaba quieta, y pensé: *Qué mentirosos son el cielo y el agua*. Quietos y serenos y despejados, como si todo estuviera bien. No lo estaba y, en realidad, no volvería a estarlo.

Unas pocas gotas de agua se aferraban con obstinación a las mejillas de James. De algún modo, no parecía él. Parecía tan frágil que tenía miedo de tocarlo. Comenzó a decir algo —quizás mi nombre—, pero se frenó antes de que saliera de sus labios más que el espectro de un sonido y tapó su boca con el dorso de su mano. Sentí dolor en el pecho, pero el dolor llegaba más profundo que los músculos y los huesos, como si algo afilado hubiera abierto un agujero a través de mí. Me arriesgué a poner una mano sobre su hombro. Dejó salir un pequeño suspiro tembloroso, luego respiró con más facilidad. Durante un largo rato, nos quedamos sentados uno al lado del otro sin hablar.

El lago, su agua negra, nos acechó desde el fondo de todas las escenas que interpretamos después de eso, como el decorado de una obra que hicimos alguna vez descartado en el taller de decorados, donde habría sido rápidamente olvidado si no hubiésemos tenido que pasar caminando a su lado todos los días. Algo cambió de forma irreversible en esos pocos minutos de oscuridad en los que James estuvo sumergido, como si la falta de oxígeno hubiese provocado un cambio en nuestras moléculas.

ACTO II

★★★

Prólogo

La primera vez que salgo del complejo en diez años, el sol es una esfera blanca cegadora en un cielo gris como de agua sucia. Había olvidado lo enorme que es el mundo exterior. Al principio, su vastedad me paraliza, como un pez de pecera arrojado repentinamente en medio del océano. Entonces veo a Filippa, está apoyada contra un lateral de su coche y el sol destella contra sus gafas de sol. Apenas logro contener la necesidad de salir corriendo hacia ella.

Nos abrazamos bruscamente, como hermanos, pero me quedo aferrado a ella más tiempo que eso. Es firme y familiar y es el primer contacto humano afectuoso que he tenido en mucho tiempo. Entierro mi cara en su pelo. Huele a almendras e inhalo tan profundamente como puedo, presiono las manos abiertas contra su espalda de forma tal que puedo sentir los latidos de su corazón.

—Oliver. —Suspira y aprieta mi nuca. Por un extraño momento, creo que voy a romper a llorar, pero cuando la suelto, está sonriendo. No parece haber cambiado en absoluto. Por supuesto, ha venido a verme cada dos semanas desde que me encerraron. Además de Colborne, es la única que lo ha hecho.

—Gracias —digo.

—¿Por qué?

—Por estar aquí hoy.

—«Mi pobre prisionero» —recita, tocando mi mejilla con una mano—. «Soy tan inocente como tú». —Su sonrisa se desvanece y quita la mano—. ¿Estás seguro de que quieres hacer esto?

Durante un segundo o dos, me lo pienso de verdad. Pero es lo único que he hecho desde la última visita de Colborne y ya he tomado la decisión.

—Sí, estoy seguro.

—De acuerdo. —Abre la puerta del acompañante—. Sube.

Trepo al asiento del acompañante, donde hay un par de vaqueros y una camiseta doblados con pulcritud. Los pongo sobre mi regazo mientras ella enciende el auto.

—¿Son de Milo?

—No le importará. Creí que no querrías ir con la misma ropa con la que te fuiste.

—Esta no es la misma ropa.

—Sabes a lo que me refiero —dice—. No te entra. Debes de haber ganado unos diez kilos. ¿La mayoría no pierde peso en prisión?

—No, si quieren salir enteros —le respondo—. Además, no hay mucho que hacer.

—¿Entonces haces ejercicio constantemente? Suenas como Meredith.

Tengo miedo de estar sonrojándome, así que me quito la camisa con la esperanza de que no se dé cuenta. Sus ojos parecen estar en el camino, pero sus gafas son espejadas y no puedo saberlo realmente.

—¿Cómo está? —pregunto, mientras busco la etiqueta en la otra camisa.

Nada mal, por cierto. No hablamos demasiado. Ninguno de nosotros.

—¿Y Alexander?

—Sigue en Nueva York —contesta, pero no es eso lo que le estoy preguntando—. Se unió a una compañía que hace teatro de inmersión realmente intenso. Estos días está haciendo *Cleopatra* en un depósito lleno de arena y serpientes vivas. Muy Artaud. Después harán *La tempestad*, pero ese quizás sea su último espectáculo.

—¿Por qué?

—Bueno, quieren hacer *Julio César* y se niega a volver a actuar en esa. Cree que esa es la obra que nos arruinó. No dejo de repetirle que está equivocado.

—¿Crees que fue *Macbeth*?

—No. —Se detiene ante un semáforo en rojo y me mira—. Creo que estábamos jodidos desde el principio. —El coche ruge de vuelta a la vida otra vez, se desliza en primera, luego en segunda.

—No sé si eso es cierto —repongo, pero ninguno de los dos sigue la conversación.

Durante un rato, viajamos en silencio y luego Filippa enciende el estéreo. Está escuchando un audiolibro, *El mar, el mar* de Iris Murdoch. Lo leí en mi celda unos años atrás. Además de hacer ejercicio e intentar pasar desapercibido, eso es lo que un joven experto en Shakespeare hace en prisión. A la mitad de mis diez años de reclusión, por mi buena conducta (es decir, mi circunspección), me asignaron la tarea de guardar libros en las estanterías, en vez de pelar patatas.

Como conozco la historia, casi no presto atención a las palabras. Le pregunto a Filippa si puedo bajar la ventanilla y asomo la cabeza como un perro. Se ríe de mí, pero no dice nada. El aire fresco de Illinois rebota en mi cara, ligero y veleidoso. Observo el mundo a través de mis pestañas, alarmado por lo brillante que es incluso en este día nublado.

Mi mente vaga por el camino hacia Dellecher y me pregunto si lo reconoceré. Quizás hayan derribado el Castillo, talado todos los árboles para hacer sitio para dormitorios propiamente dichos y puesto una cerca para mantener a los niños fuera del lago. Quizás ahora parezca un campamento de verano para niños, estéril y seguro. O quizás, como Filippa, no haya cambiado casi nada. Aún lo puedo ver, opulento y verde y silvestre de una forma ligeramente encantada, como el bosque de Oberón o la isla de Próspero. Hay cosas que no te cuentan sobre esos lugares mágicos: que son peligrosos en igual medida que son hermosos. ¿Por qué sería diferente con Dellecher?

Pasan dos horas y luego aparcamos el coche en el largo camino de entrada a la Mansión. Filippa sale del coche primero y yo la sigo con lentitud. La Mansión en sí está igual, pero de inmediato miro más allá de esta hacia el lago, que resplandece bajo el pálido sol. El bosque que lo rodea es tan denso y silvestre como lo recuerdo, los árboles apuñalan con ferocidad el cielo.

—¿Estás bien? —pregunta Filippa. No me he movido de al lado del auto.

—«Este es el más extraño laberinto por el que hayan caminado los hombres».

El pánico aletea suavemente sobre mi corazón. Por un momento, vuelvo a tener veintidós y observo cómo mi inocencia se escurre entre mis dedos con parte iguales de entusiasmo y terror. Los diez años que he pasado intentando explicar Dellecher, con toda su magnificencia desacertada, a hombres en monos de color *beige* que jamás fueron a la universidad o que ni siquiera terminaron la secundaria han hecho que me diera cuenta de lo que no quise ver como estudiante: que Dellecher era más una secta que una institución académica. Cuando atravesamos esas puertas por primera vez, lo hicimos sin saber que ahora éramos parte de una extraña religión sectaria donde cualquier cosa se podía disculpar siempre y cuando se ofreciera al altar de las

Musas. Locura ritual, éxtasis, sacrificios humanos. ¿Estábamos embrujados? ¿Nos habían lavado el cerebro? Quizá.

—¿Oliver? —dice Filippa, con más suavidad—. ¿Estás listo?

No respondo. Nunca lo estuve.

—Vamos.

Camino unos pasos atrás de ella. Me preparo para el impacto de ver Dellecher otra vez —igual o cambiado—, pero lo que no esperaba es este repentino dolor en mi pecho, como el anhelo por un viejo amor. He echado de menos este lugar con desesperación.

—¿Dónde está? —pregunto, cuando alcanzo a Filippa.

—Dijo que esperaría en Bore's Head, pero no estaba segura de que fuera bueno que volvieras ahí.

—¿Por qué?

—Porque la mitad de la gente sigue trabajando ahí. —Encoge los hombros—. No sabía si estarías listo para verlos.

—Me preocupa más que ellos no estén listos para verme a mí —digo, porque sé que eso es lo que realmente está pensando.

—Sí —repone—, está eso también.

Me lleva a través de las puertas de entrada. El blasón de Dellecher, llave y pluma, me mira con desaprobación, como si dijera: «Ya no eres bienvenido aquí». No le he preguntado a Filippa quién más está al tanto de mi regreso. Estamos en verano y los estudiantes no están, pero con frecuencia los docentes se quedan. ¿Doblaré una esquina y me encontraré cara a cara con Frederick? ¿Con Gwendolyn? O, Dios se apiade, ¿con el decano Holinshed?

La Mansión está sumida en un vacío siniestro. Nuestros pasos hacen eco en los amplios pasillos, normalmente tan llenos de gente que cualquier sonido suave queda apagado por los pasos. Lleno de curiosidad, echo una mirada a la sala de conciertos. Largas sábanas blancas cuelgan sobre las ventanas y la luz se filtra en amplias rayas tenues sobre los asientos vacíos. Da una sensación fantasmal como de iglesia abandonada.

El comedor también está casi vacío. Sentado solo en una de las mesas para estudiantes, cuidando de una taza de café y completamente fuera de lugar, está Colborne. Se apresura a ponerse de pie y me ofrece la mano. La estrecho sin dudar, extrañamente contento de verlo.

Yo: Jefe.

Colborne: Ya no. Entregué mi placa la semana pasada.

Filippa: ¿Por qué cambiaste de opinión?

Colborne: Fue idea de mi esposa, mayormente. Dice que si voy a arriesgarme constantemente a recibir un disparo, al menos deberían pagarme bien.

Filippa: Qué conmovedor.

Colborne: Te caería bien.

Filippa ríe y dice: Es probable.

—Y bien, ¿cómo estás? —pregunta—. ¿Aún vienes por aquí? —Echa un vistazo a las mesas vacías y hacia arriba, al techo con cornisas, como si no estuviera del todo seguro de dónde está.

—Bueno, vivimos en Broadwater —responde. Con «vivimos», supongo que se refiere a ella y Milo. No sabía que se habían ido a vivir juntos. Filippa sigue siendo un misterio para mí, tanto como lo era hace diez años, pero no por eso la quiero menos. Sé más que la mayoría de la gente sobre secretos desesperadamente guardados—. No venimos demasiado durante el verano.

Colborne asiente con la cabeza. Me pregunto si se sentirá o no algo incómodo cerca de ella. Me conoce, alguna vez nos conoció a todos, pero ¿ahora? Cuando la mira, ¿ve a una sospechosa? Lo observo detenidamente y espero no tener que recordarle nuestro trato.

—No puede haber demasiadas razones para hacerlo —comenta, de forma bastante amistosa.

—Tenemos que decidir la temporada para el año que viene, pero podemos hacerlo en el pueblo.

—¿Ya tenéis alguna idea?

—Estamos pensando en *Noche de reyes* para los de tercero. De hecho, hay dos que comparten algo de ADN por primera vez desde… bueno, desde Wren y Richard. —Hay una pausa breve, incómoda, antes de que continúe—. Y no sabemos qué hacer con los de cuarto. Frederick quiere expandir los horizontes e intentarlo con *Cuento de invierno,* pero Gwendolyn insiste en hacer *Otelo.*

—¿Es un bueno grupo el de este año?

—Tan bueno como siempre. Por una vez, hemos elegido más chicas que chicos.

—Bueno, eso no puede ser malo.

Comparten una sonrisa fugaz y luego Filippa me mira con intención. Alza un poco las cejas. *Ahora o nunca.*

Me dirijo a Colborne, imito la expresión de Filippa. Él observa el reloj.

—¿Caminamos?

—Como quieras —respondo.

—De acuerdo —me dice. Y luego, a Filippa—: ¿Vienes?

Ella niega con la cabeza, de alguna forma tiene el ceño fruncido y, al mismo tiempo, sonríe.

—No hace falta —señala—. Estuve allí.

Los ojos de Colborne se entrecierran. Sin inmutarse, ella toca mi brazo y dice «Te veo esta noche» y se va del comedor caminando. Las preguntas que Colborne no le ha hecho quedan flotando en el aire detrás.

Él la observa irse y luego me pregunta:

—¿Cuánto sabe?

—Todo. —Frunce el ceño, sus ojos casi desaparecen—. La gente siempre se olvida de Filippa —añado— y luego se arrepienten.

Suspira, como si no tuviera la energía para irritarse. Contempla su café por un momento, después lo deja abandonado en la mesa.

—Bueno —indica—, muéstrame el camino.

—¿A dónde?

—Tú lo sabes mejor que yo.

Me quedo en silencio, pensando. Después me siento. Es tan buen lugar como cualquier otro.

Colborne suelta una risita reacia.

—¿Quieres café?

—No me negaría.

Desaparece en la cocina, donde dos cafeteras esperan en una esquina. (Han estado ahí durante al menos catorce años. Siempre están llenas, aunque jamás —ni siquiera como estudiante— vi quién las llenaba). Vuelve con un tazón, lo apoya frente a mí.

—¿Por dónde quieres que empiece? —pregunto. Encoge los hombros.

—Por donde creas que es mejor. Verás, Oliver, no solo quiero saber qué pasó. Quiero saber cómo, por qué y cuándo. Quiero encontrarle un sentido.

Por primera vez en un largo tiempo, ese desgarro en el centro de mi ser, esa magulladura negra en mi alma que ha estado luchando por curarse durante una década, da una punzada. Viejos sentimientos vuelven lentamente en tropel. Sensaciones agridulces, discordia y confusión.

—Yo no contaría con eso —le advierto a Colborne—. Han pasado diez años y aún no le encuentro sentido.

—Entonces, quizá esto sea bueno para los dos.

—Quizá.

Bebo mi café, pensativo. Es bueno, tiene sabor, a diferencia del lodo amarronado que bebíamos en la prisión, que solo me recordaba de forma lejana al café incluso en los días buenos. El calor calma el creciente dolor en mi pecho por un momento.

—Pues bien —digo cuando estoy listo. El tazón calienta mis manos y los recuerdos me abruman como una droga, afilados, claros como el agua, caleidoscópicos—. Semestre de otoño de 1997. No sé si lo recuerdas, pero el otoño fue cálido ese año.

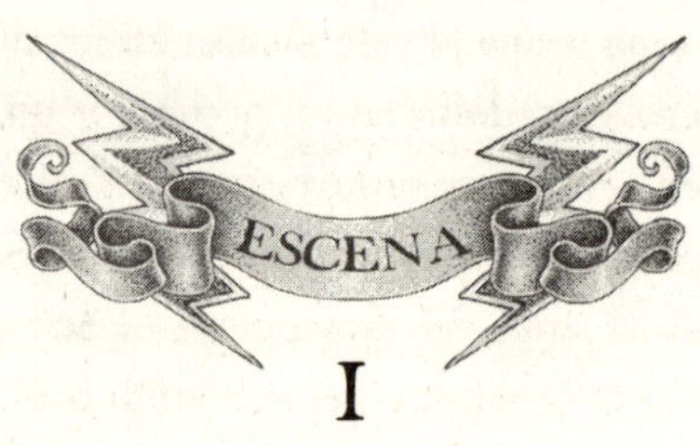

I

Dos semanas antes de la noche de estreno, nos sacaron las fotografías publicitarias y el PBA era un completo manicomio. Para hacernos las fotos, necesitábamos tener puesto el vestuario, así que todos corrían de los camerinos a la sala de ensayo ida y vuelta para cambiar de corbata o de camisa o de zapatos, hasta que Gwendolyn estuviera satisfecha. Las elecciones del año anterior le habían servido de inspiración a Frederick para hacer *Julio César* como si fuera una carrera electoral hacia la presidencia, así que íbamos todos vestidos como candidatos a la Casa Blanca. Nunca en mi vida había usado un traje que me quedara realmente bien y me sorprendí de mi propio reflejo en más de una ocasión. Por primera vez, sentí que podía ser atractivo si me esforzaba lo suficiente. (Antes pensaba que tenía un atractivo poco memorable, inofensivo; una idea reforzada por el hecho de que las pocas chicas con las que había estado inevitablemente terminaban dándose cuenta de que yo les gustaba más encima del escenario, como Antonio o Demetrio, que fuera de él, con mi personalidad tranquila). Obviamente, entre mis compañeros, era casi invisible. Alexander parecía un mafioso en su reluciente traje gris oscuro, con un alfiler de corbata de ónice que destellaba en su pecho. James, inmaculado en su traje azul intenso, podría haber sido el príncipe heredero de alguna pequeña monarquía europea. Pero Richard, vestido de gris perlado y con una corbata rojo sangre, era el más impresionante de todos.

—¿Soy yo o ese traje realmente lo hace más alto? —pregunté, mirando a través de la puerta de la sala de ensayos, donde habían colocado un biombo negro como telón de fondo. Querían que Richard fuese primero, para la «foto de póster de campaña», como Gwendolyn no dejaba de llamarla.

—Creo que es su ego lo que hace que parezca más grande —respondió James.

Alexander estiró el cuello para ver entre nosotros.

—Tal vez. Pero no puedes negar que al tipo se lo ve *bien*. —Me echó una mirada y agregó—: Y tú también podrías, si aprendieras a hacer bien el nudo de corbata Windsor.

Yo: ¿*Sigue* torcido?

ALEXANDER: ¿Te has mirado al espejo?

Yo: Solo arréglalo, ¿vale?

Alexander alzó mi mentón para acomodar mi corbata y siguió susurrándole a James.

—A decir verdad, me alegra que nos permitan tener una noche libre de ensayo para hacer esto. Cada vez que hacemos la maldita escena de la tienda con Gwendolyn, solo quiero echarme al suelo y morir.

—Podría decirse que es así como deberías sentirte.

—Mira, quedar emocionalmente exhausto después del espectáculo es esperable, pero ella hace que la escena sea tan real que cuando te miro *fuera del escenario*, no sé si quiero besarte o matarte.

Reí por la nariz y Alexander tiró de mi corbata.

—Deja de moverte.

—Perdón.

Filippa apareció detrás de nosotros desde los camerinos de las chicas. (Tenía al menos tres vestuarios; en ese momento en particular, tenía puesto un traje sastre a rayas para nada favorecedor).

—¿De qué estamos hablando? —susurró.

Alexander: Quizás bese a James mañana.

James: Qué suerte la mía.

Filippa: Podría ser peor. ¿Te acuerdas de cuando, en *Sueño de una noche,* Oliver me dio un cabezazo en la cara?

Yo: Voy a decir en mi defensa que intenté besarte con suavidad, pero no podía ver porque Puck me había arrojado su poción de amor a los ojos.

Alexander: Hay tantas connotaciones sexuales en esa oración que no sé por dónde empezar.

Al otro lado de la habitación, Gwendolyn unió sus manos en un aplauso y dijo:

—Bueno, no creo que vayamos a obtener nada mejor que esto. ¿Con qué seguimos? ¿Parejas? De acuerdo. —Se giró hacia nosotros e indicó—: Filippa, ve a buscar a las otras chicas, ¿vale?

—Porque, claro, para qué otra cosa podrían quererme aquí —masculló Filippa y desapareció en el camerino otra vez.

—La verdad —comentó James, negando con la cabeza—, si no le dan un rol decente en primavera, boicotearé la obra.

Cuando aparecieron las otras chicas, quedó claro de inmediato que los de vestuario les habían dedicado más tiempo a ellas. Wren tenía puesto un elegante vestido marinero, mientras que Meredith usaba algo rojo que se abrazaba a sus curvas como una mano de pintura, y le habían secado el pelo para que luciera todo su volumen, como la melena de un león.

—¿Dónde nos quieren? —preguntó Meredith.

—En el centro del telón, supongo —respondió Alexander, mirándola de arriba abajo—. ¿Tenían que envolverte así?

—Sí —contestó—. Y voy a necesitar que me ayuden cinco personas para quitármelo. —Parecía más irritada que petulante.

—Bueno —comentó James—, estoy seguro de que no te faltarán voluntarios. —No lo dijo como algo de lo que enorgullecerse.

—¡James! —ladró Gwendolyn—. Necesito que tú y las chicas estéis aquí, ya mismo.

Cruzaron la habitación, Meredith iba con cuidado, de puntillas, tratando de esquivar los cables subida a unos brillantes tacones de charol.

—Bien —soltó Filippa—, ahora ni siquiera cuento como chica.

—No te ofendas —repuso Alexander—, pero no, en ese conjunto no.

—¡Silencio en el pasillo, por favor! —regañó Gwendolyn, sin ni siquiera darse la vuelta

Filippa hizo un gesto de desagrado, como si acabara de morder una manzana podrida.

—Dios me libre —murmuró—. Saldré a fumar.

No se explayó, pero no hacía falta que lo hiciera. Mientras Gwendolyn y el fotógrafo acomodaban a Richard, Meredith, James y Wren debajo de las luces, era imposible ignorar la flagrante manifestación de favoritismo. Suspiré, apenas irritado, y miré a James —quien ignoraba la cámara y era encantador de forma involuntaria— mientras Gwendolyn lo empujaba para ponerlo junto a Wren. Yo no estaba escuchando con demasiada atención cuando Alexander se acercó a mi oído y advirtió:

—¿Estás viendo lo mismo que yo?

—¿Eh?

—De acuerdo, solo mira bien un momento y *después* me dices si lo ves.

Al principio, no supe de qué hablaba. Pero luego sí vi algo, una ligera crispación en la comisura de la boca de Meredith cuando la mano de Richard tocó su espalda. Estaban de pie uno al lado del otro, apenas girados el uno hacia el otro, pero Meredith no tenía realmente el aspecto de Calpurnia, la esposa perfecta de un político que mira con tanta adoración que no ve nada más. Su mano estaba apoyada sobre la solapa del abrigo de Richard, pero parecía rígida y poco natural ahí. Ante las instrucciones del fotógrafo, él rodeó la cintura de Meredith con el brazo. Ella levantó el brazo, solo apenas, de modo que los codos de ambos no se tocaran.

—¿Problemas en el paraíso? —sugirió Alexander.

Después del «incidente» de la Noche de Brujas (así era cómo lo llamaba en mi cabeza), todos habíamos continuado casi como si nada extraordinario hubiese pasado, excusándolo como un juego de borrachos que había ido demasiado lejos. Richard le pidió unas insustanciales disculpas a James, que aceptó con igual falta de sinceridad, y desde entonces ambos se trataban con rígida cordialidad. El resto de nosotros hacía un loable esfuerzo (destinado a fracasar) por volver a la normalidad. Meredith había sido la inesperada excepción: durante los primeros días de noviembre, se negó a hablar con Richard.

—¿No están durmiendo otra vez en el mismo cuarto? —pregunté.

—Ya no, desde anoche.

—¿Cómo lo sabes?

Se encogió de hombros.

—Las chicas me cuentan cosas.

Lo miré de refilón.

—¿Algo interesante?

Me echó un vistazo rápido y respondió:

—Ja, *no tienes ni idea*.

Era obvio que quería que yo le preguntara, así que no lo hice. Volví a espiar a través de la puerta, con la esperanza de llegar a alguna conclusión sobre la situación de Meredith, pero otro pequeño movimiento me distrajo. A petición de Gwendolyn, Wren inclinó la cabeza para apoyarla sobre el hombro de James.

—¿No hacen la pareja estadounidense perfecta? —comentó Alexander.

—Sí. —Hubo un flash de la cámara. James jugueteó distraídamente con un mechón de pelo de Wren, pero de la nuca, donde era casi imposible que el fotógrafo lo capturara. Fruncí el ceño y miré hacia dentro con ojos entornados.

—Alexander, ¿estás viendo lo mismo que yo?

Siguió mi mirada con apenas un dejo de curiosidad. James seguía enroscando el mechón de Wren con el dedo. No pude descifrar si alguno de los dos se había dado cuenta de lo que él estaba haciendo. Wren sonrió —quizás a la cámara—, como si estuviera guardando un secreto.

Alexander me lanzó una mirada extraña, triste.

—¿No lo habías visto hasta ahora? —preguntó—. Ay, Oliver. Eres tan inconsciente de todo como ellos.

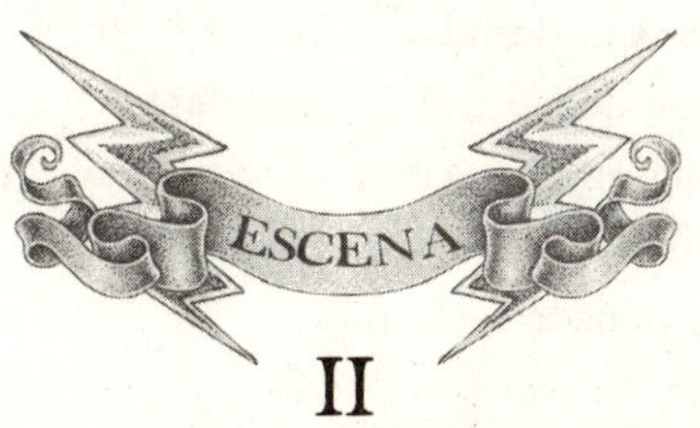

II

El ensayo con vestuario de la noche siguiente fue el primero con la escenografía completa. Doce columnas toscanas formaban un semicírculo sobre la plataforma superior y un conjunto de bajos escalones blancos llevaban a lo que llamábamos el Cuenco: un disco de mármol falso de dos metros y medio de diámetro en el suelo, donde tenía lugar el infame asesinato.

Detrás de las columnas, el telón de gasa resplandecía suavemente, desplegando todo el espectro de colores celestiales, desde el violeta crepuscular al naranja rosáceo del amanecer.

La escenografía nueva presentaba desafíos que no habíamos previsto durante los primeros ensayos y todos regresamos al Castillo de mal humor y doloridos. James y yo fuimos directamente a la Torre.

—¿Soy yo o ese pase ha llevado como diez horas? —pregunté, dejándome caer en mi cama. Golpeé contra el colchón y dejé escapar un quejido. Era después de medianoche y habíamos estado de pie desde las cinco.

—Eso ha parecido. —James se sentó sobre el borde de su cama y se pasó las manos por el pelo. Cuando levantó la cabeza otra vez, parecía desaliñado y agotado, quizás hasta un poco enfermo. Su cara no tenía suficiente color.

Me levanté sobre mis codos.

—¿Estás bien?

—¿Por?

—Porque pareces muy… no sé, exhausto.

—No he estado durmiendo bien.

—¿Hay algo que te esté molestando?

Parpadeó al mirarme, como si no hubiese entendido la pregunta. Luego respondió:

—No. No es nada. —Se puso de pie y se quitó los zapatos.

—¿Seguro?

Me dio la espalda mientras desabotonaba sus vaqueros y los dejaba caer al suelo.

—Estoy bien. —Su voz sonó desinflada, mal, como si alguien hubiese tocado una nota equivocada en el piano. Me levanté de la cama y crucé lentamente hasta su lado de la habitación.

—James —dije—, no te lo tomes a mal, pero no te creo.

Me miró por sobre su hombro.

—«Nunca en mi vida había oído un desafío más modesto». Me conoces demasiado. —Dobló sus vaqueros y los dejó caer al pie de su cama.

—Entonces, dime qué te pasa.

Dudó.

—Tienes que prometerme que no se lo contarás a nadie.

—Sí, por supuesto.

—Querrás hacerlo —advirtió.

—James —insistí, con urgencia—, ¿de qué estás hablando?

No respondió, solo se quitó la camisa y se quedó parado allí en ropa interior, callado. Lo miré con fijeza, perplejo e inexplicablemente nervioso. Una decena de preguntas se enredaron en mi boca, antes de que mi propia incomodidad me hiciera bajar la mirada y me diera cuenta de lo que estaba intentado mostrarme.

—Ay, Dios. —Sujeté sus muñecas y lo atraje hacia mí, olvidando la vergonzosa confusión de un momento atrás. Hematomas de color azul oscuro intenso manchaban la parte de atrás de sus brazos, todo el camino hasta sus codos—. James, ¿qué *es* esto?

—Marcas de dedos.

Solté su brazo izquierdo como si me hubiese electrocutado.

—¿Qué?

—La escena del asesinato —explicó—. Cuando lo apuñalé la última vez, se puso de rodillas y agarró mis brazos y... bueno.

—¿Ha visto esto?

—Por supuesto que no.

—Tienes que enseñárselo —argumenté—, quizás no se haya dado cuenta de que te está haciendo daño.

Levantó la vista para lanzarme una mirada de fastidio.

—¿Cuándo fue la última vez que dejaste a alguien marcado así sin darte cuenta?

—Jamás le he dejado una marca así a nadie. Jamás.

—Exacto. Y de haberlo hecho, lo sabrías.

Me percaté de que aún estaba sosteniendo su otra muñeca y la solté abruptamente. Se meció hacia atrás, desequilibrado, como si hubiese estado tirando de él hacia adelante. Se acarició la parte interior del brazo con los dedos, mordiéndose el labio inferior como si tuviera miedo de abrir la boca, miedo de lo que podría salir.

De repente, me enfurecí, mi pulso latía suavemente en mis oídos. Quería provocarle a Richard diez hematomas por cada uno que le había hecho a James, pero no tenía posibilidades de hacerle daño, no de ese modo, y mi propia ineficacia me enfadaba más que cualquier otra cosa.

—Tienes que contarles a Frederick y Gwendolyn lo que te está haciendo —aconsejé, con voz más alta de lo que quería.

—¿Como un soplón? —repuso—. No, gracias.

—Solo a Frederick, entonces.

—No.

—¡Tienes que decir *algo*!

Me empujó para alejarme un paso.

—¡*No*, Oliver! —Apartó la mirada y la apuntó hacia un rincón vacío de la habitación—. Has prometido que no dirías nada, así que no lo hagas.

Sentí una pequeña punzada de dolor, como si algo me hubiera picado.

—Explícame por qué no.

—Porque no le quiero dar la satisfacción —reveló—. Si se entera de con cuánta facilidad puede hacerme daño, ¿qué hará que se detenga? —Sus ojos salieron disparados otra vez a mi cara, un destello gris suplicante e inquieto—. Dejará de hacerlo si cree que no funciona. Así que prométeme que no dirás nada.

Mis tripas se contrajeron como si alguien me hubiera pateado el estómago. Lo que le quería decir era más impreciso, escurridizo, simplemente fuera de alcance. Sujeté el pilar de la cama que tenía más cerca y me apoyé contra él. Mi cabeza estaba desbordada de confusión, furia y algo feroz que no podía identificar.

—James, esto está jodidamente mal.

—Lo sé.

—¿Qué vamos a hacer?

—Nada. Por ahora.

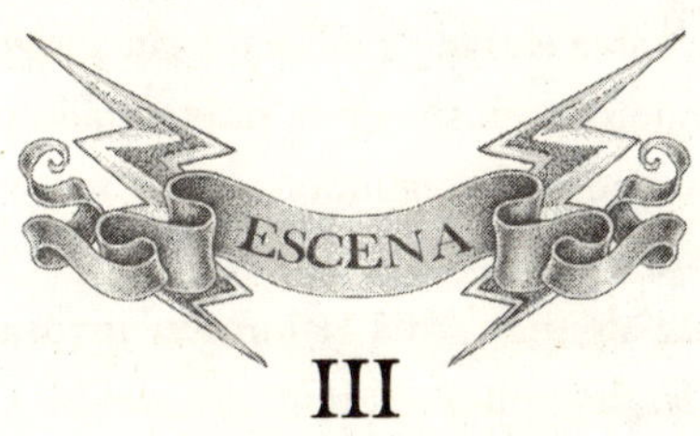

III

Durante el ensayo con vestuario de la noche siguiente, no pude quitar los ojos de Richard, pero cuando ocurrió, cuando se pasó de la raya, no fui el único que estaba mirando.

Acabábamos de terminar el Acto II, Escena 1, que incluía la reunión de Bruto con los conspiradores, su reunión con Porcia y su conferencia con Ligario. (No sé cómo demonios lo hizo James para recordar bien todas sus líneas). Wren y Filippa habían salido del escenario por la derecha y espiaban con curiosidad detrás del telón. James, Alexander y yo habíamos salido por la izquierda y esperábamos, inquietos, nuestra siguiente entrada en la densa oscuridad de los bastidores: 3-1, la escena del asesinato.

—¿Cuánto tiempo creéis que tenemos? —preguntó Alexander; su voz, un susurro ronco por encima de su hombro.

—Suficiente si quieres fumar —respondí—, pero tienes que ir ya.

—Si no vuelvo a tiempo, haced tiempo por mí.

—¿Y cómo se supone que haré eso?

—Finge que has olvidado una línea o algo.

—¿Y arriesgarme a desatar la ira de Gwendolyn? No.

Al otro lado del escenario, Wren se llevó un dedo a los labios y James le dio un codazo a Alexander.

—Callaos. Os pueden oír desde el otro lado.

—¿Cuál es esta escena? —preguntó Alexander en voz más baja.

Richard ya había entrado a escena —sin abrigo ni corbata— y estaba hablando con un sirviente, interpretado por uno de los incansables estudiantes de segundo.

—Calpurnia —murmuré.

Como si de alguna forma la hubiera invocado, Meredith apareció entre las dos columnas centrales, descalza y con los brazos cruzados, ataviada en una bata de baño de seda corta.

Alexander silbó por lo bajo.

—¿Puedes creer esas piernas? Supongo que es una buena forma de vender entradas.

—¿Sabes? —comentó James—. Para ser un tío al que le gustan otros tíos, haces demasiados comentarios heterosexuales.

ALEXANDER: Tal vez podría hacer una excepción con Meredith, pero tendría que tener puesta esa bata.

JAMES: Eres repugnante.

ALEXANDER: Soy versátil.

YO: Callaos. Quiero escuchar esto.

James y Alexander intercambiaron miradas, que no las comprendí y decidí ignorarlas.

—«¿En qué andas, César? ¿Piensas salir?» —preguntó Meredith, después de que el sirviente se fuera—. «No deberías moverte de tu casa hoy». —Estaba de pie con una mano en la cintura, su expresión era oscura y reprobatoria. La escena había cambiado desde la última vez que la había visto; Meredith bajó al Cuenco y cuando describió su sueño, sonó más como una amenaza que como una advertencia. A juzgar por la expresión en su cara, Richard no pensaba hacerle caso.

—Yo no contaría con que él se quede en casa —comentó Alexander.

El sirviente volvió a entrar, claramente aterrado por tener que estar en el mismo escenario que ellos.

RICHARD: «¿Qué dicen los augures?».

SIRVIENTE: «Advierten que no debe salir hoy. Al revolver las entrañas del sacrificio, no pudieron encontrar un corazón dentro de la bestia».

Richard se giró hacia Meredith.

RICHARD: «Los dioses hacen esto para probar mi cobardía. ¡César sería una bestia sin corazón si se quedara en casa por miedo! No, César no lo hará».

La sujetó por los hombros y ella se retorció bajo sus manos.

—¿Ese es el movimiento escénico? —pregunté. Ni James ni Alexander respondieron.

RICHARD: «El peligro sabe muy bien que César es más peligroso que él; somos dos leones nacidos el mismo día, y yo el mayor y el más terrible...».

Meredith intentó liberarse y dejó escapar un grito de dolor. Filippa encontró mi mirada desde el otro lado y negó con la cabeza, solo un poco.

—«¡Y César saldrá!» —bramó Richard. Apartó a Meredith con un empujón tan brusco que ella perdió el equilibrio y cayó hacia atrás contra las escaleras. Abrió los brazos para intentar sostenerse y se escuchó un fuerte *crac* cuando su codo golpeó contra la madera. Ese mismo reflejo vengativo que yo había sentido en la Noche de Brujas me hizo salir disparado hacia adelante (¿a hacer qué?, no tengo idea), pero Alexander me sujetó del hombro y susurró:

—Tranquilo, amigo.

Meredith se quitó el pelo de la cara y levantó la mirada hacia Richard, sus ojos estaban bien abiertos y enfurecidos. El auditorio quedó un instante en silencio, salvo por el suave zumbido de las luces, antes de que ella espetara:

—Perdón, ¿qué mierda acaba de pasar?

—¡Alto! —gritó Gwendolyn, desde la parte de atrás del teatro, con voz chillona y lejana.

Meredith se puso de pie y golpeó a Richard en el pecho con el dorso de la mano.

—¿Qué ha sido eso?

—¿Qué ha sido *qué*? —Por alguna razón incomprensible, él parecía más furioso que ella.

—¡Ese no era el movimiento escénico!

—Mira, es un momento importante, me he dejado llevar demasiado…

—¿Y entonces has decidido *lanzarme contra los malditos escalones*?

Gwendolyn corría por el pasillo central e iba gritando:

—¡Basta! ¡Ya basta!

Richard sujetó a Meredith del brazo y tiró para atraerla tan cerca de sí que podría haberla besado.

—¿De verdad harás una escena ahora? —le preguntó—. Yo no la haría.

Reprimí un insulto, quité con brusquedad la mano de Alexander que estaba en mi hombro y corrí al escenario. James vino justo detrás, pero Camilo llegó allí primero, dando un salto desde la primera fila.

—¡Ey! —exclamó—. Ya es suficiente. Vamos, calmaos. —Puso un brazo entre ellos y, con un poco de fuerza, alejó a Meredith de Richard.

—¿Qué está pasando aquí? —preguntó Gwendolyn cuando llegó al borde del escenario.

—Bueno, *Dick* ha decidido improvisar el movimiento escénico —respondió Meredith, apartando de un empujón a Camilo. Hizo una mueca de dolor cuando la mano de Camilo rozó su brazo y sus ojos salieron dispararon hacia allí; una gota de sangre caía serpenteando por debajo de su manga.

Mi propia indignación indirecta (por James y Meredith, superpuesta y confusa) rugió en mi pecho y apreté los dientes con fuerza, luchando contra el deseo suicida de derribar a Richard y arrojarlo al foso de la orquesta.

—Estoy sangrando —dijo Meredith, mirando sus dedos manchados de rojo—. Hijo de puta. —Se dio media vuelta y arrojó el telón hacia atrás, ignorando la llamada de Gwendolyn:

—Meredith, ¡espera!

La furia de Richard se apagó como un foco de luz gastado y lo dejó inquieto.

—Todos, tomaos diez minutos —ordenó Gwendolyn al resto de nosotros—. A la mierda, tomaos quince. Haremos la pausa ahora. Idos.

Los de segundo y tercero fueron los primeros en irse, salieron del auditorio de dos en dos y murmurando entre sí. Sentí que Alexander merodeaba detrás de mí y respiré hondo para calmarme.

—Camilo, ¿puedes ir a asegurarte de que esté bien? —le pidió Gwendolyn. Él asintió y salió por el fondo del escenario. Ahora ella se dirigió hacia Richard—: Ve y discúlpate con ella

—ordenó—. Si vuelves a hacer algo así, que Dios me ayude, haré que Oliver se aprenda tus líneas y tú verás la obra desde la primera fila el día del estreno.

—Lo siento.

—No te disculpes *conmigo* —respondió Gwendolyn, pero su ira ya se estaba diluyendo para volverse exasperación.

Richard asintió —casi de forma sumisa— y observó mientras ella volvía caminando lentamente hacia el fondo del teatro. No fue hasta que se dio media vuelta que se percató de que el resto de nosotros estábamos parados allí y lo mirábamos enfurecidos.

—Uy, relajaos —dijo—. No le he hecho daño de verdad. Solo está enfadada.

A mi lado, James cerró sus puños con tanta fuerza que sus brazos temblaban. Yo pasaba el peso de mi cuerpo de un pie a otro, demasiado molesto para quedarme quieto. Alexander se inclinó hacia adelante, listo para interponerse entre nosotros dos y Richard, de ser necesario.

—Por el amor de Dios —soltó cuando nadie habló—. Todos sabéis lo dramática que es.

—¡Richard! —exclamó Wren.

Pareció arrepentido, pero solo un instante.

—¿En serio? —preguntó—. ¿Debo disculparme también con todos vosotros?

—No, por supuesto que no —respondió Filippa, con una voz tranquila y firme que me hizo olvidar el sonido de mis propias pulsaciones en mis oídos—. ¿Por qué lo harías? Solo has interrumpido nuestro pase, has jodido el movimiento escénico que marcó Gwendolyn, has obligado a Milo a frenar una pelea, probablemente has arruinado un vestuario, quizás hayas roto la escenografía y has hecho daño a una de nuestras amigas… y no es la primera vez que lo haces. Ahora Oliver deberá aprenderse todas tus líneas e interpretar tu papel y salvar la obra, porque inevitablemente volverás a cagarla. ¿Y encima tienes el descaro de culpar al dramatismo de Meredith? —Los ojos azules de Filippa lo miraban con hiriente frialdad—. ¿Sabes qué, *Rick*? La gente no va a seguir soportando tus estupideces mucho tiempo más.

Le dio la espalda antes de que pudiera responder y desapareció entre bambalinas. Había dicho lo que todos queríamos decir, así que la tensión, lentamente, se fue disipando. Exhalé; James relajó los puños.

—Solo quédate callado, Richard —advirtió Wren cuando él abrió la boca otra vez. Ella negó con la cabeza, su expresión era tensa, contraída, casi como de repugnancia—. Solo cállate. —Y entonces fue tras Filippa.

Richard sorbió por la nariz, luego nos habló a James, Alexander y a mí:

—¿Algo más?

—No —respondió Alexander—, creo que ella lo ha dicho todo. —Nos lanzó una mirada de advertencia a mí y a James antes de salir por los bastidores, revolviendo ya sus bolsillos en busca de papel de fumar.

Solo quedamos tres. James, Richard y yo. Pólvora, fuego, detonador.

Richard y James se miraron a los ojos por un momento, como si yo no estuviese allí, pero ninguno habló. El silencio entre ellos era inestable, precario. Esperé mientras me preguntaba cómo terminaría, todos mis músculos en tensión bajo mi piel por temor a que todo se fuera a la mierda. Finalmente, James le mostró una pequeña sonrisa a Richard —un mezquino destello de victoria—, luego dio media vuelta y siguió los pasos de Alexander.

Los ojos de Richard se posaron sobre mí y pensé que podrían fulminarme ahí mismo.

—Todavía no empieces a memorizar mis líneas —soltó. Y me dejó solo sobre el escenario. Me quedé en silencio. Inmóvil. En mi propia opinión, *inútil*. Un detonador sin fuego y sin nada que encender.

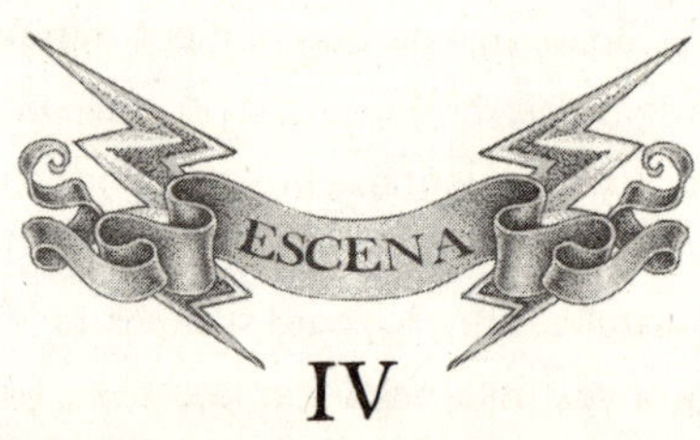

IV

Cuando terminamos el pase (por suerte, sin ningún incidente más), eludí los camerinos. Me quedé dando vueltas en el vestíbulo hasta que pensé que todos se habían ido, entonces volví al teatro. Todas las luces del lugar estaban apagadas y avancé a tientas por entre los asientos, con las manos entumecidas y gruñendo hacia los apoyabrazos que no dejaban de golpear mis rodillas en la oscuridad. Las luces del cruce zumbaban cuando entré al camerino de hombres y sentí alivio al encontrarlo vacío. Los espejos en una de las paredes me mostraron mi propio reflejo y un perchero empujado contra otro, completamente abarrotado con los dos o tres trajes para cada uno de los doce actores. Los desechos teatrales estaban desparramados por todas las superficies: ropa olvidada, peines y gel para el pelo, perfiladores rotos.

Comencé a quitarme el vestuario, por primera vez sin tener que chocar los codos con otros cuatro chicos. Normalmente, hubiese disfrutando el lujo del *espacio*, pero no me había recuperado del todo del desastre del segundo acto y solo estaba ligeramente aliviado de no tener que compartir la habitación con Richard. Colgué la camisa, el abrigo y los pantalones de mi vestuario con cuidado en una percha, luego guardé los zapatos debajo del perchero. Mi propia ropa estaba esparcida por toda la habitación, probablemente la habían levantado y descartado durante el frenesí que siguió al quinto acto, cuando todos se apresuraron a vestirse y marcharse. Encontré mis vaqueros arrugados en un rincón, mi camisa colgada en un espejo. Uno de mis calcetines estaba escondido debajo de la encimera, pero el otro nunca apareció. Me dejé caer pesadamente en una silla y estaba terminando de ponerme los zapatos —maldito calcetín— cuando la puerta se abrió con un crujido.

—¡Ahí estás! —exclamó Meredith—. No sabíamos a dónde habías ido.

Aún tenía puesta la bata. Me arriesgué a echarle una mirada, después me concentré en acomodarme el calzado

—Necesitaba un poco de aire —dije—. Estoy bien.

Me puse de pie y avancé hacia la puerta, pero ella estaba en mi camino, apoyada sobre el marco, con una pierna doblada como un flamenco, su rodilla metida a la perfección bajo el arco de su pie. Había algo de introspección e inseguridad en su expresión, pero su cara estaba sonrojada, como si el calor de la furia no la hubiese abandonado del todo.

—Meredith, ¿necesitas algo?

—Una distracción, quizás. —Me ofreció una media sonrisa, mientras esperaba a que yo lo entendiera.

Caí en la cuenta con un pequeño sobresalto, como una descarga eléctrica, y me incliné hacia atrás, alejándome de ella.

—No creo que sea una buena idea.

—¿Por qué no? —Parecía genuinamente confundida, casi impaciente. Tuve que recordarme a mí mismo que era una actriz nata.

—Porque esta es la clase de juegos en que las personas salen heridas —respondí—. Richard no me cae muy bien en este momento, pero no quiero ser una de esas personas.

Parpadeó y la impaciencia desapareció, reemplazada por algo más suave, con menos confianza.

—No te haré daño —repuso. Se acercó con cautela, como si tuviera miedo de asustarme. Yo estaba paralizado, observando cómo la seda se movía como agua sobre su piel. Debajo de su clavícula ya había comenzado a hincharse un magullón y no pude evitar pensar en las manos de Richard y en cuánto daño podían hacer.

—Conozco a alguien que podría hacerlo —argumenté.

—No quiero pensar en él. —Su voz tenía un dejo de dolor, algo herido, que no logré reconocer de inmediato por lo que era: vergüenza.

—Cierto, quieres que te distraigan.

—Oliver, no es así.

—¿En serio? ¿Y cómo es, entonces? —Era una pregunta desesperada. No sabía para qué la había hecho: para disuadirla, tentarla o desafiarla; desenmascararla, guiar su mano, obligarla a que me lo demostrara. Quizás todo eso al mismo tiempo.

Lo único que no hizo fue disuadirla. Aún me miraba, pero de una forma en la que jamás me había mirado y algo temerario destellaba en sus ojos de vidrio marino.

—Así. —Sentí sus manos en mi pecho, sus palmas calientes a través de la tela fina de mi camisa. Mi corazón trastabilló ante su contacto y, de repente, me pregunté si tenía puesto algo debajo de la bata. Parte de mí quería arrancársela y averiguarlo, y otra parte quería golpear su cabeza contra la pared para ver si así recuperaba un poco la sensatez. Se dejó caer contra mí, la presión de su cuerpo echó abajo todas mis objeciones lógicas. Mis manos se movieron de forma automática, sin mi permiso, y se deslizaron para encontrar la curva de su cintura, alisando la seda contra su piel. Podía oler su perfume, dulce y opulento y tentador, la fragancia de alguna flor exótica. Sus dedos, suavemente insistentes contra mi nuca, empujaron mi cara hacia la suya. Mi pulso fue *in crescendo* en mis oídos, mi imaginación se disparó de forma traicionera.

Giré la cabeza abruptamente y la punta de mi nariz rozó su mejilla. Si la besaba, ¿qué pasaría a continuación? No confiaba en poder detenerme.

—Meredith, ¿por qué estás haciendo esto? —No podía mirarla sin fijar los ojos en su boca.

—Es lo que quiero.

Todo mi enfado latente salió a borbotones, como ácido.

—Es lo que quieres —espeté—. ¿Por qué? ¿Porque James no te tocaría y a Alexander no le gustan las chicas? ¿Porque quieres enfurecer a Richard y yo soy la forma más fácil de hacerlo? —La aparté de manera que ya no nos tocásemos—. Sabes cómo se pone cuando está furioso. Eres preciosa, pero no vales la pena.

Las últimas palabras salieron de mi boca antes de que pudiera evitarlo, antes de darme cuenta de lo horribles que eran. Se quedó mirándome un momento, inmóvil. Luego dio media vuelta y abrió la puerta con fuerza.

—¿Sabes? Creo que tienes razón —dijo—. Las personas terminan heridas.

Cuando la puerta se cerró detrás de ella, me transporté al primer día en la clase de Gwendolyn, dos meses atrás. Era enloquecedor lo preciosa que era, pero ¿hacía eso que el resto de ella fuera menos real? Arrastré una mano por mi cara, me sentí mal.

—Mierda —solté en voz baja. Fue todo lo que pude decir.

Junté mis cosas, me puse la mochila sobre el hombro y salí de aquel sitio, para entonces, furioso con los dos. Cuando regresé al Castillo, de camino a la Torre hice una pausa en la puerta de su habitación. Una línea errante vagó por mi cabeza. «Ánimo, hombre; la herida no puede ser tan mala».

Sabía muy bien cómo terminaba eso.

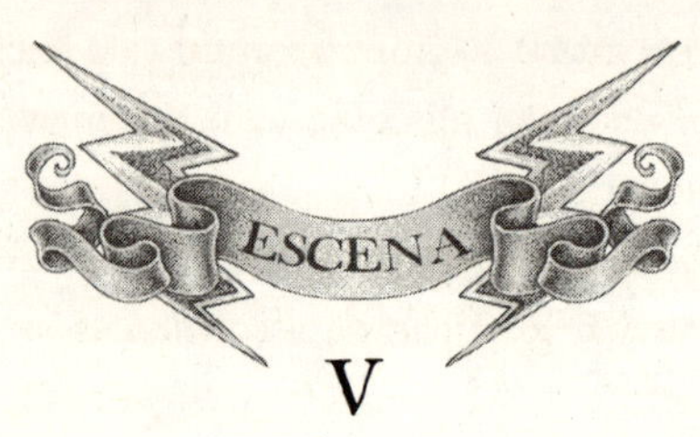

V

A la mañana siguiente, James me sacó de la cama a rastras un rato después de las siete para ir a correr. Los hematomas en sus brazos se habían atenuado a un verde intenso, pero se puso una sudadera con mangas estiradas hasta las muñecas. Para entonces, hacía suficiente frío como para que no pareciera extraño.

Solíamos correr por senderos estrechos que serpenteaban a través del bosque al sur del lago. El aire estaba frío y afilado, la mañana nublada, nuestra respiración salía como largas nubes blancas. Mantuvimos un buen ritmo en una vuelta de tres kilómetros, hablando en breves estallidos forzados.

—¿A dónde fuiste anoche? —preguntó—. No te encontré por ningún lado después de la última escena.

—No quería lidiar con Richard en una habitación estrecha, así que esperé en el vestíbulo.

—¿Meredith te tendió una emboscada?

Lo miré con el ceño fruncido.

—¿Cómo lo sabes?

—Pensé que lo haría.

—¿Por qué?

—Por la forma en que te mira últimamente.

Me tropecé con una raíz y me quedé un poco rezagado, después aceleré el paso para alcanzarlo.

Yo: ¿Cómo me ha estado mirando?

James: Como si ella fuera un tiburón y tú una foca inconsciente del peligro.

Yo: ¿Por qué todos usan esa palabra para describirme última-
mamente?

James: ¿Quién más te ha llamado foca?

Yo: Esa no. No importa.

Bajé la vista al suelo un momento, pensativo. El leve dolor
en mi costado izquierdo se intensificaba con cada inhalación. El
aire olía a tierra y a árboles de hoja perenne y a la llegada inminente del invierno.

—Entonces, ¿me vas a contar qué pasó? —exigió James.

—¿Qué?

—Con Meredith. —Lo dijo a la ligera, como bromeando,
pero también había cierto temor. La culpa hizo que mi rostro se
acalorara más de lo que ya estaba por el ejercicio.

—No pasó nada —dije.

—¿Nada?

—Realmente nada. Le dije que no me interesaba convertir-
me en la bolsa de boxeo de Richard.

—¿Y esa fue la única razón? —Supe por su tono que no
estaba convencido.

—Bueno, qué sé yo. —Había pasado la mayor parte de la
noche despierto en la cama repitiendo la escena en mi cabeza,
atormentado por esas últimas palabras, pensando en las miles de
cosas que podría haber dicho en vez de eso, deseando que todo
hubiese salido de otra forma. No podía fingir que era inmune a
Meredith; siempre la había admirado, pero desde lo que creía
que era una distancia segura. Al acercarse, ella me había confundido. No creí que realmente me quisiera, solo que era el objetivo
más fácil. Pero no podía confesárselo a James, porque estaba demasiado avergonzado, porque temía haberme equivocado.

Me observó, esperando que continuara.

—Es como dijo Alexander el otro día —añadí—. No podía
decidir si quería besarla o matarla. —Seguimos trotando en un

silencio incómodo suavizado por el trinar de las aves lo suficientemente tontas como para no haber salido volando hacia el sur aún. Dejamos atrás el sendero que llevaba de regreso al Castillo y comenzamos a subir la empinada colina hacia la Mansión. Cuando estábamos a mitad de subida, pregunté:

—¿Qué piensas?

—¿De Meredith?

—Sí.

—Ya sabes lo que opino de Meredith —sostuvo, con un tono terminante que no dejó lugar a más preguntas. Pero eso no era realmente una respuesta, había algo no dicho, algo atrapado entre sus dientes. Quería saber qué estaba pensando, pero no sabía cómo preguntárselo, así que ascendimos el resto de la colina sin hablar.

Mis gemelos ardían para cuando aterrizamos en el amplio parque detrás de la Mansión, doblados por la mitad y sin aliento. Mientras bajaba la temperatura de nuestros cuerpos, apareció el frío de noviembre. Tenía la camiseta pegada a mi espalda y las gotas de sudor caían desde mi pelo por mis sienes. La cara y el cuello de James tenían un resplandeciente rojo febril, pero el resto de su piel estaba pálida por la falta de sueño, y el contraste lo hacía parecer realmente enfermo.

—¿Agua? —sugerí—. No te ves bien.

—Sí. —Asintió con la cabeza.

Caminamos fatigosamente por el césped húmedo hacia el comedor. A las ocho de la mañana de un sábado, estaba casi vacío. Unos pocos profesores y algunos madrugadores estaban sentados leyendo en silencio, con sus tazas de café y sus desayunos frente a ellos. En una mesa, un grupo de bailarines vestidos en sus conjuntos de lycra negra estiraban sus largas piernas. En otra, una estudiante de música coral estaba sentada inhalando vapor de un cuenco de cereales lleno de agua caliente, quizás con la esperanza de que eso contrarrestara los efectos en sus cuerdas vocales de lo que parecía una terrible resaca. Un pequeño grupo heterogéneo se había agolpado en la pared más lejana, donde estaban los buzones.

—¿De qué irá eso? —pregunté.

James hizo una mueca.

—Creo que lo sé.

Lo seguí hasta allí y la pequeña multitud se abrió para dejarnos pasar (quizás porque estábamos rojos y sudorosos, quizás no).

En el medio de la pared había un tablero de corcho reservado para los anuncios generales del campus. Habitualmente estaba cubierto de folletos de clubes y ofertas de clases particulares, pero ese día todo estaba oculto detrás del enorme póster de campaña de Richard. Lanzaba una mirada asesina a los espectadores en un rojo monocromático; sus atractivos rasgos, remarcados por profundas sombras negras. Debajo del inmaculado nudo de su corbata, pero por encima del texto más pequeño que detallaba la información de la obra en letra de imprenta, proclamaba:

SIEMPRE SERÉ CÉSAR

James y yo nos quedamos parados mirándolo durante tanto tiempo que la mayoría de los que habían venido a investigar perdieron el interés y se fueron.

—Bueno —comentó—, eso llamará la atención de la gente.

Seguí mirando con fijeza el cartel, irritado porque James ya no estaba irritado.

—Me cago en esto —exclamé—. No quiero que me mire como el Gran Hermano desde todas las paredes durante las próximas dos semanas.

—«Él cruza el estrecho mundo como un gigante —comentó James—, y nosotros, hombres insignificantes, caminamos bajo sus enormes piernas en busca de nuestras innobles tumbas».

—Y me cago en eso también.

—Empiezas a sonar como Alexander.

—Lo siento, pero después de anoche, creo que las posibilidades de que Richard me arranque la cabeza se han incrementado un cien por cien.

—No olvides eso la próxima vez que Meredith se arroje a tus brazos.

—No fue del todo así —repuse e inmediatamente deseé no haber dicho nada.

—Ten cuidado, Oliver —me aconsejó, con sagacidad, como si pudiera leer mi mente—. Confías demasiado en la gente. Ella ya hizo esto conmigo, en primer año. Nos tocó trabajar juntos en la clase de vocalización, esa cosa extraña de los murmullos, ¿recuerdas?

—Espera, ¿que hizo qué?

—Decidió que me deseaba y supuso que yo a ella, porque todos la desean, ¿no? Cuando le dije que no, cambió de opinión. Fingió que no había pasado nada y fue tras Richard.

—¿Hablas en serio?

Me lanzó una mirada mordaz en respuesta.

—Dios. —Aparté la mirada, observé el comedor, preguntándome con curiosidad qué clase de secretos escondían todos. Qué poco nos preguntábamos sobre la vida interior de los demás—. ¿Por qué no me lo contaste?

—No me pareció importante.

Pensé en cómo enroscaba el pelo de Wren en su dedo y pregunté:

—Ya que estamos hablando de este tema, ¿algo más que deba saber?

—No. De verdad. —Si escondía algo, su expresión (cómoda, espontánea) no reveló nada. Quizás Alexander tenía razón y James y yo éramos igual de inconscientes sobre lo que ocurría.

Pasé el peso de mi cuerpo a la otra pierna. Sentía que Richard me estaba observando, el póster era una mancha roja llamativa en mi visión periférica. Me giré, lancé un suspiro hacia el cartel y comenté:

—Supongo que la buena noticia después del drama de ayer es que tendrá que dejar de intentar romperte los brazos en el tercer acto.

—¿Tú crees?

—¿Tú no?

Negó con la cabeza, de forma triste, distraída.

—Es demasiado inteligente para eso.

—Entonces… ¿qué crees que hará?

—Dejará de joder, pero solo por unos días. Esperará a la noche de estreno, cuando Gwendolyn no correrá al escenario a detener el espectáculo. —Sus ojos recorrían el póster a toda velocidad. Por un momento, quizás hubiera olvidado que yo estaba allí.

James: «Ahora, por todos los dioses, ¿de qué carne se alimenta nuestro César que lo ha vuelto tan grandioso?».

Me quedé en silencio un rato, después respondí recitando una de mis propias líneas en respuesta, sin saber bien de dónde venía.

Yo: «Estrecha mi mano si estáis dispuestos a rectificar todos estos males, yo iré tan lejos como el que más lejos llegue».

Los ojos grises de James destellaron con un brillo dorado cuando me devolvió la mirada y dijo:

—«El trato está hecho». —Había algo extraño en su sonrisa, un regocijo feroz que me entusiasmó y, al mismo tiempo, me inquietó. Le devolví la sonrisa como pude, luego lo seguí a la cocina para buscar un vaso de agua. Mi boca estaba insoportablemente seca.

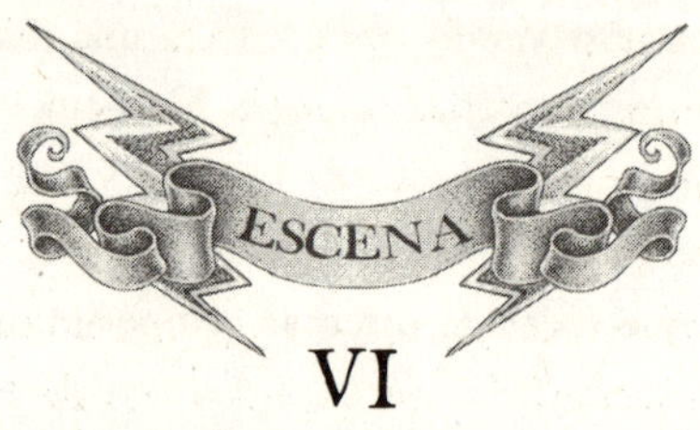

VI

La cara de Richard me atormentó el resto de la semana, pero no fue el único rostro que lo hizo. También hubo pósteres de James —los suyos eran azul marino y tenían el eslogan «Alma de Roma»—, y otras fotos publicitarias —de Alexander; Meredith y Wren; y también Colin, nuestro Lepidio y yo juntos— aparecieron en el vestíbulo del PBA y en el periódico del conservatorio. El campus comenzó a vibrar otra vez con entusiasmo a la espera de la nueva producción.

En la noche de estreno, no hubo ni un solo asiento vacío en todo el teatro. La calidad de las producciones de Dellecher era legendaria y la posibilidad de ver al próximo gran actor, artista o talentoso antes de que alcanzara la fama atraía más que a la obvia colección de estudiantes y profesores. El teatro estaba atestado con fanáticos de Shakespeare locales, estudiantes de excursión y espectadores con abonos para toda la temporada. (En primavera, los mejores asientos estaban reservados para un batallón de agentes provenientes de Nueva York especialmente invitados para vernos actuar). Las luces se encendieron sobre un grupo de nerviosos estudiantes de segundo, los plebeyos romanos, embriagados por la idea de estar en escena en Dellecher por primera vez. El resto de nosotros, más experimentados y la mitad de inquietos, esperamos tras los bastidores.

La obra fue escalando en intensidad a través de los primeros dos actos, hasta que la tensión fue tan grande que todo el auditorio parecía estar conteniendo la respiración. El asesinato fue rápido y violento y tan pronto como James dio la indicación para que los conspiradores se dispersaran, salí del escenario a trompicones, con los oídos aturdidos.

—*¡Mierda!* —Caí sobre los pesados telones negros a la izquierda del escenario. Alguien me sujetó de los hombros y me llevó fuera de los bastidores cuando los conspiradores secundarios iban de prisa a los camarines. El teatro tronaba con el apasionado soliloquio de Antonio ante el cuerpo de César.

COLIN: «¡Ay, perdona, sangriento trozo de lodo, que haya sido cortés y amable con estos carniceros! Eres la ruina del hombre más noble que jamás haya existido en la eternidad de los tiempos. ¡Pobres las manos que han derramado esta sangre augusta!».

Avancé a tientas en la oscuridad hacia la pared, con una mano en la oreja. La misma persona me hizo dar vuelta para evitar que cayera de cabeza a la tramoya.

—¿Estás bien? —susurró Alexander—. ¿Qué ha pasado?

—¡Me ha pegado en la oreja!

—¿Cuándo? —La voz de James.

—Cuando lo he apuñalado, se ha dado media vuelta ¡y me ha dado con el codo con fuerza! —Sentí una punzada de dolor tan aguda que pareció que algo sólido se había alojado en mi cráneo, como un clavo de vía. Me apoyé sobre el riel de bloqueo, inclinado hacia adelante sobre mis rodillas. Una mano cálida aterrizó en mi cuello; no sabía de quién era.

—Ese no era el movimiento escénico —comentó Alexander.

—Mierda, claro que no —repuso James—. Respira, Oliver.

Destrabé mi mandíbula e inhalé con fuerza. La mano de James se deslizó hacia mi hombro.

—¿Ha intentado romper tus muñecas otra vez? —pregunté.

—Sí. —Echó un vistazo hacia la luz que se filtraba por entre las piernas del escenario. Colin había terminado su soliloquio y estaba conversando con un sirviente.

—¿Está haciendo toda esta mierda a propósito? —preguntó Alexander—. A mí casi me arranca la cabeza cuando lo he apuñalado, pero creía que solo se había dejado llevar demasiado.

—¿Has visto los brazos de James?

James me hizo callar, pero desabotonó su puño y levantó la manga. Incluso en la penumbra de los bastidores pudimos ver las manchas azules y moradas en su piel. Alexander soltó una sarta de obscenidades en un solo tirón.

James bajó su manga sacudiendo su brazo.

—Exacto.

—James —sostuve—, tenemos que hacer algo.

Giró, la luz del escenario tornó el color de su cara en amarillo malario, enfermizo. Ya casi era el momento del interludio.

—De acuerdo —cedió—. Pero dejaremos a Frederick y a Gwendolyn fuera de esto.

—¿Cómo?

Alexander gruñó en respuesta:

—Si quiere pelea, le daremos pelea.

Estiré el lóbulo de mi oreja. Un pitido distante y agudo me fastidiaba como una mosca.

—Alexander —alerté—, eso es suicida.

—No veo por qué.

—Es más grande que todos nosotros.

—No, Oliver, idiota. Es más grande que *cada uno* de nosotros. —Me lanzó una mirada muy penetrante.

Las luces de escena se apagaron de repente y el público estalló en aplausos. De golpe, pasaba gente a toda velocidad a nuestro lado. En la oscuridad, era imposible distinguir quién era quién, pero sabíamos que alguno tenía que ser Richard. Alexander nos empujó a mí y a James contra las cuerdas de peso y contrapeso y estas se bambolearon y crujieron detrás de nosotros, como el cordaje de un barco. Su mano era una prensa sobre mi hombro. El público tronaba en mis oídos.

—Escucha, Richard no puede luchar contra los tres al mismo tiempo —argumentó—. Mañana, si intenta alguna mierda, en vez del asesinato, le damos una paliza de la hostia.

—«Aquí está mi mano» —declaró James, después de un instante de duda—. «Vale la pena llevar a cabo la acción».

Yo también vacilé, un momento más largo.

—«Y lo mismo digo yo».

Alexander apretó mi brazo.

—«Y yo, y ahora los tres hemos hablado». Espera que el maldito idiota haga algo mal.

Nos soltó abruptamente cuando las luces del teatro se encendieron y el público se puso de pie a ambos lados del telón. Unos técnicos de primer año vestidos de negro ya habían corrido al escenario y estaban limpiando el desastre que había quedado tras el asesinato. Nosotros tres intercambiamos miradas amargas y, sin decir nada, nos dirigimos en fila hacia el camerino. Yo avancé detrás de James, con un hormigueo en las extremidades provocado por esa misma sensación de inquietud de la semana anterior, una mezcla de entusiasmo y preocupación.

VII

Más allá de la innecesaria brusquedad de Richard, la noche del estreno había salido bien y a la mañana siguiente nos prodigaron elogios en los pasillos. Los estudiantes de música coral y orquestal mantuvieron las distancias —jamás se sentían impresionados por nadie que no tuviera la disciplina para algo tan refinado como la *música*—, pero los otros nos contemplaban con manifiesta admiración. ¿Cómo podíamos explicarles que subir a un escenario y decir las palabras de otro como si fuesen propias no era tanto un acto de valentía, sino más bien un afán desesperado de entendimiento mutuo? Un intento de forjar esa endeble conexión entre hablante y oyente para comunicar algo sustancial, aunque fuese mínimo. Incapaces de expresar tal cosa, simplemente aceptábamos sus cumplidos y felicitaciones con apropiada (y, en algunos casos, forzada) humildad.

En clase, nos distraíamos con facilidad. Casi no escuché la lección de Frederick y mi mente vagó tan lejos durante uno de los ejercicios de equilibrio de Camilo que dejé que Filippa me tumbara hacia atrás. Alexander me lanzó una mirada impaciente que claramente quería decir «Aclara tu maldita cabeza». Apenas terminaron las clases del día, me retiré a la Torre con una taza de té y *Los fuegos de la envidia* de René Girard, con la esperanza de alejar mis pensamientos de la decena de inquietantes premoniciones que tenía sobre esa noche. Para ese momento, no sentía ninguna compasión por Richard —el antagonismo implacable y total que había ejercido durante las últimas semanas había dejado una marca más profunda que los tres años de apacible amistad—, pero sabía que nuestra represalia tendría consecuencias. Cualquier observador imparcial habría creído que no era más que una revancha grandilocuente, pero cuando intenté convencerme de que eso era todo, la voz de Frederick me recordó en silencio que había habido retos a duelo por mucho menos.

La potencial represalia que recibiríamos para saldar nuestro encono con Richard, aunque se alzaba como algo enorme, no era lo único que me pesaba. El viernes por la noche era la fiesta del elenco; una hora después de que bajara el telón, la mayoría de los estudiantes de teatro de Dellecher y los más audaces de otras disciplinas invadirían el primer piso del Castillo para celebrar la buena noche de estreno y brindar por el inminente final. Meredith y Wren, quienes no volvían a aparecer en escena después del segundo acto, habían aceptado amablemente escabullirse al Castillo entre el interludio y los aplausos finales para preparar todo para la noche de juerga desenfrenada. Cuando el resto de nosotros llegásemos, solo nos quedaría dar las gracias a Dionisio y disfrutar.

A las seis y media, cerré mi libro y bajé las escaleras hacia el comedor. Ya habían corrido la mesa y las sillas para hacer sitio para una pista de baile. Un juego de altavoces sacados a escondidas de la cabina de sonido estaban apilados en una esquina, los cables acomodados a lo largo de los zócalos hasta los enchufes más cercanos. Salí del Castillo y encaré la larga caminata hacia el PBA con una sensación de ansiedad, de inquietud, que con cada minuto que pasaba iba convirtiéndose cada vez más y más en terror.

Debió de notarse en mi cara cuando abrí la puerta del camerino, porque Alexander me sujetó de las solapas de mi abrigo, me arrastró fuera, al muelle de carga, e insertó un porro encendido en mi boca.

—No te pongas nervioso —dijo—. Todo irá bien.

(Creo que nunca nadie estuvo tan equivocado).

Di unas caladas al porro, obediente, hasta que solo quedaba un centímetro. Alexander lo tomó, succionó para consumirlo hasta las yemas de sus dedos, lo arrojó al suelo y me llevó de vuelta adentro. Mis dudas se redujeron a una leve paranoia en el fondo de mis pensamientos.

El tiempo se movió despacio mientras me aplicaba el maquillaje, me ponía el vestuario y hacía los ejercicios de calentamiento vocal. James, Alexander, Wren, Filippa y yo nos apoyamos contra la pared del cruce, con las manos abiertas apoyadas a la altura del diafragma, canturreando «Aullad, aullad, aullad, aullad. Oh, sois hombres de piedra». Cuando un estudiante de primero con unos auriculares apareció para decirnos que teníamos cinco minutos, mi desfase temporal cedió y todo comenzó a moverse como a cámara rápida.

Los de segundo desocuparon los camerinos y corrieron a ubicarse en sus lugares en las bambalinas, abotonándose camisas y puños a toda prisa o saltando a una pata por el pasillo mientras intentaban ponerse los zapatos. Filippa me empujó a una silla en el tocador de las chicas y me atacó con un peine y un bote de gel cuando las luces se encendieron y las primeras líneas de la obra crepitaban a través de los altavoces en los camerinos.

FLAVIO: «¡Largo de aquí, parva de holgazanes! Idos a casa:
　　　¿es día de fiesta hoy?».

Filippa me dio una pequeña bofetada en la frente.

—¡Oliver!

—¿Qué narices?

—Estás listo, sal de aquí —me regañó, con el ceño fruncido y una mano en la cadera—. ¿Qué pasa contigo?

—Perdón —respondí, levantándome de la silla—. Gracias, Pip.

—¿Estás drogado?

—No.

—¿Estás mintiendo hasta los cojones?

—Sí.

Frunció sus labios y negó con la cabeza, pero no me dijo nada más. No estaba completamente sobrio, pero tampoco estaba completamente colocado, y era probable que ella supiera que Alexander tenía gran parte de la culpa. Dejé el camerino de las chicas y di vueltas en el cruce hasta que Richard pasó a mi lado, sin prestarme más atención de la que había puesto en el color de las paredes. Lo seguí a un paso de distancia, hasta que emergimos bajo las deslumbrantes luces, y dije con tanta sinceridad como puede:

—«¡Calma! Habla César».

El primer y segundo acto pasaron como la primera lluvia que antecede a un huracán. Hubo estruendos y ráfagas y la sensación de peligro inminente, pero nosotros y los espectadores sabíamos que aún faltaba lo peor. Cuando entró Calpurnia, observé desde el borde de los bastidores. Richard y Meredith parecían haber superado sus dificultades o, al menos, las habían puesto en pausa para la función. Él era brusco con ella, pero no violento; ella se mostraba impaciente, pero no provocadora. Cuando quise darme cuenta, James me sacudió por los hombros y susurró:

—Vamos.

El tercer acto abrió con el contorno de la columnata contra el telón de gasa, resplandecía de color rojo escarlata; un crudo y peligroso amanecer. Richard se paró entre las dos columnas centrales, el resto de nosotros estábamos dispuestos en círculo alrededor de él, mientras que Metelo Cimbro estaba arrodillado en el Cuenco y rogaba por su hermano. Yo era el que estaba más cerca, tanto que podía ver el diminuto tic nervioso en la mandíbula de

Richard. Alexander, que esperaba con paciencia depredadora, felina, al otro lado del círculo, encontró mi mirada y con un movimiento rápido abrió ligeramente su abrigo para mostrar un cuchillo de papel colgado de su cinturón. (Eran más acordes al tema que las dagas, pero igual de amenazantes).

RICHARD: «Si fuera como vosotros, podría conmoverme; si pudiera rebajarme a suplicar, las súplicas me conmoverían; pero soy constante como la estrella del norte, cuya fijeza e inmovilidad no tienen par en el firmamento».

Miró al resto de nosotros con ojos destellantes, desafiándonos a contradecirlo. Movimos los pies y nuestros dedos fueron en busca de nuestros filos estrechos, pero permanecimos en silencio.

RICHARD: «Los cielos están cubiertos de incontables chispas, que son de fuego puro y tienen brillo, pero solo hay una que mantiene su lugar. Ocurre igual en el mundo: está atestado de hombres, y los hombres son de carne y hueso y tienen inteligencia. Pero entre todos, no conozco más que a uno que mantiene inalterable su posición, impasible, ¡y ese soy yo!».

Su voz colmó hasta el último rincón del auditorio, como una grieta que se abre en la corteza de la tierra, con el estampido y el temblor de un terremoto. A mi derecha, Filippa levantó el mentón, tan solo un poco.

RICHARD: «Dejad que lo demuestre, incluso en esto; fui firme en desterrar a Cimbro y con igual firmeza sostengo que así Cimbro ha de seguir».

Cinna comenzó a objetar, pero yo no le presté atención. Mis ojos estaban fijos en James y Alexander. Se movían como en espejo al girar ligeramente hacia el público para que los espectadores pudieran ver el acero que destellaba desde sus cinturones. Lamí mi labio inferior. Lo sentía todo demasiado cerca, demasiado real, como si estuviera sentado en la primera fila del cine. Cerré los ojos con fuerza, mi puño aferrado a la empuñadura de mi cuchillo, para escuchar las cinco palabras fatales que me impulsarían a la acción.

Richard: «¿Acaso no se arrodilla en vano Bruto?».

Abrí los ojos y lo único que vi fue a James, con una rodilla en genuflexión, mirando hacia arriba a Richard con audaz desprecio.

—«¡Manos, hablad por mí!» —grité y arremetí contra Richard. Empujé mi cuchillo debajo del brazo de él que daba hacia el fondo del escenario. Los otros conspiradores se pusieron repentinamente en acción y se arremolinaron alrededor de nosotros como un enjambre de avispas. Richard me miró con furia, mostrándome sus dientes al mismo tiempo que apretaba con fuerza su mandíbula. Saqué mi cuchillo violentamente y quise retroceder, pero me sujetó del cuello de mi camisa con tanta fuerza que la tela ciñó mi garganta de tal modo que no podía respirar. Dejé caer el filo, e intenté alejar su muñeca con ambas manos, mientras él clavaba su pulgar en mi arteria carótida.

Mi vista ya había comenzado a nublarse cuando Richard me soltó, lanzando un rugido de dolor. Alexander lo había agarrado de los pelos y tiraba de él hacia atrás. Caí pesadamente sobre mi coxis. Alguien había doblado el brazo de Richard hacia atrás de su espalda y otra media docena de conspiradores embestía contra él para apuñalarlo. Todo el plan de movimiento escénico había quedado en el olvido. En la confusión, Richard lanzó puñetazos hacia todos lados y golpeó a Filippa directamente en el estómago, con la suficiente fuerza como para noquearla. Ella se desplomó en los escalones; conseguí ponerme de pie justo a tiempo para verla caer. Un sonido de furia inarticulado se quedó atascado en mi garganta. Filippa levantó la cabeza, mientras sujetaba su estómago e intentaba respirar con grandes bocanadas tras haberse quedado completamente sin aire.

De repente, el caos cedió y me di media vuelta, arrodillado por encima de Filippa, quien estaba en silencio, pero se aferraba con fuerza a mi pierna. Richard estaba de pie, rodeado por jadeantes conspiradores, con los brazos sujetados a los costados y el puño de Alexander aún aferrado a su pelo. James estaba de pie justo fuera de su alcance, con el traje desaliñado y sujetando con fuerza su cuchillo.

Las palabras de Richard estaban llenas de odio cuando dijo:

—«¿Et tu, Brute?».

James dio un paso adelante y apoyó el filo contra su cuello.

RICHARD: «Entonces cae, César».

La cara de James estaba desconcertantemente en blanco. Deslizó el cuchillo con rapidez hacia adelante, Richard lanzó un sonido ahogado, luego dejó que su cabeza colgara contra su pecho. Alexander y el resto de los conspiradores lo fueron soltando uno a uno, hasta que finalmente cayó al suelo. Cuando volvieron a erguirse, los de segundo y tercero cruzaron miradas conmigo, James y Alexander, con ojos bien abiertos y plenamente conscientes de los espectadores y del hecho de que la escena se había salido por completo de control. Una chica tenía que decir una línea, pero debió de olvidarla, porque nadie habló. Alexander esperó tanto como pudo, luego habló por ella.

—«¡Libertad! ¡Libertad! ¡La tiranía ha muerto!». —Dio un empujoncito al estudiante de segundo que tenía más cerca—. «¡Corred, proclamadlo, anunciadlo en las calles!». —El resto se movió, exhalando con alivio. Filippa lanzó un suspiro cuando el aire volvió a sus pulmones. La ayudé a sentarse mientras Alexander seguía ladrando órdenes—. «Algunos de vosotros id a las tribunas y gritad: *¡Libertad, independencia y emancipación!*».

—«¡Pueblo y senadores, no tengáis miedo!» —dijo James a los conspiradores, y su calma pareció tranquilizarlos—. «No huyáis; no os quedéis quietos; la deuda de la ambición está saldada».

Nos relajamos al continuar con el texto como si nada inusual hubiese pasado. Pero cuando Filippa y yo nos poníamos de pie, no pude evitar echar un vistazo a Richard. Yacía inmóvil, salvo por las contracciones nerviosas de sus párpados y la vena hinchada y palpitante en su garganta.

VIII

Mi cabeza se había aclarado para cuando el golpe de Bruto y Casio fracasó. Richard había desaparecido por la puerta durante el interludio y nadie lo volvió a ver hasta el quinto acto, cuando regresó como el fantasma de César; una aparición que se volvió el doble de siniestra por su fría solemnidad. El telón se cerró por última vez a las diez y media. Me dolía el cuerpo del cansancio, pero el drama de la escena del asesinato y el entusiasmo por la fiesta me mantenían despierto y en alerta. Cuando terminé de lavarme la cara, quitarme el vestuario y volví a vestirme, la mayoría de los estudiantes de segundo y tercero se habían ido. James y Alexander estaba esperando en el cruce con cuatro porros gruesos ya listos (uno para cada uno de nosotros y otro para Filippa, quien ya había regresado al Castillo para cambiarse). Dejamos atrás el PBA y caminamos por el sendero a través del bosque con las manos en los bolsillos. No mencionamos el incidente de 3-1, salvo por Alexander, que comentó:

—Espero que haya aprendido la lección.

Cuando estábamos a solo diez metros del Castillo, la sensual luz de la fiesta comenzó a filtrarse por entre las gruesas sombras de los árboles. Nos detuvimos para terminar de fumar y luego pisamos las colillas contra las húmedas agujas de pino. Alexander se giró hacia nosotros y anunció:

—Nos espera una larga semana. Planeo disfrutar al máximo toda esta noche y si vosotros dos no estáis absolutamente borrachos para medianoche, me encargaré yo mismo de que lo estéis, de una forma u otra, para cuando llegue la mañana. ¿Estamos?

Yo: Haces que suene demasiado a una cita que termina en violación.

Alexander: Si hacéis lo que os digo, no llegaremos a eso.

James: Iréis al infierno vosotros dos.

Alexander: Directo.

Yo: A toda velocidad.

Alexander: «Que todos se dediquen a celebrar la victoria, algunos a bailar, otros a encender hogueras; que cada uno encuentre la diversión y la alegría que su inclinación sugiera». Vamos.

Y obedientes, fuimos.

La puerta de entrada se abrió y una oleada de ruido salió en estampida a recibirnos. El Castillo estaba abarrotado de gente, algunos bebían, otros bailaban, relucientes en sus atuendos de fiesta. (El aspecto de los chicos no era tan distinto al habitual, solo estaban mejor vestidos, más arreglados; pero las chicas estaban casi irreconocibles. Ya había caído la noche y, con ella, habían surgido los vestidos ajustados, el rímel oscuro y los pintalabios suntuosos que las transformaban de simples *chicas* a un aquelarre de cautivadoras criaturas nocturnas). El rugido de bienvenida nos invadió; algunas manos se estiraron para sujetar nuestra ropa y arrastrarnos adentro.

Dos barriles de cerveza transpiraban en la bañadera de la planta baja, que estaba llena de hielo y botellas de agua. Pilas de vasos de plástico atestaban la encimera de la cocina, mientras que sobre el horno había botellas baratas de ron, vodka y *whisky* acomodadas como una pirámide de bolos (casi todo pagado con el dinero de Meredith, que recibía una suma exorbitante todos los meses, y una contribución más modesta del resto de nosotros). Las mejores reservas estaban escondidas en la habitación de Alexander. En cuanto llegamos, Filippa subió corriendo y regresó con un *whisky* con soda para cada uno. Inmediatamente después, tanto James como Alexander desaparecieron, tragados por la multitud. La mayoría de los estudiantes de teatro se habían juntado en la cocina, donde hablaban y reían al doble del volumen necesario, como en medio de una interpretación, observados por espectadores menos desagradables de los departamentos de arte, idiomas y filosofía. Estudiantes de coro y orquesta deseosos de criticar la selección de música y los bailarines con ganas de lucirse atiborraban el comedor, que estaba tan pésimamente iluminado que o bien tenían solo una vaga idea de con quiénes estaban bailando, o bien simplemente no les importaba. La música hacía tronar las maderas del suelo, cada nota grave era un pequeño sismo, el paso lento y pesado de un dinosaurio. La superficie de mi trago tembló y vibró hasta que Filippa le arrojó un puñado de hielo.

—Gracias —dije. Su expresión era distante, distraída—. ¿Estás bien?

—Sí —respondió, con una sonrisa dolorida—. Tengo un tremendo hematoma, pero no está en un lugar visible.

—Para mí, tienes buen aspecto —comenté, de forma patética. Tenía puesto algo azul y corto que resaltaba sus piernas largas. Por suerte, no iba tan maquillada y aún parecía un ser humano.

—Eso pasa de vez en cuando —repuso. Exhaló, permitiéndose relajarse—. ¿Dónde habéis estado?

—Fuera. Alexander ha hecho un porro para ti, si quieres.

—Dios bendiga a ese asqueroso hedonista. ¿Dónde se ha metido ahora?

—En la pista de baile —respondí—, acechando a chicos de primero que aún no han descubierto que son gais.

—¿Dónde si no? —bromeó y salió de la cocina, zigzagueando con destreza entre la gente que se agolpaba contra la encimera para luchar por una bebida blanca, que rápidamente iba agotándose.

Bebí un buen trago de *whisky* con soda y me pregunté cuánto tardaría la transición. Colin y varios estudiantes más de tercero se detuvieron un momento de camino a la entrada para coches —donde la gente estaría fumando y hablando y esperando que dejasen de zumbarles los oídos— para felicitarme por el gran espectáculo. Les di las gracias y cuando salieron en fila, Colin se quedó en el umbral. Incliné la cabeza para acercarme a la suya y poder oírlo.

—3-1 se ha salido de control hoy —comentó—. ¿Va todo bien?

—Eso creo —respondí—. Pip ha recibido algunos golpes, pero es fuerte. ¿Has visto a Richard?

—Está arriba, bebiendo *whisky* a fondo, como si eso fuera lo que lo mantiene con vida.

Intercambiamos una mirada que en parte expresaba desprecio y en parte preocupación. Ambos recordábamos demasiado bien lo que había pasado la última vez que Richard había bebido de más.

—¿Y Meredith? —pregunté. Quizás ella también hubiese contribuido al mal humor de Richard, pero quizás solo James, Alexander y yo tuviésemos la culpa.

—Recibiendo halagos en el jardín —respondió Colin—. Ha colgado todas las luces de allí fuera. Creo que está asegurándose de que nadie las baje.

—Suena lógico.

Sonrió. (En un principio lo habíamos comparado con Richard, pero eso no duró. Interpretaba los mismos roles rimbombantes, pero fuera del escenario su arrogancia era más adorable que irritante).

—¿Quieres salir a fumar? —me invitó.

—Ya he fumado uno, pero encontrarás a Pip en el patio.

—Genial —repuso y salió en busca de sus amigos. Yo di media vuelta para escanear la cocina, preguntándome dónde se habría metido James.

Durante una hora, quizás más, vagué de habitación en habitación, de conversación en conversación, aceptando tragos y felicitaciones con amable desinterés. En el comedor la música estaba tan fuerte que casi no podía oír lo que la gente me decía. La luz roja opaca y el constante movimiento de los cuerpos exacerbó mi grado de ebriedad y cuando comencé a sentirme mareado, salí a la entrada para coches. En cuanto puse un pie fuera, me detectó la misma chica que había coqueteado conmigo en la Noche de Brujas. Hice un abrupto giro de 180 grados y hui por un lateral del edificio hacia el jardín.

El jardín —en realidad, era más bien un pequeño terreno con césped, bordeado por árboles en tres de sus lados— no estaba tan atestado. La gente estaba dividida en grupos de tres o cuatro, hablaban y reían u observaban las guirnaldas de luces, que habían sido cuidadosamente colgadas de un árbol a otro. El patio destellaba como si cientos de luciérnagas hubiesen decidido venir a la fiesta. Meredith estaba sentada sobre la mesa del medio con las piernas cruzadas a la altura de las rodillas, con una bebida en una mano y un palillo con dos aceitunas atravesadas en la otra. (Por lo visto, estaba bebiendo martinis mientras el resto debía conformarse con ron y Coca Cola). Me detuve, vacilante, en el borde del patio. No nos habíamos dirigido más que unas pocas palabras desde el incidente del camerino y no estaba seguro de cómo estaban las cosas entre nosotros. No pasó demasiado tiempo hasta que me encontré mirando con fijeza sus piernas. Sus pantorrillas descendían de forma perfecta hacia sus finos tobillos y sus tacones de doce centímetros. Consideré la posibilidad de que estuviese sentada en la mesa porque no podía estar de pie en el suelo blando sin hundirse.

Cuando se dio cuenta de que yo estaba allí, sonrió sin rencor, al parecer. (El chico que estaba a su lado —tocaba el violonchelo con los estudiantes de orquesta, aunque no sabía de qué año era— siguió hablando sin percatarse de que había perdido su atención). Una oleada de alivio me recorrió. Ella volvió a girarse hacia el chelista, pero bajó la vista a su trago, mientras lo revolvía lentamente con las aceitunas.

Estaba a punto de volver adentro cuando sentí que un brazo me rodeaba la cintura.

—Hola —dijo Wren, con ese tono cariñoso y tierno que ponía cuando estaba entonada. Tenía puesto un vestido suelto de color verde claro que hacía que se pareciera a Campanilla.

Alboroté su pelo.

—Hola, ¿estás pasándolo bien?

—Espléndido, solo que Richard se está comportando como un idiota.

—No me lo puedo creer.

Su nariz se arrugó cuando frunció el ceño. Aún me estaba abrazando por la cintura y me pregunté vagamente si podría mantenerse en pie por sí misma.

—No sé qué demonios le pasa últimamente —comentó con un dejo de amargura en la voz que no le había oído antes—.

Siempre se ha comportado un poco como un cerdo, pero ahora se ha vuelto… No sé. Malo.

Era una palabra tan inocente que sentí una sensación protectora, como de hermano mayor. Le di un apretón contra mí y dije:

—No sé si «malo» le hace justicia.

—¿Por qué no?

—No sé, no es solo maldad, es sadismo. Ha estado golpeándonos en escena. En la noche del estreno, casi me revienta el tímpano, Filippa tiene un hematoma del tamaño de Australia y James… —Me detuve, recordando tarde mi promesa de no decir nada. Mis filtros verbales y visuales no estaban funcionando bien.

—¿Qué le ha hecho a James? —preguntó, con temerosa indecisión. Estaba intentando prestar atención, pero el *whisky* no la dejaba.

—Le prometí que no se lo diría a nadie. Pero te lo dirá si le preguntas. —Pensé en cómo él había enroscado un mechón de pelo de Wren y concluí que James haría cualquier cosa que ella le pidiera. Algo se retorció incómodamente en mi pecho.

Ella frunció el ceño otra vez. Sus brazos se habían aflojado alrededor de mí, como si hubiese olvidado que estaban ahí.

—¿Sabes? A veces me da miedo.

—¿James? —pregunté, sorprendido. Negó con la cabeza.

—Richard. Tengo miedo de que realmente hiera a alguien o se haga daño a sí mismo. Es que es… irreflexivo, ¿sabes?

No era la palabra que yo hubiera elegido, pero asentí de todos modos.

—Deberías decírselo. Probablemente seas la única persona a la que escuche.

—Quizá. Pero tendrá que esperar hasta mañana. Ahora está completamente puesto.

—Bueno —comenté—, si está demasiado borracho como para ponerse de pie, entonces quizás esta fiesta termine bien.

Tuve una extraña sensación de preocupación en ese preciso instante. Richard, sin importar cuánto hubiese bebido, jamás había terminado completamente incapacitado por el alcohol. Solo lo volvía más *irreflexivo*, para usar la palabra de Wren.

Meredith bajó de la mesa y se disculpó con sus admiradores (que para entonces eran cuatro). Cruzó el patio con sorprendente estabilidad, inclinó la cabeza hacia un lado y comentó:

—Qué guapos los dos. —De cerca, y en mi estado poco lúcido, no podía dejar de mirarla. Tenía puesto un vestido de tubo negro ajustado, con un hombro desnudo y un diminuto tirante de brillantes cuentas negras en el otro. Con esos tacones, era casi tan alta como yo.

—El jardín está increíble, Mer —dijo Wren.

—Sí. —Miró las luces con una sonrisa—. Odio dejarlo. «Y debo perder dos de los compañeros más dulces del mundo». —Guiñó un ojo. La sombra que había aplicado en sus parpados (un color ciruela oscuro) resaltaba el verde de sus ojos.

—¿A dónde vas? —preguntó Wren.

—Adentro, a buscar otro trago. —Alzó su copa vacía—. ¿Quieres uno? —Wren lanzó un hipo.

—Creo que ya estoy bien.

—Yo también lo creo —sostuvo Meredith, casi regañándola, casi como una hermana. Luego se dirigió a mí—. ¿Una oliva, Oliver? —Levantó su palillo, tenía la última aceituna atravesada en la punta.

—Cómela tú —repuse, sin poder reprimir una sonrisa de satisfacción—. Si lo hiciera yo, sería canibalismo.

Me lanzó una mirada tan penetrante que mi temperatura subió de golpe unos diez grados, luego mordió la aceituna y desparecío adentro. Observé cómo se iba y me quedé mirando la puerta que se había cerrado tras ella hasta que Wren habló.

—No parece estar sufriendo demasiado.

—¿Qué?

—Ella y Rick se están «dando un tiempo» —reveló, haciendo un gesto de comillas en el aire con una mano—. Creí que lo sabías.

—Eh, no, no sabía nada.

—Fue idea de ella. Él no está muy contento con eso, pero ya sabes cómo es, no va a disculparse por nada. —Hizo una mueca—. Si tan solo pudiera tragarse su orgullo, ella quizás cambiaría de opinión.

—Ah.

Bostezó y cubrió su boca con el dorso de su mano.

—¿Qué hora es?

—Ni idea —respondí—. Tarde. —Sentía los párpados pesados.

—Iré a averiguarlo.

—Yo no quiero saberlo.

Me soltó, empujándose contra mi costado para ponerse derecha.

—Muy bien, no te lo diré. —Dio unos golpecitos en mi brazo, como si fuera un perro, luego subió los escalones serpenteando, con un trozo de su falda pellizcado entre sus dedos.

El patio se había ido vaciando en el transcurso de nuestra conversación. La gente o bien regresaba adentro, o bien (yo tenía la esperanza) se iba a casa. Me aventuré al centro de nuestro claro y cerré los ojos. La noche estaba fresca, pero no me importó. Calmaba mi piel caliente como un bálsamo, aclaraba el humo en mis pulmones, sacaba de mi cabeza la sombra aterciopelada de Meredith. Cuando abrí los ojos, me sorprendió ver un trecho azul entre las oscuras copas de los árboles y una rendija de luna me sonreía. Un súbito deseo de ver el cielo entero me incitó a ir hacia el sendero que llevaba al lago. Pero cuando empezaba a moverme, la voz de James me hizo quedarme quieto en el sitio.

—«¡Qué bien brillas, Luna! De verdad, la luna brilla con gran elegancia». —Giré para encontrarlo parado detrás de mí, con las manos en los bolsillos.

—¿Dónde has estado toda la noche?

—¿Sinceramente?

—Sí, sinceramente.

—He ido a dar una vuelta un rato, pero me sentía abrumado, así que me he escabullido por las escaleras y me he puesto a leer un rato en la habitación. —Reí.

—Un completo cerebrito. ¿Qué te ha traído de vuelta?

—Bueno, ya hemos pasado la medianoche y no puedo decepcionar a Alexander.

—Dudo que recuerde habernos dicho nada a esta hora.

—Es probable que no. —Inclinó la cabeza hacia atrás para admirar el cielo—. Parece mucho más lejano cuando solo se ve tan poco.

Durante un rato, nos quedamos ahí parados, con las caras apuntadas hacia arriba, sin hablar. El ruido que provenía del Castillo era un rumor de fondo, como el rugido del motor de los coches en una carretera lejana. Un búho ululó suavemente en algún lado. Me percaté (por primera vez, creo) de lo solos que estábamos cuando el Castillo estaba vacío, cuando no había ninguna fiesta, cuando los demás estudiantes estaban a un kilómetro y medio de distancia en la Mansión. Solo estábamos *nosotros*: nosotros siete y los árboles y el lago y la luna y, por supuesto, Shakespeare. Él vivía con nosotros como un octavo compañero de piso, un amigo más viejo y sabio, perpetuamente fuera de vista, pero siempre presente en nuestra mente, como si acabara de salir de la habitación. «Poderosa es la fuerza de la poesía celestial».

Hubo un suave chirrido eléctrico; las luces de Meredith parpadearon y se apagaron. Miré al Castillo bajo la intensa oscuridad. Las luces de la cocina estaban encendidas y se escuchaba la música, así que supuse que no habíamos quemado un fusible.

—Me pregunto qué habrá pasado.

James no tenía la curiosidad suficiente como para quitar la vista del cielo.

—Mira —dijo.

Con las luces apagadas, podíamos ver las estrellas, pequeños puntitos blancos desparramados alrededor de la luna que destellaban como lentejuelas. El mundo se quedó perfectamente inmóvil por ese instante precioso. Luego se escuchó un estrépito, hubo un grito y, dentro, algo se hizo añicos. Al principio, ninguno de los dos se movió. Nos quedamos de pie mirándonos, con la esperanza —silenciosa, desesperada, inútil— de que simplemente alguien hubiese derribado una botella o resbalado en las escaleras o alguna otra torpeza inocente. Pero antes de que ninguno pudiese hablar, comenzaron los gritos dentro.

—Richard —solté, con el corazón ya en la boca—. Te apuesto lo que quieras. —Corrimos hacia el Castillo, tan directos como pudimos.

La puerta estaba abierta, pero la gente la había bloqueado por completo, llenando el espacio. James y yo nos abrimos paso a empujones hasta la cocina, donde al menos una decena de personas habían hecho un círculo a lo largo del borde de la habitación. James atravesó el círculo primero, quitando a dos lingüistas de segundo año de su camino. Yo no estaba lo bastante sobrio como para calcular la distancia y me estrellé contra él cuando se detuvo, pero el abarrotamiento de gente evitó que cayéramos.

El chelista que había estado hablando fuera con Meredith estaba sentado en el suelo, medio desplomado, con una mano en la cara y por entre sus dedos caían gotas de sangre. Filippa estaba a su lado en cuclillas y de puntillas en un lío de cristales rotos. Meredith y Wren estaban de pie frente a Richard y los tres gritaban al mismo tiempo, de modo que sus palabras se superponían y se volvían indiscernibles al mezclarse con la música y las risas que entraban desde la otra habitación. Alexander permaneció en la puerta, detrás de Richard, pero estaba apoyado en Colin y no estaba en condiciones de intervenir, así que James y yo avanzamos para mediar.

—¿Qué ha pasado? —pregunté a gritos para que me escucharan por encima del barullo.

—Richard —respondió Filippa, lanzándole una mirada de odio por sobre su hombro—. Ha bajado las escaleras y le ha dado un puñetazo a traición.

—¿Qué cojones? *¿Por qué?*

—Ha estado mirando el patio desde una ventana en el piso de arriba.

—¡Calmaos todos! —ordenó James. Wren se quedó en silencio, pero Richard y Meredith lo ignoraron.

—¡Estás fuera de control! —gritó ella—. Deberían ponerte una camisa de fuerza.

—Bueno, quizá podamos compartir una.

—¡Esto no es un maldito chiste! ¡Podrías haberle roto los dientes!

El chico que estaba en el suelo gimió y se inclinó hacia adelante, un largo hilo de sangre y saliva quedó colgando de su labio inferior. Filippa se puso de pie y espetó:

—Sí, es probable que lo haya hecho. Tenemos que llevarlo a la enfermería.

—Yo lo haré —dijo Colin. Dejó a Alexander apoyado contra el marco de la puerta y evitó a Richard cuando cruzó la cocina. Junto con Filippa levantaron al chelista y colocaron su brazo por encima de los hombros de Colin. No habían terminado de salir de la habitación cuando Richard y Meredith reanudaron su discusión a gritos.

Meredith: ¿Estás contento ahora?

Richard: ¿Y tú?

—¡Ya basta, vosotros dos! —La voz de Wren se había elevado a un peligroso tono agudo—. Ya *basta*, ¿puede ser?

Richard dio media vuelta hacia ella y Wren dio un cauteloso paso atrás.

—No es problema tuyo, Wren.

—No —espetó Filippa, bruscamente—. Lo has convertido en un problema de *todos*.

—No seas una perra, Filippa…

James y yo nos movimos hacia adelante, pero Meredith habló primero y Richard se quedó helado; todos los músculos entre sus omóplatos, abultados y sobresalidos.

—No le hables así. Date la vuelta y mírame —ordenó—. Deja de amedrentar a todos como un maldito niño de escuela y *mírame*.

Él se giró y se movió hacia ella tan abruptamente que todos se sobresaltaron, pero Meredith no se inmutó, era muy valiente o estaba loca.

—Cállate… —comenzó a decir él, pero ella no lo dejó terminar.

—¿O qué? ¿Me romperás todos los dientes también? —preguntó—. Hazlo. *Atrévete*.

Decidí que la valentía y la locura podían coexistir.

—Meredith —dije con cuidado.

Richard se giró a toda velocidad hacia mí, y James y Filippa se acercaron, cerrando filas.

—No me tientes —espetó—. O te enviaré a la enfermería hecho *pedazos*.

—¡Cálmate! —Meredith lo empujó, sus dos manos golpearon su pecho con un ruido sordo; antes de que pudiera alejarse otra vez, él la sujetó de la muñeca—. Esto no tiene nada que ver con él. ¡Solo lo metes porque no puedes pegarme y estás desesperado por pegarle a alguien!

—Eso te gustaría, ¿no es cierto? —lanzó Richard, sacudiéndola. Ella retorció su brazo para intentar liberarse, hasta que su piel se puso blanca—. ¿Que te pegue un poco, que le dé a la gente algo que mirar? Todos sabemos lo mucho que te gusta que te miren, *puta*.

Entre los seis de nosotros habíamos llamado a Meredith alguna versión de «puta» miles de veces, pero esto era horriblemente distinto. Todo pareció quedarse en silencio, pese a la música que retumbaba en la habitación contigua.

Richard tomó su mentón y levantó su cara hacia la suya.

—Bueno. Fue divertido por un tiempo.

La última de mis dudas se esfumó. Me lancé hacia él, pero Meredith estaba más cerca. La gente gritó cuando ella le dio una bofetada de revés; no se pareció en nada a la clase de Camilo, no fue ni precisa ni controlada, sino un golpe completamente salvaje con la intención de hacer tanto daño como fuera posible. Richard maldijo de forma obscena, pero antes de que pudiera llegar a ella, James y Alexander se estrellaron contra él como un par de jugadores de fútbol americano. Ni siquiera su peso combinado fue suficiente para derribarlo, y él siguió vociferando insultos, tratando de darle un manotazo a cualquier centímetro de Meredith que pudiera alcanzar. Yo la sujeté por la cintura, pero él ya había atrapado un puñado de su cabello y ella gritó de dolor cuando él tiró. La alcé del suelo y la alejé de él, aplastándola contra mi pecho cuando perdí el equilibrio y choqué con Filippa. Richard, James y Alexander se derrumbaron hacia atrás y cayeron contra los armarios, media docena de personas se apresuraron a sostenerlos antes de que pudieran golpearse contra el suelo.

Retiré el pelo de Meredith de mi cara, con un brazo trabado alrededor de ella; no estaba demasiado seguro de si estaba protegiéndola, reteniéndola o ambas cosas.

—Meredith —llamé, pero ella me dio un codazo en el estómago y me apartó. Filippa me sujetó de la camisa cuando trastabillé y no me soltó, como si tuviera miedo de lo que yo pudiese hacer si me dejaba libre. Meredith miró más allá de nosotros a Richard, con los brazos rígidos a los lados y el pecho agitado. Con lentitud, él se irguió. James ya se había apartado y los pocos que aún sujetaban a Richard quitaron sus manos. Alexander maldijo por lo bajo, mientras se tocaba el labio ensangrentado con la yema de los dedos. Todos los demás tenían los ojos puestos en Meredith, pero no era la clase de protagonismo al que ella estaba acostumbrada. Todo lo que ella estaba sintiendo estaba escrito en su cara: vergüenza, furia e incredulidad paralizante.

—¡Maldito *bastardo*! —gritó. Dio media vuelta y pasó junto a mí y Filippa empujándonos con el hombro y dispersando a los aterrorizados estudiantes de tercero al abrirse paso hacia las escaleras.

Richard y yo nos quedamos de pie uno frente al otro, como esgrimistas sin espadas. Alexander titiló en mi visión periférica, al levantarse y buscar una servilleta para limpiarse la boca. Podía escuchar que Wren lloriqueaba, pero era un sonido distante. James estaba detrás de Richard, como una sombra, y me observaba conmocionado, una expresión que mostraba en parte miedo y en parte indignación. La furia erizaba mi piel, atrapada por la tela de mi camisa, ceñida contra mi cuerpo por la sujeción de Filippa. Quería hacer daño a Richard de la forma en que él había hecho daño a Meredith, en que había hecho daño a James, en que habría hecho daño a cualquiera de nosotros que le hubiese dado media razón. Eché un vistazo a Filippa, porque, como ella, no confiaba en mi templanza para no atacarlo.

—Me voy —anuncié, tenso. Ella asintió y soltó mi camisa, y yo no esperé. La multitud se abrió rápido para dejarme pasar, como había hecho con Meredith. Doblé en el pasillo que había entre la cocina y el comedor, apoyé la espalda contra la pared y respiré despacio por la nariz hasta que mi cabeza dejó de dar vueltas. Ya no sabía a qué se debía mi ebriedad, si al *whisky*, la marihuana o la furia ensordecedora. Respiré hondo una última vez, luego esquivé la puerta y me dirigí hacia las escaleras.

»Meredith —dije por tercera vez. Era la única que estaba allí, a mitad de camino hacia el primer piso. La música hacía zumbar las paredes, que amortiguaban el sonido. Una cálida luz rosada se filtraba desde la cocina.

—Déjame sola.

—Ey. —Subí los primeros tres escalones detrás de ella—. Espera.

Ella se detuvo, una de sus manos temblaba contra la barandilla.

—¿Para qué? Ya me he hartado de esta maldita fiesta, de todos ellos ahí abajo. ¿Qué quieres?

—Solo quiero ayudar.

—¿Ah, sí?

La miré con fijeza —tenía el vestido desaliñado, los brazos cruzados, la cara ruborizada— y sentí un pequeño retorcijón en la boca del estómago. Era demasiado obstinada.

—Olvídalo —solté y di media vuelta en las escaleras.

—¡Oliver!

Apreté los dientes, volví a girarme.

—¿Sí?

Al principio no dijo nada, solo me miró con furia. La parte de su pelo de la que Richard había tirado estaba enredado y trabado en su pendiente. Ese pequeño desgarro en mi interior se abrió más y comenzó a arder, en carne viva y sensible, rojo y furioso.

—¿Realmente quieres ayudar? —preguntó. Era solo una media pregunta, vacilante, como desconfiando de la respuesta.

—Sí —sostuve, con demasiada ferocidad, herido por su duda.

Esa misma mirada descarada, intrépida, que me había lanzado en el camerino destelló en su rostro. En un movimiento impulsivo, bajó los tres escalones que nos separaban y me besó, sujetándome con las dos manos por la nuca. Me sorprendió, pero aun así, me perdí en el inesperado calor de su boca sobre la mía, sin ser consciente de todo lo demás.

Nos separamos un centímetro y nos miramos con ojos bien abiertos, sin recelos. Nunca nada había parecido sencillo cuando se trataba de ella, pero en ese momento, ella lo era. Simple y cercana y preciosa. Un poco desaliñada, un poco herida.

Nos besamos otra vez, con más urgencia. Ella separó mis labios, me robó la respiración de la boca, me empujó hacia atrás hasta que choqué contra la barandilla. Sujeté sus caderas y la atraje contra mí, listo para sentir hasta el último centímetro de ella.

Una voz desconocida interrumpió el retumbante sonido de la música que llegaba a través de la pared.

—Ay, mierda.

Ella se apartó, retrocedió, y casi perdí el equilibrio ante la repentina ausencia de su cuerpo. Un estudiante de primero del que no sabía el nombre estaba parado al pie de las escaleras, con un trago en la mano. Sus ojos se deslizaron de mí a Meredith, con una sorpresa apagada, desenfocada.

—Ay, *mierda* —volvió a decir y regresó tambaleándose a la cocina.

Meredith tomó mi mano.

—A mi habitación —indicó. La habría seguido a cualquier lado sin importar quién se enterara, fuese Richard (quien se merecía cosas mucho peores que esta insignificante traición) o cualquier otro.

Subimos las escaleras a toda prisa, con torpeza, obstaculizados por sus tacones, mi ebriedad y por negarnos estúpidamente a dejar de tocarnos. Corrimos por el pasillo de la primera planta, chocamos contra la pared y nuestros labios volvieron a encontrarse una vez más antes de entrar a trompicones en su habitación. Cerró la puerta de golpe y giró la llave. Más que abrazarnos, chocamos el uno contra el otro, toda la escena febril atravesada por destellos de dolor: sus dedos se cerraron en mi pelo, atrapó mi labio inferior entre sus dientes, se estremeció cuando la barba incipiente en mi mandíbula raspó su cuello. Los bajos que venían del comedor retumbaban debajo de todo como una salvaje percusión tribal.

—Tienes un aspecto increíble —solté en el instante que tuve para hablar mientras ella me quitaba la camisa por encima de la cabeza. La arrojó hacia el otro lado de la habitación.

—Sí, lo sé.

El hecho de que lo supiera era, de algún modo, más sensual que si hubiese fingido que no. Busqué con torpeza la cremallera en el lateral de su vestido y comenté:

—Genial, solo quería cerciorarme.

Nos quitamos el resto de la ropa y la arrojamos sin cuidado por la habitación, todo salvo la ropa interior y los tacones de Meredith. Nos besamos y jadeamos y nos estrechamos como si tuviésemos miedo de soltarnos. Mi cabeza daba vueltas, el suelo se movía e inclinaba debajo de mí cada vez que cerraba los ojos. Deslicé una mano desde su nuca hasta la parte baja de su espalda, su piel parecía eléctrica bajo mis dedos. La textura cálida y sedosa de sus labios contra mi oreja me hizo gemir y la aferré con más fuerza, delirante, adicto, furioso por haber fingido no desearla.

Estábamos a mitad de camino hacia la cama cuando un puño se estrelló contra la puerta, la hizo temblar contra el marco. A continuación, vino otro puñetazo y otro, golpe tras golpe como un ariete.

—¡ABRID LA PUERTA! ¡ABRID LA MALDITA PUERTA!

—¡Richard! —Me tambaleé hacia atrás, pero Meredith me sujetó rápido del cuello.

—Puede golpear la puerta toda la noche si quiere.

—La derribará —señalé, pero las palabras desaparecieron entre sus labios antes de que salieran de los míos, el pensamiento olvidado antes de poder terminarlo. Mi pulso estaba enloquecido.

—Deja que lo intente. —Me empujó hacia atrás, a la cama, y no discutí.

Después de eso, todo fue inconexo y confuso. Richard aporreaba la puerta, gritando insultos y amenazas que yo apenas podía oír; su voz, solo una parte de un ritmo intenso. «OS MATARÉ, OS MATARÉ. JURO QUE OS MATARÉ A AMBOS». Era imposible prestarle atención con Meredith entre él y yo, palpable, intoxicante; un pequeño suspiro de su respiración era suficiente para apagar el caos de sus ruidos. Él se desvaneció, como el final de una canción mediocre, y no supe si se había ido o si yo me había vuelto sordo a todo, salvo a Meredith. Sentía la cabeza tan liviana que, sin su peso sobre mí, quizás me habría ido flotando. Poco a poco, mi cerebro y mi cuerpo reconectaron. Dejé que hiciera lo que quisiera un rato más, luego la hice rodar sobre su espalda y la sujeté contra la cama, reticente a ser del todo sumiso.

Cuando me desplomé junto a ella sobre el colchón, mis músculos temblaban bajo mi piel. Para entonces, teníamos demasiado calor para tocarnos y nos quedamos acostados solo con las piernas enredadas. Nuestras respiraciones agitadas fueron alargándose, haciéndose más profundas y el sueño rápidamente hizo que me sumergiera, como la gravedad.

IX

No dormí demasiado y lo hice como si estuviera en una balsa, como si hubiese habido olas meciéndose debajo de mí, más mareado que ebrio. Mis ojos se abrieron antes de que pudiera darme cuenta de que estaba despierto y me quedé mirando con fijeza el techo poco familiar. Meredith yacía a mi lado, con la mejilla apoyada en una mano y el otro brazo doblado sobre su pecho. Una pequeña arruga había aparecido entre sus cejas, como si lo que estaba soñando la perturbara.

La lámpara en la mesa de noche arrojaba una luz acuosa y anaranjada sobre la cama. Me estiré con cuidado sobre ella para apagarla, pero hice una pausa, con el brazo en alto. La respiración de Meredith se agitó contra el dorso de mi mano. No puede evitar mirarla con fijeza, por primera vez, no porque fuera preciosa, sino porque no habían desaparecido las marcas oscuras en su cuerpo que en mi ebriedad había confundido con sombras y trucos de la luz. La delicada línea de su muñeca estaba ensombrecida por pequeños hematomas púrpuras, como brotes violetas en su piel. Marcas más viejas, tenues como acuarelas ahora, mostraban dónde la había tocado una mano más pesada que la mía, dónde la habían estrujado con demasiada fuerza unos dedos fantasmas: en la nuca, en la curva de la rodilla. Estaba tan magullada como James. Sentí asco, pero la sensación nauseabunda se asentó en mi pecho, en vez de mi estómago.

Me arriesgué a retirar un mechón de pelo de su mejilla, luego apagué la luz. La habitación se encogió a mi alrededor, finalmente invadida por la impaciente oscuridad. Levanté la sábana y puse los pies en el suelo. Quería agua, con urgencia, para calmar mi garganta seca y aclarar mi cabeza. En mitad de la habitación, me puse mi ropa interior.

Antes de abrir la puerta, apoyé la oreja contra la madera. ¿Estaba Richard lo bastante loco como para esperar toda la noche a que uno de nosotros saliera? Al no escuchar nada, la entorné solo un poco. El pasillo estaba vacío y oscuro en ambas direcciones. Abajo las luces y la música estaban apagadas y todo el edificio parecía esquelético, como un caparazón vacío donde solía vivir alguna criatura invertebrada. Avancé subrepticiamente hacia el baño, preguntándome si sería el único que estaba despierto. Evidentemente no: la puerta de Alexander estaba abierta, su cama vacía. Me moví en silencio, con la esperanza de no despertar a nadie. Sabía que inevitablemente habría algún tipo de confrontación, pero no quería tenerla antes de lo necesario. No antes de convencerme de que todo había ocurrido de verdad; mis recuerdos de la fiesta tenían la cualidad quimérica y vaporosa de los sueños. Parte de mí quería creer que solo se había tratado de eso.

Suponiendo que un juerguista borracho había dejado la luz encendida, abrí la puerta del baño sin llamar. En el instante en que mis ojos tardaron en adaptarse a la luz, una figura agachada saltó desde el suelo.

—¡Dios!

—*Shh*, Oliver, soy yo. —James se estiró a mi lado para cerrar la puerta. Su brazo rozó mi barriga desnuda y la humedad de su piel me hizo temblar. Dio un paso atrás, desnudo y empapado. La ducha tamborileaba de fondo.

—¿Qué estás haciendo?

Tiró de la cisterna del retrete y el agua se fue arremolinando mientras él se limpiaba la boca.

—Acabo de vomitar —respondió.

—¿Estás bien?

—Sí. Bebí demasiado, eso es todo. ¿Qué haces despierto?

—Necesitaba un poco de agua —contesté, evitando mirarlo. Habíamos compartido una habitación durante tres años y verlo desnudo no era nada nuevo, pero lo había sorprendido así y, de algún modo, parecía invasivo.

—¿Te molesta si vuelvo a meterme? —Su mano se alzó fugazmente a un costado, un gesto inacabado hacia la ducha—. Me doy asco, odio vomitar.

—Adelante. —Me deslicé a su lado para llegar al lavabo y beber agua con las manos, mientras él se metía por un lado de la bañera. El agua siseó contra su piel y él cerró a medias la cortina.

—Entonces —dijo, con demasiada soltura—. ¿Acabas de salir de la habitación de Meredith?

—Eh, sí.

—¿Crees que es una buena idea?

—No particularmente.

Mi reflejo se veía alborotado, desaliñado. Sigilosamente, limpié una mancha de pintalabios de la comisura de mi boca. En el espejo podía ver que James se apoyaba contra la pared de la ducha y el agua goteaba desde su nariz y su mentón.

—Supongo que lo saben todos —añadí. Arrojé agua en mi cara, con la esperanza de enfriar así mi piel.

—Uno de los de primer año entró a la cocina desde el pasillo de las escaleras y básicamente lo anunció.

—Odio a los de primero. —Cerré el grifo, luego bajé la tapa del retrete y me senté sobre ella.

—Bueno, ¿y cómo estuvo?

Levanté la vista hacia él; la ansiedad, un hormigueo doloroso en mi piel.

—Sabes que Richard me matará, ¿no?

—Ese parecía ser su plan.

James metió la cabeza bajo el agua; sus ojos, cerrados con fuerza. Sentí las extremidades pesadas e inútiles, como si mis músculos y huesos se hubieran disuelto y hubieran sido reemplazados por una mezcla de cemento. Pasé mis dedos mojados por mi pelo y pregunté:

—Por cierto, ¿dónde está?

—No lo sé. Desapareció en el bosque con una botella de *whisky* después de que Pip y Alexander lograran que dejara de patear la puerta de Meredith.

—Dios. —Dejé caer la cabeza sobre mi pecho un momento, luego me puse de pie, antes de sentirme demasiado pesado para moverme.

—¿Volverás a su habitación? —preguntó James. Estaba de espaldas a mí, el agua bajaba serpenteando por entre sus omóplatos, en dos arroyos estrechos (por un momento, me permití pensar que podría limpiar sus hematomas como si fuera pintura).

—No quiero dejarla ahí sola, como si fuese un ligue de una noche.

—¿No lo es, entonces?

No podía recordar haberme enfadado antes con James. La rabia surgió inesperadamente; fuerte y vulnerable, ardiente como una quemadura.

—No —respondí demasiado fuerte.

Echó una mirada por sobre su hombro, con el ceño fruncido por la confusión.

—Ah.

—Mira, ya sé que no es tu persona preferida, pero tampoco es solo una chica más. —Parpadeó.

—Supongo que no —comentó y otra vez me dio la espalda.

—James —llamé, sin tener la más mínima idea de lo que quería decir a continuación.

Cerró el agua y su mano quedó flotando sobre el grifo. Unas pocas gotas se aferraron a sus pestañas y rodaron por su rostro como lágrimas.

—¿Qué? —preguntó, con un leve retraso.

Luché por formar las palabras —sentí cómo se formaban, pero no la sustancia—, hasta que una mancha en su mejilla me distrajo.

—Yo… Tienes vómito en la cara —solté.

Su gesto fue inexpresivo mientras comprendía la extraña oración y, cuando finalmente lo hizo, se ruborizó hasta las raíces del pelo.

—Uh.

De repente, ambos estábamos avergonzados (lo que parecía absurdo, después de la conversación íntima de los últimos cinco minutos y la desnudez casual).

—Lo siento, qué desagradable —dijo.

—No pasa nada. —Me incliné a buscar su toalla en el suelo—. Toma. —Ambos habíamos ido a sujetarla y, cuando nos erguimos de nuevo, nuestras cabezas casi chocaron. Retrocedí, inmensamente consciente de mi cuerpo y lo torpe que era. Él pareció completamente despierto, casi alarmado. Sentí que mi rostro enrojecía.

Mascullé unas buenas noches, puse la toalla en su mano y salí rápido de la habitación.

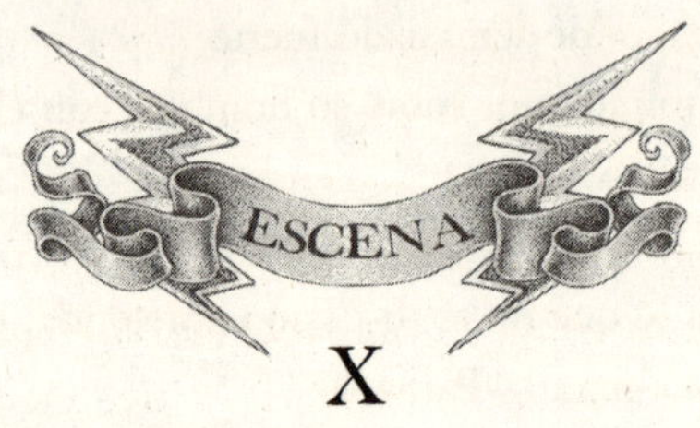

X

Alrededor de una hora después, volví a despertarme, alguien golpeaba a la puerta. También había una voz, femenina. No era

Richard. Me incorporé en la cama y, a mi lado, Meredith se movió. Quienquiera que fuese volvió a golpear, con más insistencia.

—Oliver, sé que estás ahí —dijo Filippa—. Levántate.

Sonaba vacía, como una grabación mala de sí misma. No quería despertar a Meredith, así que me deslicé fuera de la cama y abrí la puerta sin molestarme en buscar mis vaqueros.

La cara de Filippa estaba ojerosa y pálida.

—Vestíos —ordenó—. Ambos. Debéis venir al muelle. Ya mismo.

Se fue caminando despacio y con la cabeza gacha. Me quedé de pie en el umbral un momento, sorprendido de que no hubiese hecho un comentario mordaz. Algo andaba mal, tan mal como para que no le importara verme recién despierto en *déshabillé* en la habitación de Meredith. Cerré la puerta otra vez y comencé a levantar mi ropa del suelo.

—Meredith —llamé con urgencia—, despiértate.

Bajamos juntos al muelle, medio dormidos y desconcertados.

—¿Qué mierda está pasando? —preguntó—. Ni siquiera se ha hecho de día.

—No lo sé —respondí—. Filippa parecía perturbada.

—¿Por *qué*?

—No lo ha dicho.

Bajo la oscuridad parcial, descendimos a trompicones los desvencijados escalones de madera empotrados en la colina. Un frío amortiguado, como una manta de nieve, me envolvió y me hizo tiritar, a pesar de que me había puesto una sudadera y una chaqueta. Los escalones estaban cubiertos de rocas y ramitas, y la posibilidad de tropezarnos era tan alta que no quité los ojos de mis pies hasta llegar al último escalón. Entonces levanté la vista. Unas pocas estrellas tenaces aún observaban desde un cielo ligeramente más claro que las ramas dentadas de los árboles.

Hice una pausa mientras mis ojos se adaptaban al mundo crepuscular aún sin sol. Las figuras de sombra se solidificaron, eran James, Alexander, Wren y Filippa, todos de pie en el muelle con la mirada fija en el agua. No podía ver más allá de ellos, no podía divisar lo que estaban mirando.

—¿Qué ocurre? —pregunté—. ¿Chicos?

Alexander fue el único que se giró hacia mí y solo negó con la cabeza, un gesto pequeño, penoso.

—¿Qué está pasando? —insistió Meredith. Por fin había en su voz un tono de preocupación.

Me metí entre James y Wren, y la enorme extensión del lago se desplegó frente a mí, la neblina borraba las líneas de la costa. Pequeñas ondas murmuraban alrededor de una grotesca figura pálida, parcialmente sumergida donde el agua debería haber estado vidriosa y plana. Richard flotaba de espaldas, con el cuello torcido de forma antinatural, la boca abierta, el rostro congelado en una máscara griega de agonía. Por su rostro se deslizaba sangre oscura y pegajosa desde un montículo de tejido y hueso molido que solía ser la cavidad ocular y el pómulo, que ahora estaban quebrados y abiertos como una cáscara de huevo.

Nos quedamos de pie en el muelle, paralizados y en silencio, mientras la Tierra dejaba de girar. Una quietud terrible retuvo nuestros seis cálidos cuerpos vivos y a Richard —una cosa inmóvil, inanimada— en la misma inquebrantable esclavitud. Entonces, un sonido, un quejido suave; Richard estiró débilmente una mano hacia nosotros y el mundo entero se sacudió. Wren reprimió un grito y James apretó mi brazo.

—Ay, *Dios*. —Se atragantó con la palabra—. Aún está vivo.

ACTO III

★★★

Prólogo

Colborne y yo salimos juntos a la luz de las primeras horas de la tarde. El día parece primaveral, prehistórico; el sol, brillante y cegador detrás de una delgada capa de nubes. Ninguno de los dos tenemos gafas de sol y fruncimos el ceño contra la luz, como dos reacios recién nacidos.

—¿A dónde vamos ahora? —pregunta.

—Me gustaría caminar alrededor del lago.

Comienzo a cruzar el patio y él camina a mi lado, cerca. Más que nada, ha estado callado, simplemente escuchando. De vez en cuando, su rostro responde a algo que he dicho; un sutil movimiento de cejas o una crispación de la comisura de su boca. Ha hecho pocas preguntas, pequeñas cosas como: «¿Y eso cuándo fue?». Aunque la línea de tiempo está clara en mi cabeza, explicársela a otra persona es una tarea curiosa, simple en teoría, pero compleja en la práctica, como montar una larga fila de fichas de dominó. Un evento lleva inevitablemente al otro.

Hacemos todo el camino hasta el bosque sin hablar. Los árboles son más altos de lo que recordaba, ya no tengo que agacharme para esquivar las ramas. Me pregunto cuánto crece un árbol en diez años y me estiro para acariciar la corteza, como si cada tronco nudoso fuese el hombro de un viejo amigo que voy tocando al pasar, sin pensar. Lo reconsidero: no tengo viejos amigos, salvo Filippa. ¿Qué piensan de mí los otros? No los he visto. No lo sé.

Desde el bosquecillo salimos a la playa, que tiene exactamente el mismo aspecto. Gruesa arena blanca, como sal, filas y filas de bancos castigados por el clima. El pequeño cobertizo donde James arrojó sangre sobre mí en la Noche de Brujas está ladeado, como una diminuta Torre de Pisa.

Las manos de Colborne están escondidas en sus bolsillos mientras él observa el agua. Podemos ver la orilla opuesta, tan solo una línea difusa entre los árboles y sus reflejos. La Torre sobresale por encima del bosque como un torreón de cuento de hadas. Cuento tres de forma horizontal para encontrar la ventana que estaba al lado de mi cama, una hendidura negra estrecha en la pared de piedra gris.

—¿Hacía frío esa noche? —pregunta Colborne—. No lo recuerdo.

—Hacía fresco. —Me pregunto si aún hay una porción de cielo despejado sobre nuestro jardín o si las ramas ya se han entremezclado para bloquearlo—. Al menos, eso creo. Todos habíamos estado bebiendo y siempre bebíamos realmente demasiado, como si fuese algo que debíamos hacer. El culto del exceso: alcohol y drogas, sexo y amor, orgullo y envidia y venganza. Nada con moderación.

Niega con la cabeza.

—Todos los viernes por la noche, me quedo despierto pensando con qué estupidez cometida por algún chico borracho tendré que enfrentarme por la mañana.

—Ya no.

—Así es. Ahora solo tengo que preocuparme por mis propios hijos.

—¿Cuántos años tienen ya?

—Catorce —responde, como si no pudiese creerlo—. Comienzan la secundaria este otoño.

—Estarán bien —digo.

—¿Cómo lo sabes?

—Tienen mejores padres que los que tuvimos nosotros.

Sonríe con satisfacción, sin saber bien si me estoy burlando de él. Luego señala el Castillo con la cabeza.

—¿Quieres caminar hacia la orilla sur?

—Aún no. —Me siento en la arena y levanto la vista hacia él—. Es una larga historia. Hay mucho que todavía no sabes.

—Tengo todo el día.

—¿Te vas a quedar de pie hasta el anochecer?

Hace una mueca, pero dobla las rodillas y se sienta a mi lado, la brisa surge desde el lago.

—¿Cuánto de lo que me has contado sobre esa noche es verdad?

—Todo —aseguro—, de una forma u otra. —Una pausa.

—¿Vamos a jugar a esto?

—«Soy honesto cuando soy falso; no soy sincero para ser sincero» —respondo.

—Creí que te habrían dado suficientes palizas en prisión como para que dejaras las idioteces.

—Esas idioteces fueron lo único que me mantuvieron vivo. —Una cosa que estoy seguro de que Colborne jamás comprenderá es que necesito el lenguaje para vivir, como la comida; lexemas, morfemas y bocados de significado que me nutren con el saber de que sí, hay una palabra para esto. Alguien ya lo ha sentido antes.

—¿Por qué no me cuentas solo lo que pasó? Sin actuación. Sin poética.

—Para nosotros, todo era una actuación. —Una sonrisa pequeña, íntima, me toma desprevenido y bajo la mirada con la esperanza de que no la vea—. Todo era poético.

Colborne se queda callado un momento y luego dice:

—Tú ganas. Cuéntalo a tu modo.

Miro al otro lado del lago, a la punta de la Torre. Un ave grande —quizás un halcón— planea en grandes círculos lentos sobre los árboles, un elegante búmeran contra el cielo plateado.

—La fiesta comenzó alrededor de las once. Para la una, todos estábamos ebrios; Richard, peor que todos. Rompió un cristal, le dio un puñetazo en la boca a un chico. Las cosas se pusieron feas y confusas, fuera de control, y para las dos, yo estaba en la planta de arriba en la cama con Meredith.

Puedo sentir sus ojos sobre el lado de mi cara, pero no levanto la vista.

—¿Eso era verdad? —pregunta, y suspiro, exasperado por el tono de sorpresa en su voz.

—¿No hubo suficientes testigos?

—Veinte chicos borrachos en una fiesta y solo uno de ellos realmente vio algo.

—Bueno, no estaba ciego.

—Entonces hubo algo entre vosotros.

—Sí —confirmo—, hubo algo.

No sé cómo continuar. Por supuesto, yo estaba a merced de Meredith. Como Afrodita, exigía exaltación e idolatría. Pero ¿cuál fue su debilidad por mí, tan dócil e intrascendente como era? Un misterio.

Mientras le cuento la historia a Colborne, la culpa se revuelve, como un gusano, en la boca de mi estómago. Nuestra relación fue un punto de gran interés, pero Meredith rechazó testificar en mi juicio, al insistir de forma obstinada en que no recordaba lo que todos querían saber. Durante unas pocas semanas, fue perseguida por la prensa, lo que resultó ser demasiada atención incluso para ella. Después de que me condenaran, volvió al apartamento de Manhattan y, durante más o menos un mes, no salió. (Su hermano Caleb apareció en las noticias antes que ella, cuando le rompió la mandíbula a un fotógrafo con su maletín. Después de eso, los buitres perdieron interés y yo comencé a tenerle cierto cariño a Caleb).

Meredith sí logró llegar a la TV más adelante (es la protagonista de una serie sobre abogados inspirada vagamente en el ciclo de *Enrique VI*). Era popular en prisión, no por su conexión con los textos de Shakespeare, sino porque la mayor parte del tiempo aparece vestida con camisones ceñidos al cuerpo que ostentan su figura. Vino a visitarme —una sola vez— y cuando surgió el rumor de que habíamos tenido una especie de amorío, gané un respeto sin precedentes entre los reclusos. Si me presionaban para que diera detalles, les contaba solo lo que se puede encontrar en Internet o lo que era obvio: que era pelirroja natural, que tenía una pequeña marca de nacimiento en la cadera, que no era tímida para el sexo. Las verdades más íntimas me las guardé para mí: que hicimos el amor con tanta dulzura como ferocidad; que pese a que normalmente era grosera al hablar, el único ruido que hizo en la cama fue para murmurar «Oh, por Dios, Oliver» a mí oído; que tal vez nos hayamos querido durante un minuto o dos.

Le doy a Colborne solo los detalles triviales.

—¿Sabes? Vino a verme aquella noche —revela él, clavando los talones en la arena—. Tocó el timbre hasta que nos despertamos y cuando abrí la puerta, estaba de pie en el porche, en un vestido ridículo, brillante como un árbol de Navidad. —Casi ríe—. Creí que estaba soñando. Se coló dentro y dijo que necesitaba hablar conmigo, dijo que no podía esperar, que había una fiesta y que era el único momento en el que vosotros no la echaríais de menos.

—¿Cuándo fue esto?

—La misma semana en que te arrestamos. El viernes, si no me equivoco.

—Vaya, allí estaba entonces. —Me echa una mirada y yo me encojo de hombros—. Yo sí la eché de menos.

Nos quedamos en silencio; o tan en silencio como lo permiten los chillidos distantes de los pájaros, el susurro del viento entre las agujas de los pinos, el pequeño murmullo de las olas al acariciar la costa. La historia ha cambiado; ambos lo sentimos. Sucede igual que hace diez años: encontramos a Richard en el agua y sabemos que nada volverá a ser lo mismo jamás.

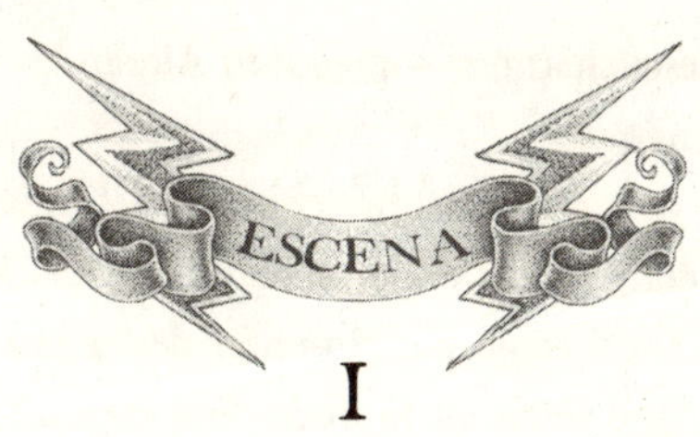

I

Richard estiró el brazo hacia nosotros y arrancó al mundo de órbita. Todo se inclinó, se precipitó hacia adelante. En cuanto esas tres palabras —«Aún está vivo»— abandonaron la boca de James, este corría a toda velocidad hacia el extremo del muelle.

—¡Richard! —graznó Wren; el sonido, involuntario y compulsivo como una tos. Su primo se convulsionaba en el agua, la sangre burbujeaba intensamente roja en sus labios mientras una mano tanteaba el espacio hacia nosotros.

—*¡James!* —La voz de Alexander, estridente y frenética, atravesó las penumbras—. ¡Oliver, detenlo!

Eché a correr a trompicones, mis pies golpeaban las tablas mojadas, apresados por el miedo insensato de que James se arrojaría al agua y dejaría que Richard lo arrastrara consigo.

—¡James! —Mis dedos rozaron la parte trasera de su chaqueta, pero no lograron aferrarse a nada—. ¡Detente! —Me lancé a atraparlo una vez más y lo sujeté torpemente por la cintura. Perdió el equilibrio y se lanzó hacia adelante con un grito de sorpresa. Por un terrible momento, el agua se alzó para recibirnos, pero justo cuando tomaba una bocanada de aire para sumergirme, James se estrelló de pecho contra el muelle y yo me desplomé sobre él. Mis extremidades aullaron de dolor, pero no lo solté, con la esperanza de que mi peso fuera suficiente para mantenerlo allí.

Wren intentó llamarlo otra vez, pero tuvo arcadas y se tragó su propia voz.

—¿Puede escucharnos? —preguntó Alexander—. Dios, ¿acaso puede escucharnos?

Mi cabeza colgaba por sobre el borde del muelle, mis sienes latían con fuerza, y tenía los ojos bien abiertos. Richard, justo fuera de mi alcance, tragó para intentar deshacerse de la viscosidad de sangre que tenía en la boca. Sus extremidades estaban retorcidas y dobladas alrededor de él como alas rotas de un pájaro arrojado demasiado pronto del nido, antes de estar listo para volar. *Hamlet* se agitó en mi memoria. «Hay una providencia especial», dice él, «en la caída de un gorrión».

—¡No está muerto! —James se retorcía debajo de mí—. *¡No está muerto! ¡Quítate!*

—¡No! —dijo Alexander, con brusquedad—. Esperad…

La voz de Filippa surgió más cerca que la de Alexander.

—¡Oliver! —Sentí sus manos en mis hombros, que me alejaban del borde—. Levántate, aléjalo de ahí…

—James, ¡vamos! —Lo arrastré hacia atrás, tiré de él para que se pusiera de pie. Forcejeó débilmente contra mis brazos y por un momento temí haber roto sus costillas. Detrás de nosotros, Wren estaba de rodillas, gimoteando, y Meredith estaba acuclillada a su lado, con la cara enrojecida, su expresión más enfurecida que aterrada.

—¡Suéltame! —exigió James, intentando empujarme a medias—. Suéltame…

—No si vas a intentar hacer algo estúpido —sostuvo Alexander—. Solo espera un momento…

—No podemos esperar, se está *muriendo*…

—¿Y qué vamos a hacer? ¿Lanzarnos y salvarlo? ¿«Todos los caballos y todos los hombres del rey»? ¡Cállate y piensa por un maldito minuto!

—¿Pensar *qué*? —pregunté, sujetando a James, pero sin estar seguro de por qué.

—O sea, ¿cómo ha ocurrido esto? —preguntó Alexander, a nadie en particular.

—Pues, se cayó —respondió Filippa de inmediato—. Debe de haberse caído…

—¿Tan solo se *cayó*? —cuestioné—. Pip, mira su *cara*…

—Entonces se golpeó la cabeza contra algo —sugirió Meredith—. Con todo lo que bebió, ¿realmente te sorprende?

—Dios, Richard —repitió Wren, pero enfurecida ahora, mientras limpiaba sus ojos con rabia—. Richard, *idiota*…

—¡Ey! Ya basta. —Alexander la levantó del suelo—. No llores por él, es su maldita culpa…

—¿Estáis todos locos? —espetó James, mirando con cara de espanto a cada uno de ellos. Había dejado de luchar contra mi sujeción, como si hubiese olvidado que estaba reteniéndolo—. ¡Debemos ayudarlo!

—¿De verdad? —preguntó Alexander, dando media vuelta para dar un paso impulsivo hacia él—. De verdad pregunto, ¿en serio debemos ayudarlo?

—Alexander, *aún está vivo*…

—Sí, exacto.

—¿Qué? —dije, pero ninguno de los dos pareció escucharme.

—No podemos quedarnos aquí parados discutiendo cómo ha pasado, tenemos que *hacer* algo… —comenzó a argumentar James, pero Alexander lo interrumpió.

—Mira, sé que tienes la necesidad patológica de ser el héroe, pero ahora mismo debes parar y preguntarte si eso es realmente lo mejor para todos.

Me quedé mirándolo, horrorizado.

—¿Qué estás queriendo decir? —preguntó James, con un tono apagado, como si ya supiera la respuesta.

Alexander estaba parado con sus largos brazos en tensión a los lados, que se sacudían con un tipo de energía potencial demente.

Echó una mirada por encima de su hombro al agua. La última convulsión de Richard se había sosegado y él yacía inquietantemente inmóvil, como si estuviera haciéndose el muerto. El agua ahora estaba tersa y oscura como el terciopelo, salvo por la débil agitación de sus exhalaciones, que lo delataban. *«Si ocurre ahora»*, pensé, *«no está por venir»*.

—Lo único que digo es que no hagamos nada antes de pensarlo bien —respondió Alexander. El sudor brillaba en sus sienes pese al crudo frío de noviembre—. O sea, ¿no recordáis cómo se ha comportado las últimas semanas? Nos ha zurrado en escena, estamos cubiertos de hematomas, casi te ahoga en la Noche de Brujas y ¿anoche? —Me miró—. ¿Tú y Meredith? —Sentí una punzada aguda en el pecho—. Richard enloqueció por completo. No lo escuchaste vociferar sobre lo que te haría cuando te pusiera las manos encima. Si no estuviera en el agua, es probable que estuvieses tú.

—Tuvimos que frenarlo para que no derribara la puerta —añadió Filippa. Olvidé lo cerca que estaba de mí, aunque tenía una mano en mi espalda, hasta que habló y sentí la vibración de su voz—. Estrelló a Alexander contra la pared con tanta fuerza que casi la atraviesa.

—Olvídate de mí, ¿qué hay de Wren? —señaló Alexander, pero se dirigía a James, no a ella—. Estabas allí, lo *viste*.

—¿Qué le hizo? —preguntó Meredith cuando James no contestó. Wren cerró los ojos con fuerza—. ¿Qué le hizo?

—Ella intentó detenerlo cuando se marchaba enfurecido —relató Filippa, hablando suave, susurrando, como si Richard tal vez pudiese oírla. Como si tuviera miedo de despertarlo—. La lanzó a través del patio. Podría haberle roto todos los huesos.

—¿Creéis que todo eso va a parar? —preguntó Alexander, con una punzada de miedo en la voz—. ¿Creéis que si lo sacamos del agua, estará bien y seremos todos amigos de nuevo?

Un frágil silencio le respondió. «*Si tiene que ocurrir, será ahora*».

Alexander metió su nerviosa mano en un bolsillo con brusquedad para buscar la colilla de un cigarrillo. Su encendedor llameó y él cubrió el fuego con una mano ahuecada, como si se tratara de algo increíblemente precioso. Tembló con la primera calada y al exhalar, su voz era baja, casi firme.

—No lo digáis en voz alta si no queréis. Pero hace cinco minutos, cuando creíamos que estaba muerto, ¿qué habéis sentido?

La cara de Filippa estaba pálida e ilegible. Las lágrimas dejaban brillantes rastros plateados en las mejillas de Wren. A su lado, Meredith estaba erguida e inmóvil como una estatua. James estaba de pie, suspendido entre ella y yo; su boca, abierta con el horror absoluto de un niño. A nuestro alrededor, las siluetas negras y puntiagudas de los árboles se alzaban siniestramente derechas e inmóviles, y enhebradas en el cielo lechoso, había nubes delgadas como el humo. El mundo ya no estaba oscuro; se asomaba una luz fría, agazapada en el horizonte, acechando esa tierra de nadie entre la noche y el día. Me obligué a bajar la mirada hacia Richard. Si respiraba, no podía oírlo, pero incluso en ese silencio, gruñía enseñando los dientes veteados con sangre. Sentí en la punta de mi lengua el impulso de confesar que en ese peligroso momento en el que había creído que estaba muerto, lo único que había sentido era alivio.

—Entonces —dijo Meredith y, de algún modo, pareció que estaba hablando por todos. Su cálida vivacidad había desaparecido y algo en lo fríamente sobria y firme que parecía hizo que un doloroso hormigueo recorriera mi espalda—. ¿Qué sugieres que hagamos?

Alexander se encogió de hombros y hubo algo terriblemente trascendental en ese gesto simple, insignificante.

—Nada.

Durante un largo rato, nadie habló. Nadie protestó. Quedé anonadado frente a su reserva, hasta que caí en la cuenta de que yo tampoco había hablado.

La voz de James finalmente agitó el aire estancado.

—Tenemos que ayudarlo. *Tenemos* que hacerlo.

—¿Por qué, James? —cuestionó Meredith, en voz baja, con reproche, como si de algún modo él la hubiese traicionado—. Tú más que nadie deberías comprender… No le debemos nada.

James apartó la mirada —quizás en un gesto desafiante, quizás por vergüenza— y Meredith posó su mirada de gorgona en mí. Cada mínimo detalle de la intimidad compartida esa noche regresó a mi mente: sus labios contra mi piel y las horribles huellas de los dedos de Richard en su cuerpo, ninguno más persuasivo que el otro. Tragué el nudo áspero que sentía en la garganta. «Si no es ahora, de todos modos llegará».

Alexander estaba inquieto, a punto de interrumpir, pero cerró la boca cuando me moví, me moví para ponerme entre James y el resto de ellos. Él se contrajo ante el peso de mis manos en sus hombros.

—«Si nadie sabe lo que deja al morir, ¿qué importa dejarlo antes?» —recité. Me miró con una desconfianza insoportable, como si yo fuera un extraño, alguien que él no reconocía. Lo atraje hacia mí unos centímetros, intentando decirle de una manera imposible que quería que él y los demás salieran ilesos y dejaran de tener miedo más de lo que quería que Richard siguiera vivo, y que ya no podíamos tener ambas cosas—. James, por favor. *Déjalo.*

Me miró un instante más, luego dejó caer la cabeza.

—¿Wren? —dijo, girando solo lo suficiente como para poder verla desde el rabillo del ojo. Ella parecía imposiblemente joven, refugiada entre Meredith y Alexander, abrazando su propio estómago, como si sus brazos no pudieran relajarse. Pero parecía que las lágrimas habían barrido toda la suavidad de sus fríos ojos marrones. No habló, ni siquiera abrió la boca; solo asintió, despacio. *Sí.*

Algo horriblemente parecido a una risa salió de entre los labios de James.

—Hacedlo, entonces —soltó—. Dejadlo morir.

El alivio, ese opiáceo repugnante, volvió a correr por mis venas, afilado y lúcido en el primer pinchazo, antes de que todo se adormeciera. Escuché que uno de los otros, quizá Filippa, exhalaba y supe que no era el único que lo sentía. La indignación moral que deberíamos haber sentido había sido anulada, suprimida como un rumor desagradable antes de que pudiese ser escuchado. Parecía que hiciéramos lo que hiciéramos —o, de forma más crucial, lo que dejáramos de hacer—, si lo hacíamos juntos, nuestros pecados individuales tal vez disminuirían. No hay mayor consuelo que la complicidad.

Alexander intentó decir algo, pero un gorgoteo húmedo nos hizo mirar hacia el lago. La cabeza de Richard había rodado hacia un lado, lo suficientemente abajo como para que el agua lamiera su nariz y su boca y dejara una nube roja oscura alrededor de su cara. Todo su cuerpo se quedó en tensión, congelado, los músculos en su cuello y en sus brazos sobresalían como cables de acero, aunque no parecía ser capaz de mover sus extremidades. El resto de nosotros lo observó en un estado de parálisis rígida. Hubo un gemido distante; el sonido, atrapado dentro de su cuerpo de alguna forma, incapaz de encontrar una salida. Un pequeño espasmo final lo recorrió y la mano que tan inútilmente se había estirado hacia el sonido de nuestras voces se abrió como una flor. Los dedos se flexionaron, volvieron a cerrarse, se contrajeron hacia la palma otra vez. Luego todo se quedó quieto.

Finalmente, Alexander rotó los hombros hacia adelante y todo el humo que había estado conteniendo en los pulmones se derramó de golpe.

—Y bien. —Se dirigió al resto de nosotros, repentinamente tranquilo y plácido como el lago que se extendía detrás de él—. ¿Ahora qué?

La pregunta era tan absurda y la forma en que la enunció fue tan ridículamente relajada que tuve que apretar los dientes para contener el impulso psicótico de echarme a reír. Mis compañeros de clase se movieron a mi alrededor, girando hacia adentro, unos hacia otros, lejos del agua. Sus rostros estaban tranquilos, impasibles; el pánico de un minuto atrás, ya olvidado. Ya no había razones para alborotarse. Ninguna prisa. No pude evitar preguntarme si mi propia expresión era tan seria, si quizás era mejor actor de lo que siempre había creído y ninguno de ellos sospechaba que había una risa enferma, silenciosa, atrapada en mi garganta.

FILIPPA: Tenemos que decidir qué le diremos a la policía sobre lo que ha pasado.

ALEXANDER: ¿Lo que le ha pasado a él? ¿Quién sabe? Ni siquiera sé dónde estuve la mitad de la noche.

MEREDITH: No puedes decir eso. Hay un muerto ¿y tú *no sabes* dónde estuviste?

YO: Dios, no es como si alguno de nosotros hubiese hecho esto.

FILIPPA: No, por supuesto que no…

YO: Estaba borracho. Bebió hasta quedarse ciego y se dirigió al bosque dando tumbos.

WREN: Querrán saber por qué ninguno de nosotros fue tras él.

ALEXANDER: ¿Porque es un maldito loco violento que te empujó con tanta fuerza que volaste por el patio?

Meredith: No puede decir eso, idiota… Parece un móvil.

James: Entonces, será mejor que tú tampoco digas dónde estabas.

Habló tan bajo que casi no lo escuché. Observaba a Meredith sin adornos, su cara estaba blanca y rígida como un molde de yeso.

—Lo siento —repuso ella—, ¿qué motivo tendría yo para matar a mi novio?

—Bueno, lo que recuerdo de anoche es que tu *novio* te llamó «puta» frente a todos y luego tú subiste corriendo las escaleras para revolcarte con Oliver en venganza. ¿O he olvidado algo?

—Su mirada fue de ella a mí, y regresó ese dolor en mi pecho, como si él hubiese sujetado una daga invisible y la hubiese retorcido entre mis costillas.

—Mira, tiene razón —sostuvo Filippa, antes de que Meredith pudiera discutírselo—. No sabemos qué le ha pasado a Richard, pero no tiene sentido que hagamos las cosas más difíciles para nosotros. Cuanto menos se diga, más rápido se arregla.

—De acuerdo, pero no podemos evitar la pelea en la cocina porque la mitad del conservatorio estaba allí —argumentó Alexander, después señaló a Meredith y luego a mí—. Y alguien vio a estos dos idiotas besándose en las escaleras.

—Estaba borracho —espetó Meredith—. Más que tú, y tú ni siquiera recuerdas dónde estuviste.

Filippa habló por encima de ellos.

—Todos estuvimos bebiendo, así que si no queréis responder una pregunta, decid que no lo recordáis.

—¿Y el resto? —preguntó James.

—¿Qué quieres decir con «el resto»? —indagó Wren.

—Ya sabes. Lo anterior.

Filippa, como siempre, fue la primera en comprender.

—No diremos absolutamente nada sobre lo que pasó en la Noche de Brujas —indicó—. Ni sobre la escena del asesinato ni sobre ninguna otra cosa.

—Entonces, ¿qué? —cuestionó Alexander—. Antes de esta noche, ¿todo iba bien?

La cara de Filippa estaba completamente en blanco y yo ya podía imaginarla sentada frente a un novato oficial de policía, con la espalda derecha, las rodillas juntas, lista para responder cualquier pregunta que le lanzaran.

—Sí, exacto —dijo—. Antes de esta noche, todo iba bien.

Wren retorció la punta del pie contra el muelle, con la mirada lejos, evitando la del resto.

—¿Y esta mañana? —preguntó con una voz diminuta.

—Nadie viene por aquí, excepto nosotros siete —respondió Alexander—. Así que tan solo diremos que acabamos de encontrarlo.

—¿Y qué se supone que hemos estado haciendo hasta ahora?

—Dormir —contestó Meredith—. Ni siquiera ha salido el sol. —Pero cuando hablaba, el chillido de un pájaro hizo eco entre los árboles y supimos que no faltaba mucho. Eché una mirada hacia el extremo del muelle donde Richard yacía inmóvil en el agua, sin poder sacar de mi cabeza al pobre gorrión caído de Hamlet. «Estar preparados es todo».

Alexander dijo lo mismo, aunque con palabras más humildes:

—¿Qué hora es? ¿Estamos seguros de que... se ha ido?

—No —respondió Filippa—, pero debemos estarlo antes de llamar a la policía.

Otro silencio, solo lo bastante largo como para que el miedo que habíamos olvidado brevemente regresara.

—Yo lo haré —dijo Meredith. Arrastró sus dedos por su cabellera, luego dejó que sus brazos volvieran a caer a los lados. La había visto hacer eso miles de veces: retirar su pelo de su rostro, armarse de valor y salir a escena. Pero verla desaparecer en el agua helada era más de lo que yo podía soportar.

—No —solté—. Yo iré.

Todos me miraron como si hubiese perdido la cabeza, salvo Meredith. Una gratitud desesperada cruzó fugazmente su rostro, tan rápido que casi no la vi.

—De acuerdo —indicó—. Ve.

Asentí, más que nada para mí. Al hablar, lo había hecho pensando solo en ella, no en lo que tendría que hacer en su lugar. Los otros se separaron para dejar un camino estrecho para que yo avanzara hasta el final del muelle. Me quedé parado, entumecido e inmóvil por un segundo o dos, luego puse un pie delante. Con tres pasos lentos, los dejé a todos atrás. Hice una pausa, me puse en cuclillas para quitarme los zapatos. Tres pasos más. Abrí la cremallera de mi chaqueta y la dejé caer en el muelle, me quité la sudadera por encima de la cabeza. El aire frío ardió contra mi piel y sentí que se erizaba la piel de mi espalda y mis brazos y mis piernas, hasta que cada pelo de mi cuerpo estaba de punta. Tres pasos más.

El lago jamás había parecido tan enorme, tan oscuro o tan profundo. Richard se había hundido casi por debajo de la superficie, como una estatua caída, y solo emergían fragmentos marmóreos: tres dedos, levemente doblados, la parte sobresalida de una clavícula, la sensual curva de la garganta. La desgracia tallada en piedra. Una delgada película carmesí se aferraba a su piel, demasiado brillante, demasiado estridente para ese espacio de grises neblinosos y verdes perennes. El miedo atrapó mi corazón con mano despiadada y lo estrujó hasta dejar un bulto duro y pequeño como un hueso de cereza.

Me quedé mirándolo hasta que pensé que mi sangre se congelaría si no me movía. Miré atrás para decirles a los otros que no podía hacerlo, que no podía acercarme más, no podía sumergirme en esa agua negra, no podía tocar su garganta torcida en busca de un pulso. Pero verlos acurrucados juntos, como cinco niños con miedo a la oscuridad que me miraban y esperaban alguna clase de consolación, hizo que mi propio miedo pareciera egoísta.

Entonces respiré hondo, cerré los ojos y di un paso fuera del muelle.

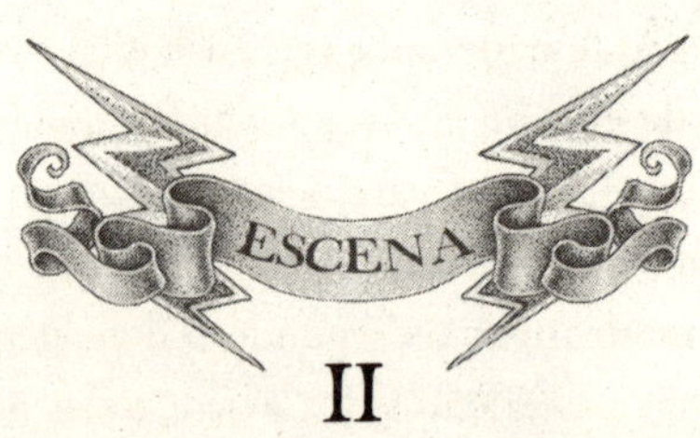

II

Dos horas después, yo no había dejado de temblar. Nos sentamos en fila contra la pared en el pasillo del segundo piso, donde hacía más que suficiente calor. Me habían dado una manta y unos vaqueros secos, pero no hubo tiempo para una ducha. Peor que el frío helado que se aferraba a mí era la sensación del agua del lago y la sangre de Richard impregnando mi piel, haciendo que cada centímetro de mi cuerpo ardiera y picara. Filippa, que estaba sentada incómodamente cerca, a mi izquierda, levantó la mano sin mirarme y la apoyó tan suavemente en mi muñeca que apenas la sentí. Ella, James, Alexander y Wren ya habían hecho sus declaraciones. Meredith estaba en el despacho haciendo la suya, mientras yo esperaba para dar la mía, sumido en un estado de ansiedad catatónica.

La puerta se abrió con un chirrido pesado y reapareció Meredith. Intenté encontrar su mirada sin éxito, hasta que escuché que Holinshed decía «Sr. Marks».

La mano de Filippa se deslizó fuera de mi brazo. Me puse de pie y avancé hacia la puerta con los movimientos mecánicos y torpes del Hombre de Hojalata. Hice una pausa en el umbral para echar una mirada a mis compañeros otra vez. Todos estaban sentados con las caras vueltas hacia otro lado, sus ojos apuntaban hacia cualquier lado menos hacia mí y tampoco se miraban entre sí; salvo Alexander, quien me hizo un gesto de asentimiento con la cabeza casi imperceptible. Agaché la mía y entré a la habitación.

Era más grande de lo que esperaba, como la galería, pero con techos más bajos y no tan luminosa. Las ventanas daban al extenso camino que llevaba a la Mansión, la verja de hierro solariega quedaba reducida a unas espinosas barras negras en la distancia. Me sobresalté cuando la puerta se cerró con un estruendo detrás de mí. Había otras cuatro personas en la habitación: Frederick, que estaba de pie en el rincón junto a la ventana; Holinshed, que estaba apoyado sobre el enorme escritorio con patas de garra y tenía el mentón apoyado contra su pecho; Gwendolyn, quien estaba sentada detrás del escritorio con la cabeza entre las manos; y un hombre más joven de espalda ancha y cabello rubio, que tenía puesta una chaqueta de piloto sobre su camisa y corbata. Ya le había echado un vistazo en el Castillo, antes de que nos arrearan hasta la Mansión.

—Buenos días, Oliver. —Extendió una mano, que estreché con dedos fríos y húmedos. Me di cuenta de que debía tener un aspecto bastante ridículo con esa manta comida por las polillas sobre los hombros, como si fuera la capa de un soberano caído en desgracia.

—Este es el detective Colborne —dijo Holinshed. Me miró por encima de la montura de sus gafas, con expresión implacable y severa—. Te hará algunas preguntas sobre Richard.

Gwendolyn soltó un pequeño gemido y se tapó la boca.

—De acuerdo —repuse. Mi lengua parecía hecha de papel de lija.

—No tienes que estar nervioso —señaló Colborne, y esa misma risa histérica de dos horas atrás retumbó en mi cerebro—. Solo necesito que me cuentes qué pasó y si no lo recuerdas, puedes decírmelo sin problema. No tener información es mejor que tener información incorrecta.

—De acuerdo.

—¿Por qué no te sientas? Quizás haga las cosas más fáciles. —Señaló la silla que esperaba detrás de mí. Había otra frente al escritorio de Holinshed, de cara a mí, vacía.

Me incliné para sentarme, preguntándome si esta desaparecería antes de apoyarme y terminaría en el suelo. En ese momento, nada parecía seguro o sólido, ni siquiera los muebles. Colborne se sentó frente a mí en la otra silla y metió la mano en su bolsillo. Esta emergió con una pequeña grabadora negra, que colocó detrás de sí en el borde del escritorio de Holinshed. Ya estaba encendida, una pequeña luz roja me miraba con furia.

—¿Te molesta si grabo esto? —preguntó Colborne, con suficiente cortesía, aunque yo sabía que no podía negarme—. Si no tengo que escribir todo, puedo prestar más atención a lo que me digas.

Asentí y acomodé mi manta. La dignidad es inmaterial, y yo no sabía qué otra cosa hacer con mis manos.

Colborne se inclinó hacia adelante y dijo:

—Entonces, Oliver. ¿Puedo llamarte Oliver?

—Claro.

—Y eres un estudiante de teatro de cuarto año.

No sabía si se suponía que yo debía responder, así que lo hice un segundo más tarde.

—Sí.

Colborne no pareció notarlo, solo ofreció otra no pregunta.

—El decano Holinshed me dice que eres de Ohio.

—Sí —repetí, otra vez tarde.

—¿Echas de menos tu hogar? —preguntó y casi sentí alivio.

—No. —Podría haber dicho que, para mí, Dellecher era mi hogar, pero no quería decir más de lo que fuese necesario.

COLBORNE: ¿Cómo de grande es tu ciudad natal?

Yo: Supongo que como la media. Es más grande que Broadwater.

COLBORNE: ¿Hiciste teatro en secundaria?

Yo: Sí.

COLBORNE: ¿Te gustaba? ¿Cómo era?

Yo: Estaba bien. No como aquí.

COLBORNE: Porque aquí es…

Yo: Mejor.

COLBORNE: ¿Sois íntimos vosotros seis?

Sonó extraño. Nosotros seis. Siempre habíamos sido siete.

—Como hermanos —respondí y de inmediato me arrepentí, al no saber lo rápido que podría surgir la palabra «rivalidad».

—Compartes una habitación con James Farrow —señaló Colborne, con voz más baja—. ¿Fue allí donde dormiste anoche?

Asentí, al no confiar en mis palabras. Habíamos decidido que James respondería por mí. El hecho de que un estudiante de primero borracho me hubiese visto en las escaleras con Meredith no significaba que tuviésemos que confesar lo que pasó después.

—¿Y a qué hora te fuiste a dormir? —preguntó Colborne.

—¿A las dos? ¿Dos y media? Más o menos.

—De acuerdo. Cuéntame lo que pasó en la fiesta y sé lo más específico que puedas.

Mis ojos se dispararon de Colborne a Frederick y luego a Holinshed. Gwendolyn estaba sentada mirando la superficie del escritorio, con el pelo suelto y desaliñado.

—No hay respuestas erróneas aquí —añadió Colborne. Su voz tenía una suave ronquera que hacía que sonara mucho más viejo de lo que era.

—Cierto, sí. Lo siento. —Aferré la manta con más fuerza, deseando que mis manos dejaran de sudar—. Bueno, James, Alexander y yo salimos caminando desde el PBA poco después de las diez y media y no teníamos prisa, así que probablemente llegáramos al Castillo a eso de las once. Buscamos bebidas y luego nos separamos. Yo tan solo, no sé, estuve dando vueltas un rato. Alguien me dijo que Richard estaba arriba, bebiendo solo.

—¿Alguna idea de por qué no estaba socializando con todos los demás? —preguntó Colborne.

—No realmente —respondí—. Supuse que bajaría cuando estuviese listo. —Asintió.

—Continúa.

Miré por la ventana, a la larga carretera serpenteante que se alejaba de Dellecher y desaparecía en el lejano gris.

—Salí. Hablé con Wren. Hablé con James. Después hubo un... un montón de ruido, supongo, que venía desde dentro. Entonces entramos para ver qué estaba pasando. Estábamos solo James y yo para entonces. No sé a dónde había ido Wren.

—Y tú estabas en el patio, ¿correcto?

—Sí.

—Cuando entraste, ¿qué pasó?

Me moví en mi silla. Dos recuerdos distintos luchaban por dominar mi cabeza: la verdad y la versión de lo que habíamos acordado decir.

—Fue confuso —dije y sentí un alivio fugaz en la honestidad de esas dos palabras—. La música estaba fuerte y todos hablaban al mismo tiempo, pero Richard le había pegado a alguien... No recuerdo su nombre. Colin lo llevó a la enfermería.

—Allan Boyd —puntualizó Holinshed—. También hablaremos de esto con él.

Colborne no acusó recibo de la intervención, su atención estaba fija en mí.

—¿Y después?

—Meredick… Quiero decir, Richard y Meredith estaban discutiendo. No sé bien por qué. —Para ser más preciso, no sabía cuánto le había contado Meredith.

—Por lo que dijeron los otros, parece que Allan le estaba prestando más atención de lo que a Richard le gustaba —describió Colborne.

—Quizá. No lo sé. Richard estaba borracho o, mejor dicho, más que borracho. Agresivo. Dijo algunas cosas desagradables. Meredith se puso mal y subió a la planta de arriba para alejarse de todos. Yo fui tras ella, para asegurarme de que estuviera bien. Estábamos hablando en su habitación… —Unos pocos momentos vívidos con Meredith destellaron en mi cerebro: mechones cobrizos pegados a su pintalabios, líneas negras sedosas en los bordes de sus párpados, el tirante de su vestido deslizándose por su hombro—. Estábamos hablando en su habitación y Richard vino y comenzó a golpear con fuerza la puerta —relaté, demasiado rápido, con la esperanza de que Colborne no notara lo acalorados que se habían puesto mi rostro y mi cuello—. Ella no quería hablar con él y se lo hizo saber (a través de la puerta, teníamos un poco de miedo de abrirla) y después de un rato se fue.

—¿A qué hora fue eso?

—Dios, no lo recuerdo. Tarde. ¿Una y media, quizá?

—Cuando Richard se fue, ¿sabes a dónde?

—No —respondí, exhalando con más facilidad. Otro fragmento de verdad—. No salimos durante un rato.

—¿Y cuando lo hiciste?

—Todos se habían ido, en realidad. Me fui a la cama. James ya estaba ahí, no del todo dormido. —Intenté imaginarlo rodando hacia un costado para susurrarme a través de la habitación. Pero lo único que pude ver fue la tenue luz amarillenta del baño, vapor y agua caliente deformando sus rasgos en el espejo—. Me dijo que Richard había ido al bosque con una botella de *whisky*.

—¿Y eso fue lo último que supiste de él?

—¿Hasta que Alexander lo encontró? —Los recuerdos prismáticos de la noche anterior se disiparon y el frío de la mañana trepó por mi cuerpo. Podía sentir el agua en mi piel, en mi pelo, bajo mis uñas—. Sí.

—Bien —dijo Colborne. Hablaba con suavidad, de la forma en que les hablas a los caballos asustados y a los locos—. Ahora, lamento pedirte esto, pero necesito que me cuentes lo que has visto esta mañana.

Todavía podía verlo. Richard suspendido en la superficie de la vida, ensangrentado, intentando respirar; y el resto de nosotros simplemente mirando, esperando a que se cerrara el telón. *Tragedia de venganza*, quería decir. Ni el propio Shakespeare podría haberlo hecho mejor.

—Vi a Richard —le conté. No era un hombre muerto propiamente dicho, no estaba flotando del todo—. Como *tendido* ahí. Pero quebrado y aplastado, todo estaba como doblado hacia el lado equivocado.

—Y tú… —Aclaró su garganta—. Tú te metiste en el agua. —Era la primera vez que titubeaba.

—Sí. —Ceñí la manta contra mi cuerpo, como si de algún modo pudiera descongelarme, protegerme de la sensación del agua fría envolviéndome. Sabía, sentado ahí en el calor seco de la oficina de Holinshed, que jamás olvidaría cómo mis pulmones se habían encogido tan de golpe que creía que se destruirían, cómo había inhalado por la boca más por la conmoción que para recuperar el oxígeno. La cara de Richard, mucho más cerca, blanca como un hueso. El olor acre y herrumbroso de la sangre. Esa necesidad demencial de reír volvió con tanta fuerza como el impulso de vomitar y por un terrible momento creí que iba a devolver sobre la alfombra a los pies de Colborne. Tragué otra vez, atragantado. Confundió mis náuseas con emoción y esperó respetuosamente a que me recompusiera.

Finalmente logré decir:

—Alguien tenía que hacerlo.

—¿Y estaba muerto?

Podría haberle contado cómo me había sentido al estirarme hacia la garganta de Richard y encontrar la piel fría, esa vena que antes se hinchaba y palpitaba con furia, ahora desinflada y finalmente inmóvil. En lugar de eso, mi respuesta fue escueta.

—Sí.

Se quedó observándome con una clase de mirada frágil, deliberadamente inexpresiva, como una pésima cara de póker. Antes de que pudiera adivinar qué era lo que él no quería que yo viera, parpadeó y se inclinó hacia atrás.

—Bueno, eso no debe de haber sido fácil. Lo lamento.

Asentí, sin saber si debía darle las gracias o si las condolencias eran parte de su trabajo.

—Una sola pregunta más, si estás dispuesto.

—Lo que necesite.

—Habláme sobre las últimas semanas —pidió, a la ligera, como si fuera una cuestión de rutina—. Habéis estado bajo mucha presión, Richard más que el resto, quizá. ¿Se comportaba de forma extraña?

Otro mosaico de recuerdos cobró forma, como un vitral, con fragmentos de colores y luz. El brillo blanco de la luna sobre el agua en la Noche de Brujas, los hematomas azules en los brazos de James, el rojo intenso de la sangre cayendo por la manga de seda de Meredith. Mi estómago, hecho un nudo y constreñido, inesperadamente se relajó. Mis pulsaciones se desaceleraron.

—No —respondí. Las palabras de Filippa se repitieron con suavidad en mi cabeza—. Antes de anoche, todo iba bien.

Colborne me observó con curiosa cercanía.

—Creo que eso es todo por ahora —dijo, después de lo que pareció una pausa demasiado larga—. Te daré mis datos de contacto. Si se te ocurre algo más, por favor, no dudes en contármelo.

—Por supuesto —repuse—. Eso haré.

Pero, por supuesto, no lo haría. No hasta diez años después.

III

En el cuarto piso de la Mansión Dellecher había un conjunto secreto de habitaciones reservadas para los huéspedes más ilustres de la academia. Este peculiar apartamento tenía tres habitaciones, un baño y una gran sala de estar central que contenía una chimenea, una colección de elegantes muebles victorianos y un piano de media cola. La Casa Hallsworth (como era llamada en honor a los acaudalados suegros de Leopold Dellecher) fue donde los docentes decidieron esconder a los seis estudiantes de cuarto año que quedábamos, mientras la orilla sur del lago estaba repleta de policías.

El decano Holinshed había convocado una reunión de emergencia en la sala de conciertos para esa noche, pero decidió que nosotros no debíamos estar presentes. Explicó que no quería exponernos a nosotros ni a los otros estudiantes a la tentación de cotillear. Así que, mientras el resto del conservatorio estaba sentado en silencio por la estupefacción, Wren, Filippa,

James, Alexander, Meredith y yo éramos prisioneros frente al hogar en la Casa Hallsworth. A Frederick y Gwendolyn no les había gustado la idea de dejarnos solos, así que habían enviado a una de las enfermeras de la enfermería a hacer guardia al otro lado de la puerta, donde estaba sentada sollozando contra un pañuelo de papel mientras llenaba un crucigrama sin demasiado entusiasmo.

Forcé mis oídos contra el silencio sofocante, sumamente consciente de que nuestros compañeros de conservatorio estaban todos reunidos sin nosotros. El exilio era intolerable. De algún modo, parecía damocleano, un período de juicio en suspenso, en el que temíamos la condena de un jurado de pares. («Oh, profética alma mía»). Nuestro mercenario alivio por la muerte de Richard se estaba volviendo amargo. Ya había encontrado mil cosas por las que temer. ¿Y si a alguno de nosotros se le escapaba algo? ¿Si hablábamos en sueños? ¿Y si olvidábamos cómo era la historia que debíamos contar? O quizás andaríamos de puntillas el resto de nuestra vida, esperando que el hilo se cortara, que el hacha cayera.

Alexander debía de estar infectado por la misma ansiedad.

—¿Creéis que les dirán a todos que estamos aquí? —preguntó, mirando con fijeza la alfombra, como si de repente fuera a desarrollar una visión de rayos X y ver lo que estaba ocurriendo abajo.

—Lo dudo —respondió Filippa—. No querrán que nadie se escabulla hasta aquí. —Las líneas a cada lado de su boca eran profundas y oscuras, como si hubiera envejecido diez años en esa misma cantidad de horas. Los otros estaban callados, tratando inútilmente de escuchar algún sonido de la planta baja. James estaba sentado con las rodillas bien pegadas, los brazos cruzados sobre el pecho, como si tuviera frío. Wren, lánguida, floja, sus extremidades dobladas dentro de su asiento en ángulos torpes y extraños, como los de una muñeca caída. Meredith estaba sentada en el sillón junto a ella, con las piernas cruzadas, los puños apretados; la tensión hacía cada línea elegante de su cuerpo angular y rígida.

—¿Qué creéis que harán con *César*? —preguntó Alexander, cuando ya no pudo soportar más el silencio.

—Cancelarán la obra —contestó Filippa—. Reemplazarlo sería de mal gusto.

—Después dicen que «el espectáculo debe continuar».

Intenté —por un momento fallido— imaginar que otro, alguien cualquiera, asumía el papel de Richard. La amenaza que Gwendolyn había hecho de mandarme a aprender sus líneas y tomar su lugar resonó en mi memoria y yo me negué, rechacé la idea.

—Sé honesto —dije, con miedo de tener que gritar si no hacía algo con mi voz—, ¿de verdad quieres volver al escenario sin él?

Unas pocas cabezas hicieron un gesto negativo; nadie habló. Luego…

—¿Soy yo? —preguntó Alexander—. ¿O este es el día más largo de nuestras vidas?

—Bueno —respondió James—. Ciertamente no de la de Richard.

Alexander lo miró boquiabierto, con los ojos bien abiertos y enfurecido.

—James —espetó Meredith—. ¿Qué demonios?

Filippa exhaló con un siseo, se frotó la frente.

—No haremos esto —sostuvo, luego levantó la vista y miró a cada uno de ellos—. No vamos a discutir y pelear unos con otros, no sobre esto. «Las cosas sin remedio deberían ser desechadas: Lo hecho, hecho está».

Alexander lanzó una risa superficial, sin gracia.

—«¡A la cama, a la cama, a la cama!» —dijo—. Dios, necesito fumar. Ojalá no hubiesen puesto a esa enfermera ahí fuera. —Se puso de pie de un salto, giró en el lugar, de esa forma veloz, imprudente en que se movía cuando estaba molesto. Vagó por la habitación en un zigzag sin dirección, tocó unas pocas notas al azar en el piano, luego comenzó a abrir armarios y a hurgar en las estanterías.

—¿Qué estás haciendo? —cuestionó Meredith.

—Busco alcohol —reveló—. Debe de haber algo escondido aquí. El último invitado que trajeron fue el tipo que escribió el libro de Nietzsche, y apuesto mis pelotas a que es alcohólico.

—¿Cómo es posible que quieras beber ahora? —pregunté—. Aún siento las entrañas líquidas de anoche.

—Un trago para matar la resaca. Ajá. —Emergió de un armario al fondo de la habitación con una botella de algo color ámbar en una mano—. ¿Alguien quiere coñac?

—Vale —dijo Filippa—. Quizás calme un poco mis nervios.

Los vasos tintinearon unos contra otros cuando revolvió más dentro del armario.

—¿Alguien más?

Wren no habló, pero para mi sorpresa, tanto James como Meredith dijeron exactamente al mismo tiempo:

—Sí, por favor.

Alexander volvió con la botella en la mano, cuatro vasos apilados e inclinados uno sobre otro. Se sirvió suficiente coñac como para incendiar la Mansión, luego se lo pasó a Filippa.

—No sé cuánto quieres —explicó—. Personalmente, planeo beber hasta quedarme dormido.

—No estoy seguro de si podré volver a dormir alguna vez —comenté. La cara medio destrozada de Richard (tan estridente como una máscara de carnaval) me asaltaba cada vez que cerraba los ojos.

James, con la mirada fija en el fuego, mordiendo una de sus uñas, dijo:

—«Creí escuchar una voz gritar: "¡No duermas más!"».

—¿Dónde dormiremos? —preguntó Meredith, ignorándolo—. Solo hay tres habitaciones.

—Bueno, Wren y yo podemos compartir una —sugirió Filippa, echándole una mirada de reojo. Ella no dio señales de haberla escuchado.

—¿Quién quiere compartir una conmigo? —pregunto Alexander. Esperó una respuesta, pero no obtuvo ninguna—. No os abalancéis todos a la vez.

—Me quedaré aquí fuera —comenté—. No me molesta.

—¿Qué hora es? —preguntó Meredith. Alzó el vaso hacia sus labios, con expresión dolorida, como si ese simple movimiento fuera extremadamente agotador.

Filippa entornó los ojos hacia el reloj de mesa que estaba al lado de ella.

—Nueve y cuarto.

—¿Tan temprano? —comenté—. Parece medianoche.

—Parece el Día del Juicio Final. —Alexander echó en su boca un enorme trago de coñac, apretó los dientes mientras tragaba y se estiró en busca de la botella otra vez. Llenó su vaso casi hasta el borde y se puso de pie sujetándolo con fuerza—. Me voy a la cama —anunció—. Si alguno decide que no quiere pasar la noche en la sala de estar, bueno, todos sabemos ya que no soy demasiado selectivo con quienes duermo. Buenas noches.

Dejó la habitación, con una pequeña y rígida reverencia. Lo observé irse y apoyé la cabeza en una de mis manos, sin sorprenderme de lo pesada que la sentía. El agotamiento circulaba con lentitud por mis venas, apagando todo lo demás. En la pura oscuridad de la mañana, había sentido alivio más que consternación ante el espectáculo de la muerte de Richard, y ahora que estaba oscuro otra vez —después de todo lo que habíamos dicho y hecho durante las largas e hipnóticas horas entre medio—, estaba demasiado cansado para sentir tristeza o pena. Quizá era porque no terminaba de creerlo. Casi esperaba que Richard entrara de golpe por la puerta, limpiándose la sangre falsa de la cara, riendo con crueldad de cuánto nos había engañado.

Filippa terminó su bebida, y el sonido de su vaso al tocar la mesa me hizo levantar la mirada.

—Yo también me voy a la cama —dijo, poniéndose de pie—. Solo quiero acostarme un rato, aunque no duerma. ¿Wren? ¿Por qué no vienes?

Wren se quedó inmóvil un momento, luego revivió, se desdobló en su asiento y se puso de pie, con ojos nublados, desenfocados. Aceptó la mano que le ofrecía Filippa y la siguió fuera de la habitación sin protestar.

—¿Dormirás aquí? —preguntó Meredith cuando ya se habían ido. Me habló como si James no estuviera allí. Él no reaccionó ni respondió, como si no la hubiese escuchado. Asentí.

—Quédate con la otra habitación.

Se enderezó, despacio, con cuidado, como si todo le doliera.

—¿Te vas a dormir? —pregunté.

—Sí —respondió—. Ojalá no me despierte nunca.

La primera punzada de tristeza fue como el pinchazo de una aguja, pero no tuvo nada que ver con Richard, en realidad no. Quería decir algo, pero no podía encontrar ni una sola palabra adecuada, así que me quedé sentado en silencio e inmóvil en el sillón, mientras ella dejaba la habitación y medio coñac sin beber. Cuando la puerta se cerró detrás de ella, me desinflé, me desplomé contra los almohadones que había detrás de mí, arrastré las manos contra mi cara.

—No lo dice en serio —comentó James.

Fruncí el ceño detrás de mis dedos.

—¿Eso pretende ser un consuelo o una crítica?

—No quería decir nada con eso —respondió—. No te enfades conmigo, Oliver, no puedo soportarlo en este momento.

Exhalé y alejé mis manos de mi rostro.

—Lo siento. No estoy enfadado. Solo… no sé, agotado.

—Deberíamos dormir.

—Bueno, podemos intentarlo.

Nos quedamos acostados —yo en un sillón, James en el otro—, pero no nos molestamos en buscar sábanas o almohadas propiamente dichas. Aplasté un cojín decorativo bajo mi cabeza y eché una manta sobre mis piernas. En el otro sillón, James hizo lo mismo, pero se detuvo a terminar su coñac y lo que quedaba del de Meredith. Cuando se acomodó, apagué la lámpara que había en la mesa detrás de mí, pero la habitación aún quedó saturada por la luz del hogar. Las llamas se habían encogido a pequeños brotes amarillos que llameaban entre los leños.

Mientras observaba cómo la madera se oscurecía y se desmoronaba y colapsaba, mis pulmones se contrajeron, rehusaron dejar entrar suficiente aire. Qué rápido, qué repentinamente había salido todo mal. ¿Cuándo había comenzado? No había sido con Meredith y conmigo, me dije a mí mismo, sino meses antes… ¿Con *César*? ¿*Macbeth*? Era imposible identificar el punto cero. Me retorcí, incapaz de deshacerme de la idea de que un enorme peso invisible me estaba aplastando como un yunque. (Era ese pesado demonio agazapado llamado Culpa. En ese momento, no lo conocía, pero en los meses que siguieron, treparía a mi pecho cada noche y se sentaría allí enmarañado, una horrible pesadilla fuseliana). El fuego quemó la madera hasta las brasas y su luz lentamente dejó la habitación, filtrándose por las grietas. Sin suficiente oxígeno, aturdido, fui cayendo en la inconciencia y fue más como sofocarme que quedarme dormido.

Un susurro me trajo de nuevo a la vida.

—Oliver.

Me incorporé y parpadeé contra la oscuridad mirando hacia James, pero no era él quien había hablado.

—Oliver.

Meredith había aparecido, una figura pálida en el vacío oscuro de la puerta de su habitación. Su cabeza estaba caída contra el marco como un pimpollo hinchado por el agua de lluvia y, por un extraño momento, me pregunté cuánto pesaría su pelo, si ella lo sentiría sobre su espalda.

Aparté la manta y crucé la habitación sigilosamente, echando otra mirada furtiva a James. Estaba acostado sobre su espalda, con la cabeza girada hacia el otro lado de donde yo estaba. No logré distinguir si estaba profundamente dormido o si estaba haciendo un gran esfuerzo por parecerlo.

—¿Qué sucede? —susurré, cuando estuve lo bastante cerca como para que me escuchara.

—No puedo dormir.

Mi mano se movió rápido hacia ella, pero no llegó lejos.

—Ha sido un mal día —comenté de forma patética.

Exhaló y asintió suavemente.

—¿Vendrías conmigo?

Me aparté de ella, lo que me obligó a recordar esa noche en el camerino cuando me alejé exactamente de la misma manera. Ella podía tentar a cualquiera, pero el Destino no parecía ser un buen objetivo. Ya teníamos una víctima.

—Meredith —dije—, tu novio está muerto. *Ha muerto* esta mañana.

—Lo sé —repuso—. No es eso. —Sus ojos estaban vidriosos, sin arrepentimiento—. Es que no quiero dormir sola.

Ese pequeño pinchazo de tristeza se enterró más profundo, me tocó la carne viva. Qué bien entrenado estaba para desconfiar de ella. ¿Y por quién? ¿Por Richard? ¿Gwendolyn? Volví a echar un vistazo por encima de mi hombro a James. Lo único que pude ver fue un mechón de pelo sobresalido detrás del brazo del sillón.

Realmente no importaba dónde dormía, decidí. Nada importaba demasiado después de esa mañana. Su alma y la mía —si no la de los seis— estaban perdidas.

—De acuerdo —accedí.

Ella asintió, solo una vez, y regresó a la habitación. La seguí, cerré la puerta detrás de mí. Las mantas en la cama ya estaban revueltas, pateadas, desordenadas. Me deslicé entre las sábanas con mis vaqueros. Dormiría con la ropa puesta. Dormiríamos. Eso era todo.

No nos tocamos, ni siquiera hablamos. Se metió en la cama a mi lado y se acostó de costado, con un brazo doblado bajo la almohada. Me observó mientras me acomodaba, colocaba mi propia almohada un poco más arriba. Cuando dejé de moverme, cerró los ojos, pero no antes de que algunas lágrimas se escaparan entres sus pestañas. Intenté no sentir su temblor contra el colchón, pero era como el *tic-tac* del reloj de sobremesa del Castillo: suave, persistente, imposible de ignorar. Después de lo que debió haber sido una hora, levanté el brazo sin mirarla. Ella se acercó, apoyó la cabeza contra mi pecho. Doblé mi brazo alrededor de ella.

—Por *Dios*, Oliver —dijo con voz baja y ahogada, con una mano presionada contra su boca, para que no saliera.

Acaricié su pelo contra su espalda.

—Sí —respondí—, lo sé.

IV

Todo se canceló: el resto de las funciones de *César* y nuestras clases habituales antes del Día de Acción de Gracias. Tomamos el té con Frederick dos veces en la Casa Hallsworth y Gwendolyn vino a cenar una vez, pero en los dos días que quedaban para las vacaciones, no vimos a nadie más. El martes regresamos al Castillo a recoger nuestras cosas. La muerte de Richard había sido oficialmente declarada un accidente, pero esta revelación, sorprendentemente, no calmó demasiado nuestro malestar. Esa noche debíamos asistir a su funeral, donde veríamos al resto de los estudiantes —que a la vez nos verían a nosotros— por primera vez desde el sábado en la noche.

El Castillo estaba vacío, pero algo había cambiado en el bosque que lo rodeaba. Había un olor extraño en el aire, a químicos y equipamiento, goma y plástico, los rastros de los olores de una decena de desconocidos invisibles. Los escalones que llevaban hacia el muelle estaban restringidos por una cruz amarilla chillona hecha con cinta policial. Arriba en la Torre, saqué mi maleta de debajo de mi cama y la llené sin prestar atención, apilando camisas y pantalones sobre zapatos de distinto par y calcetines y bufandas enrolladas. Por primera vez, anhelaba pasar algunos días en casa para el Día de Acción de Gracias. Normalmente, Filippa, Alexander y yo nos quedábamos en el campus durante las vacaciones, pero el decano Holinshed nos había informado de que el conservatorio cerraría durante la fiesta por primera vez en veinte años.

Bajé la maleta bruscamente por la escalera de caracol hasta el primer piso, maldiciendo y gruñendo cada vez que me pellizcaba los dedos de los pies con las ruedas y los de las manos contra la barandilla. Salí a la biblioteca, sudado e irritado, arrastrando la maleta detrás de mí. Los otros ya se habían ido, salvo Filippa, que estaba de pie sola frente al fuego con el largo atizador de latón en la mano, apuntado al suelo como una espada. Levantó la mirada cuando entré con estrépito y me arrojé en una silla (evité la más cercana deliberadamente, porque pensaba que, de algún modo, aún le pertenecía a Richard).

—¿Ha estado ardiendo el fuego todo este tiempo? —pregunté.

—No —respondió, levantando el atizador para empujar dos troncos estrechos que había allí—. Lo he encendido yo.

—¿Por qué?

—No lo sé. Solo me sabía mal.

—Todo sabe mal —comenté.

Ella asintió distraídamente.

—¿Vienes con nosotros al aeropuerto?

—Sí —contestó.

Camilo se había ofrecido a llevarnos a los de cuarto año a O'Hare. Desde allí, Meredith volaría a Nueva York, Alexander a Filadelfia, James a San Francisco. Wren iría con su tío y su tía y volaría con ellos a Londres. (Habían llegado el día anterior y Holinshed había hecho arreglos para que se quedaran en una habitación en el único hotel decente que había en Broadwater, al estar ocupada la Casa Hallsworth). Mi destino era Ohio. Cuando la presionaban, Filippa le decía a la gente que era de Chicago, pero no tenía ni idea de si tenía familia allí.

—Y desde ahí, ¿a dónde? —pregunté. Intenté sonar despreocupado y fallé.

No respondió, solo miró el fuego, sus ojos escondidos por el reflejo de las llamas en sus gafas.

—Pip, te juro que no estoy intentando entrometerme…

Apuñaló las brasas otra vez, con un poco de salvajismo.

—Entonces no lo hagas.

Me moví en mi asiento. Lo que quería decirle parecía absurdamente importante.

—Mira, sabes que puedes venir a casa conmigo si quieres, ¿verdad? —solté abruptamente—. No digo que quieras o que deberías, solo… si *necesitas* un lugar adonde ir. O sea, se volverían locos porque jamás he llevado a una chica a casa y lo malinterpretarían por completo, pero solo… por si acaso. Eso es todo, lo siento. Cerraré la boca ahora.

Se giró para dar la espalda al fuego y sentí alivio al ver que no estaba frunciendo el ceño. En lugar de eso, me miró con una expresión triste, acongojada. Se apoderó de mí la extraña e infundada idea de que se debatía entre decirme «te quiero» o no. Pero la diferencia entre nosotros era que ella daba por sentado que la gente sabía ese tipo de cosas, mientras que yo siempre temía que no.

—Oliver. —Fue lo que respondió. Suspiró mi nombre como si fuera un aire cálido y dulce, luego se apoyó contra la repisa de la chimenea, quizás demasiado cansada para mantenerse de pie por su cuenta—. Tengo miedo. —Lo dijo con una sonrisa amarga, como si de alguna manera fuese algo vergonzoso.

—¿De qué? —pregunté, y no porque no hubiese nada que temer, sino porque había demasiadas cosas aterradoras entre las que elegir. Encogió los hombros.

—De lo que pase ahora.

Ninguno de nosotros volvió a hablar hasta que el reloj que estaba en la repisa repicó. Filippa le echó una mirada.

—Son las cinco.

El servicio fúnebre era a las cinco y media.

—Dios —comenté—. Sí, debemos irnos. —Hice un esfuerzo para levantarme de la silla, con gran reticencia, pero Filippa no se movió—. ¿Vienes? —pregunté.

Parpadeó, tenía la mirada perpleja, como si acabara de despertarse de un sueño que ya no podía recordar.

—Ve tú primero. —Tiró de la parte frontal de su suéter, que estaba manchado con hollín—. Debo cambiarme.

—De acuerdo. —Me quedé en el umbral de la puerta, a medio salir—. ¿Pip?

—¿Sí?

—No tengas miedo. —Era egoísta decirlo. Si ella perdía el coraje, yo no podía imaginar qué sería del resto de nosotros. Era la única que jamás se inmutaba.

Me ofreció una sonrisa tan frágil que era posible que yo la hubiera imaginado.

—De acuerdo.

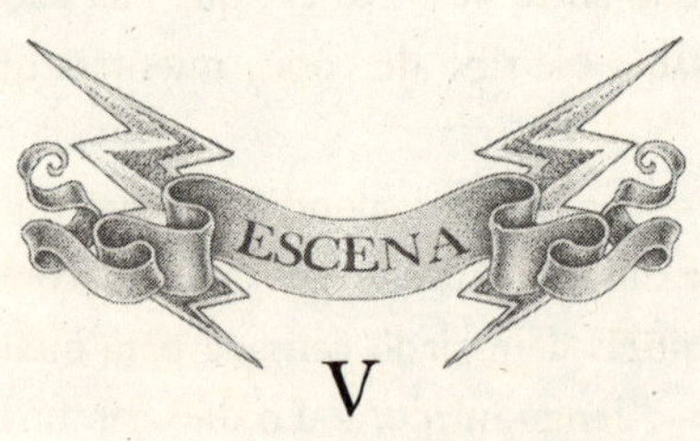

V

Encontré a James al comienzo del sendero. Estaba parado allí, mirando el camino hacia abajo como si no pudiera dar otro paso. Si escuchó que me acercaba, no reaccionó, y esperé detrás de él en un silencio crepuscular, sin saber bien qué hacer. Un búho ululó en la copa de algún árbol, quizás el mismo búho del sábado a la noche.

—¿No crees que es un poco macabro hacer el funeral en la playa? —preguntó sin preámbulos, sin ni siquiera darse vuelta.

—Supongo que la sala de conciertos pareció un poco… festiva —respondí—, con todo ese dorado.

—Creí que lo harían lo más lejos posible del lago.

—Sí. —Eché un vistazo hacia atrás, a la Mansión. Podría haber sido la Noche de Brujas otra vez (James y yo merodeando como sombras bajo los árboles), pero el aire estaba demasiado frío y presionaba mi piel como un filo de acero extendido—. Ya no confío en él.

—¿Qué quieres decir?

—Primero, la Noche de Brujas. Ahora esto —respondí, levantando los hombros sin que él lo viera—. Es como si el lago se hubiese vuelto en nuestra contra. Como si hubiera una náyade ahí a la que hemos enfurecido. Quizás Meredith tenía razón y deberíamos haber ido a nadar desnudos al principio del semestre. —No me di cuenta de lo estúpido que sonaba eso hasta que salió de mi boca.

—¿Como si fuera una clase de rito pagano? —preguntó James, girando la cabeza de modo que pude ver el lateral de su cara, la curva de su pómulo—. Por Dios, Oliver. Duerme con ella si tienes que hacerlo, pero no dejes que se meta en tu cabeza.

—No estoy durmiendo con ella. —Pude ver que estaba a punto de protestar, así que añadí—: No en el sentido figurado, ¿sabes?

—Eso no importa en realidad, ¿o sí? —cuestionó y dio media vuelta para mirarme de frente, el movimiento deliberadamente casual, poco convincente.

—¿Qué?

—Si es en sentido figurado.

—No lo entiendo.

Alzó la voz, que atravesó el suave silencio del bosque como una navaja.

—No, no *debes* estar comprendiendo, porque realmente no creo que seas esa clase de idiota.

—James —solté, demasiado desconcertado para enfadarme—, ¿de qué estás hablando?

Apartó la mirada.

—De ti —respondió, con la mirada perdida en los árboles—. *Tú* y *ella*. —Hizo una mueca, como si pronunciar las palabras le hubiese dejado un sabor horrible en la boca—. ¿No entiendes lo que parece, Oliver? No importa si estás o no acostándote *de verdad* con ella… Parece incorrecto.

—¿Qué te importa lo que parece? —pregunté, fingiendo indignación, cuando en realidad estaba más desconcertado que otra cosa. Su sarcasmo era hiriente, desconocido.

—No me importa —contestó—. Realmente no. Me importas *tú* y lo que podría pasar si sigues así.

—No…

—No lo entiendes, nunca lo entiendes. Richard está *muerto*.

Miré hacia atrás a la Mansión otra vez, la silueta cuadrada en la cima de la colina.

—No es como si lo hubiésemos matado.

—Por una vez en tu vida, no seas ingenuo, Oliver. Hace dos días que está muerto ¿y su novia ya pasa todas las noches contigo en la cama? —Negó con la cabeza, sus pensamientos salían en una ráfaga temeraria, implacable—. A la gente no le gustará. Hablarán. Habrá cotilleos. Eso es lo que la gente hace. —Ahuecó una mano alrededor de su oreja y declaró—: «Abrid los oídos; pues ¿quién de vosotros se los taparía cuando suena fuerte el Rumor?».

La voz se me quedó atragantada en la garganta, seca como la tiza.

—¿Por qué hablas como si lo hubiésemos matado?

Estrujó la parte delantera de mi chaqueta como si quisiera estrangularme.

—Porque parece que lo hubiésemos hecho, maldita sea. ¿Crees que la gente no se preguntará si alguien lo habrá empujado? Si sigues durmiendo con Meredith, pensarán que fuiste tú.

Me quedé mirándolo, demasiado sorprendido para moverme. Su mano era lo único sólido, lo peor de su furia empujaba mi pecho en forma de puño.

—James, la policía… dijo que fue un accidente. Se golpeó la cabeza —expliqué—. Se *cayó*.

Debió de ver el miedo en mi cara, porque las líneas profundas alrededor de sus ojos y de su boca se desvanecieron, como si alguien hubiese cortado el cable correcto para desactivarlo antes de que explotara.

—Sí, por supuesto, eso fue lo que pasó. —Bajó la vista, soltó mi chaqueta y la sacudió con una mano para alisar las arrugas—. Lo siento, Oliver. Todo se ha torcido.

Solo me encogí de hombros, incómodo, aún atrapado por mi parálisis nerviosa.

—Está bien.

—¿Me perdonas?

—Sí —dije, un instante tarde—. Siempre.

VI

Las diminutas luces de mil velas parpadeaban en la playa. La mitad de los asistentes sostenían delgadas velas blancas en vasos de cartón y había faroles de papel al final de cada fila, como acomodadores espectrales. Los estudiantes de coro de cuarto año estaban reunidos sobre la arena en un grupo denso, cantaban con suavidad y sus voces reverberaban contra el agua, como si nuestras caprichosas sirenas estuvieran de luto. Además de ellos, en la playa había un viejo podio de madera y un caballete tapado. En la base de cada uno, había lirios blancos, cuya sutil fragancia era demasiado delicada para ocultar el olor a tierra del lago.

James y yo caminamos en fila por el pasillo central, a través de una espesura de susurros que se abrió a regañadientes para dejarnos pasar. Wren, los padres de Richard, Frederick y Gwendolyn estaban sentados en la primera fila a la derecha; Meredith y Alexander, a la izquierda. Me senté junto a ellos, James se sentó a mi lado y cuando llegó Filippa, Alexander y yo nos corrimos para hacerle lugar. Me pregunté por qué nos habían puesto en primera fila, donde todos podían observarnos. Las hileras de bancos parecían la tribuna de una sala de audiencias de un juzgado, cientos de ojos me quemaban la nuca. (La sensación terminaría haciéndose familiar. Es una clase de tortura única para un actor tener toda la atención de los espectadores y darles la espalda por la vergüenza).

Miré hacia el otro lado del pasillo al banco contrario. Wren estaba sentada al lado de su tío, que se parecía tanto a Richard que no pude evitar observarlo. El mismo pelo oscuro, los mismos ojos negros, la misma boca cruel. Pero el rostro conocido era más viejo, con arrugas, y en las sienes se asomaban mechones grises. Ese, no tuve dudas, era el aspecto que Richard habría tenido en veinte años. Ya no era posible.

Debió de sentir mi mirada, de la misma forma en que yo sentía la de los demás, porque giró repentinamente en mi dirección. Aparté la mirada, pero no lo bastante rápido; hubo un momento de contacto, una descarga de electricidad que me sacudió de dentro hacia fuera. Inhalé con fuerza, las luces de las velas danzaban en mi visión periférica. *¿Por qué estos fuegos?*, pensé. *¿Por qué todos estos fantasmas errantes?*.

—Oliver —susurró Filippa—, ¿estás bien?

—Sí —respondí—. Bien. —No me creí y tampoco lo hizo ella, pero antes de que ella pudiera añadir nada, el coro quedó en silencio y apareció el decano Holinshed en la playa. Iba vestido de negro, salvo por la bufanda (azul Dellecher con la llave y la pluma bordadas en un extremo) que colgaba de su cuello. Más allá de esa franja de color, era una figura sombría y solemne, su nariz aguileña arrojaba una horrible sombra sobre su cara.

—Buenas tardes. —Su voz tenía una cualidad apagada, de cansancio.

Filippa entrelazó sus dedos con los míos. Apreté su mano, agradecido de poder aferrarme a algo.

—Estamos aquí —continuó Holinshed—, para honrar la memoria de un joven extraordinario a quien todos vosotros conocíais. —Aclaró su garganta, puso sus manos detrás de su espalda y por un momento bajó la mirada al suelo—. ¿Cómo recordar mejor a Richard? —preguntó—. No es la clase de persona que uno olvida rápidamente. Podría decirse que era imponente en vida. Y no parece descabellado pensar que seguirá siendo imponente en la muerte. ¿A quién os recuerda? —Volvió a hacer una pausa, se mordió el labio—. Es imposible no pensar en Shakespeare cuando uno piensa en Richard. Ha aparecido en nuestro escenario tantas veces, en tantos roles. Pero hay un papel que jamás tendremos la oportunidad de verlo interpretar. Aquellos de vosotros que lo conocíais bien probablemente estéis de acuerdo con que hubiera sido un gran Enrique V. Yo, por mi parte, me siento defraudado.

Los brazaletes de Gwendolyn tintinearon cuando se llevó la mano a la boca. Las lágrimas rodaban por su rostro, dejando largas líneas de rímel corrido.

—Enrique V es uno de los héroes más amados y más problemáticos de Shakespeare, tanto como Richard lo era para nosotros. Creo que serán igual de llorados. —Metió su mano bien dentro del bolsillo de su sobretodo y hurgó en busca de algo. Mientras lo hacía, agregó—: Antes de leer esto, debo pedir a los colegas de Richard que me disculpéis. Jamás pretendería ser un actor, pero deseo rendirle honor y espero que, dadas las circunstancias, tanto vosotros como él sepáis disculpar la pobreza de mi interpretación. —Hubo un suave murmullo de risas. Holinshed desplegó una hoja de papel de su bolsillo. Escuché un roce de telas y miré de lado. Alexander había tomado la otra mano de Filippa. Él miraba al frente y tenía el mentón levantado.

HOLINSHED: «¡Que los cielos se pinten de negro; que el día ceda a la noche! Cometas, que vaticináis cambios de época y estado, blandid vuestras colas de cristal en el cielo y con ellas golpead a las crueles estrellas rebeldes que han permitido la muerte de Enrique. Inglaterra jamás ha perdido un rey tan valioso».

Frunció el ceño, arrugó el papel y lo volvió a meter en su bolsillo.

—Dellecher jamás ha perdido a un estudiante de su talla —añadió—. Recordemos bien a Richard, como él hubiera querido. Tengo el honor de desvelar para vosotros su retrato, que de hoy en adelante estará colgado en el vestíbulo del Teatro Archibald Dellecher.

Se estiró para retirar la tela negra del caballete. La cara de Richard apareció detrás de esta —era su fotografía de *César*, con el aspecto de antes de que fuera coloreada y su tamaño modificado— y mi corazón dio un brinco hacia mi boca. Sentí que saltaba del muelle otra vez, que me sumergía en el agua gélida del lago. Nos miraba con furia a través de la playa, imperioso, encolerizado, *vivo* de un modo aborrecible. Aferré la mano de

Filippa con tanta fuerza que sus nudillos se pusieron blancos. Holinshed estaba equivocado: Richard no quería ser recordado bien, jamás había sido tan compasivo. Quería causar estragos en el resto de nosotros.

—No puedo decir mucho más en nombre de Richard —continuó Holinshed, pero yo apenas lo oía—. No tuve el privilegio de conocerlo tan bien como muchos de vosotros. Así que me haré a un lado y dejaré que alguien más cercano y querido hable por él ahora.

Terminó sin ningún otro gesto grandilocuente y se apartó del podio. Miré hacia el resto del banco, consternado, pero Meredith no se había movido. Estaba sentada con la cara pálida, sujetando en su regazo la mano izquierda de Alexander con ambas manos. Nosotros cuatro estábamos ahora conectados como una cadena de muñecas de papel. Podía sentir el pulso de Filippa entre mis dedos, así que aflojé mi mano.

Un suave murmullo me hizo mirar hacia el otro lado. Wren estaba de pie y avanzaba hacia el podio. Cuando llegó allí, era apenas visible, un rostro blanco y fino cabello rubio que flotaban ligeramente por encima del micrófono.

—Richard y yo jamás tuvimos hermanos, así que éramos más cercanos que la mayoría de los primos —dijo—. El decano Holinshed tenía razón cuando ha dicho que era imponente. Pero no a todos les gustaba eso de él. De hecho, sé que a muchos de vosotros no os gustaba en absoluto. —Levantó lo mirada, pero hacia ninguno de nosotros. Su voz era baja y temblorosa, pero sus ojos estaban secos—. Para ser perfectamente honesta con vosotros, a veces a mí tampoco me gusta... gustaba. Richard no era una persona fácil. Pero era fácil quererlo.

En el banco al otro lado del nuestro, la Sra. Stirling lloraba en silencio, con una mano cerrada alrededor del cuello de su abrigo. Su marido estaba sentado con las manos en puño entre sus rodillas.

—Ay, Dios —murmuró Alexander—. No puedo hacer esto.

Meredith clavó sus uñas en la muñeca de Alexander. Yo me mordí la lengua y apreté con tanta fuerza mis dientes que creí que se romperían.

—La idea de que tendríamos que… dejarlo ir antes de ser viejos y de caernos a pedazos jamás se me había pasado por la cabeza —continuó Wren, que iba eligiendo las palabras una por una, como una niña que salta de piedra en piedra para cruzar un arroyo—. Pero no siento como si solo hubiese perdido un primo. Siento que he perdido parte de mí. —Dejó escapar una clase trágica de risa.

James sujetó mi mano tan repentinamente que me sobresalté, pero él no pareció notarlo. Observaba a Wren con una expresión desesperada, tragaba repetidas veces, como si estuviera a punto de vomitar. Filippa temblaba a mi otro lado.

—Anoche, no podía dormir, así que releí *Noche de reyes* —añadió Wren—. Todos sabemos cómo termina (bien, obviamente), pero también hay tristeza. Olivia ha perdido a un hermano. Y también Viola, pero se lo toman de forma muy distinta. Viola cambia su nombre, toda su identidad y se enamora casi de inmediato. Olivia se recluye del mundo y se niega a dejar entrar el amor. Viola está intentando olvidar a su hermano con desesperación. Olivia quizás lo recuerda demasiado. Entonces, ¿qué haces? ¿Ignoras tu dolor o te entregas a él? —Levantó la vista de la arena y nos encontró, su mirada vagó de cara en cara. Meredith, Alexander, Filippa, yo y finalmente James—. Todos vosotros sabéis que Richard se niega a ser ignorado —sostuvo, hablándonos a nosotros y a nadie más—. Pero si cada día nos permitimos sentir un poco de dolor, tal vez, también encontremos un poco de alivio y, en algún momento, podamos volver a respirar. Al menos, así es cómo Shakespeare contaría la historia. Hamlet dice: «Apártate de la felicidad un momento». Pero solo un momento. El espectáculo no ha terminado. «Se quiebra ahora un noble corazón. Buenas noches». El resto de nosotros debemos seguir adelante.

Se detuvo, se alejó del podio. Unas pocas sonrisas vacilantes y acongojadas aparecieron en el público, pero para ninguno de nosotros. Nos aferrábamos de la mano con tanta fuerza que ya habíamos perdido la sensación. Wren caminó de vuelta a su banco con piernas temblorosas. Se hundió entre su tío y su tía, se mantuvo erguida uno o dos segundos y luego se desplomó en el regazo de su tío. Él se inclinó sobre ella de forma protectora, intentó cubrirla con los brazos y pronto ambos temblaban con tanta fuerza que no logré distinguir cuál de los dos lloraba.

VII

Un velatorio espontáneo surgió en Bore's Head. Estábamos todos desesperados por un trago y ninguno de nosotros quería regresar al aislamiento de la Casa Hallsworth. Sentíamos nuestra mesa horriblemente vacía. El asiento habitual de Richard estaba desocupado (nadie quería mirar el espacio vacío donde él debería haber estado), Wren ya estaba camino al aeropuerto y la mayoría de la gente que vino solo pasó a dar sus condolencias y brindar por Richard antes de partir. No hablamos demasiado. Alexander había pagado una botella entera de Johnnie Walker Black, que estaba apoyada en el centro de la mesa destapada, su contenido fue disminuyendo lentamente hasta que solo quedaron dos centímetros de líquido.

Alexander: ¿A qué hora viene a buscarnos Camilo?

Filippa: Pronto. ¿Alguno despega antes de las nueve?

Todos negamos con la cabeza.

Alexander: James, ¿a qué hora sale tu vuelo?

James: A las cuatro de la mañana.

Filippa: ¿Y tu viejo irá a buscarte a esa hora?

James: No, iré en taxi.

Meredith: Alexander, ¿dónde vas a quedarte?

Alexander: Con mi hermano adoptivo, en Filadelfia. Solo
Dios sabe dónde está mi madre. ¿Tú?

Ella inclinó su vaso, observó cómo los restos aguados del *whisky* se deslizaban alrededor de los hielos.

—Mis padres están en Montreal con David y su esposa —respondió—. Así que solo estaremos Caleb y yo en el apartamento, si es que en algún momento vuelve del trabajo a casa.

Quería reconfortarla de alguna manera, pero no me atreví a tocarla, no frente a los otros. Tenía una opresión en mi pecho, como si la conmoción y el horror de los últimos días hubieran debilitado mi corazón.

Yo: Tenemos los planes de vacaciones más deprimentes de la
historia.

James: Creo que los de Wren probablemente sean peores.

Alexander: Por Dios, vete a la mierda solo por decirlo.

James: Solo estoy poniéndolo todo en perspectiva.

Meredith: ¿Creéis que volverá después de las vacaciones?

El silencio estalló sobre la mesa.

—¿Qué? —preguntó Alexander, en voz muy alta.

Meredith se inclinó hacia atrás, echó una mirada a la mesa de al lado.

—O sea, pensadlo —respondió, a un tercio del volumen de Alexander—. Volverá a casa, enterrará a su primo, tendrá tres días para estar de duelo y luego ¿cruzará el océano para hacer exámenes y presentarse a las audiciones otra vez? El estrés podría matarla. —Encogió los hombros—. Quizás no vuelva. Quizás termine el año que viene o quizás no lo haga en absoluto. No lo sé.

—¿Te ha dicho algo? —preguntó James.

—¡No! Ella… Yo no querría volver de inmediato si fuera ella. ¿Y tú?

—Dios. —Alexander se frotó la cara con las manos—. Ni siquiera había pensado en eso.

Salvo Meredith, nadie lo había hecho. Nos quedamos con la mirada fija en nuestros vasos, con las mejillas ruborizadas de la vergüenza.

—Tiene que volver —soltó James, mirándome a mí y después a Meredith, como si alguno de nosotros pudiera tranquilizarlo—. Tiene que hacerlo.

—Eso quizás no sea lo mejor para ella —argumentó Meredith—. Quizás necesite tiempo. Lejos de Dellecher y… de todos nosotros.

James se quedó quieto un instante, luego se puso de pie y abandonó la mesa sin decir una sola palabra más. Alexander lo observó irse, con tristeza.

—Y entonces solo quedaron cuatro —declaró.

VIII

La casa de mi familia en Ohio no era un lugar que me gustara visitar. Era una de doce casas casi idénticas (todas de listones y pintadas de diferentes tonos de *beige*) en una tranquila calle suburbana. Cada una venía completa con un buzón negro, una entrada para coches gris y césped verde esmeralda salpicado de bojes pequeños y redondeados, algunos de los cuales ya estaban cubiertos de luces navideñas.

La cena de Acción de Gracias (un asunto tradicionalmente aburrido que mejoraba solo gracias a la abundancia de vino y comida) fue inusualmente tensa. Mi madre y mi padre se sentaron en extremos opuestos de la mesa, iban vestidos con lo que siempre había considerado como «ropa de iglesia»: pantalones de vestir negros y suéteres de color verde haba vergonzosamente parecidos. Mis hermanas se chocaban los codos a un lado y yo me senté solo al otro, preguntándome cuándo narices se había vuelto tan delgada Caroline y, en ese sentido, cuándo Leah había hecho lo opuesto y desarrollado curvas. Esos dos cambios habían sido puntos de discordia durante mi ausencia. Mi padre le pidió más de una vez a Caroline que «dejara de jugar con la cena y comiera» y los ojos de mi madre no dejaron de dispararse hacia el escote de Leah como si su profundidad la incomodara terriblemente.

Ajena a su mirada, Leah me acribilló a preguntas sobre Dellecher desde que abrimos el vino. Por alguna razón, se mostró muy interesada en mi educación alternativa, mientras que a Caroline no pareció importarle en lo más mínimo. (Sabía muy bien que no debía tomarlo como algo personal. Caroline rara vez mostraba interés por algo que no fuera la ejercitación frenética o su fetiche por la moda de los años 1960).

—¿Ya sabes qué obra interpretarás en el segundo semestre? —preguntó Leah—. Acabo de leer *Hamlet* para la clase de literatura universal.

—Dudo que sea esa —respondí—. La hicieron el año pasado.

—Ojalá hubiera podido ir a verte en *Macbeth* —continuó, a toda velocidad—. Aquí, la Noche de Brujas fue tremendamente aburrida.

—¿Eres demasiado mayor para disfrazarte?

—Fui como Amelia Earhart a una fiesta tremendamente horrible. Creo que fui la única chica que no se puso alguna clase de lencería.

Me alarmó escuchar la palabra *lencería* de su boca. No había venido demasiado a casa en los últimos cuatro años y aún pensaba en ella como una chica mucho menor de dieciséis.

—Vaya —dije—. Eso… vaya.

—Leah —espetó mi madre—. Durante la cena, no.

—Madre, por favor.

(¿Cuándo había comenzado a llamarla «Madre»? Me estiré para levantar mi copa de vino y la vacié rápido).

—¿Tienes fotos de *Macbeth*? —urgió Leah—. Me encantaría velas.

—No le des ideas, por favor —comentó mi padre—. Ya es suficiente con un actor en la familia.

En privado, estuve de acuerdo con él. La idea de mi hermana vestida solo con un camisón y que los chicos de Dellecher se la comieran con la mirada me dio náuseas.

—No os preocupéis —dijo Caroline, que estaba encorvada hacia delante en su silla y tiraba de un hilo suelto en el puño de su sudadera—. Leah es demasiado *inteligente* para eso.

Las mejillas de Leah se encendieron.

—¿Por qué siempre me dices eso como si fuera algo horrible?

—Chicas —regañó mi madre—, no es el momento.

Caroline sonrió con suficiencia y se quedó callada, revolviendo el puré de patatas con el tenedor. Leah bebió un poco de vino (le permitían media copa y solo media copa), aún ruborizada. Mi padre suspiró, negó con la cabeza y dijo:

—Oliver, pásame la salsa.

Una insoportable media hora después, mi madre corrió su silla hacia atrás y se dispuso a retirar los platos. Leah y Caroline comenzaron a llevarse cosas de la mesa, pero cuando quise ponerme de pie, mi padre me indicó que me quedara donde estaba.

—Tu madre y yo necesitamos hablar contigo.

Me senté más derecho y esperé. Pero no dijo nada más, solo volvió a mirar su plato y comenzó a pinchar los pequeños trozos de masa de pastel que quedaban allí. Me serví mi cuarta copa de vino con manos torpes, nerviosas. ¿Se habían enterado de lo de Richard de alguna forma? Había pasado los últimos dos días merodeando por el buzón y había escondido el boletín de noticias de Dellecher en cuanto había llegado con la esperanza de evitar exactamente eso.

Pasaron otros cinco minutos antes de que volviera mi madre. Se sentó al lado de mi padre en la silla que había sido de Leah durante la cena y sonrió, una crispación nerviosa del labio superior. Mi padre limpió su boca, apoyó la servilleta en su regazo y me miró directamente a los ojos.

—Oliver —dijo—, debemos hablarte de algo difícil.

—De acuerdo, ¿qué ocurre?

Se giró hacia mi madre (como hacía siempre que había que decir «algo difícil»).

—¿Linda?

Ella se estiró sobre la mesa y sujetó mi mano antes de que yo pudiera apartarla. Luché contra la urgencia de librarme de su agarre.

—No hay una manera fácil de decir esto —anunció, con lágrimas en los ojos—. Y es probable que sea una sorpresa para ti porque has estado fuera de casa mucho tiempo.

La culpa trepó por mi espalda como una araña.

—Tu hermana... —Dejó escapar un pequeño suspiro atragantado—. Tu hermana no está bien.

—Caroline —puntualizó mi padre, como si no fuera obvio de cuál de las dos estaban hablando.

—No volverá a la universidad este semestre —continuó mi madre—. Ha estado haciendo todo lo posible por terminar, pero el médico cree que lo mejor para su salud sería que se tomara un descanso.

Miré de ella a mi padre y dije:

—De acuerdo, pero qué...

—No interrumpas, por favor —pidió mi padre.

—Está bien, perdón.

—Verás, cielo, Caroline no volverá a la universidad, pero tampoco se quedará aquí —explicó mi madre—. Los médicos piensan que debe estar más supervisada de lo que está aquí con nosotros, que no estamos en todo el día porque vamos a trabajar.

Caroline era la que menos sentido común tenía de nosotros tres, pero el hecho de que mis padres estuvieran hablando de ella como alguien que no podía estar sola era un poco perturbador.

—¿Eso qué quiere decir? —pregunté.

—Quiere decir que irá... que irá a quedarse un tiempo con gente que la puede ayudar.

—¿Qué? ¿Una especie de rehabilitación?

—No lo llamamos así —ladró mi padre, como si hubiera dicho algo obsceno.

—De acuerdo, entonces ¿cómo lo llamamos?

Mi madre se aclaró la garganta delicadamente.

—Se llama centro de recuperación.

Miré de ella a mi padre y de nuevo a ella antes de volver a hablar.

—¿De qué rayos necesita recuperarse?

Mi padre lanzó un sonido de impaciencia y respondió:

—Estoy seguro de que has notado que no ha estado comiendo bien.

Saqué la mano de debajo de la de mi madre. Mi mente estaba en blanco, trabada, incapaz de procesar esta información.

Bebí otro sorbo tembloroso de vino, luego puse las manos en mi regazo, fuera del alcance.

Yo: Cierto. Eso es… terrible.

Mi padre: Sí, pero ahora tenemos que hablar sobre lo que esto significa para ti.

Yo: ¿Para mí? No lo entiendo.

Mi madre: Bueno, estaba llegando a eso.

Mi padre: Por favor, solo escucha, ¿puede ser?

Apreté mis muelas con fuerza y observé a mi madre.

—Este centro de recuperación es caro —explicó—, pero queremos asegurarnos de que reciba el mejor tratamiento posible. Y el problema es… el problema es que no podemos pagar el centro de recuperación y tu educación al mismo tiempo.

Todo mi cuerpo se entumeció, tan rápido que me sentí mareado.

—¿Qué? —pregunté, como si no la hubiese escuchado.

—Ay, Oliver, lo siento tanto. —Las lágrimas se derramaban desde sus ojos y estaban dejando gotas oscuras sobre el mantel, como cera caída de una vela—. Hemos dado vueltas y vueltas sobre esto, atormentados, pero la verdad es que ahora debemos ayudar a tu hermana. Ella no está bien.

—¿Qué pasa con el dinero que va a su universidad? Acabas de decir que no volverá… ¿Qué hay de ese?

—No es suficiente —respondió mi padre, de modo cortante.

Miré de él a ella, con la boca abierta, la incredulidad convirtió mi sangre en lodo. Esta latía y salía con lentitud de mi corazón a mi cerebro.

—Me queda solo un semestre —argumenté—. ¿Qué se supone que debo hacer?

—Bueno, tendrás que hablar con la institución —respondió mi padre—. Piensa en sacar un crédito de último minuto si realmente quieres graduarte.

—Si quiero… ¿Por qué no querría graduarme?

Encogió los hombros.

—No logro ver por qué un diploma marcaría la diferencia para un actor.

—Yo… ¿*Qué*?

—Ken —dijo mi madre con desesperación—. Por favor, tan solo…

—A ver si lo he entendido bien. —La rabia se encendió bien profundo en el fondo de mi estómago y rápidamente devoró las pequeñas ramas de incredulidad—. ¿Me estáis diciendo que debo dejar Dellecher porque Caroline necesita que un médico famoso le dé de comer con cuchara?

Mi padre golpeó la mesa con su mano abierta.

—¡Te estoy diciendo que tienes que empezar a considerar alternativas financieras porque la salud de tu hermana es más importante que pagar veinte mil dólares para que vayas a jugar a los disfraces!

Lo miré con furia por un momento de estupefacta indignación, luego empujé la silla hacia atrás y me fui de la mesa.

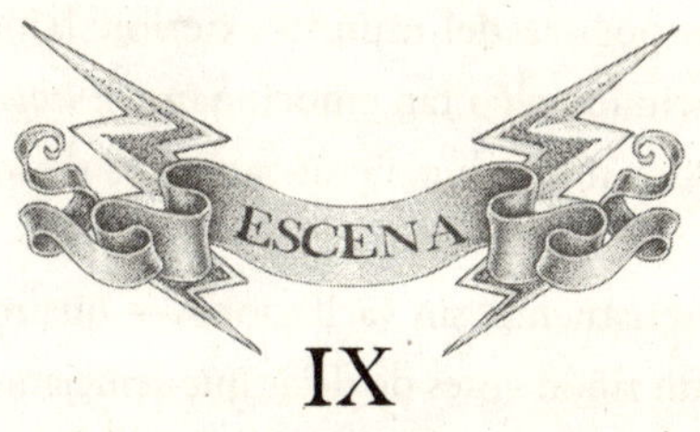

IX

Pasé cuatro horas del día siguiente encerrado en la oficina de mi padre, hablando por teléfono con el personal administrativo de Dellecher. Me pasaron con Frederick, con Gwendolyn e incluso con el decano Holinshed. Todos sonaban exhaustos, pero cada uno de ellos me aseguró que encontraríamos una solución. Me sugirieron que pidiera préstamos, además de que trabajara durante el semestre y que presentara solicitudes de beca tardías. Cuando por fin colgué, me fui a mi habitación, me acosté en la cama y me quedé mirando el techo.

Inevitablemente, mis ojos vagaron hacia el escritorio (inundado con fotos de producción y programas viejos), la estantería (repleta de libros desgastados, comprados por un dólar y monedas en librerías de libros usados o en promoción) y de póster en póster colgado en la pared, una galería de mis proyectos teatrales de la secundaria. La mayoría fueron de Shakespeare: *Noche de reyes*, *Medida por medida*, incluso un folleto de una producción tremendamente mala de *Cimbelino* ambientada en el sur estadounidense de preguerra civil, una decisión sin ninguna razón que el director pudiera explicar satisfactoriamente. Exhalé con extraña melancolía y me pregunté qué demonios había ocupado mi cabeza antes de Shakespeare. Mi primer encuentro torpe con él a los once años rápidamente se convirtió en una completa bardolatría, una devoción total. Había comprado una copia de las obras completas con mi escasa paga y la había llevado a todos lados, demasiado feliz de poder ignorar la realidad mucho menos poética del mundo exterior. Jamás en mi vida había experimentado algo tan emocionante e *importante*. Sin él, sin Dellecher, sin mis compañeros fanáticos de los versos, ¿qué sería de mí?

Decidí —seriamente, sin vacilaciones— que robaría un banco o vendería un riñón antes de dejar que semejante cosa ocurriera. Reacio a obsesionarme con la posibilidad de semejante infortunio, hurgué en mi maleta en busca de *Los fuegos de la envidia* y continué la lectura.

Un poco después de las siete, mi madre llamó a la puerta y me avisó de que la cena estaba lista. La ignoré y permanecí donde estaba, pero dos horas más tarde lamenté la decisión cuando mi estómago comenzó a gruñir. Cuando se iba a dormir, Leah pasó por mi habitación a dejarme un sándwich repleto de sobras de Acción de Gracias. Se acomodó en el extremo de mi cama y dijo:

—Supongo que ya te lo han contado todo.

—Sí —repuse, con la boca llena de pavo, pan y salsa de arándanos.

—Lo siento.

—Encontraré el dinero de algún modo. No puedo no regresar a Dellecher.

—¿Por qué? —Me observaba con sus curiosos ojos azules de porcelana.

—No lo sé. Es solo que… no quiero estar en ningún otro lado. James y Filippa y Alexander y Wren y Meredith son como mi familia. —Omití a Richard sin querer. El pan se había vuelto una pasta pegajosa en mi boca—. Mejor que una familia, en realidad —añadí, cuando logré tragar—. Es solo que encajamos. No como aquí.

Tiró del extremo de mi edredón y comentó:

—Solíamos encajar. Tú y Caroline solíais llevaros bien.

—No, no lo hacíamos. Tú eras demasiado pequeña para darte cuenta. —Frunció el ceño, así que añadí—: No te preocupes. La quiero, tal como se supone. Solo que no me *agrada* demasiado.

Se mordió el labio inferior, pensativa. Nunca me había recordado tanto a Wren; la pena y el afecto brotaron de forma inesperada y al mismo tiempo. Quise abrazarla, apretar su mano, algo; pero en mi familia nunca habíamos sido tan afectivos físicamente y tuve miedo de que le resultara extraño.

—¿Yo te agrado?

—Por supuesto que sí —respondí, sorprendido por la pregunta—. Eres la única en esta casa que vale la pena.

—Bien. Que no se te olvide. —Sonrió a regañadientes y se deslizó fuera de la cama—. Prométeme que mañana saldrás de tu habitación.

—Solo si papá no está.

Alzó la mirada al techo.

—Te avisaré cuando no haya moros en la costa. Ve a dormir, *friki*.

La señalé y luego me señalé.

—El muerto. El degollado.

Sacó la lengua antes de desaparecer por el pasillo, dejando la puerta entornada detrás de sí. Quizás todavía no había crecido demasiado.

Me acosté de nuevo para terminar Girard, pero pronto, algunas palabras incómodamente evocativas se escabulleron a través de la barrera mental que había levantado para mantener a Richard lejos: «Esta mímesis del conflicto significa más solidaridad entre quienes pueden luchar *juntos* contra el mismo enemigo y se prometen unos a otros que lo harán. Nada une a los hombres como un enemigo común». En la siguiente página, el nombre de Casca me sobresaltó como si hubiera sido el mío y cerré el libro de golpe. ¿Era Richard nuestro enemigo, entonces? Parecía una exageración burda, pero ¿de qué otro modo llamarlo, si no? Pasé las hojas con el dedo pulgar, maravillado de lo poco que necesitamos para convencernos de aceptar el «nada» de Alexander. Pasados unos días del momento, mi horror estaba paralizado y frío, pero me pregunté otra vez qué me había hecho hacerlo. ¿Había sido algo tan justificable como el miedo o había sido algo mezquino como una represalia, envidia, oportunismo? Toqué con el dedo el borde de mi señalador. Había un número garabateado impulsivamente con tinta roja en la parte trasera. En el aeropuerto, después del servicio fúnebre, había llevado una de las maletas de Meredith hasta el área de seguridad y cuando se la di (fuera del alcance de los oídos de James y Alexander), sugirió que fuera a verla a Nueva York antes de volver al conservatorio. Richard ya no estaba. ¿Qué me detendría?

La culpa me escocía como una erupción en la piel. Se agudizaba cada vez que Richard rozaba mi mente y se atenuaba a un malestar leve cuando lograba olvidarlo a la fuerza por una hora o dos. Peor que la culpa era la incertidumbre. «Tengo miedo de lo que pase ahora», me había dicho Filippa. Acostado allí en el pasado, en mi habitación de mi época de secundaria, el futuro me pareció más oscuro que nunca. Pensé en ello en términos de estructura dramática, porque no conocía otra forma de razonarlo. La muerte de Richard no parecía tanto un desenlace sino, más bien, una peripecia de segundo acto, el acontecimiento catalítico que pone todo lo demás en movimiento. Como había dicho Wren, el espectáculo no había terminado. Era el final desconocido lo que me aterraba.

Presioné las palmas de mis manos contra mis ojos. El agotamiento que había llegado hasta mis huesos en la Casa Hallsworth se aferró a mí, la lasitud que sobreviene a una fiebre alta. Pronto me quedé dormido sobre la manta, sumergido en un sueño en el que los otros estudiantes de cuarto y yo —solo nosotros seis— estábamos parados, inmersos hasta la cintura, en un pantano neblinoso salpicado de árboles, todos repitiendo lo mismo una y otra vez: «Se ha ahogado en el arroyo; asómate y lo verás».

Alrededor de una hora después, me desperté de un sobresalto. Las barras de cielo que se veían por entre las cortinas metálicas de mi ventana eran completamente negras y sin estrellas. Me apoyé en los codos para incorporarme, mientras jame preguntaba qué me había despertado. Un ruido sordo en algún lugar de la planta baja me hizo sentar más derecho y prestar atención. Sin estar seguro de realmente haber escuchado algo, saqué las piernas de la cama y abrí la puerta. Mis ojos se adaptaron lentamente a la penumbra mientras bajaba sigilosamente hacia el vestíbulo, pero tenía mucha experiencia escabulléndome por la casa de noche, así que era poco probable que me tropezara. Cuando llegué al final de la escalera, hice una pausa, con las orejas levantadas y una mano en la barandilla. Algo se movió en el porche, algo demasiado grande para ser el gato del vecindario o un mapache. Otro golpe. Alguien llamaba a la puerta.

Crucé lentamente el recibidor y miré con cautela a través de la ventana lateral. Me asaltó la sorpresa y me dirigí con torpeza a abrir la puerta.

—¡James!

Estaba de pie en el porche con una bolsa marinera a los pies, su respiración era una oleada blanca en la noche gélida.

—No sabía si estarías despierto —comentó, como si simplemente hubiera llegado tarde a una reunión que habíamos acordado y no se tratara de un encuentro inesperado.

—¿Qué estás haciendo aquí? —pregunté, mirándolo un poco adormecido, dudando de si seguía soñando.

—Lo siento —dijo—, debería haber llamado.

—No, está bien… Pasa, hace frío. —Hice un gesto para que pasara y él recogió su bolso del porche y entró con rapidez. Cerré la puerta detrás de él y eché la llave.

—¿Están todos durmiendo? —preguntó, susurrando.

—Sí. Subamos, podemos hablar en mi habitación.

Me siguió por las escaleras y el pasillo, echando una mirada a las fotografías en las paredes, las chucherías apiladas en las mesillas. Jamás había estado en mi casa, y me sentí cohibido, avergonzado por ella. Era extremadamente consciente de que no teníamos suficientes libros.

Mi propio dormitorio era menos deficiente a la vista; a lo largo de los años me había aislado del resto de la casa (del resto del vecindario, del resto de Ohio) con capas de tinta y papel y poesía, como una ardilla que cubre su nido. James me siguió adentro y se quedó parado mirando en derredor con obvia curiosidad, mientras yo cerraba la puerta. La habitación me pareció, por primera vez, pequeña.

—Venga, dame eso. —Sujeté su bolsa y la apoyé en el espacio entre la pared y la cama.

—Me gusta tu habitación —comentó—. Parece habitada.

El dormitorio de James en California parecía sacado de un artículo sobre bibliotecarios ricos de una revista de decoración de interiores.

—No es gran cosa. —Me senté al pie de la cama y observé cómo él lo miraba todo. Parecía fuera de lugar, pero de un modo no del todo desagradable; como un estudiante que ha entrado en el aula equivocada y ha descubierto que la nueva materia es muy interesante. Sus hombros estaban muy caídos, sus brazos colgaban flojos a los costados. Su suéter mostraba un irregular mapa de arrugas, como si no se lo hubiese quitado para dormir. No se había afeitado y la sombra de la barba incipiente en su mandíbula me resultó extrañamente disonante.

—Es perfecta —concluyó.

—Bueno, eres bienvenido en ella. Pero (y no me malinterpretes con esto, no tienes ni idea de lo contento que me pone verte) ¿qué rayos haces aquí?

Se apoyó contra el borde de mi escritorio.

—Necesitaba alejarme de mi casa —respondió—. Daba vueltas solo y nervioso por la casa durante el día, de noche iba de puntillas evitando a mis padres… Simplemente no podía soportarlo más. No podía volver a Dellecher, así que volé a Chicago, pero el ajetreo era igual de malo. Pensé en tomar un bus a Broadwater, pero no había, así que he venido aquí. —Negó con la cabeza—. Lo siento, debería haber llamado.

—No seas ridículo.

—«Tu amistad nos renueva».

—No te ofendas, pero no lo parece —le dije—. De hecho, tienes un aspecto pésimo.

—Ha sido una noche larga.

—Entonces, a dormir. Podemos hablar por la mañana.

Asintió; sus ojos cansados, llenos de gratitud. Me quedé mirándolo con el cerebro momentáneamente desconectado, salvo por la pregunta ridícula de si alguna vez me había mirado así.

—¿Dónde me quieres? —preguntó.

—¿Qué? Ah. ¿Por qué no duermes aquí? Yo me echaré en el sillón, abajo.

—No te sacaré de tu propia cama.

—Necesitas dormir más que yo.

—No, ¿por qué no...? Podemos compartirla, ¿o no?

Mis sinapsis volvieron a apagarse. Su expresión era en parte desconcertada, en parte expectante y tan aniñada que en ese instante se pareció más a sí mismo que en las últimas semanas. Se movió, sus ojos se apartaron hacia la ventana, y me di cuenta de que estaba esperando mi respuesta.

—No veo por qué no —contesté.

Su boca se inclinó tímidamente hacia una sonrisa.

—No somos tan ajenos al hecho de compartir una cama.

—No.

Observé cómo se inclinaba para quitarse los zapatos, luego me quité mis propios calcetines y mis pantalones deportivos. Eché un vistazo al reloj que había en mi mesita de noche. Eran bien pasadas las dos de la mañana. Fruncí el ceño mientras calculaba cuánto tiempo había pasado en el bus. ¿Cinco horas? ¿Seis?

—¿Qué lado prefieres? —preguntó.

—¿Qué?

—De la cama. —La señaló.

—Ah. Cualquiera.

—De acuerdo. —Dobló sus vaqueros sobre el respaldo de mi silla de escritorio y luego se quitó el suéter por la cabeza. Rastros de hematomas aún manchaban de verde sus muñecas y antebrazos.

Se sentó con cuidado en el borde más cercano de la cama y me encontré a mí mismo pensando, inesperadamente, en el verano que habíamos pasado en California, en el que nos habíamos turnado para conducir el viejo BMW que solía pertenecer al padre de James y habíamos recorrido toda la costa hacia el norte hasta una playa gris y brumosa donde nos habíamos emborrachado con vino blanco, habíamos nadado desnudos y nos habíamos quedado dormidos en la arena.

—¿Recuerdas aquella noche en Del Norte —pregunté—, cuando nos desmayamos de la borrachera en la playa...?

—¿Y cuando nos despertamos por la mañana toda nuestra ropa había desaparecido?

Lo dijo tan de inmediato que también debía de haber estado pensando en eso. Casi me echo a reír. Me giré y lo encontré retirando el edredón, con los ojos más iluminados que antes.

—Aún me preguntó qué pasó —comenté—. ¿Crees que se la llevó la marea?

—Lo más probable es que fuera alguien con sentido del humor y pasos ligeros a quien le gustó la idea de que tuviéramos que volver al coche desnudos.

—Es un milagro que no nos arrestaran.

—¿En California? Haría falta más que eso.

De repente la vieja anécdota —el agua y la mañana gris y el comentario de James, «Haría falta más que eso»— fue demasiado familiar, demasiado cercana a los recuerdos más recientes como para que fuese algo cómodo. Apartó la mirada y supe que todavía estábamos pensando lo mismo. Se metió en la cama, movió las almohadas de un lado a otro y fingió acomodarse en un silencio desconcertado. Me acosté bocarriba, consternado porque los diez o quince centímetros que nos separaban de repente parecían cientos de kilómetros de distancia. Mis miedos mezquinos del servicio fúnebre se confirmaron: la muerte no iba a evitar que Richard nos atormentara.

—¿Puedo apagar la luz? —consultó James.

—Por supuesto —respondí y me alegró que sus pensamientos y los míos ya no vagaran en la misma dirección.

Se estiró hacia la lámpara y la oscuridad cayó desde el techo. Con ella me sobrevino un pánico tenue y sin sentido; ya no podía ver a James. Luché contra el impulso de tantear la cama para buscar su brazo. Hablé en voz alta solo para escucharlo responder.

—¿Sabes en qué no dejo de pensar, ya sabes, cuando pienso en Richard?

Tardó en responder, como si en realidad no quisiera averiguarlo.

—¿En qué?

—El gorrión, en *Hamlet*.

Sentí que se movía.

—Sí, lo dijiste. «Déjalo ser».

—Nunca entendí ese discurso —dije—. Es decir, lo entiendo, pero no tiene sentido. Después de luchar tanto para vengarse y restaurar el orden, de repente Hamlet es un fatalista.

El colchón se movió debajo de él. Quizás rodara para mirarme, pero estaba demasiado oscuro para saberlo.

—Creo que lo entiendes perfectamente. Ya nada tiene sentido tampoco para él. Todo su mundo se cae a pedazos y cuando se da cuenta de que no puede evitarlo o arreglarlo o cambiarlo, queda solo una cosa por hacer.

Mis ojos se adaptaron con lentitud, de forma exasperante.

—¿Qué cosa?

Su sombra se encogió de hombros en la oscuridad.

—Absolverte. Echarle la culpa al destino.

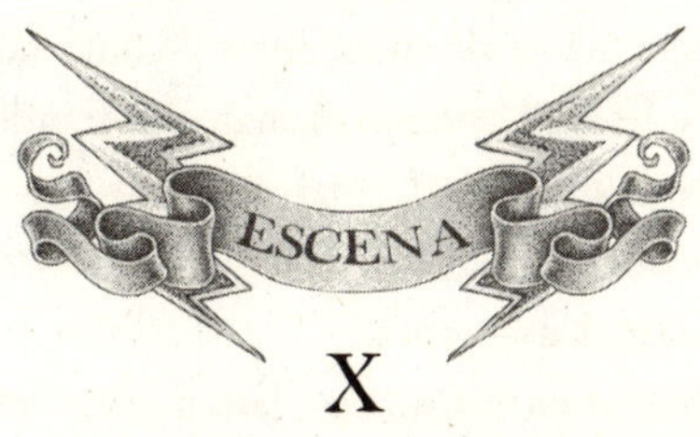

X

A la mañana siguiente, recuperé el conocimiento de forma gradual, mientras flotaba en la superficie del sueño con los ojos aún cerrados. Algo se agitó contra mi hombro y recordé: James. A diferencia de las pocas noches que había pasado acostado al lado de Meredith en la Casa Hallsworth, de inmediato fui muy consciente de su presencia.

Abrí un ojo, sin saber si debía moverme, pero reacio a arriesgarme a despertarlo. Había rodado hacia mí en algún momento de la noche, su cabeza había quedado contra mi hombro y su respiración bajaba a toda velocidad por mi brazo con cada exhalación. Me asaltó el extraño y repentino pensamiento de que no quería moverme, junto a la sorprendente luminosidad de un rayo de sol que caía sobre mi ojo. Sentí natural, cómodo, apropiado, su peso cálido y adormilado en la cama. Me quedé imposiblemente quieto, preguntándome qué estaba esperando y poco a poco fui quedándome dormido otra vez.

No dormí demasiado ni con suficiente profundidad como para soñar. Tras lo que parecieron tan solo unos segundos, me desperté, apenas consciente de un murmullo de voces cercanas. Los susurros cobraron forma, *in crescendo* hasta que alguien soltó una risita, que fue bruscamente reprimida. Me incorporé a medias; James se movió a mi lado, pero no se despertó del todo. Parpadeé furiosamente y cuando pude ver bajo la luz brillante de la mañana, lancé una mirada furibunda a mis hermanas. Ambas estaban en pijama, agolpadas contra la puerta. Leah dobló el labio inferior hacia detrás de sus dientes y continuó riendo en silencio. Caroline se apoyó contra el marco, mirándome con malicia, sus piernas delgadas se asomaban bajo su enorme sudadera de Ohio State como un par de palillos chinos.

—Largaos, las dos —espeté.

Leah se deshizo en carcajadas. James abrió los ojos, los entornó hacia mí y luego siguió mi mirada hacia la puerta.

—¿Buenos días? —dijo.

Caroline: ¿Quién es tu novio, Oliver?

Yo: Vete a la mierda, Caroline.

James: Soy James. Encantado de conoceros a ambas.

A Leah eso le resultó graciosísimo.

Caroline: ¿Saldrás del armario y se lo dirás a mamá y papá?

Yo: En serio, salid de mi habitación.

Caroline (a James): ¿Qué ves en él?

James: No bromeéis. Oliver se ve con la chica más atractiva de nuestro curso.

Caroline: ¿La pelirroja?

James: Esa misma.

Una pausa.

Caroline: Patrañas.

Leah: *No puede ser*. ¡Creía que estaba con Richard!

Caroline: Sí, ¿qué ha pasado con él?

Yo: No ha pasado nada con él, ¿de acuerdo? Fuera, las dos.

Pateé el edredón hacia abajo, me deslicé de la cama y las eché al pasillo. Leah me miraba boquiabierta, como si no me hubiese visto antes.

—Oliver —soltó, en un aparte dramático mal logrado—. Oliver, ¿*de verdad* tú y Meredith estáis…?

—Ya basta, no voy a hablar de eso.

Le di un empujoncito hacia la escalera y ella comenzó a bajar a regañadientes, pero Caroline permaneció arriba para comentar:

—Mamá quiere saber si tu novio y tú nos acompañaréis en el desayuno.

—¿Por qué no lo comes tú?

Su sonrisa se amargó, su ceño se frunció. Me arrepentí de inmediato, pero no me disculpé. Ella murmuró algo que sonó como «cretino» y bajó las escaleras en silencio. Regresé a mi habitación. James ya estaba fuera de la cama y hurgaba en su bolsa.

—Así que esas son tus hermanas —dijo. Si estaba avergonzado, no dejó que se notara.

—Lo siento.

—No pasa nada —repuso—. Nunca he tenido hermanos.

—Bueno, no pierdas tiempo lamentándote por eso. —Eché un vistazo hacia la puerta y por primera vez pensé lo arriesgado que era tenerlo en casa. No me importaba demasiado lo que pensara mi familia de James, pero sí me importaba lo que él pensara de ellos. Comparadas con mi padre, mis hermanas eran inofensivas.

—¿Quieres desayunar?

—No diría que no. Me gustaría conocer al resto de tu familia.

—No me hago responsable de lo que te digan.

—¿Tú no bajas?

—Sí —respondí—, en un minuto. ¿Crees que puedes encontrar el camino?

Pasó la cabeza a través del cuello de un suéter azul limpio.

—Me las apañaré.

Cuando dejó la habitación, me puse rápido una camiseta nueva y los mismos pantalones deportivos de la noche anterior. Aferré el señalador de *Fuegos de la envidia* y lo guardé en mi bolsillo. En el rellano, me quedé escuchando las voces que venían de abajo. Al parecer, Leah estaba bombardeando a James con preguntas sobre California. Mi madre apenas podía meter una palabra de soslayo, pero cuando finalmente lograba hacerlo de alguna forma, sonaba amable, confundida y levemente desconfiada, todo al mismo tiempo. Aliviado de que, al parecer, mi padre ya se hubiera ido de la casa, me escabullí por el pasillo hasta su oficina, entré sigilosamente y cerré la puerta. Era una habitación pequeña y fea, donde un enorme ordenador zumbaba desde el escritorio, como una bestia prehistórica en período de hibernación. Levanté el teléfono, lo sujeté contra mi oreja y saqué el señalador de mi bolsillo. Después de la debacle de la cena de Acción de Gracias, había considerado huir a Manhattan el fin de semana. Era un plan imprudente, pero la perspectiva de Meredith y un *ático* vacío —más allá de lo que pasara allí— era enormemente más atractivo que pasar otros tres días encerrado en mi habitación de secundaria, escondido de mis padres y Caroline. Pero entonces había aparecido James en el porche, como una especie de intervención divina.

El teléfono sonó fuerte sobre mi oído. Apreté el auricular con demasiada fuerza, con la esperanza de que no atendiera.

—¿Hola?

Quizás fue la distancia o la calidad de la llamada, pero sonaba mareada, desorientada, como si acabara de despertarse. Ese tono grave de su voz hizo que una brasa se avivara en la boca de mi estómago. Eché una mirada hacia la puerta para asegurarme de que estuviera cerrada.

—Meredith, hola. Soy... Oliver —dije—. Escucha, James apareció en mi porche ayer a la noche. No sabía que vendría, pero no puedo dejarlo aquí solo. No creo que pueda ir a Nueva York.

Hubo un silencio breve, superficial, antes de que ella hablara.

—Desde luego.

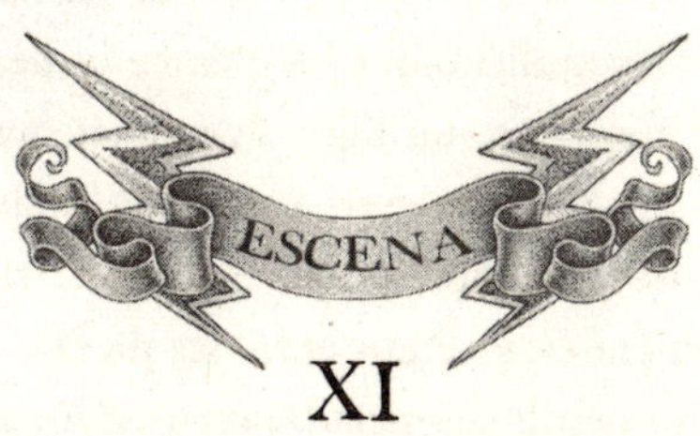

XI

El primer día de diciembre, el cielo estaba despejado y el frío helaba hasta los huesos. El comienzo de las clases estaba programado para el día siguiente, y cuando llegamos al campus, nos dijeron que podríamos mudarnos nuevamente al Castillo a las cuatro de la tarde. Alexander y Filippa se acomodaron en nuestra mesa habitual en Bore's Head y calentaron sus manos con tazones de sidra con alcohol, mientras James tomaba el té con Frederick. Meredith estaba esperando a que su vuelo saliera con retraso de LaGuardia. No teníamos noticias de Wren.

Cargué mis bolsas por las escaleras hasta el segundo piso de la Mansión para tener una breve reunión con el decano Holinshed, donde me presentó una solución a mi repentina falta de fondos: una combinación de préstamos, dinero de becas sin usar y trabajo-estudio. Escuché y asentí y se lo agradecí profusamente y, cuando me despachó, eché mis bolsas sobre mis hombros otra vez y fui hacia el sendero que bajaba por entre los árboles. Una de mis ocupaciones en el plan trabajo-estudio, me había explicado Holinshed, sería ocuparme de la limpieza y el mantenimiento del Castillo. Ni se me ocurrió sentirme humillado. Estaba tan desesperadamente feliz de no tener que abandonar Dellecher que habría fregado todos los retretes de la Mansión si me lo hubiese pedido.

El lugar estaba tan desordenado y sucio como cuando lo dejamos. Decidí comenzar con la cocina, donde todavía había desechos de la desastrosa fiesta de *César* desparramados por todos lados. Me habían dicho que los elementos de limpieza estaban debajo del fregadero, un lugar que jamás me había molestado en explorar. Pero, primero, encendí la chimenea en la biblioteca. El Castillo estaba dolorosamente frío, como si el invierno se hubiera escabullido entre las piedras y hubiese hecho un nido en nuestra ausencia. Arrugué algunas hojas de periódico que había en la canasta junto al hogar y las coloqué debajo de dos leños nuevos sin quitar las cenizas viejas. Unos minutos de luchar con las cerillas largas produjeron una llama pequeña pero persistente y froté las manos sobre esta hasta que volví a sentirlas.

Cuando estaba enderezándome, escuché que se abría una puerta en la planta baja. Me quedé helado, esperando. ¿Se habría escabullido hasta aquí Alexander, tres horas antes de lo acordado? Lo maldije en silencio y bajé las escaleras de puntillas, con la esperanza de alejarlo de la cocina, y devanándome los sesos en busca de una excusa creíble de por qué ya estaba aquí. (No quería agobiar a los demás con mis dramas familiares. Ya teníamos suficientes dramas propios).

Una voz desconocida me detuvo a dos escalones del suelo.

—Recuérdame por qué estamos aquí.

—Porque quiero echar un vistazo antes de que todos esos chicos vuelvan.

—Lo que tú digas, Joe.

Me senté en cuclillas sobre el último escalón y observé a través del umbral. Los dos hombres estaban de pie en el comedor, de espaldas a mí. Reconocí al más alto o, mejor dicho, reconocí su chaqueta de piloto marrón. Colborne. El más bajo estaba usando un abrigo azul acolchado y una bufanda amarilla nudosa que muy probablemente fuese tejida a mano. Una mata rebelde de pelo rojo daba la impresión de que su cabeza estaba en llamas. (Su nombre, que conocería más tarde, era Ned Walton). Se meció de adelante hacia atrás sobre sus talones y miró alrededor.

—¿Qué estamos buscando, jefe?

—No me llames «jefe» —lo regañó Colborne y soltó un suspiro que sugería que no era la primera vez que le hacía esa petición—. No soy el jefe. Y no toques nada.

Mientras Walton vagaba hacia la ventana, se quitó los guantes tirando de los dedos con sus dientes y los guardó en su bolsillo. Me pregunté si podía ver el muelle desde donde estaba parado.

WALTON: ¿Es la primera vez que pierden a un estudiante?

COLBORNE: Una bailarina se suicidó hace unos diez años. Se enteró de que no había sido seleccionada para continuar en cuarto año, subió a su habitación y se cortó las venas.

WALTON: Dios mío.

COLBORNE: La había visto por ahí. Era una chica guapa. Parecía estar hecha de papel de seda. Los medios enloquecieron con la historia, acusaron a la escuela de «llevar a los alumnos a la desesperación».

WALTON: ¿Fue eso lo que pasó con este chico?

Colborne giró en el lugar, con las manos en las caderas, expresión contraída, pensativa.

—No. Era la estrella del programa, por lo que sé. ¿Has visto esos pósteres rojos por todo el pueblo? ¿«Soy César»?

—Sí.

—Es él.

—Un tipo aterrador —comentó Walton.

Colborne asintió.

—Los chicos no han hablado del tema, pero tengo la sensación de que no todos lo querían.

—¿No? —preguntó, con una de sus cejas pelirrojas levantada.

—No.

Walton miró a Colborne con ceño fruncido.

—¿Es por eso que estamos aquí? —preguntó—. Creía que lo habíamos declarado un accidente.

—Sí. —Una sombra revoloteó por la cara de Colborne—. Así fue.

—De acuerdo —repuso Walton y pronunció la última palabra con una entonación interrogativa. Se apoyó contra el alféizar, con los brazos cruzados—. Repasemos los hechos.

Colborne dio un lento paso adelante, con los ojos fijos en el suelo.

—Unos nueve días atrás —relató—, los de cuarto año y otro grupo de estudiantes de teatro actúan en un espectáculo en el Pabellón de Bellas Artes. —Señaló al noreste, en dirección al PBA. Me senté otra vez sobre mis talones, puse una mano en la pared para estabilizarme. Mi respiración era superficial y acelerada, el aire frío quemaba mis pulmones. Colborne continuó caminando, ponía un pie cuidadosamente delante del otro, trazando un amplio círculo alrededor de la habitación—. El espectáculo termina alrededor de las diez y media —continuó— y los chicos atraviesan el bosque para venir aquí, donde la fiesta ya está en pleno desarrollo. Música, baile, alcohol, drogas. Richard se encierra en la biblioteca con una botella de *whisky*.

—Si era el protagonista, ¿por qué estaba escondido allí arriba?

—Bueno, eso es lo que nadie parece querer decirme. Estaba de mal humor, todos están de acuerdo en eso, pero ¿por qué?

Uno de los de tercero sugirió que estaba teniendo problemas con su novia.

—¿Quién es la novia?

—Meredith Dardenne, una de los de cuarto año.

—¿Por qué me suena familiar ese nombre?

—Su familia fabrica relojes de lujo. Podrían comprar todo el pueblo si quisieran.

—¿Crees que es por eso que nadie la señala?

Colborne encogió los hombros.

—No podría decirlo. Pero al parecer, tuvieron una pelea violenta y descontrolada frente a todos y, para el final de la noche, ella estaba besándose con otro.

Walton lanzó un silbido bajo y peligroso. Me incliné hacia delante, con las manos en las rodillas. Mi sangre había abandonado mi pecho y mis extremidades para subir a toda velocidad a mis oídos.

WALTON: ¿Con quién?

COLBORNE: Nadie quiso decirlo, pero alguien sugirió a Oliver Marks. Es otro de los chicos de cuarto. Reconoció haber subido a la habitación con ella, pero según él, solo «hablaron».

WALTON: Parece improbable.

COLBORNE: No has visto a esa chica. No entiendes cómo de improbable.

Walton lanzó una risita.

—¿Y ella qué dijo al respecto?

—Bueno, su historia coincide con la de él —respondió Colborne—. Declaró que ambos fueron a su habitación, donde hablaron hasta que Richard subió e intentó derribar la puerta. No lo dejaron entrar y él terminó yéndose. Y aquí es donde se vuelve confuso.

—¿Confuso cómo?

Colborne se detuvo, de pie de frente a Walton, con el ceño fruncido, como si lo irritara su confusión.

—Aproximadamente a esa hora (y nadie parece capaz de precisar con seguridad qué hora era), todos menos los de cuarto año se habían ido. Richard se va hecho una furia de la habitación de su novia, donde ella quizás se esté revolcando con uno de sus amigos en común, o quizás solo estuvieran hablando, busca una botella de Glenfiddiche y sale de la casa. Ya está borracho, y todos concuerdan en que era un borracho violento, trastabilla al salir al patio, donde su prima está hablando con James Farrow.

WALTON: ¿Otro de los de cuarto año?

COLBORNE: El compañero de habitación de Marks. Viven en la habitación del ático.

WALTON: De acuerdo, ¿qué pasó después?

—Wren, la prima, intenta calmarlo, pero él «se la saca de encima». Palabras de Farrow. Cuando le pregunté qué significaba eso, se quedó callado. Lo que hace que me pregunte si no fue algo violento, porque ninguno de los dos fue tras él. De cualquier modo, Farrow se queda con la prima y Richard desparece en el bosque. —La cara de Colborne se oscureció, sus cejas pobladas se hundieron sobre sus ojos—. Nadie lo ve hasta la mañana siguiente, cuando Alexander Vass (el último de los de cuarto año) va al muelle a fumar y lo encuentra en el agua. Así que tenemos tres horas en las que no sabemos dónde estuvo Richard ni qué estaba haciendo.

Ambos se quedaron en silencio un momento, mientras miraban por la misma ventana estrecha. Fuera, el día estaba inundado con la luz completamente blanca de sol, que nada hacía para suavizar el frío intenso.

—¿Qué dijo la forense? —preguntó Walton.

—Bueno, que tenía un golpe fuerte en la cabeza, pero no pudo determinar con qué. En un principio, dimos por sentado que eso fue lo que lo mató.

La frente de Walton se arrugó.

—¿No lo fue?

—No. —Colborne exhaló con pesadez y sus hombros se hundieron un poco—. Estaba vivo cuando cayó al agua. Vivo, pero demasiado inconsciente o aturdido para girar. Lo que fuera que lo golpeara le dio justo en la cara y el daño fue extenso, pero no debería haber sido fatal.

—Entonces, ¿cómo murió?

—Se ahogó —explicó Colborne—, por así decirlo. Se atragantó con su propia sangre.

Me alejé de la puerta, presioné la espalda contra la pared. Estaba mareado, el golpeteo de mis pulsaciones se había vuelto tenue y lejano, y me pregunté si aquello era lo que se sentía: la lenta falta de aire, la vida escabulléndose al agua de alrededor y tu propia sangre deslizándose dentro de cada espacio vacío hasta llegar a tus ojos y pintar el mundo de rojo. Asfixia. Fallo del sistema. Fundido en negro.

La voz de Colborne vino de la otra habitación fuerte y clara.

—No cuadra, algo se nos está escapando.

—¿Encontramos la botella de *whisky*?

—En el bosque, a cuatrocientos metros del muelle. Creímos que quizás lo habían golpeado con ella, pero estaba intacta. Vacía, intacta, sin sangre y sin ninguna otra huella más que las de él. Entonces, ¿qué demonios hizo entre las tres y las seis de la mañana?

—¿Esa es la hora de la muerte?

—Según lo que pudo establecer la forense.

Se quedaron en silencio un rato. No me atreví a moverme en mi escondite.

—¿Qué estás pensando? —preguntó Walton finalmente.

Colborne soltó un sonido impaciente por lo bajo. Me deslicé lentamente hacia delante hasta que pude verlo otra vez, negaba con la cabeza y tenía la lengua apretada entre los dientes.

—Estos chicos —dijo—, los de cuarto año… No confío en ellos.

—¿Por qué no?

—Porque son un puñado de malditos *actores* —respondió Colborne—. Podrían estar mintiendo descaradamente y ¿cómo nos daríamos cuenta?

—Dios. —Se quedaron callados otra vez, hasta que Walton preguntó—. ¿Qué hacemos?

—Los vigilamos de cerca. Esperamos a que alguno de ellos se rompa. —Recorrió el comedor vacío con la mirada—. ¿Los seis escondidos aquí, solos? No tardarán demasiado.

Las tablas de madera del suelo gruñeron cuando se alejaron hacia la cocina.

—Apuesto mi dinero por la prima —comentó Walton.

—Puede ser —repuso Colborne—. Ya veremos.

—¿A dónde vamos ahora?

—Quiero caminar por el bosque hasta donde encontramos la botella, para ver si puedo descifrar cómo bajó Richard hasta el muelle desde allí.

—De acuerdo. ¿Y después?

—No lo sé. Depende de si encontramos algo.

Walton añadió algo, pero su voz fue demasiado baja y lejana como para que pudiera escuchar lo que decía. La puerta se cerró detrás de ellos con un chirrido y un golpe seco. Me deslicé al suelo, sentí las piernas débiles y sin huesos debajo de mí. Richard se alzó, enorme, en mi mente, y si yo hubiese podido hablar, le habría dicho: «¿Tuviste tanto tiempo a la hora de la muerte como para contemplar los secretos de las profundidades?».

A lo que mi fantasía respondió: «Creí tenerlo; y, con frecuencia, me esforcé por entregar mi espíritu; pero la corriente envidiosa mantenía mi alma en mi interior y no la dejaba avanzar en busca del aire vasto, abierto y errante».

«¿No te despertó semejante agonía?».

Por fin abandonó Shakespeare y solo respondió «no».

XII

Nuestro primer día de vuelta a las clases fue sorprendentemente tranquilo. Wren no había aparecido y Meredith llegó tan tarde el lunes por la noche que ninguno de nosotros la vio y le dieron permiso para dormir todo el martes. Con solo los chicos y Filippa presentes, los profesores se contentaron con explicar qué incluiría el corto período invernal entre Acción de Gracias y Navidad: *Romeo y Julieta,* nuestra introducción al combate con armas y los discursos de mitad de semestre.

La tarde nos encontró a nosotros cuatro en la biblioteca del Castillo (ordenada de forma enérgica por mí el día anterior), donde copiamos nuestros nuevos monólogos y comenzamos a examinarlos. Lápices, bolígrafos, rotuladores fluorescentes, cuadernos y copas de vino estaban desparramados sobre todas las mesas. Un fuego alto iluminaba toda la habitación, pero no alejaba del todo el frío. Filippa y yo nos sentamos el uno frente al otro en el sillón, con una manta de lana gruesa extendida sobre ambos. Mis párpados habían comenzado a caerse una hora atrás y finalmente dejé que se cerraran. Tal vez me habría quedado dormido si no hubiese sido porque Filippa no dejaba quieto su pie izquierdo, que se meneaba con insistencia contra mi pierna mientras ella escribía.

Las palabras de mi pieza más reciente daban vueltas en mis oídos, desconectadas y caóticas, porque aún no habían sido sometidas al orden y la memoria. Me habían dado algo sorprendentemente sólido: el discurso de incitación a la guerra de Felipe el Bastardo de *El Rey Juan*.

«Que sus regias presencias me hagan caso: Sed amigos un tiempo y juntos dirigid vuestros más despiadados actos contra este pueblo. Y cuando los hayamos aplastado, entonces sí nos enfrentaremos, mezclados, luchando unos contra otros por el cielo o el infierno».

Me incorporé cuando una voz suave dijo:

—Hola. Siento llegar tarde.

—¡Wren! —James saltó de la silla.

Estaba de pie en el umbral de la puerta, con ojos soñolientos y cansados, con su equipaje de mano al hombro.

—Creíamos que no volverías —comentó Alexander, lanzando una mirada de odio por el pasillo hacia la habitación de Meredith.

—¿Cansados de mí? —preguntó Wren, mientras James tomaba el bolso que tenía al hombro y lo apoyaba en el suelo.

—No, por supuesto que no. ¿Cómo estás? —Filippa se había puesto de pie y ya estaba con los brazos abiertos.

Wren avanzó hacia ella y la abrazó con fuerza por la cintura.

—Mejor ahora.

Dejé el sillón como Filippa y, en un momento de cariño insensato, rodeé a ambas con mis brazos.

—Nosotros también.

Alexander rio por la nariz.

—¿En serio? —cuestionó—. ¿Abrazo grupal? ¿De verdad vamos a hacer esto?

—Cállate —soltó Wren, con la mejilla aplastada contra el hombro de Filippa—. No lo arruines.

—Bueno. —Un segundo después, los largos brazos de mono de Alexander nos apretujaron a todos y James también se acopló. Perdimos el equilibrio, nos mecimos. Wren, atrapada y riendo en el centro de nuestro nudo humano. El sonido vibró a través de nosotros, moviéndose con fluidez de un cuerpo al otro como una brisa de aire cálido.

—¿Qué está pasando aquí?

Miré por encima de las cabezas de todos, hacia el pasillo.

—Meredith.

Estaba de pie en el umbral de la puerta, descalza, a cara descubierta, vestida con mallas y una camiseta larga que estaba bastante seguro de que solía ser de Richard. Su pelo estaba enredado; sus ojos, oscuros y lentos. No la había visto desde el aeropuerto y sentí que me faltaba levemente el aire.

Nuestro abrazo se deshizo, cada uno de nosotros dio medio paso atrás, hasta que Wren emergió del centro. La expresión seria de Meredith se suavizó.

—Wren.

—Soy yo. —Sonrió débilmente. Meredith parpadeó, entró tambaleándose a la habitación y se estrelló contra ella. Las dos se abrazaron y rieron y cayeron al mismo tiempo, y Filippa y yo apenas pudimos sujetarlas antes de que se golpearan contra la mesita de café.

Cuando todos estuvimos erguidos otra vez, doloridos por haber chocado codo con codo o haber sufrido pisotones en los dedos de los pies, Meredith soltó a Wren y dijo:

—Ya era hora. «Siéntete cómoda y siempre bienvenida con nosotros».

Filippa: Debes de estar agotada. ¿Cuándo saliste de Londres?

Wren: Ayer por la mañana. Me encantaría saber cómo pasasteis Acción de Gracias, pero no quiero ofender a ninguno quedándome dormida.

ALEXANDER: No seas tonta. «Acuéstate y descansa; porque lo necesitas».

JAMES: ¿Dónde está tu maleta?

WREN: Abajo. No he podido afrontar la idea de cargarla por las escaleras ahora.

JAMES: La buscaré.

WREN: ¿Seguro?

—Deja que vaya —señaló Meredith, quitando suavemente el pelo de la frente de Wren—. Por tu apariencia, parece que quizá necesites que alguien te lleve.

—Vamos —dijo Filippa—, te ayudaré a instalarte.

Desaparecieron juntas por el pasillo, mientras que James lo hizo por las escaleras. Alexander me miró con una sonrisa soñolienta y señaló:

—Está toda la banda aquí. —Sus ojos se movieron perezosamente de mí a Meredith y la sonrisa desapareció de su rostro. Toda la ternura de Meredith parecía haber dejado la habitación con Wren y estaba de pie observándome con una mirada dura, incontestable—. Bueno —dijo Alexander—, creo que iré a fumar antes de ir a dormir. —Envolvió bien su cuello con su bufanda y salió de la habitación, silbando la canción «Amantes secretos» por lo bajo. (Por un momento consideré correr tras él y lanzarlo de una patada por las escaleras).

Meredith estaba otra vez en la pose del flamenco, con un pie apoyado en la parte interna de la rodilla opuesta. Hacía que hasta eso pareciera elegante. Yo no sabía qué hacer con mis manos, así que las deslicé adentro de mis bolsillos traseros, lo que pareció demasiado relajado.

—¿Cómo estuvo Nueva York? —pregunté.

—Ya sabes, puro bullicio y ajetreo —respondió, con frialdad—. Hubo un desfile.

—Cierto.

—¿Qué tal Ohio?

—Pésimo —dije—, como siempre.

El hecho de que podría haber ido a Nueva York y no lo había hecho flotaba en el aire entre nosotros con tanto peso que no hizo falta mencionarlo.

—¿Cómo están todos en tu familia? —pregunté.

—Ni idea —contestó—. Solo vi a Caleb una vez y el resto está en Canadá.

—Ah.

Podía imaginarla dando vueltas en el apartamento vacío, con nada que la distrajera de la muerte de Richard. Probablemente nuestras vacaciones no habían sido tan distintas, horas de lectura y de mirar el techo, aislados de hermanos y padres tan distintos que podrían haber sido de otra especie. Obviamente yo había tenido la fortuna imprevista de contar con la compañía de James, ella no había tenido tanta suerte. Una disculpa imposible dejó mi lengua pegada a mi paladar.

Cruzó los brazos y anunció:

—Me iré a acostar, salvo que tengas algo más que decirme.

No tenía nada más. Quería añadir algo con desesperación, pero mi mente estaba en blanco. Para alguien como yo, que adoraba tanto las palabras, era increíble lo a menudo que estas me abandonaban.

Esperó, mirándome, y cuando no dije nada, su máscara de desinterés se deshizo por un momento y vi la silenciosa decepción que había debajo.

—Bueno —dijo—. Entonces, buenas noches.

—Yo… Meredith, espera.

—¿Qué? —preguntó, la pregunta apagada, cansada.

Pasé el peso de mi cuerpo de un pie al otro, inseguro, maldiciendo mi propia falta de elocuencia.

—¿Quieres, em, dormir sola?

—No lo sé —respondió—. ¿Quieres dormir conmigo o prefieres dormir con James?

Aparté la mirada, con la esperanza de esconder el calor que surgía en mis mejillas. Cuando volví a mirarla, estaba negando con la cabeza, con una de las comisuras de los labios alzada, atrapada entre la pena y el desdén. No esperó una respuesta, solo dio media vuelta y se fue por el pasillo. La observé irse, mis engranajes mentales chirriaban y producían respuestas débiles e inadecuadas, hasta que finalmente ella desapareció y ya fue demasiado tarde para decir nada.

Me quedé junto al fuego, debatiéndome entre ir tras ella —irrumpir en su habitación, luego arrojarla contra la pared y besarla hasta que no le quedara aire para lanzar palabras tan duras— o solo volver a la Torre e intentar dormir. Era demasiado cobarde para lo primero y estaba demasiado inquieto para lo segundo. Incapaz de decidirme por ninguno de los dos planes de acción, fui en busca de mi abrigo.

La noche era tan fría que al salir sentí una bofetada en el rostro. Me dispuse a caminar entre los árboles, con los hombros alzados para mantener mis orejas calientes, mirando el suelo para evitar raíces y rocas que pudiesen hacerme tropezar. Llegué al muelle casi sin darme cuenta de dónde estaba. Mis pies me habían traído hasta aquí de forma automática, como si no hubiese ningún otro lugar lógico al que ir. De noche, el lago era negro e inmóvil como un espejo, con el reflejo perfecto de quinientas estrellas en su superficie. No había luna, solo un pequeño círculo negro en el campo de estrellas donde debería haber estado. Alexander estaba sentado en el muelle, solo, con las piernas colgadas sobre el agua.

Caminé hasta el extremo y me detuve detrás de él. Debió de haber escuchado que me acercaba, pero no reaccionó, solo se quedó mirando el lago con las manos entre sus rodillas.

—¿Puedo acompañarte? —pregunté, y mis palabras salieron como nube.

—¿Un porro? —ofreció después de un rato.

—Sí, me vendría bien uno.

Buscó en su abrigo sin mirar, luego me pasó el cigarro y hurgó en sus bolsillos para hallar el encendedor. Hizo surgir una llama e inhalé tan hondo como pude, el humo ardió en mi garganta.

—Gracias —dije, después de mi segunda calada, y se lo devolví.

Asintió con la cabeza, los ojos apuntados hacia delante.

—¿Cómo ha ido?

Supuse que se refería a mi conversación con Meredith.

—No muy bien.

Nos quedamos sentados en silencio un rato, el humo y nuestras respiraciones se arremolinaban y se mezclaban al flotar hacia el agua. Intenté sacar a Meredith de mi cabeza, pero no tenía distracciones seguras. Las dudas y los miedos estaban agazapados en cada rincón de mi mente, listos para saltar y clavarme sus dientes ante la más mínima provocación.

—Colborne estuvo en el Castillo —revelé, sin haberlo planeado. No les había dicho a ninguno de ellos lo que había escuchado, pero era un saber peligroso y no confiaba en mí mismo para manejarlo.

—¿Cuándo? —preguntó.

—Ayer.

—¿Hablaste con él?

—No, pero lo escuché hablando con otro policía. Un tipo joven, pelirrojo. No lo había visto antes.

Alexander tragó una bocanada de humo, que comenzó a salir de sus fosas nasales de forma dragonesca.

—¿De qué estaban hablando? —preguntó, con una timidez que sugería que, en realidad, no quería saberlo.

—De todo... esto. —Hice un gesto impreciso, vago, con la mano que incluía el lago, el muelle y a nosotros dos.

—¿Crees que sospecha algo? —preguntó. Si no lo hubiera conocido bien, podría haber pensado que sonaba asustado.

—Sabe que mentimos. Solo que no sabe sobre qué.

—Mierda.

—Sí.

Aspiró el porro otra vez y el extremo anaranjado resplandeció, una sola brasa brillante en medio de la naturaleza lúgubre de Illinois. No quedaba mucho más que la colilla. Me lo pasó; di una última calada y lo apagué.

—Entonces, ¿qué hacemos?

—Supongo que nada —respondió, y esa palabra vacía, «nada», hizo que cerrara las manos con fuerza dentro de mis bolsillos—. Sostener nuestra historia. Intentar mantenernos alerta.

—Deberíamos contárselo a los demás. Está esperando a que uno de nosotros meta la pata.

Negó con la cabeza.

—Comenzarán a actuar raro si se enteran.

Me mordí el labio inferior y me pregunté en cuánto peligro estábamos. Pensé en el encuentro con James en el baño la noche de la fiesta. Por algún pacto tácito, no se lo habíamos mencionado a los otros. Era trivial, sin importancia. Pero la posibilidad de que no fuésemos los únicos que ocultaban secretos a los demás hizo que mi corazón latiera un poco más rápido. Si nos habíamos mentido los unos a los otros de la misma forma en que le habíamos mentido a Colborne... No pude terminar el pensamiento.

—¿Qué crees que le pasó —pregunté—, después de que saliera del Castillo?

—No lo sé. —Supo a quién me refería—. No puedo imaginar que tan solo anduviera tropezándose en el bosque.

—¿Dónde estabas tú, de todos modos?

Me lanzó una mirada de sospecha y preguntó:

—¿Por qué?

—Mera curiosidad. Me perdí todo lo que pasó después de que, em, subiera.

—Si te lo cuento, debes jurar que mantendrás la boca cerrada.

—¿Por qué?

—Porque, a diferencia de ti —respondió, con petulancia—, cuando estoy con alguien, no me aseguro de que se entere todo el conservatorio.

Un poco curioso y un poco enfadado, le pregunté:

—¿Con quién estabas, idiota?

Apartó la mirada, con una sonrisita engreída en los labios.

—Colin.

—*¿Colin?* No sabía que le gustaran los hombres.

La sonrisa de Alexander se amplió solo lo bastante como para que se vieran sus afilados colmillos.

—Él tampoco.

Reí, de mala gana, lo que hubiese parecido imposible dos minutos atrás.

—«¡Llamad al buen alguacil mayor! ¡Hemos descubierto el libertinaje más peligroso que jamás se haya visto en nuestra comunidad!».

—Mira quién habla.

—Dios —repuse—, ella empezó.

—Obviamente. No te ofendas, Oliver, pero comenzar las cosas no es exactamente tu *modus operandi*.

Negué con la cabeza, mi diversión empañada aún por la amargura que me había dejado la charla con Meredith.

—Soy tan estúpido.

Alexander: Si te hace sentir mejor, yo hubiese hecho exactamente lo mismo.

Yo: ¿Qué *eres*?

ALEXANDER: Sexualmente anfibio.

Yo: Eso es lo más asqueroso que oído en mi vida.

ALEXANDER: Deberías probarlo.

Yo: Ya he tenido demasiadas desventuras sexuales para un año. Gracias.

Suspiré y bajé la mirada a mi propio reflejo en la superficie del agua. Mi cara parecía de algún modo extraña y entorné los ojos en un intento por descifrar qué había cambiado. Caer en la cuenta fue como un golpe en el estómago: mi pelo oscuro estaba un poco más revuelto que de costumbre y la tenue luz de las estrellas ahuecaba mis ojos azules, lo que hacía que casi me pareciera a Richard. Por un momento horrible, él me miró desde el fondo del lago. Levanté la mirada de golpe.

—¿Estás bien? —preguntó Alexander—. Por un momento ha parecido que estabas a punto de arrojarte adentro del agua.

—Uh. No.

—Bien. No lo hagas. —Se levantó—. Vamos. Hace un frío del carajo y no te dejaré aquí solo.

—De acuerdo. —Me puse de pie y sacudí las pequeñas astillas de madera de mi regazo.

Alexander enterró las manos bien dentro de sus bolsillos, mientras observaba la oscuridad que ocultaba la orilla opuesta.

—Estaba volviendo de la habitación de Colin —dijo, y pareció un comentario al azar, hasta que agregó—: cuando lo encontré. Caminé hasta aquí para fumar y… ahí estaba. No se me ocurrió fijarme si estaba vivo porque parecía completamente muerto. No debió de oírme.

Yo no sabía por qué me lo estaba contando. Quizás revivía ese terrible momento todas las mañanas, de la misma forma que yo sentía que mi estómago se retorcía y terminaba inmerso en los recuerdos casi todas las veces que cerraba los ojos.

—Pero ¿sabes qué es extraño? —preguntó.

—¿Qué?

—Había sangre en el agua, pero no en el muelle.

Eché un vistazo a mis pies. La madera estaba limpia y seca, decolorada como un hueso por años y años de viento y sol y agua. Ni una sola gotita roja. Ni un solo lugar manchado.

—¿Y?

—Y su cara estaba destruida. Si se golpeó la cabeza y cayó al agua… ¿qué mierda lo golpeó?

La colilla de nuestro porro ardía en el mismísimo borde del muelle. Alexander la aplastó con la punta de su zapato. Surgieron ondas expansivas desde el punto de impacto, deformando el reflejo del cielo de tal modo que las estrellas temblaban y parpadeaban como si cesaran de existir para luego volver a encenderse.

—No dejo de pensar en el pájaro. —Ni siquiera tuve intención de decirlo. Era un tic, una compulsión, como si fuera a quitarme la imagen de la cabeza al pronunciar las palabras.

Me miró de soslayo, completamente desconcertado.

—¿Qué pájaro?

—De *Hamlet*. Me recuerda a eso.

—Ah —dijo—. No estoy seguro de poder verlo como un *gorrión*. Demasiado… delicado.

—Entonces, ¿qué clase de pájaro hubiese sido?

—Qué sé yo. La clase que se estrella contra una ventana intentando atacar a su propio reflejo.

Fue mi turno de mirarlo de forma extraña, pero tan pronto como nuestros ojos se encontraron, quise reír. Me horroricé hasta que me di cuenta de que él también se reprimía.

—Ay, por Dios —solté, negando con la cabeza. Alexander dejó escapar el aire que estaba conteniendo, riendo con suavidad—. ¿Cuándo nos hemos convertido en gente tan horrible?

—Quizás siempre lo hemos sido. —Se encogió de hombros y miró cómo el humo blanco de su risa temblaba y desaparecía. Su buen humor pareció esfumarse con él y cuando volvió a hablar, su voz estaba rota—. O quizás lo aprendimos de Richard.

Eso me asustó más que Colborne.

XIII

Una semana después, llegamos al comedor para desayunar y lo encontramos lleno de excitación por las fiestas. En todas las mesas, había gente abriendo invitaciones y charlando sobre el baile de máscaras de Navidad (que iba a tener lugar como siempre, pese a los acontecimientos recientes). El alboroto era sorprendentemente renovador, después de semanas de tensión, cabezas gachas y caras serias.

—¿Quién quiere ir a buscar nuestra correspondencia? —preguntó Alexander, que hincó el diente en una pila de bocados de patata con particular placer. (Filippa lo había obligado a salir de la cama para ir a desayunar, insistiendo en que, si seguía saltándose comidas, simplemente iba a desaparecer).

—¿Para qué? —pregunté—. Ya sabemos lo que dice.

Filippa sopló el vapor que salía de su café y comentó:

—¿No crees que tal vez cambie un poco este año?

—No sé. En cierto modo, parece que están intentando volver a la normalidad.

—Y gracias a Dios —soltó Alexander—, estoy harto de que se queden mirándome.

—Podría ser peor. —Wren movía los huevos revueltos de un lado al otro de su plato, sin comer. Se la veía flaca y lánguida, como si no hubiera comido nada en días—. La gente mira a mi alrededor y a través de mí como si yo no existiera.

Nos quedamos en silencio, con la lengua trabada, evitando mirar a los demás a los ojos y la silla vacía de Richard, mientras los otros estudiantes continuaban parloteando entre sí sobre el baile de máscaras, cómo se vestirían y lo espectacular que iba a ser el salón de baile. El hechizo de aislamiento se rompió cuando Colin apareció en un extremo de nuestra mesa, con una mano apoyada (que no notó nadie más que yo) sobre el respaldo de la silla de Alexander.

—Buenos días —dijo y luego frunció el ceño—. ¿Todos bien?

—Sí. —Alexander clavó una salchicha con la punta de su tenedor, con un poco de violencia—. Solo estamos debatiendo si comenzamos nuestra propia colonia de leprosos en el Castillo.

—Sí que se quedan mirando, ¿eh? —comentó Colin, echando una mirada a su alrededor, como si acabara de notar que todos evitaban acercarse a nuestra mesa.

—Voyeristas de mierda —soltó Alexander y mordió la salchicha por la mitad, sus dientes bajaron de golpe como una guillotina—. ¿Qué te trae al exilio con el resto de nosotros?

Colin alzó un sobre familiar, pequeño y cuadrado, con un destello negro de la letra de Frederick en el frente.

—Nos han dado los roles para *J* y *R* —comunicó—. Pensé que querríais saberlo.

—Ah. —Alexander se retorció en su silla, echando un vistazo al otro lado de la habitación, a la pared donde estaban todos nuestros buzones.

—¿Queréis que vaya a por ellos?

—No, está bien. —Meredith empujó su silla hacia atrás y lanzó su servilleta sobre su asiento—. Necesito otro café. Yo iré.

Abandonó la mesa y mientras cruzaba el comedor, la gente se movía automáticamente para dejarla pasar, como si temieran que su desgracia pudiese ser contagiosa. Sentí una punzada de furia o ansiedad (ya no podía diferenciar una de otra; después de la muerte de Richard, de algún modo se habían vuelto indistinguibles), partí una tira de tocino a la mitad y procedí a desmenuzarla hasta que no quedara nada. No me percaté de que estaba ignorando a los demás hasta que Filippa me llamó en voz muy alta.

—¿Oliver?

—¿Qué?

—Estás torturando a tu tocino.

—Lo siento, no tengo hambre. Os veo en clase, chicos.

Me puse de pie y llevé mi plato a la cocina. Lo arrojé en el cubo de la basura sin molestarme en quitarle la comida y salí otra vez. Meredith aún recolectaba los sobres de los buzones. Miré con furia una mesa de estudiantes de idiomas que la estaban observando, hasta que bajaron la cabeza hacia sus desayunos, susurrando con ferocidad en griego.

—Meredith —la llamé, cuando estuve lo bastante cerca como para que solo ella me escuchara.

Levantó la mirada, sus ojos recorrieron mi cara desapasionadamente antes de volver a los buzones.

—¿Sí?

—Mira —dije, sin dudar. Mi irritación con el resto de los estudiantes de alguna forma me había vuelto más audaz de lo normal—. Lamento lo de la otra noche y lamento lo de Acción de Gracias. Seré el primero en admitir que no sé lo que estoy haciendo aquí. Pero quiero averiguarlo.

Dejó de hurgar en los casilleros, su mano apoyada en el borde del que estaba etiquetado «Stirling, Wren». Justo al lado de ese, estaba el de Richard, vacío. No habían quitado su nombre. Me obligué a ignorarlo y miré a Meredith. Su expresión era inescrutable, pero al menos me escuchaba.

—¿Por qué no vamos a por un trago o algo así? —pregunté, acercándome un poco—. Solo nosotros. No puedo pensar bien cuando todos nos miran como si estuviésemos en un *reality show*.

Cruzó los brazos y preguntó, de forma escéptica:

—¿Como si fuera una cita?

No estaba seguro de cuál era la respuesta correcta.

—Supongo. No lo sé. Lo descubriremos cuando estemos allí.

Su cara se suavizó y, una vez más, me impresionó lo hermosa que era.

—De acuerdo, vayamos por un trago. —Puso un par de sobres en mi mano y me dejó solo junto a los buzones, mirándola embobado. Me llevó un momento o dos darme cuenta de que los estudiantes de idiomas me observaban en su ausencia. Suspiré, fingí no verlos y abrí mi primer sobre. La letra en el frente era larga y redondeada, nada parecida a la caligrafía compacta e inclinada de Frederick. Habían pegado un lazo de seda azul en el dorso con un sello de cera con el blasón de Dellecher. Deslicé mi dedo debajo de este y lo abrí de un tirón. La nota era corta e igual que los últimos tres años, salvo por la fecha.

Tenemos el gusto de invitarlo al
baile de máscaras navideño.
Por favor, preséntese en el Salón de Baile Josephine
Dellecher
entre las 8 y las 9 p. m. del sábado 20 de diciembre.
Es obligatorio el uso de máscaras y vestimenta formal.

El segundo sobre era más pequeño, menos decorado. Lo rasgué para abrirlo y leí con rapidez el contenido.

Por favor, preséntese en el salón de baile el 20 de diciembre a las 8:45 p. m. Venga preparado para el acto I, escenas 1, 2, 4 y 5; acto II, escena 4; y acto III, escena 1.

Interpretará a Benvolio.

Por favor, diríjase al taller de vestuario el 15 de diciembre a las 12:30 p. m. para una prueba de vestuario.

Por favor, preséntese en la sala de ensayo el 16 de diciembre para aprender la coreografía de pelea.

No comente esto con sus compañeros.

Dejé el salón comedor sin pasar por nuestra mesa. Colin había ocupado mi silla. Todos los sobres estaban abiertos y se miraban unos a otros, preguntándose qué indicaba la nota de Frederick de los demás. Por primera vez, decidí que realmente no quería saberlo.

XIV

Nuestro horario para el período invernal era tan caótico que pasaron cinco días hasta que Meredith y yo encontramos un momento libre para salir a escondidas del Castillo. James, Wren y Filippa estaban encerrados en sus diferentes habitaciones —probablemente aprendiéndose sus líneas; apenas teníamos suficiente tiempo para hacerles honor— y Alexander había desaparecido temprano por la tarde (probablemente con Colin, pensé, aunque me guardé esta hipótesis para mí). Con *R y J* y todo el trabajo que teníamos con nuestros monólogos de mitad de semestre, estábamos inusualmente nerviosos. La idea de ir a por un trago tranquilos era maravillosamente atractiva, pero mientras sostenía la puerta del bar abierta para que Meredith pasara, no estaba seguro de que ninguno de los dos realmente tuviera tiempo para eso.

Creí que el lugar estaría casi vacío, teniendo en cuenta el día (domingo) y la cantidad (enorme) de cosas que teníamos que hacer antes del 20. Pero Bore's Head estaba sorprendentemente lleno y nuestra mesa habitual estaba ocupada por un grupo de estudiantes de filosofía que discutían a gritos sobre el significado de la costumbre de Euclides de Mégara de travestirse.

—¿Qué hacen todos aquí? —pregunté, mientras Meredith me llevaba hacia una mesa pequeña al otro lado de la habitación—. ¿No tienen trabajo?

—Sí, pero no tienen que memorizar media obra de teatro —explicó ella—. Nuestra perspectiva está un poco sesgada.

—Debe de ser eso —concedí—. Déjame ir a por unos tragos.

Se quedó sentada y fingió mirar el menú de cócteles (como si no nos lo supiéramos de memoria ya), mientras yo me deslizaba entre las sillas y banquetas para llegar al bar. El tipo a mi izquierda —me pareció que era un estudiante de danza de tercer año— me lanzó una mirada reprobatoria cuando pedí una pinta y un vodka-soda con limón. Negó con la cabeza mientras yo pagaba y se llevó el vaso a la boca sin decir una sola palabra.

—Gracias —le murmuré al camarero y llevé las dos bebidas al otro lado del bar con cuidado, intentando no volcarlas sobre mí al esquivar piernas estiradas, mesas y charcos en el suelo. Meredith me dio las gracias por el vodka y se bebió la mitad antes de que ninguno de los dos dijésemos otra palabra.

Como era de esperar, nuestra conversación fue incómoda. Hicimos comentarios superficiales y tontos sobre los discursos que nos habían asignado y el inminente baile de máscaras, completamente conscientes, todo el tiempo, de que no estábamos solos. La nuestra era la tercera mesa de una fila de cinco y había pequeños grupos sentados a cada lado nuestro que se habían quedado sospechosamente callados cuando nos sentamos. (Noté que la mayoría eran chicas. Todos eran estudiantes de Dellecher. ¿Acaso las chicas siempre susurraban tanto? No podía decidir si era algo nuevo o algo que simplemente yo no había notado. Claro que yo nunca antes había sido alguien sobre quien la gente quisiera susurrar). Meredith terminó su bebida y yo aproveché la oportunidad de ir a buscarle otra para levantarme. Mientras esperaba que la prepararan, consideré pedirme un trago. No podía dejar de preguntarme cómo habría resultado la noche si hubiésemos tenido un poco de privacidad y decidí que si todo continuaba de esa forma espantosa, le sugeriría terminar nuestras bebidas y volver al Castillo, donde al menos podríamos cerrar la puerta o huir al jardín y respirar con más libertad.

Cuando me senté otra vez, Meredith me sonrió con patente alivio.

—Es raro no estar en nuestra mesa de siempre —comenté—. Creo que nunca he estado sentado en esta parte del local.

—No hemos venido demasiado —repuso—. Me parece que hemos perdido nuestro derecho.

Eché un vistazo por encima de mi hombro a los filósofos, que aún debatían sobre la posible obsesión homoerótica con Sócrates de Euclides. (A mí me sonaba a fantasías).

—Estoy seguro de que podemos recuperarlo —sostuve—. Si traemos a todos hasta aquí, podemos tomarla por asalto.

—Tendremos que organizarlo. —Volvió a sonreír, pero la sonrisa era vacilante.

Tenía la mano apoyada en la mesa y, en un momento de rara valentía, me estiré y puse la mía sobre la de ella. Cuatro de sus dedos envolvieron dos de los míos.

—¿Estás bien? —pregunté, como en un aparte escénico—. Es decir, bien de verdad.

Revolvió su bebida.

—Eso intento. Pese a lo que todos creen, yo también estoy harta de las miradas. —No pude evitar echar miradas furtivas hacia las otras mesas—. Sé que suena cruel, pero no me importa. Ya no quiero ser solo la novia del muerto.

De inmediato, quise soltar su mano.

—¿Y qué quieres ser? —dije sin pensar—. ¿Mi novia?

Me lanzó una mirada furibunda y la sorpresa eliminó toda otra emoción de su cara.

—¿Qué…?

—No soy el sustito de Richard —espeté—. No voy dar un paso al frente y tomar su rol ahora que ha dejado el escenario. Eso no es lo que quiero.

—Yo tampoco. Eso es exactamente lo que *no* quiero. Dios, Oliver. —Sus ojos (de un verde color botella de cristal, afilados y quebradizos) miraban con dureza—. Richard y yo habíamos terminado —explicó—. Era un bastardo y un matón conmigo y con todos los demás, y yo ya había tenido suficiente. Sé que nadie quiere recordarlo ahora que no está, pero tú deberías.

Bajé la voz.

—Lo siento —repuse—. Es solo que… Quizás sea porque tú eres tú, quiero decir, mírate… Pero no lo entiendo, ¿por qué yo? No soy nadie.

Apartó la mirada, mordiendo con fuerza su labio inferior, como si estuviera tratando de no llorar o, tal vez, de no gritar. Su mano estaba floja y fría debajo de la mía, como si ya no estuviera conectada con el resto de ella. Las mesas alrededor de nosotros se habían quedado en silencio.

—¿Sabes? Todos dicen que eres «amable» —explicó lentamente, con expresión retraída y pensativa—. Pero esa no es la palabra. Eres *bueno*. Eres tan bueno que no tienes ni idea de lo bueno que eres. —Rio una vez, un sonido de resignación—. Y eres franco. Eres el único de nosotros que no está todo el tiempo actuando, que no está interpretando el papel que Gwendolyn le dio hace tres años. —Sus ojos volvieron a encontrar los míos, un fantasma de su risa aún merodeaba en su boca—. Yo soy tan mala como el resto. Trata a una chica como una puta y aprenderá a actuar como una. —Sus hombros se alzaron tan solo unos centímetros, apenas un gesto—. Pero tú no me tratas así. Y eso era todo lo que yo quería.

Cerré los ojos con fuerza, luego levanté la mirada al techo. Era el único lugar a donde podía mirar sin temor, el único lugar donde sabía que no habría cinco pares de ojos mirándome.

—Lo siento —volví a decir, deseando no haber hablado nunca, deseando haber tenido el tino de tan solo sentarme allí con ella y maravillarme con el hecho de que quisiera sentarse conmigo y no preguntar por qué. Debería haber sido muy fácil, pero nada lo sería entre nosotros jamás. Si esto era lo que queríamos, habíamos jugado demasiado sucio para obtenerlo. Podíamos dejar el bar y escapar del escrutinio de los otros estudiantes, pero las puertas cerradas no importaban cuando era Richard el que nos miraba.

Meredith parecía más agotada que enfadada.

—Sí, bueno, yo también lo siento.

—Entonces, ¿dónde nos deja eso? —dije, temiendo poner demasiadas esperanzas en la pregunta. «Ánimo, hombre», volvió a decirme Romeo. «La herida no puede ser tan mala».

—No lo sé. En ningún lado. —Apartó su mano—. Solo volvamos al Castillo. Mejor allí que aquí.

Me puse de pie y recogí nuestros vasos vacíos en un silencio vergonzoso. La ayudé a ponerse su abrigo, dejé una mano en su hombro. Ella no pareció percibirla, pero escuché que una chica de la mesa de al lado murmuraba a los demás: «Malditos desvergonzados».

Pero la vergüenza ardía con fuerza en mi cara y mi cuello mientras seguí a Meredith hacia la profunda oscuridad de diciembre. Las primeras ráfagas de nieve bailaron contra el cielo negro y me di cuenta de que estaba deseando que los copos cayeran a millones, se adhirieran y lo dejasen todo enterrado.

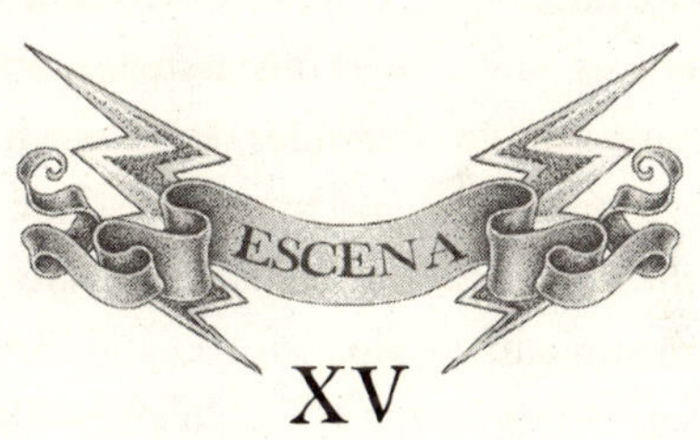

XV

Los días y horarios para nuestros monólogos de mitad de semestre aparecieron el lunes en una cartelera en el cruce. Fui designado para ir primero, durante lo que normalmente hubiese sido hora de ensayo, el miércoles por la tarde. Wren iría después de mí. James y Filippa estaban apuntados para leer a la misma hora que nosotros pero del jueves, Alexander y Meredith a la misma hora del viernes.

Una intensa nevada había caído desde el domingo a la noche hasta el martes a la mañana, haciendo todo lo posible por cumplir el imprudente deseo que yo había pedido al salir del bar. Nuestros pies y dedos estaban perpetuamente entumecidos; nuestras mejillas y narices, sonrosadas. El cacao de labios, de repente, se transformó en un bien preciado. El miércoles, Frederick y Gwendolyn nos escoltaron a la sala de ensayos, donde entraba aire frío de forma constante y fuimos sometidos a un riguroso ejercicio de precalentamiento de la colección de Gwendolyn.

Me precipité a dar mi discurso mientras Wren esperaba en el pasillo. La parte de «Arrearé incesantemente estos caballos hasta que la desolación sin límites los deje tan desnudos como el aire ordinario» me obligó a bajar la velocidad, y la fuerza de las imágenes me llevó con más firmeza a través del pasaje «¿Cómo tomáis este loco consejo, poderosos Estados?», momento en el que me sentí obligado a ganar velocidad otra vez. Al final, estaba agitado, pero extrañamente exultante, aliviado de ser alguien distinto a mí por un rato... más dispuesto a ir a la guerra que a enfrentarme a mis propios demonios, exiguos y horribles.

Frederick y Gwendolyn me sonreían: la boca de Gwendolyn, una raja intensa de oscuro labial de invierno; la de Frederick, un pequeño arco arrugado.

—Muy bien, Oliver —dijo Gwendolyn—. Un poco apresurado al principio, pero has encontrado la cadencia de forma acertada.

—Yo lo he encontrado completamente convincente —sostuvo Frederick—. Lo que habla de un gran éxito por tu parte.

—Gracias —repuse.

—El resto de nuestros comentarios te llegarán mañana al buzón —indicó Gwendolyn—. Pero si fuera tú, no me preocuparía. Toma asiento.

Le volví a dar las gracias y fui a sentarme al lado de su mesa. Bebí agua de la botella que estaba debajo de mi silla mientras esperaba a Wren. Gwendolyn la fue a llamar al cruce y, cuando apareció, me alarmó lo pequeña y frágil que se la veía.

—Buenos días —dijo, su voz fue solo un eco en la habitación cavernosa.

—Buenos días —respondió Frederick—. ¿Cómo estás?

—Bien —contestó, pero no le creí. Tenía la cara y las manos blancas, debajo de sus ojos se asomaban ojeras—. Un poco desmejorada.

—Con este clima, nadie puede estar mejor —señaló y le guiñó un ojo.

Wren intentó reír ante el juego de palabras, pero en vez de eso, tosió con fuerza. Eché una mirada preocupada a Frederick, pero no logré ver más allá del brillo de sus gafas.

—¿Qué tienes para nosotros hoy? —preguntó él—. Lady Ana, ¿cierto?

—Así es.

—Genial —dijo Gwendolyn—. Cuando estés lista.

Wren asintió, luego plantó con firmeza los pies en el suelo, a diez pasos de distancia de la mesa. La miré con ojos entornados, sin saber bien si se trataba de mi imaginación o si de verdad estaba temblando.

Wren: «Le pediría a Dios que el anillo de metal dorado que debe rodear mi cabeza fuese de acero candente ¡que quemara hasta mi cerebro! Ojalá me ungieran con un veneno mortal y muriese antes de que los hombres puedan decir: "¡Dios salve a la reina!"».

Sus palabras resonaron fuertes y claras bajo el techo abovedado, pero también temblaron. Continuó valientemente, su pequeño cuerpo fue contrayéndose cada vez más, bajo el devastador peso del dolor de Ana; no tuve dudas de que lo sentía con tanta intensidad como si fuese suyo.

WREN: «Este fue mi deseo: "¡Maldito seas!", le dije. "¡Por condenarme siendo yo tan joven a una viudez tan larga! Y cuando te cases, que el dolor aceche tu cama y que tu esposa (si es que acaso existe alguien tan demente) ¡sea tan miserable por culpa de tu existencia como has causado que lo sea yo por la muerte de mi esposo!"».

Su voz se quebró, el sonido fue demasiado áspero como para que fuese una actuación. Golpeó fuerte su pecho con su puño, pero no pude descifrar si era una expresión silenciosa de su pena o un intento desesperado por desprender lo que la estaba atragantando. Gwendolyn se inclinó hacia adelante sobre la mesa, con el ceño fruncido por la preocupación. Pero antes de que pudiera hablar, la voz de Wren volvió a surgir, tartamudeando, quebrada e inconexa. Ella estaba doblada casi por la mitad, tenía una mano aún en su pecho y la otra se clavaba con violencia en su estómago. Me quedé helado en mi asiento, aferrando los reposabrazos con tanta fuerza que mis dedos se entumecieron.

WREN: «Antes de poder repetir esta maldición, incluso en tan poco tiempo, mi corazón de mujer quedó cautivo de sus dulces palabras y resultó destinatario de mi propia maldición, que desde entonces ha impedido que mis ojos caigan en el sueño, aunque sea una hora, en su…».

Fue bajando la voz hasta detenerse y se meció en el lugar. Parpadeó lentamente y murmuró «…lecho». Supe que caería al suelo, pero tardé demasiado en lanzarme de mi asiento para sujetarla antes de que se desplomara al suelo.

XVI

Volví al castillo una hora después. El frío roía mis extremidades mientras subía las escaleras. Aún tiritaba (o, mejor dicho, temblaba como Wren, un síntoma que no estaba relacionado con la temperatura exterior) cuando aparecí a través de la puerta de la biblioteca. James y Filippa estaban en el sillón, con las narices enterradas en sus guiones, hasta que me escucharon entrar. La conmoción debía de haberse aferrado a mi expresión, porque ambos se pusieron de pie de un salto.

FILIPPA: ¡Oliver!

JAMES: ¿Qué ocurre?

Intenté hablar, pero al principio, no salió ningún sonido, aturdido por el clamor de recuerdos cercanos que invadían mi cerebro.

James sujetó mis hombros.

—Oliver, mírame —dijo—. ¿Qué pasa?

—Wren —respondí—. Se… ha desplomado… en medio de su discurso.

—¿Qué? —Habló tan alto que me sobresalté—. ¿Cómo que se ha desplomado? ¿Está bien? ¿Dónde…?

—James, ¡déjalo hablar! —Filippa lo empujó para que retrocediera un paso y luego preguntó, con más suavidad, pero todavía pálida—: ¿Qué ha pasado?

Les conté, en un monólogo cargado de interrupciones y pausas incómodas, cómo Wren se había desvanecido en la sala de ensayo; cómo, después de un intento fallido por revivirla, la había levantado del suelo y había salido corriendo a toda velocidad con ella en brazos hacia la enfermería, con Gwendolyn y Frederick a mis talones, esforzándose por no rezagarse.

—Ahora está estable, según me han dicho. Acababa de abrir los ojos cuando las enfermeras me sacaron a empujones. No dejaron que me quedara. —Esta última parte se la dije a James como pidiendo disculpas.

Él abrió la boca, la movió sin decir nada, como alguien que habla bajo el agua, luego, de repente, soltó:

—Tengo que ir.

—No, espera… —Me estiré para sujetar su brazo, pero solo rocé su manga. Ya estaba fuera de alcance y se dirigía a la puerta. Me lanzó una mirada de dolor, intentando comunicar algo que no tuve tiempo de entender, antes de dar media vuelta y bajar las escaleras deprisa. En cuanto se fue, la adrenalina abandonó mi cuerpo de golpe y mis rodillas cedieron. Filippa me guio hasta una silla, pero no la más cercana, no la de Richard.

—Solo siéntate aquí y quédate tranquilo —indicó—. Ya has hecho suficiente.

Aferré su muñeca, la apreté con demasiada fuerza, en un extraño ataque de desesperación. Wren había perdido el sentido y se había desplomado tan rápido que no había podido agarrarla y ahora James también se había esfumado, había salido por la puerta hacia la noche, como agua que se escurre entre los dedos. No quería quedarme solo, mucho menos perder a otro amigo de vista, como si alguno de nosotros dos fuese a desaparecer. Filippa se dejó caer en el suelo al lado de mi silla y apoyó la cabeza sobre mis rodillas, sin decir nada, solamente esperó hasta que yo ya no necesitara tenerla ahí.

Después de alrededor de diez minutos, la solté, pero no sentí ganas de ponerme de pie hasta que llegaron Alexander y Meredith. También les conté la historia, pero con más coherencia, y pasamos una hora sentados uno cerca del otro frente al fuego, sin hablar demasiado, esperando noticias.

Yo: ¿Creéis que seguirán adelante con el baile de máscaras?

Filippa: No pueden cancelarlo ahora. La gente entraría en pánico.

Alexander: Alguien tendrá que aprender su papel. Nadie sabrá que era el papel de ella.

Meredith: No sé vosotros, pero yo estoy harta de todo este misterio.

Nos refugiamos en el silencio, observamos el fuego y esperamos.

Era medianoche cuando James regresó. Alexander se había echado de lado sobre el sillón y se había quedado dormido —su rostro, pálido; su respiración, superficial—, pero las chicas y yo estábamos despiertos, inquietos y con cara de sueño. Cuando escuchamos que se abría la puerta de entrada, nos sentamos más erguidos y abrimos los oídos para escuchar los pasos en las escaleras.

—¿James? —llamé.

No respondió, pero un momento después apareció en el umbral de la puerta, la nieve se había aferrado a su pelo. Dos vívidas manchas rojas brillaban en sus mejillas, como si una niñita hubiese maquillado su cara sin darse cuenta de que era demasiado.

—¿Cómo está? —pregunté y me levanté del sillón para ayudarlo a quitarse el abrigo.

—No han dejado que la viera. —Sus dientes castañeteaban, lo que hizo que sus palabras temblaran y se entrecortaran.

—¿Qué? —preguntó Meredith—. ¿Por qué?

—No lo sé. Otra gente entraba y salía, iba y venía, como si fuera la estación central de Nueva York, pero me hicieron sentarme en el pasillo.

—¿Quiénes estaban? —preguntó Filippa.

—Holinshed y todas las enfermeras. Han traído a un médico de Broadwater. También estaba la policía: ese Colborne y otro, Walton.

Alexander se había despertado con la entrada de James, lo miré a los ojos. Su boca se tensó en una línea dura, seria.

—¿Qué estaban haciendo allí? —preguntó, mirándome.

James se dejó caer pesadamente en una silla.

—No lo sé. No quisieron decírmelo. Solo me preguntaron si sabía en qué andaba ella últimamente.

—Bueno, es agotamiento, ¿no? —señaló Meredith—. Cansancio. Tuvo una terrible… *experiencia* y después vuelve aquí, donde todos la esquivan, y encima de eso, tiene que aprenderse quinientas líneas. Es un milagro que el resto de nosotros estemos de pie.

Yo no estaba prestando demasiada atención. Las palabras de Walton rebotaban en mi cabeza como un pinball. «Apuesto mi dinero por la prima». Me senté a la mesa en silencio, doblé el abrigo de James y lo puse en mi regazo, con la esperanza de que nadie se fijara en mí. Ya no me parecía justo mantener en secreto la investigación de Colborne y no estaba seguro de poder quedarme callado si alguien me preguntaba algo, aunque no estuviese relacionado con el tema. Alexander me observaba como un halcón y cuando me arriesgué a levantar la mirada para encontrar la suya, negó con la cabeza, solo un poco.

—¿Qué hacemos? —preguntó Filippa, mirando de James a Meredith.

—Nada —sostuvo Alexander, antes de que ninguno de los dos pudiera decir algo, y quise preguntarle: «¿Esa es tu respuesta para todo?». Quise saber de cuántas formas podía usar esa palabra y si mi alma se retorcería y encogería cada vez que la dijera—. Seguimos como siempre o querrán hacernos todo tipo de preguntas que no queremos contestar.

—¿Quién? —dijo Meredith—. ¿La policía?

—No —respondió él con rapidez—. El conservatorio. Nos harán ir a terapia si nos ven más alterados de lo que estamos.

—Tenemos razones para estar alterados —repuso ella—. Uno de nuestros compañeros está *muerto* y otra acaba de tener una especie de colapso nervioso.

—¿Y cómo crees que se ve eso? —cuestionó Alexander—. Entiendo que no podemos fingir que no nos afecta, pero si empezamos a actuar como si hubiésemos matado a alguien, comenzarán a preguntarse si lo hicimos.

—No lo matamos —espetó Meredith, de inmediato, con furia. Reconocí el reflejo, la culpa pataleaba contra una acusación demasiado cercana a la verdad.

—No, por supuesto que no —dijo Alexander e hizo que cada palabra hiriera—. Solo *lo dejamos morir.*

En aquel momento, había parecido una distinción importante. Pero en las siguientes semanas, a medida que nos fuimos recuperando de la locura temporal de aquella mañana, se fue volviendo cada vez más nimia. Las palabras de Alexander terminaron de destruir el pretexto. Para entonces, sabíamos, tan bien como Richard, que no había ninguna diferencia.

Alexander se puso de pie e incluyó a todos en una furibunda mirada mientras se palmeaba los bolsillos.

—Necesito salir a fumar. Venid a buscarme si hay alguna novedad. —Salió de la habitación abruptamente, con un cigarrillo en la boca. James lo observó irse, luego se desplomó y dejó que su cabeza se hundiera entre sus manos. Filippa se sentó en el brazo de su sillón, posó una mano en su nuca y se agachó para decirle algo que no pude escuchar. En cuanto Alexander estuvo fuera de vista, Meredith me lanzó una mirada de indignación mezclada con confusión.

—¿Qué mierda le pasa? —preguntó.

—No tengo ni idea.

XVII

Tres días después, estaba solo en la Torre, preparándome para el baile de máscaras y nuestra interpretación truncada de *Romeo y Julieta*. Los encargados de vestuario nos habían vestido con un estilo que describieron como *carnevale couture*, que, hasta donde yo podía ver, no se adhería a ningún período histórico particular, sino que requería mucho terciopelo y bordados dorados. Observé mi reflejo en el espejo, giré de un lado a otro. Parecía un mosquetero, pero uno particularmente extravagante y adinerado. La media capa que me habían dado iba echada sobre uno de mis hombros y sujetada con un lazo brillante en mitad de mi pecho. Tiré de este, con un poco de vergüenza.

James y las chicas ya se habían ido (excepto Wren, que, por lo que sabíamos, estaba confinada en la cama de la enfermería) y solo me quedaban unos pocos minutos libres. Intenté ponerme las botas de pie, pero pronto caí de lado sobre mi cama y terminé de hacerlo desde allí. Mi máscara me miraba desde la mesa de noche con ojos huecos. Era hermosa, una clase de objeto encantado, con líneas doradas entrecruzadas y pintada con brillantes diamantes azules y negros y plateados. (Como habían sido hechas a medida por estudiantes de arte y no le entrarían a

288

nadie más, nos habían dicho que podíamos quedárnoslas). Até la cinta de seda detrás de mi cabeza con dedos torpes, murmurando mis primeras líneas, luego eché un último vistazo y bajé las escaleras a toda prisa.

Alexander estaba en la biblioteca, pero al principio no lo reconocí y me sobresalté tanto que tropecé hacia atrás. Levantó la vista desde la mesa de café, donde estaba agachado sobre una delgada línea de polvo blanco. Sus ojos intensos me miraron a través de dos agujeros profundos en una máscara verde y negra, más amplia y menos delicada que la mía, que iba estrechándose hacia una punta diabólica que caía sobre la punta de su nariz.

—¿Qué estás haciendo? —pregunté, más alto de lo que quería.

Hizo girar el tubo de un bolígrafo entre sus dedos y respondió:

—Solo me estoy poniendo a tono antes del baile. ¿Quieres un poco?

—¿Qué? No. ¿Hablas en serio?

—«Hablo más en serio que de costumbre; tú también deberías». —Agachó la cabeza hacia la mesa y esnifó con fuerza. Di media vuelta, no quería mirar y, además, estaba furioso con él por alguna razón vaga, sin sentido. Escuché su inhalación y volví a darme la vuelta. La línea había desaparecido y él estaba sentado con las manos en las rodillas, la cabeza echada hacia atrás, los ojos entrecerrados.

—Entonces —dije—, ¿desde cuándo haces esto?

—¿Me regañarás?

—Tendría todos los motivos para hacerlo —respondí—. ¿Lo saben los demás?

—No. —Irguió la cabeza otra vez y me miró con una intensidad perturbadora—. Y espero que eso siga así.

Eché un vistazo al reloj, mi cabeza zumbaba.

—Llegaremos tarde —dije, cortante.

—Entonces, vayámonos.

Salí de la biblioteca sin esperar a ver si él me seguía. Estábamos en el sendero, a mitad de camino a la Mansión, cuando finalmente me alcanzó y se puso a caminar a mi lado.

—¿Me ignorarás toda la noche? —preguntó, de forma tan relajada que no supe si realmente le importaría si lo hiciera.

—Lo estoy considerando, sí.

Volvió a reír, pero el sonido tenía un tono falso. Avancé más rápido, sin paciencia. Quería alejarme de él, perderme entre la marea de gente desconocida y evitar pensar en ello algunas horas. La capa pesaba en mis hombros, pero el frío se escabullía por debajo de ella y mordía mi piel a través de las finas capas de mi camisa y mi jubón.

—Oliver —llamó Alexander, lo ignoré. Apenas podía seguirme el ritmo, sus pulmones se esforzaban por convertir el aire helado en algo respirable. La nieve crujía bajo nuestros pies (cubierta de hielo quebradizo arriba; polvo suave y espeso, abajo)—. Oliver. ¡Oliver! —La tercera vez que dijo mi nombre, me sujetó del brazo y me hizo girar para que lo mirara de frente—. ¿En serio te vas a comportar como un idiota con respecto a esto?

—Sí.

—Está bien. Mira. —Aún sujetaba mi brazo con demasiada fuerza, sus dedos estrujaron mis músculos hasta llegar al hueso. Apreté los dientes, casi seguro de que no se estaba dando cuenta de lo que hacía y reacio a aceptar la posibilidad, más inquietante, de que lo supiera—. Solo necesito un empujoncito extra que me ayude a pasar los exámenes. Estaré limpio cuando vuelvas a verme en enero.

—Será mejor que así sea. ¿Te has puesto a pensar en lo que pasaría si Colborne encuentra esa mierda en el Castillo? Solo está buscando una excusa para volver a investigar todo esto y, si le das una, juro que te mataré.

Se quedó mirándome, máscara a máscara, con una expresión de cautela, de sospecha, que no reconocí del todo.

—¿Qué te pasa? —preguntó—. No pareces tú.

—Sí, bueno, tú tampoco. —Intenté liberar mi brazo de su agarre, pero sus dedos estaban trabados alrededor de mi bíceps—. Eres más inteligente que esto. No guardaré ningún otro de tus secretos. Suéltame. Vamos.

Le aparté el brazo a la fuerza, le di la espalda y me hundí en nieve más profunda para avanzar.

XVIII

Alexander me siguió como una sombra por los tres tramos de escaleras. El salón de baile se extendía hacia el cielo desde el tercero al cuarto piso, con un largo balcón y un atrio de cristal brillante que se alzaba apuñalando la luna.

El baile de máscaras de Navidad era tradicionalmente espectacular y el del invierno de 1997 no fue la excepción. Los suelos de mármol habían sido pulidos hasta tal punto que los asistentes podrían haber estado caminando sobre espejos. Los árboles que crecían en profundas macetas cuadradas por todos los rincones estaban adornados con pequeñas lucecitas blancas y tiras de cinta y alambre que lanzaban destellos dorados por toda la habitación. Los candelabros —colgados de gruesas cadenas que iban de pared a pared tres metros por arriba del balcón— dejaban caer un cálido resplandor sobre la muchedumbre. Había mesas alineadas contra la pared occidental, abarrotadas de cuencos de ponche y bandejas llenas de pequeños entremeses, y los estudiantes que ya habían llegado estaban apiñados alrededor de ellas, como polillas alrededor de un farol. Todos estaban vestidos con sus mejores galas, aunque sus caras estaban escondidas: todos los chicos con máscaras blancas de Bauta, las chicas con pequeñas máscaras negras de Moretta. (En comparación, las nuestras eran extremadamente elaboradas, habían sido hechas para resaltar en medio de un mar de rostros vacíos, anónimos). Los estudiantes de orquesta se habían reunido en un lado de la habitación con sus instrumentos, sus partituras apoyadas en elegantes atriles plateados. Un vals —etéreo y hermoso— flotaba bajo el techo.

En cuanto entramos, las cabezas giraron hacia nosotros. Alexander se sumergió de inmediato en la multitud, una figura alta e imponente vestida de negro, gris y verde serpentino. Yo me quedé en la puerta, esperé que las miradas disminuyeran y después comencé a caminar lentamente por los bordes de la habitación, intentando pasar desapercibido. Busqué destellos de color, con la esperanza de encontrar a James, Filippa o Meredith. Como en la Noche de Brujas, no sabíamos cómo comenzaría. La expectación vibraba en la habitación como una corriente eléctrica. Mi mano descansaba en la empuñadura del cuchillo en mi cinturón. Había pasado dos horas del martes con Camilo, aprendiendo el combate del primer duelo de la obra. ¿Quién era Teobaldo y dónde se había escondido? Yo estaba listo.

La orquesta se quedó en silencio y casi de inmediato una voz llamó desde el balcón.

—«La pelea es entre nuestros amos y nosotros, sus criados».

Dos chicas —ambas de tercero, pensé— estaban asomadas por el balcón en la pared occidental, unas sencillas medias máscaras plateadas ocultaban sus ojos y su pelo estaba peinado hacia atrás de forma tirante. Ambas iban vestidas como hombres, con pantalones, botas y jubones.

—«Es lo mismo» —dijo la segunda—. «Me comportaré como un tirano: cuando haya luchado con los hombres, seré cortés con las doncellas y les arrebataré el alma».

—«¿Les arrebatarás el alma?».

—«Sí, el alma o la doncellez, tómalo en el sentido que quieras».

Fingieron una risa masculina y obscena, a la que se unieron con entusiasmo los espectadores que estaban abajo. Las observé y me pregunté cuál sería la mejor manera de entrar a detener su disputa. Pero cuando Abraham y Baltasar (también chicas de tercero) entraron al salón de baile, Gregorio y Sansón pasaron las piernas por encima de la pared del balcón y comenzaron a bajar por la columna más cercana, aferrando con los dedos los follajes que habían sido enroscados allí. En cuanto tocaron el suelo, uno de ellos silbó y aparecieron dos sirvientes de los Montesco. La mordida del pulgar —acompañada por más risas indulgentes— rápidamente se transformó en una discusión.

Gregorio: «¿Quiere pelear, señor?».

Abraham: «¿Pelear, señor? No, señor».

Sansón: «Si quiere hacerlo, señor, aquí estoy dispuesto: sirvo a un amo tan bueno como el suyo».

Abraham: «Pero no mejor».

Sansón: «Sí, mejor, señor».

Abraham: «¡Miente!».

Se fundieron en un torpe duelo de cuatro. Los espectadores (que para entonces habían retrocedido hacia los bordes de la habitación) observaban con intenso placer y reían y alentaban a sus favoritos. Esperé hasta que sentí que la pelea estaba lo suficientemente madura para interrumpirla, luego corrí hacia delante, saqué mi propia daga y separé a las chicas.

—«¡Separaos, tontos!» —dije—. «Enfundad vuestras espadas; no sabéis lo que hacéis».

Retrocedieron, jadeando con fuerza, pero la voz que vino a continuación salió del extremo opuesto de la habitación. Teobaldo.

—«¿Qué? ¿Has desenvainado tu arma contra estas despiadadas criaturas? Date la vuelta, Benvolio, afronta tu muerte».

Di un giro. La multitud se había separado alrededor de Colin, que estaba de pie mirándome a través de los ojos de una máscara roja y negra cuyos lados sobresalían desde sus pómulos, angulares y reptilianos, como las alas de un dragón.

Yo: «Así es, pero para mantener la paz; guarda tu espada o úsala para ayudarme a separar a estos hombres».

Colin: «¿Qué? ¿Con un arma en la mano hablas de paz? Odio esa palabra, tanto como odio a todos los Montesco y a ti: ¡en guardia, cobarde!».

Colin arremetió contra mí y chocamos como un par de gallos de riña. Arremetimos y bloqueamos ataques, hasta que las cuatro chicas se lanzaron al combate, abucheadas por cientos de estudiantes enmascarados en el público. Recibí un codazo en el mentón y caí pesadamente al suelo sobre mi espalda. En un instante, Colin estaba encima de mí y se dirigía hacia mi garganta, pero yo sabía que el príncipe Escala llegaría a tiempo para frustrar mi estrangulación. Él —o, mejor dicho, ella— apareció en la cima de las escaleras que llevaban al balcón, en su impactante esplendor regio.

—«Súbditos rebeldes, enemigos de la paz, profanadores de la sangre de este vecindario… ¿No escucharéis?».

Por el contrario, todos dejamos de pelear a la vez. Colin me soltó y rodé para ponerme de rodillas, con la vista alzada hacia Meredith, completamente asombrado. Parecía un príncipe, tanto como si cualquiera de los chicos hubiese estado en su lugar.

Su cabello pelirrojo estaba peinado hacia atrás en una larga trenza; sus piernas curvilíneas estaban ocultas en botas de cuero altas; su cara, tapada por una máscara blanca que brillaba como si hubiese sido sumergida en polvo de estrellas. Una larga capa se arrastraba sobre los escalones detrás de ella cuando descendió la escalera:

MEREDITH: «¡Vosotros allí! Hombres, bestias, que sofocáis el fuego de vuestra perniciosa furia con fuentes púrpuras emanadas de vuestras venas. Bajo pena de tortura, arrojad esas armas odiosas de esas manos sangrientas y escuchad a vuestro príncipe encolerizado».

Obedientemente, dejamos caer nuestras dagas.

MEREDITH: «Tres revueltas civiles, provocadas por una palabra dicha a la ligera, han perturbado tres veces la calma de nuestras calles y han obligado a los ancianos de Verona a abandonar sus serios ornamentos para blandir viejas armas, en manos igual de viejas y llenas de callos, para separaros de vuestro odio encallecido».

Caminó lentamente entre nosotros, con la cabeza bien alta. Colin dio un paso atrás e hizo una reverencia. Yo y las demás chicas nos habíamos puesto de rodillas en genuflexión. Meredith bajó la mirada hacia mí y levantó mi mentón con una mano enguantada.

—«Si perturbáis nuestras calles otra vez, pagaréis la pérdida de la paz con vuestras vidas». —Dio media vuelta sobre sus talones y el borde de su capa abofeteó mi cara—. «Por esta vez, todos los demás, partid».

Las chicas y Colin se inclinaron para recoger sus armas y trozos perdidos de vestuario. Pero el príncipe estaba impaciente.

—«Una vez más, bajo pena de muerte, ¡marchaos todos!».

Nos dispersamos del centro de la habitación, que estalló en aplausos cuando Meredith subió las escaleras para regresar al balcón. Me quedé en el borde de la muchedumbre, mirando sus pies en los escalones hasta que desapareció, luego giré hacia el estudiante más cercano —un chico que no supe quién era, porque solo se veían sus ojos marrones a través de los agujeros en su máscara— y pregunté:

—«Ay, ¿dónde está Romeo?». —A otro espectador—: «¿Lo has visto hoy? Me alegro de que no haya estado en la pelea».

En ese preciso momento, Romeo emergió de una puerta en la pared oriental, ataviado de azul y plateado; su máscara se curvaba suavemente atrás hacia sus sienes. Parecía casi una figura mítica, Ganimedes, atrapado de forma hermosa entre la hombría y la niñez. Yo sabía que sería James, lo había adivinado, pero no por eso su aparición fue menos conmovedora.

—«Mira, ahí viene» —comenté a la chica más cercana a mí, en un tono más suave. Ese extraño orgullo posesivo volvió a inundarme. Todos los que estaban en el salón miraban a James (¿cómo no hacerlo?), pero yo era el único que realmente lo conocía, cada centímetro—. «Por favor, hazte a un lado: me contará su pena, insistiré hasta que lo haga. ¡Buenos días, primo!».

James alzó la vista y me miró a los ojos. Pareció sorprendido de encontrarme parado allí, aunque no comprendí de ningún modo por qué. ¿Acaso no era siempre su mano derecha, su teniente? Banquo o Benvolio u Oliver, no importaba demasiado.

Discutimos levemente sobre su amor no correspondido y surgió un juego en el que yo le bloqueaba el paso cada vez que él intentaba irse o eludir mis preguntas. Siguió un rato el juego hasta que finalmente dijo con firmeza:

—«Adiós, primo».

—«¡Aguarda!» —repuse—. «Iré contigo; y si me dejas así, me menosprecias».

—«¡Vaya! Que no soy yo, no estoy aquí. Este no es Romeo, él está en otro lado».

Se dio la vuelta para irse y yo corrí a su alrededor para impedirle el paso otra vez. Mi deseo de mantenerlo allí, en algún punto, había trascendido la convergencia entre la motivación del actor y la de su personaje. Quería que se quedara con desesperación, al haberse apoderado de mí la idea absurda de que, si se iba, lo perdería irremediablemente.

—«Dime en serio a quién es que amas» —insistí, buscando en las partes de su cara que podría ver un destello que mostrara que el sentimiento era recíproco.

JAMES: «Pide a un hombre enfermo que haga en serio su testamento: ¡palabra inoportuna para urgir a un moribundo! En serio, primo, amo a una mujer».

Por un momento, olvidé cuál de mis líneas venía a continuación. Nos quedamos mirándonos y la multitud alrededor de nosotros se disolvió en sombras indefinidas y decorado. De golpe recordé mis líneas, pero no exactamente la que seguía.

—«Hazme caso» —señalé, saltándome unas cuantas líneas—. «Olvídate de ella».

James parpadeó rápido detrás de su máscara, pero después dio un paso atrás, distante, y siguió adelante. Me quedé quieto y observé cómo él daba vueltas: sus palabras, sus pasos, sus gestos, todo expresaba inquietud.

Un sirviente entró con noticias del inminente banquete de los Capuleto. Cotorreamos, planeamos y urdimos, hasta que finalmente entró un tercer enmascarado: Alexander.

Pronunció su primera línea desde donde estaba, sentado en el borde de la mesa donde estaba el ponche, con los brazos apoyados en los hombros de los dos miembros del público más cercanos: una estudiante que reía de forma descontrolada detrás de su máscara y otra que se contraía e intentaba alejarse, obviamente aterrada.

—«No, noble Romeo, te haremos bailar».

Se deslizó de la mesa con movimientos tan fluidos que podría haber estado hecho de algún líquido. Se acercó con su andar felino de largos pasos. Me apartó de su camino con un suave empujón, caminó alrededor de James en pequeños círculos, haciendo pausas para mirarlo desde cada ángulo interesante. Intercambiaron palabras y ocurrencias, calmas e intrascendentes, hasta que James dijo:

—«¿Delicado el amor? Es demasiado duro, demasiado fuerte, demasiado tempestuoso, y punzante como una espina».

Alexander dejó escapar una risa ronroneante y sujetó a James por la parte delantera de su jubón.

ALEXANDER: «Si el amor es brusco contigo, ¡sé brusco con el amor! Si te pincha, pínchalo y verás cómo se rinde. Dame una máscara para cubrir mi rostro: una careta para otra careta».

Las frentes de sus máscaras chocaron, Alexander estaba sujetando a James con tanta fuerza que lo escuché gruñir de dolor. Comencé a avanzar hacia ellos, pero en cuanto me moví, Alexander lo empujó hacia atrás, derecho hacia mis brazos.

ALEXANDER: «¿Qué me importa si ojos curiosos critican los defectos? Estas cejas pobladas se sonrojarán por mí».

Empujé a James para que se enderezara e indiqué:

—«Vamos, llamemos y entremos; en cuanto lo hagamos, que cada uno haga bailar a sus piernas».

ALEXANDER: «Vamos, ¡estamos desperdiciando luz del día!».

JAMES: «No, eso no es verdad».

ALEXANDER (IMPACIENTE): «Quiero decir que, al demorarnos, despilfarramos luz en vano, como un farol durante el día. Compréndeme usando el sentido común: vale cinco veces más que si usamos nuestros otros cinco sentidos».

JAMES: «Y tenemos buena intención al querer ir a esta mascarada; pero acudir no tiene sentido».

Alexander: «¿Por qué, puedo preguntar?».

James: «Tuve un sueño anoche».

Alexander: «Igual que yo».

James: «Bueno, ¿tú que soñaste?».

Alexander: «Que los soñadores con frecuencia mienten».

James: «Dormidos en la cama, mientras sueñan con cosas verdaderas».

Alexander: «¡Ah, ya veo que la reina Mab ha estado contigo!».

Retrocedí un par de pasos para observar cómo se desarrollaba el monólogo. El Mercucio de Alexander era afilado, desequilibrado, apenas cuerdo. Sus afilados incisivos destellaban cuando sonreía, su máscara brillaba juguetonamente mientras él bailaba en derredor, jugando primero con un espectador, luego con otro. Su voz y sus movimientos se hacían cada vez más sensuales y salvajes, hasta que perdió el control por completo y me embistió. Retrocedí con torpeza, pero no lo bastante rápido; me sujetó del pelo, dobló mi cabeza hacia atrás contra su hombro y gruñó a mí oído.

Alexander: «Esta es la bruja que, cuando las doncellas duermen de espaldas, las presiona y les enseña a quedarse embarazadas, convirtiéndolas en mujeres de buen porte. ¡Es ella…!».

Quise liberarme, pero su fuerza era como la del hierro reforzado, lo contrario a la delicadeza con la que recorría el bordado de mi pechera con un dedo. James, que había estado mirando, completamente congelado, luchó contra su parálisis y apartó a Alexander de mí.

—«Basta, Mercucio, ¡basta!». —Tomó la cara de Alexander entre sus manos—. «Hablas de naderías».

Los ojos distraídos de Alexander encontraron los de James y allí se quedaron, mientras él hablaba más despacio.

ALEXANDER: «Es verdad, hablo de sueños, que son los hijos de una mente ociosa, engendrados por la vana fantasía, cuya sustancia es tan fina como el aire y cuya inconstancia supera la del viento».

Cuando me tocó hablar otra vez, lo hice con cuidado, preguntándome si Alexander estaba realmente a salvo ahora. La conversación que habíamos tenido más temprano por la tarde era demasiado reciente, cercana, como para ignorarla, como un rasguño nuevo y doloroso en mi piel.

Yo: «Este viento del que hablas nos ha llevado lejos; la cena ha terminado y entraremos demasiado tarde».

James alzó la vista al cielo, entornando los ojos hacia la pirámide de cristal que parecía tan lejana, buscando en la suave luz de los candelabros el destello secreto, lejano, de una estrella. Pensé en la noche de la fiesta, cuando él y yo, de pie juntos en el jardín, habíamos observado el cielo a través de un hueco irregular entre las copas de los árboles. Nuestro último momento inocente solos; la calma que precede la impetuosidad de una tormenta.

James: «Demasiado temprano, me temo: pues mi mente presiente que los astros guardan consecuencias que comenzarán su terrible despliegue en esta fiesta de hoy y pondrán fin a la despreciada vida que encierra mi pecho con algún castigo infame de muerte prematura».

Hizo una pausa, alzó la mirada con un dejo de sorpresa; la tristeza, gotas azules en sus ojos. Luego suspiró y, sonriendo, sacudió la cabeza.

James: «Pero ¡quien conduce mi rumbo dirige mis velas! Vamos, caballeros».

Casi había olvidado dónde estábamos —e incluso quiénes éramos—, pero entonces la orquesta volvió a sonar y regresé de inmediato a la realidad. Otro vaporoso vals llenó el atrio y volvió a dar vida al público, que había quedado en silencio en la escena previa. De repente, el baile de los Capuleto estaba en pleno desarrollo.

Alexander sujetó a la chica más cercana y la forzó a bailar. Otros actores aparecieron desde bastidores improvisados e hicieron lo mismo: eligieron parejas al azar y también empujaron a otros estudiantes a bailar juntos. Pronto, la habitación era un torbellino de movimiento, sorprendentemente elegante teniendo en cuenta la cantidad de parejas. Encontré una compañera de baile junto a mí —indistinguible de las demás chicas, salvo por una cinta negra que llevaba alrededor de su cuello— e hice una reverencia antes de comenzar a bailar. Mientras girábamos y dábamos vueltas y cambiábamos de lugar, mi atención estaba constantemente en otro lado. Vi a Filippa por el rabillo del ojo, su máscara era negra, plateada y violeta. Ella también iba vestida de hombre y bailaba con otra chica y me pregunté si sería Paris. Giré y volví a perderle el rastro. Busqué a James, busqué a Meredith, pero no logré encontrar a ninguno.

La canción continuó (en mi opinión) demasiado tiempo. Cuando terminó, volví a hacer una reverencia rápida y me escabullí fuera de la habitación en línea recta hacia las escaleras traseras del balcón. Había silencio allí y estaba muy oscuro. Unas pocas parejas habían ido en busca de ese refugio secreto y se habían quitado las máscaras; ahora se besaban, apretados, contra las paredes. La música había comenzado otra vez, pero más lenta. Se atenuaron las luces, que ardieron azules, salvo por un brillante círculo blanco bajo el cual estaba parado, solo, James. Cuando la luz lo apuntó, las parejas que bailaban a su alrededor se quedaron en silencio y se alejaron.

JAMES: «¿Quién es aquella dama que enriquece la mano de ese caballero?».

El público giró para ver a quién estaba mirando. Y allí, pálida y efímera como un fantasma, estaba Wren. Una máscara azul y blanca enmarcaba sus ojos, pero sin duda era ella. Mis dedos se cerraron alrededor de la balaustrada; me asomé hacia adelante tanto como podía sin caerme.

JAMES: «¿Había amado mi corazón hasta ahora? Me han mentido mis ojos, pues hasta esta noche jamás había visto la verdadera belleza».

La música volvió a sonar con fuerza. Wren y su pareja prestada giraron lentamente en el lugar e hicieron gestos de despedida. Los pies de James lo acercaron a ella, sus ojos no dejaban de mirarla, como si tuvieran miedo de que se esfumara si la perdían de vista. Cuando estuvo lo bastante cerca de ella, la tomó de la mano y ella dio media vuelta para ver quién la había tocado.

JAMES: «Si con mi indigna mano profano este sagrado santuario, la ofensa será reparada así: mis labios, como dos peregrinos ruborizados, borrarán su descortés tacto con un beso».

Inclinó la cabeza y besó la palma de la mano de Wren. Al hablar, la respiración de Wren alborotó el pelo de James.

WREN: «Buen peregrino, castigas demasiado a tu mano, cuando al actuar muestra respetuosa devoción; después de todo, los santos también tienen manos que los peregrinos tocan, y juntar palma con palma es el beso de los santos palmeros».

A mitad de su discurso, ambos comenzaron a moverse juntos; palma con palma, dieron vueltas despacio. Luego hicieron una pausa, cambiaron de mano y avanzaron en la dirección contraria.

JAMES: «¿No tienen labios los santos y también los palmeros?».

WREN: «Sí, peregrino, labios que deben usar para rezar».

James: «Oh, entonces, querida santa, deje que los labios hagan lo que hacen las manos; rezan para que la fe no se convierta en desesperación».

Wren: «Los santos no se mueven, aunque concedan lo pedido en un rezo».

James: «Entonces no te muevas, mientras mi rezo hace efecto».

Estaban inmóviles. El dedo de James acarició la mejilla de Wren; alzó su cara hacia la suya y la besó, con tanta suavidad que ella quizás no lo sintiera siquiera.

James: «Así, tus labios purgan de mis labios mi pecado».

Wren: «Entonces, ¿tienen mis labios el pecado que han quitado?».

James: «¿El pecado de mis labios? Oh, dulce robo. Devuélveme mi pecado».

La besó de nuevo, pero esta vez el beso fue largo y profundo. Sentí que mi máscara ardía contra mi rostro, empapada en sudor. Mi estómago se retorció y comenzó a doler como una herida abierta. Me apoyé pesadamente sobre la balaustrada, temblando bajo el peso de las verdades paralelas que, hasta entonces, había podido ignorar: James estaba enamorado de Wren y yo estaba ciega y ferozmente celoso.

ACTO IV

Prólogo

—Es más pequeño de lo que recordaba —le digo a Colborne, mientras estamos de pie mirando el lago desde el muelle—. En aquel entonces, parecía que se extendía kilómetros y kilómetros.

—Hemos caminado por el bosque hasta el extremo sur del lago, hablando apaciblemente. Colborne escucha con infinita paciencia, sopesando y evaluando cada palabra. Me giro hacia él y le pregunto—: ¿Todavía tienen permitido el acceso aquí los chicos?

—No hay forma de frenarlos, pero cuando se dan cuenta de que es solo un muelle y que no hay nada que ver, pierden el interés. El verdadero problema que tenemos es la gente que roba cosas que solían ser vuestras.

Eso jamás se me había cruzado por la mente, así que me quedo mirándolo.

—¿Como qué? —Encoge los hombros.

—Libros viejos, piezas de vestuario, la foto de vuestra clase del pasillo que hay detrás del teatro. Esa la recuperamos, pero alguien ya había tachado tu rostro. —Nota la confusión en mi expresión y añade—: No todo es malo. Aún recibo cartas que intentan convencerme de tu inocencia.

—Sí —repongo—. A mí también me llegan esas.

—¿Ya te han convencido?

—No, ya he aprendido.

Camino por el muelle y Colborne me sigue, un paso por detrás. Sé que le debo un final nuevo para nuestra vieja historia, pero me resulta inesperadamente difícil continuar. Hasta Navidad, pudimos fingir que estábamos bien dentro de todo, o que lo estaríamos algún día.

Me detengo al final y bajo la vista al agua. Podría decirse que he envejecido bien. Aún tengo el pelo oscuro, mis ojos todavía son de un color azul brillante, mi cuerpo es más firme y fuerte que antes de ir a prisión. Ahora necesito gafas para leer, pero, más allá de eso y de algunas cicatrices, no he cambiado demasiado. Me siento mayor de treinta y uno.

¿Cuántos años tiene Colborne ahora? No se lo pregunto, pero podría hacerlo. Nuestra relación no tiene las inhibiciones que exigen las reglas de cortesía. Nos quedamos parados con las puntas de los pies asomadas sobre el borde del muelle, sin hablar. El olor verdoso del agua es tan familiar que siento un tenue nudo en el fondo de mi garganta.

—No veníamos tanto cuando hacía frío —cuento, sin esperar que me dé un pie—. Entre Acción de Gracias y Navidad, nos quedamos la mayor parte del tiempo en el Castillo, sentados alrededor del fuego, tachando discursos y escansiones. Parecía casi normal, salvo por esa silla vacía. Creo que nadie se volvió a sentar allí después de su muerte. Supongo que éramos un poco supersticiosos… las obras llenas de brujas y fantasmas te llevan a eso.

Colborne asiente distraídamente. Luego su expresión cambia, muta, su frente se arruga.

—¿Le echas la culpa de algo a Shakespeare?

La pregunta es tan increíble, tan absurda al venir de un hombre tan sensato que no puedo evitar sonreír.

—Le echo la culpa de todo.

Imita mi sonrisa, aunque la suya es vacilante, como si no supiera bien dónde está la broma.

—¿Por qué?

—Es difícil de poner en palabras. —Hago una pausa, pierdo un minuto tratando de ordenar mis pensamientos, luego continúo sin haber llegado a ninguna conclusión—. Pasamos cuatro años (y la mayoría de nosotros, varios años antes de eso) *inmersos* en Shakespeare. Sumergidos. Aquí podíamos entregarnos a nuestra obsesión colectiva. Lo recitábamos como si fuera una segunda lengua, conversábamos en verso y perdíamos un poco el contacto con la realidad. —Lo reconsidero—. Bueno, eso puede dar una idea equivocada. Shakespeare es real, pero sus personajes viven en un mundo de extremos. Pasan de la euforia a la angustia, del amor al odio, del asombro al terror. Pero no es melodrama, no es que exageren. Cada momento es crucial. —Lo miro de reojo, sin estar seguro de que lo que digo tenga sentido. Aún tiene esa media sonrisa vacilante en la cara, pero asiente, así que continúo—. Un buen actor shakespeariano (un buen actor de cualquier clase, en realidad) no solo *dice* las palabras, las *siente*. Sentimos todas las pasiones de los personajes que interpretamos como si fueran nuestras. Pero las emociones de un personaje no anulan las del actor; en lugar de eso, sientes las dos al mismo tiempo. Imagina que todos tus pensamientos y sentimientos se enredan con los pensamientos y sentimientos de otra persona. A veces es difícil diferenciar qué pertenece a quién.

Comienzo a hablar más lento, hasta que me detengo, frustrado por mi incapacidad para expresarme (una frustración exacerbada por el hecho de que, después de diez años, aún pienso en mí como un actor). Colborne me observa con ojos agudos, curiosos. Me humedezco los labios con la lengua y prosigo con más cautela.

—Nuestra enorme capacidad para sentir se volvió tan difícil de manejar que comenzamos a tambalearnos, como Atlas bajo el peso del mundo. —Suspiro, y el aire frío me desestabiliza. Cuánto tardaré en acostumbrarme otra vez a él, me pregunto.

Me duele el pecho y quizás sea la pureza del aire, pero quizás no—. El tema con Shakespeare es qué es tan elocuente... Dice lo indecible. Transforma el dolor y la victoria y el éxtasis en palabras, en algo que podemos comprender. Hace comprensible todo el misterio de la humanidad. —Me detengo. Me encojo de hombros—. Puedes justificar cualquier cosa si lo haces con suficiente poética.

Colborne baja la vista, mira el destello blanco del sol sobre el agua.

—¿Crees que Richard habría estado de acuerdo con eso?

—Creo que Richard estaba bajo el hechizo de Shakespeare tanto como el resto de nosotros.

Colborne acepta mi respuesta sin protestar.

—¿Sabes? Es extraño —comenta—. De vez en cuando, debo recordarme a mí mismo que, en realidad, no lo conocí.

—Lo habrías querido u odiado.

—¿Por qué lo dices?

—Porque él era así.

—¿Y tú? ¿Lo amabas o lo odiabas?

—Normalmente, las dos cosas al mismo tiempo.

—¿A esto te refieres cuando hablas de sentir todo dos veces?

—Ah —respondo—, ¿ves? Me entiendes.

El silencio que surge a continuación es cómodo, al menos para mí. Por un momento, olvido por qué estamos aquí y observo cómo se suelta una hoja de un árbol y cae arremolinándose en la brisa para aterrizar en el agua. Ondas circulares se expanden hacia las orillas del lago, pero desaparecen antes de llegar allí. Casi puedo ver a los siete de nosotros corriendo entre los árboles, despojándonos de nuestra ropa, avanzando a toda velocidad hacia el agua, listos para lanzarnos adentro todos juntos. Tercer año, el año de la comedia. Leve, divertido y lejano. Días que no volverán.

—Bueno —dice Colborne, cuando ha esperado lo suficiente—. ¿Qué sigue?

—Navidad. —Doy media vuelta, hacia el bosque. El Castillo está cerca ahora y la Torre se eleva entre los árboles, su larga sombra cae sobre el cobertizo para botes destartalado—. Fue entonces cuando todo salió mal.

—¿Cómo comenzó? —preguntó.

—Ya había comenzado.

—Entonces, ¿qué cambió?

—Nos separamos —respondo—. James fue a California, Meredith a Nueva York, Alexander a Filadelfia, Wren a Londres, Filippa… quién sabe a dónde. Yo volví a Ohio. Estar encerrados en ese Castillo, juntos, con nuestra culpa y el fantasma de Richard fue terrible en cierto modo. Pero estar separados, lanzados a distintos rincones del mundo para afrontarlo por nuestra propia cuenta fue peor.

—Entonces, ¿qué pasó?

—Nos rompimos —respondo, pero la frase no me cuadra. No fue tan simple ni tan directo como cuando se rompe un cristal—. Pero no nos desmoronamos hasta que estuvimos todos juntos otra vez.

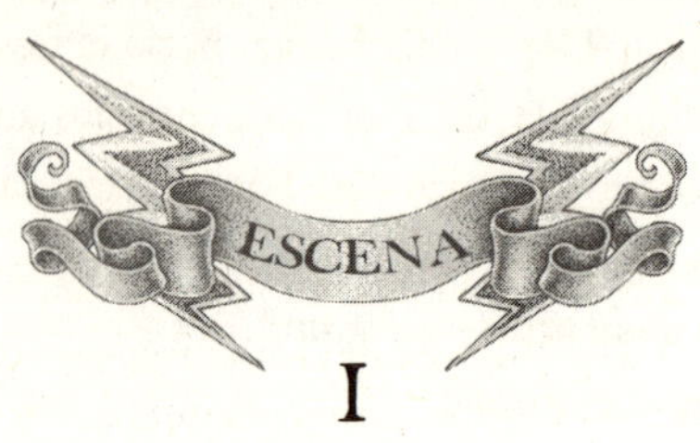

I

La Navidad en Ohio fue un desastre.

Sobreviví a los cuatro días previos gracias a un continuo estado de leve ebriedad y a que hablé solo cuando era necesario. Pasamos la Nochebuena sin problemas, pero la cena de Navidad (la electrizante secuela de la cena de Acción de Gracias de un mes atrás) terminó mal, después de que Caroline dejara la mesa durante un rato sospechosamente largo y mi padre la pillara en el baño, arrojando la mayor parte de su comida al retrete. Tres horas más tarde, ella y mis padres seguían gritándose en el comedor. Yo había huido de la escena y ya estaba guardando mis cosas en mi maleta, que yacía abierta en mitad de mi cama deshecha. Había enrollado media docena de bufandas y casi la misma cantidad de calcetines y los lancé allí dentro.

—¡Oliver! —Leah bloqueaba la puerta y me hablaba llorando, como había hecho los últimos diez minutos—. ¡No te puedes ir ahora!

—Tengo que hacerlo. —Barrí con el brazo los libros que estaban en el escritorio y los dejé caer sobre las bufandas—. No soporto esto. Necesito salir de aquí.

La voz de mi padre resonó desde la planta baja y Leah gimoteó.

—Tú también deberías irte. —La aparté del camino y busqué el abrigo que había dejado en el perchero detrás de la puerta—. Vete a casa de una amiga o algo así.

—¡Oliver! —chilló, y di media vuelta, incapaz de mirarla cuando su cara estaba empapada en lágrimas y contraída como la de un bebé en llanto.

Lancé una pila de ropa —no tenía ni idea de si estaba limpia o sucia, no importaba— en la maleta y la cerré de golpe. La cremallera se deslizó con facilidad por el borde porque solo había metido la mitad de lo que había llevado a casa. Abajo, mi madre y Caroline gritaban al mismo tiempo.

Me puse mi abrigo y levanté la maleta bruscamente de la cama y casi le aplasté el pie a mi hermana.

—Vamos, Leah —pedí—. Tienes que dejarme ir.

—¿Vas a dejarme aquí sola?

Apreté los dientes para reprimir la oleada de culpa que se alzaba como bilis desde la boca de mi estómago.

—Lo siento —dije y después atravesé la puerta de un empujón.

—¡Oliver! —gritó, asomada por la barandilla, mientras yo bajaba con rapidez las escaleras—. ¿A dónde vas?

No respondí. No lo sabía.

Arrastré mi maleta por la salida del garaje, que estaba cubierta de polvo de nieve, y en el borde de la acera, esperé al taxi que había llamado antes de hacer la maleta, mientras me preguntaba qué demonios hacer a continuación. El campus de Dellecher estaba cerrado por Navidad. No tenía dinero para pagar una habitación de hotel en Broadwater o un billete de avión a California. Filadelfia no estaba lejos, pero aún estaba enfadado con Alexander y no quería verlo. Filippa habría sido la mejor opción, pero no tenía ni idea de dónde estaba o cómo contactar con ella. Le pedí al taxista que me dejara en la estación de autobuses, donde llamé a Meredith desde un teléfono público, le expliqué lo que había pasado y le pregunté si la oferta de Acción de Gracias aún estaba en pie.

No salían autobuses en la noche de Navidad, así que tuve que esperar seis horas sentado fuera de la estación, temblando y cuestionando mi decisión. Cuando llegó la mañana, tenía tanto frío que no me importó qué tan mala idea era y, de inmediato, compré un billete a la estación de la Autoridad Portuaria. Dormí casi todo el camino, con la cara aplastada contra la ventana mugrienta. Cuando llegué, volví a telefonearla y me dio una dirección en el Upper East Side.

Sus padres, su hermano más grande y su cuñada estaban otra vez en Canadá. Aunque estuviésemos solo ella, Caleb (su hermano del medio, desapegado, que estaba llegando a los treinta años a gritos y patadas) y yo, el apartamento parecía vacío, sin usar, como el decorado de un programa de televisión. Los muebles eran caros, elegantes e incómodos; la decoración tenía dos tonos: un blanco cegador y un gris pizarra apagado. En la sala de estar, la estética de *Architectural Digest* estaba estropeada por señales de uso: un tomo desgastado de *La hoguera de las vanidades*, botellas de vino con la mitad de su contenido, un sobretodo de Armani apoyado de forma descuidada sobre un brazo del sillón. El único indicio de la fiesta que había pasado era una menorá con cuatro velas medio derretidas que aún estaba apoyada, medio torcida, en la ventana. («Somos pésimos siendo judíos», explicó Meredith).

Su habitación era más pequeña de lo que esperaba, pero el techo alto e inclinado evitaba que pareciera estrecha. Comparada con su dormitorio en el Castillo, estaba ferozmente ordenada, su ropa estaba guardada en armarios y cajones, los libros organizados por tema en sus estanterías. Lo que más me llamó la atención fue su tocador. Estaba abarrotado de pinceles de pelo negro, elegantes lápices de labios y rímeles, pero había tantas fotos metidas en el marco del espejo que este casi había quedado inutilizable. Salvo por una foto calzada en la esquina superior de ella con sus hermanos (eran niños guapos, de cabello pelirrojo y ojos verdes, sentados los tres en fila como muñecas rusas en el parachoques de un Mercedes negro), el resto era de *nosotros*. Wren y Richard, con las caras pintadas de negro y blanco para la clase de mimo de segundo año. Alexander en la galería, fingiendo que compartía un cigarro con Homero. Meredith y Filippa con pantalones vaqueros de piernas recortadas y la parte superior de sus bikinis, despatarradas en el agua poco profunda de la orilla norte del lago como si hubiesen caído allí desde el cielo. James, sonriendo, pero no a la cámara, con una mano alzada para tapar la lente y el otro brazo alrededor de mi cuello. Yo, ignorando que nos estaban fotografiando, riendo en la distancia, con una brillante hoja otoñal atrapada entre mi pelo.

Me quedé mirando el nostálgico collage que ella había creado hasta que sentí que se formaba un nudo en mi garganta. Cuando eché una mirada por encima de mi hombro a la inmaculada impersonalidad del resto de la habitación —la colcha lisa, el suelo de madera sin alfombra—, finalmente caí en la cuenta de lo sola que estaba. Incapaz (como siempre) de encontrar las palabras para expresar mi comprensión tardía, no dije nada.

Durante tres días, Meredith y yo holgazaneamos —leímos, hablamos, sin tocarnos—, mientras Caleb iba y venía, indiferente ante mi presencia, rara vez sobrio, siempre al teléfono. Igual que su hermana, era atractivo de una forma casi injusta, los rasgos que compartían eran extrañamente delicados y femeninos (aunque no de una forma desagradable). Tenía una sonrisa fácil, pero sus ojos eran distantes, como si su mente estuviera perpetuamente preocupada por asuntos importantes, en algún otro lugar. Nos prometió, aunque no nos importaba demasiado, una fiesta extravagante para Año Nuevo. Caleb podía tener muchos defectos, pero era un hombre de palabra.

Para las nueve y media del 31 de diciembre, el apartamento estaba atestado de gente elegantemente ataviada. No conocía a nadie, Meredith tan solo a algunos, Caleb a un cuarto de ellos, como mucho. Para las once, estaban todos borrachos, incluidos Meredith y yo, pero cuando la gente comenzó a esnifar líneas de cocaína en la encimera de la cocina, nos fuimos con dos botellas de Laurent-Perrier sin que nadie lo notara.

Times Square, igual que el apartamento, estaba repleto de gente, y Meredith se aferró a mi brazo para evitar que la marea de gente nos separara. Reímos y tropezamos y bebimos champán rosado directo de la botella hasta que nos la confiscó un oficial de policía exasperado. Caía nieve como confeti sobre nuestras cabezas y hombros y los copos se quedaban pegados a las pestañas de Meredith. Ella brillaba en la noche como una piedra preciosa: intensa y perfecta. Eso mismo le dije con mi voz de borracho y, a medianoche, nos besamos en una esquina de Manhattan, una pareja más de los millones que se besaron al mismo tiempo.

Deambulamos por la ciudad hasta que se nos pasó el efecto del champán y el frío comenzó a calar hondo; entonces, con torpeza, emprendimos el camino de vuelta al apartamento. Estaba todo oscuro y silencioso; los últimos juerguistas, despatarrados en los muebles de la sala de estar, dormidos o demasiado drogados para moverse. Fuimos a la habitación de Meredith, nos quitamos las capas de ropa húmeda y nos acurrucamos bajo las sábanas de su cama. La búsqueda de calor nos llevó lenta pero previsiblemente a besarnos, de forma gradual, nos fuimos desnudando, tocándonos con cautela, y al final, inevitablemente, tuvimos sexo. Después, esperé que llegara la culpa, la compulsión de rogarle al fantasma de Richard que me perdonara. Pero por una vez, cuando más esperaba encontrarlo de pie sobre mí al abrir los ojos, se negó a aparecer. En lugar de eso, la silueta que vi en la pared pertenecía inexplicablemente a James, que no tenía nada que hacer en esa habitación, en mis pensamientos, en ese momento. Una ira me atravesó, pero antes de que pudiera llegar a mi cabeza, Meredith se movió, se acurrucó más cerca, interrumpiendo la ilusión. Exhalé, pensando con alivio que ella me había despertado de un sueño perturbador. Dejé que las yemas de mis dedos trazaran un camino desde su hombro hasta la suave curva de su cintura, reconfortado por lo suave y femenina que era. Su cabeza descansaba sobre mi pecho y me pregunté si ella sentiría la calma fugaz de mi alma perturbada, errática.

Los tres días siguientes pasaron casi de la misma manera. Por la noche, bebimos un poco de más, toleramos a Caleb tanto como pudimos, nos revolcamos juntos en la cama. Durante el día, anduvimos por Nueva York, perdimos tiempo y el dinero de los Dardenne en librerías y teatros y cafés, hablamos sobre la vida después de Dellecher y nos dimos cuenta, por fin, de que solo nos quedaban unos meses allí. Teníamos tantas otras cosas en la mente.

—Vendrán cazatalentos a la producción de primavera —comentó Meredith una tarde, mientras salíamos de Strand, con las manos vacías solo porque ya habíamos ido allí una vez—. Y después tendremos las presentaciones en mayo. No he pensado demasiado acerca de qué leeré. —Me dio un empujoncito con el codo—. Deberíamos hacer una escena juntos. Podríamos interpretar… Ay, no sé. A Margarita y Suffolk. —Echó la cabeza hacia un lado y preguntó alegremente—: ¿Llevarías mi corazón como una joya en un joyero?

—No lo sé. ¿Tú llevarías mi cabeza en una canasta si me decapitaran unos piratas?

Me miró como si estuviera loco, pero después —para mi alivio y placer— rio, un sonido salvaje y hermoso, como un lirio que se abre de golpe. Cuando su risa se aquietó, miró alrededor de sí a las demás personas que caminaban por la acera, en una corriente constante hacia Union Square.

—Qué extraño será —comentó, más seria—, que estemos todos aquí en la ciudad.

—Será divertido —repuse y me pregunté si todos nos quedaríamos con ella durante las presentaciones, si dormiríamos todos en el piso como si estuviésemos en una fiesta de pijamas de secundaria—. Como una prueba. A esta altura del año que viene, probablemente todos estemos viviendo aquí.

—¿Tú crees?

—Bueno, tenemos que ir a algún lugar donde haya obras de Shakespeare. ¿Te quedarás en el apartamento?

—Por Dios, no. Tengo que salir de ahí.

—Entonces, supongo que tendrás que mudarte con el resto de nosotros a una casucha en Queens. —Me incliné hacia ella hasta que nuestros hombros chocaron y ella me mostró una sonrisa vacilante.

—¿Vamos a vivir unos encima de otros como en el Castillo otra vez?

—No veo por qué no.

La sonrisa se desvaneció y negó con la cabeza.

—No será lo mismo.

Pasé un brazo sobre sus hombros, la atraje hacia mí y besé su sien. Sentí su suspiro y cuando exhaló su tristeza, la inhalé yo. No, no sería lo mismo. No podía discutírselo.

El domingo por la tarde volamos de regreso a O'Hare, en primera clase; regalo de Caleb. Fuimos los primeros en llegar al Castillo, porque las clases no empezaban hasta el miércoles. (Me sentí agradecido por ello, porque no estaba listo para hablar con nadie de lo que fuera que Meredith y yo estábamos haciendo. En realidad no habíamos hablado de eso entre nosotros desde nuestra «cita» horrible en Bore's Head). Arranqué de

318

mi maleta la etiqueta de LaGuardia y la dejé al pie de mi cama. Hice una pausa por un momento y me quedé mirando el lado de la habitación que pertenecía a James. Con el drama familiar y la enorme distracción de Meredith, había logrado alejarlo de mi mente durante una o dos semanas. Me había dicho a mí mismo que el ataque de celos que me había dado en el baile de máscaras navideño era solo un momento de locura, un efecto secundario de la manipuladora magia del teatro. Pero de pie allí en la Torre, con su sombra en la habitación, sentí que lentamente regresaba.

Bajé las escaleras con pasos vacilantes y pasé una noche más con Meredith; la única cura en la que pude pensar.

II

Las audiciones para el segundo semestre aparecieron publicadas en la cartelera el miércoles a primera hora.

TODOS LOS ESTUDIANTES DE CUARTO AÑO, LOS DE
SEGUNDO Y LOS DE TERCERO INVITADOS, POR FAVOR,
PREPAREN UN MONÓLOGO DE DOS MINUTOS PARA
El rey Lear.

Los días y horarios para las audiciones y los ensayos estaban publicados debajo. Alexander sería el primero en pasar, sin espectadores. Luego él observaría la audición de Wren, ella la mía, yo la de Filippa, ella la de James y él la de Meredith.

Pasamos la semana siguiente esforzándonos en la preparación de las nuevas piezas para las audiciones, todos sorprendidos por la elección de la producción. Nunca en cincuenta años se había intentado producir *Lear* en Dellecher, probablemente porque (como señaló Alexander) poner a un veinteañero en el papel protagonista sería completamente absurdo. No lográbamos descifrar cómo pensaban abordar el problema Gwendolyn y Frederick.

A las ocho de la noche del día de las audiciones, estaba sentado solo en nuestra mesa habitual de Bore's Head, atrayendo miradas de odio de grupos más grandes que esperaban para sentarse. Meredith acababa de dejarme solo para ir a prepararse para su propia lectura y Filippa, supuse, estaba a punto llegar. Yo había visto su actuación —una excelente interpretación de Tamora— y estaba ansioso por discutir el elenco con alguien que ya hubiera pasado por la audición. (Alexander y Wren no estaban por ningún lado). Terminé mi cerveza, pero no dejé mi asiento, estaba seguro de que alguien se apropiaría de la mesa si yo iba hasta el bar.

Por suerte, Filippa apareció como una brisa desde el exterior tan solo cinco minutos después. Tenía el pelo revuelto por el viento y las mejillas enrojecidas por las heladas ráfagas de nieve que soplaban fuera. Mientras se sentaba, le pregunté:

—¿Algo para beber?

—Sí, por Dios. Algo caliente.

Me deslicé fuera de la cabina de la mesa mientras ella apilaba sus capas exteriores —bufanda, gorro, guantes, abrigo— en la esquina. Regresé del bar con dos tazones de sidra caliente y Filippa alzó la suya en un brindis silencioso antes de beber un buen trago.

—Creo que el infierno puede estar congelado —comenté, quitando copos de nieve que habían caído de su gorro y de su bufanda a mi lado en el asiento.

—Lo creeré cuando vea cómo ha quedado el elenco. —Se limpió una gota de sidra de los labios—. ¿Qué piensas que harán?

—¿Si tuviera que adivinar? No tengo idea de quién será Lear, pero obviamente Wren será Cordelia. Tú y Meredith haréis de Regania y Gonerilda. Yo probablemente quede como Albany, James será Edgar y Alexander, Edmundo.

—No estaría tan segura de esa última parte.

—¿Por qué no?

Se movió en su asiento y echó una mirada a la mesa con cabina a nuestro lado, donde un trío de bailarines bebía vino blanco en copas de tallo largo. Cuando se inclinó muy bajo sobre la mesa, la imité por instinto. Estábamos tan cerca que un mechón de su pelo me hacía cosquillas en la frente.

—Acabo de ver la audición de James —susurró.

—¿Qué ha leído? —pregunté—. No me lo ha querido decir.

—Ricardo Plantagenet, *Enrique VI* segunda parte. «Y, quizás por la fuerza, le haré ceder la corona a aquel cuyo gobierno de libros ha hundido a la hermosa Inglaterra».

—¿En serio? Ese discurso es tan… no sé, agresivo. No parece su estilo.

—Sí. Cuando llegó a la parte que dice «Llegará el día en que York reclamará lo suyo», de repente era una persona completamente distinta. —Negó con la cabeza lentamente—. Deberías haberlo visto, Oliver. Realmente me ha asustado.

Me quedé callado un momento, luego me encogí de hombros.

—Bien por él.

Me lanzó una mirada tan escéptica que casi me eché a reír.

—Pip, lo digo en serio —insistí—. Bien por él. A principio de año dijo que estaba cansado de interpretar el mismo tipo de personaje y siempre ha tenido esa clase de ira, solo que nunca ha tenido la oportunidad de mostrarla porque ese tipo de roles siempre iban para Richard. ¿Para qué molestarse? Ahora tiene la oportunidad de hacer algo nuevo.

Ella suspiró.

—Probablemente tengas razón. Por Dios, a mí también me gustaría tener la oportunidad de hacer algo distinto.

—Quizás hagan cambios esta vez. Es una dinámica distinta. —Señalé con la cabeza el extremo de la mesa donde, seis semanas atrás, podría haber estado sentado Richard. Se había convertido en un punto ciego perpetuo en mi visión periférica (y supongo que en la de los demás).

—Bueno, no estás equivocado —comentó Filippa, mirando para otro lado, hacia la puerta, a nada en particular—. De todas formas, me sorprendería si no le dan el papel de Edmundo a James.

No le presté demasiada atención a su predicción (una tontería por mi parte). Nuestra conversación cambió de rumbo y pasaron dos horas sin incidentes, hasta que Meredith entró al bar y trajo consigo un pequeño remolino de nieve.

—Ya está la lista y no podréis creéroslo —anunció, para luego apoyar el papel de golpe en la mesa. No había tenido tiempo para preguntar dónde estaban los demás.

Filippa y yo casi chocamos nuestras cabezas al intentar leer el listado al mismo tiempo; ella se atragantó y escupió sidra por toda la cabina.

—¿*Frederick* interpretará a Lear?

—¿*Camilo* es Albany? —pregunté—. ¿Qué demonios?

—Eso no es todo —comentó Meredith, luchando para desenrollar su bufanda—. Leedlo todo. Es una locura absoluta.

Volvimos a bajar la cabeza, con más cuidado esta vez. Frederick y Camilo aparecían primero, a continuación los estudiantes de cuarto, debajo los de tercero y finalmente los de segundo.

El elenco de *El rey Lear* es el siguiente:

Rey Lear — Frederick Teasdale
Albany — Camilo Varela
Cordelia — Wren Stirling
Regania — Filippa Kosta
Gonerilda — Meredith Dardenne
Edmundo — James Farrow
Edgar — Oliver Marks
Bufón — Alexander Vass
Cornwall — Colin Hyland

Dejé de leer después del nombre de Colin y miré a Meredith con la boca abierta.

—¿Qué mierda han hecho?

—Quién sabe —respondió. Aún luchaba con su bufanda, que estaba enredada con su pelo. Por instinto, levanté la mano para ayudarla, pero mi muñeca se estrelló contra la parte inferior de la mesa y lo reconsideré—. Es como si hubieran mezclado a todos los chicos y cuando ha llegado el turno de las chicas, han decidido que era demasiado trabajo.

Filippa: Alexander estará contentísimo.

Yo: Si de algo vale, *yo* sí estoy contento.

Meredith: Vamos, Oliver, actúas como si te hubieran hecho un favor. Es que te lo has ganado.

Su rostro desapareció cuando se dio por vencida con la bufanda y dejó de desenredarla para quitársela por la cabeza. Filippa me miró y alzó las cejas. Podría haber culpado a la sidra por la sensación cálida y dulce en mi estómago, pero mi tazón llevaba vacío desde hacía ya un largo rato.

Meredith reapareció y arrojó la agraviante bufanda sobre las cosas de Filippa.

—¿Estáis solo vosotros dos?

—Durante un rato, he estado solo yo —respondí—. ¿Dónde están todos?

—Wren volvió al Castillo después de su audición y se fue directa a la cama —explicó Meredith—. Creo que no quiere arriesgarse a tener otro «episodio». —Así era cómo habíamos comenzado a llamar el desmayo de Wren durante su monólogo de Lady Ana. Nadie parecía poder afirmar exactamente qué le había pasado. El médico de Broadwater lo había descrito como «agotamiento emocional», pero el diagnóstico de Alexander, «complejo de culpa», parecía más acertado.

—¿Qué hay de James? —preguntó Filippa.

—Ha observado toda mi audición, pero ha estado completamente alterado todo el tiempo —contó Meredith—. Malhumorado. Ya sabes. —Esto me lo dijo a mí, aunque yo, de hecho, no tenía ni idea de nada—. Le he preguntado si venía al bar y ha respondido que no, que quería ir a caminar.

Las cejas de Filippa subieron aún más; tan alto que casi desaparecen bajo su pelo.

—¿Con este clima?

—Eso es lo que ha dicho. Y ha añadido que quería aclarar su cabeza y que no le importaba demasiado qué anunciara la lista con el elenco, que diría lo mismo por la mañana.

Eché una mirada de Meredith a Filippa y, despacio, pregunté:

—De acuerdo. ¿Eso dónde deja a Alexander?

Filippa: Probablemente esté con Colin.

Yo: Pero… ¿cómo lo sabes?

Meredith: Ni que fuera un secreto.

Yo: ¡Él me dijo que lo era!

Filippa: Por favor, el único que cree que es un secreto es Colin.

Negué con la cabeza, miré a mi alrededor, al bar lleno de gente.

Yo: ¿Por qué fingimos que hay cosas privadas en este lugar?

Meredith: Bienvenido a la academia de arte. Es como Gwendolyn siempre dice: «Cuando entras al teatro, hay tres cosas que debes dejar en la puerta: la dignidad, la modestia y el espacio personal».

Filippa: Creí que era la dignidad, la modestia y el orgullo propio.

Yo: A mí me dijo la dignidad, la modestia y la falta de confianza en uno mismo.

Los tres nos quedamos en silencio un momento, hasta que Filippa soltó:

—Bueno, eso explica muchas cosas.

—¿Creéis que dice tres cosas distintas a cada estudiante con el que habla? —pregunté.

—Es probable —respondió Meredith—. A mí solo me sorprende que haya creído que el espacio personal era mi mayor problema.

—Quizás quería que estuvieses preparada para que te miren con lascivia y te manoseen y casi abusen sexualmente de ti en cada obra que representamos —comentó Filippa.

—Ja ja, soy un objeto, muy gracioso. —Meredith alzó la mirada al techo—. Por Dios, debería haber sido stripper.

Filippa sonrió contra su tazón y dijo:

—Todo el mundo necesita un plan b.

—Sí —repuso Meredith—. Tú podrías cambiar de sexo, transformarte en un chico de forma permanente y comenzar a llamarte Felipe.

Se miraron con el ceño fruncido y, en un intento por relajar el ambiente, reflexioné:

—Supongo que mi segunda opción es tener una crisis existencial.

—No está tan mal —comentó Filippa—. Puedes interpretar a Hamlet.

Bebimos seis sidras más entre los tres, esperando en vano que alguno de los otros apareciera. Nunca antes había habido tan poco interés en una lista con un nuevo reparto. Si bien bebíamos y hablábamos y reíamos sin demasiado entusiasmo, era imposible ignorar el hecho de que las prioridades de todos habían cambiado. Wren estaba demasiado débil para hacer el habitual recorrido desde el PBA hasta el bar. James, demasiado distraído. Alexander, ocupado con otra cosa. Los caprichos de los docentes de Dellecher eran igual de incomprensibles. ¿Por qué habían eliminado, de repente, el boicot de cincuenta años contra *Lear* y metido a Frederick y a Camilo con el resto de nosotros? Mientras recogía mi abrigo y mis guantes al final de la noche, me dije a mí mismo que simplemente estaban intentando llenar el vacío que había dejado Richard. Pero una molesta voz en el fondo de mi cabeza no dejaba de preguntar si no habría algún motivo oculto. ¿Sería que, como Colborne, no confiaban en nosotros? Quizás Frederick y Camilo eran más que compañeros de elenco y profesores. Quizás habían comenzado a darse cuenta de que estábamos en peligro.

III

Al hacer nuestra primera incursión en el laberinto trágico de *El rey Lear*, nada pareció esclarecerse. Lo que sí se volvió dolorosamente claro para mí, sin embargo, fue que habíamos subestimado terriblemente la enormidad de la ausencia de Richard. Era más que una habitación vacía, que un asiento desocupado en la biblioteca, que una silla en la mesa del salón comedor donde se sentaba como el fantasma de Banquo, invisible para todos salvo para nosotros. Con frecuencia lo veía por el rabillo del ojo, una sombra pasajera que desaparecía de la vista en una esquina. A la noche, era un personaje recurrente en mis sueños —mi compañero de escena en las presentaciones de mitad de semestre o mi compañero silencioso en el bar—, donde transformaba los escenarios más mundanos en algo oscuro y siniestro. Yo no era la única víctima de estos tormentos nocturnos; James había comenzado a dar vueltas y murmurar en sueños, y las noches en las que compartí la cama con Meredith, hubo veces en las que me desperté y la encontré temblando a mi lado. En dos ocasiones, todos nos despertamos con los gritos y llantos que venían de la habitación de Wren. Era tan bravucón en la muerte como lo había sido en vida, un gigante que no había dejado tan solo un espacio vacío, sino, más bien, un agujero negro, un vacío devastador que, tarde o temprano, se tragaba todas nuestras comodidades.

Pero a medida que transitábamos cuidadosamente nuestro mes de calendario más corto, nuestra comodidad era mayormente mi responsabilidad.

Limpiar el Castillo se había convertido en mi ocupación principal fuera de las clases, los ensayos y los deberes. Los horarios para mis labores de mantenimiento eran irregulares, los decidía, en gran parte, según tuviera una hora libre y nadie estuviera en el edificio. Las ocasiones en que estas dos condiciones coincidían eran contadas, así que, cuando ocurrían, estaba obligado a aprovecharlas sin importar lo cansado que estuviera. El segundo día de febrero me encontró a cuatro patas en la biblioteca, haciendo por fin lo que había pospuesto durante semanas: limpiar a fondo la chimenea.

Los restos de unos pocos leños descansaban en el hogar como huesos ennegrecidos. Los levanté con cuidado, temiendo que se desmoronaran y dejaran manchas de hollín en la alfombra, y los deposité uno por uno en una bolsa de papel que había conseguido para ese propósito. Pese al persistente frío invernal, estaba sudando y de mi frente caían grandes gotas saladas sobre el hogar. Una vez que todos los leños estuvieron en la bolsa, busqué el cepillo y la pala y comencé a juntar las cenizas, que se habían acumulado como una montaña al fondo de la chimenea. Mientras barría, murmuré las líneas de Edgar: «Quien sufre solo sufre más en su mente al dejar atrás ratos libres y momentos felices; mas la mente puede pasar por alto mucho sufrimiento cuando el dolor comparte con otros».

Incapaz de recordar la siguiente línea, me detuve y me senté en cuclillas. ¿Ahora qué? No tenía idea, así que gateé más adentro de la chimenea y comencé a recitar el discurso desde el principio al reanudar la limpieza. El montículo de cenizas más denso se derrumbó bajo mi cepillo, pero al empujarlo hacia adelante, algo se arrastró bajo las cerdas. Una larga línea retorcida, como la piel de una serpiente, había aparecido en el suelo de la chimenea. Tela.

No era más que un retazo, de unos diez centímetros de largo y dos de ancho, que se enrollaba en los bordes. Un extremo era más pesado que el otro, con doble costura; quizás el cuello de una camisa o la costura de una manga. Bajé bien la cabeza hacia la tela y soplé con suavidad, haciendo que unas pequeñas nubes de ceniza se arremolinaran. Había sido blanca, pero estaba muy chamuscada y muy manchada con algo de color rojo oscuro, como vino. La miré con consternación un momento, luego me quedé helado donde estaba, arrodillado sobre el hogar, tan horrorizado que no escuché la puerta en la planta baja. Pero los pasos en las escaleras se volvían más fuertes a medida que alguien subía y con un sobresalto volví a la realidad, levanté la insidiosa cosa del suelo y la guardé en mi bolsillo. Recogí la pala y el cepillo y me puse de pie de un salto con uno en cada mano, como una espada y un escudo.

Todavía estaba parado de esta forma rígida y absurda cuando Colborne apareció por la puerta. Sus ojos apenas se abrieron, se adaptaron rápido de la sorpresa por encontrarme allí al reconocimiento.

—Oliver.

—Detective Colborne —repuse, con torpeza y la boca seca. Señaló la habitación.

—¿Puedo entrar?

—Si quiere.

Deslizó las manos dentro de los bolsillos de sus vaqueros. Su placa destellaba a un lado de su cadera y la empuñadura de su revólver sobresalía bajo el dobladillo de su abrigo de la otra. Deposité el cepillo y la pala en la silla más cercana mientras esperaba a que él hablara.

—¿No sueles tener ensayo a esta hora? —preguntó, descorriendo las cortinas para poder mirar por la ventana hacia el lago.

—No me toca ir a combate hasta las cinco. —Busqué en mis archivos mentales uno de los ejercicios de Gwendolyn para controlar la respiración, con la esperanza de aclarar mi mente.

Asintió y me lanzó una sonrisa suspicaz.

—¿Y qué estás haciendo exactamente? Si no te importa que te pregunte.

—Limpio. —Conté cuatro latidos para inhalar.

Su boca se torció, como si debajo de la sonrisa superficial se escondiera una genuina.

—No creí que los estudiantes de Dellecher fueran del tipo que limpia.

—Normalmente, no lo hacemos. Yo tengo una beca. —Cinco latidos para exhalar.

Soltó una risita, como si no pudiera creérselo del todo.

—¿Así que te han puesto a limpiar este lugar?

—Entre otras cosas. —Mis pulsaciones comenzaron a bajar—. No me molesta.

—Eres de Ohio, ¿no?

—Tiene muy buena memoria. ¿O tiene un expediente sobre mí en algún lado?

—Las dos cosas, quizás.

—¿Debería ponerme nervioso? —pregunté, pero cada vez me sentía menos así. Colborne era un espectador más perspicaz de lo que estaba acostumbrado, pero al fin y al cabo un espectador.

—Bueno, tú deberías saberlo mejor que yo.

Nos miramos. Aún tenía esa sonrisa de dos capas en los labios y se me ocurrió que en otras circunstancias me habría caído bien.

—Es difícil no estar nervioso cuando la policía entra y sale de tu casa con tanta frecuencia —dije sin pensar. Él no sabía que, un mes atrás, yo había escuchado su conversación con Walton. Si notó que yo había metido la pata, no lo demostró.

—Tienes razón. —Echó una mirada por la ventana una vez más, luego cruzó la habitación y se sentó en el sillón frente a mí—. ¿Leéis mucho o estos son pura decoración? —Señaló la estantería más cercana.

—Leemos.

—¿Leéis algo que no sea Shakespeare?

—Claro. Shakespeare no existe en el vacío.

—¿Qué quieres decir?

No logré darme cuenta de si estaba realmente interesado o si se trataba de alguna clase de estrategia.

—Bueno, por ejemplo, tomemos *César* —respondí, sin saber qué tipo de información incriminatoria estaba esperando obtener él con la pregunta—. En apariencia, es acerca de la caída de la República romana, pero también es sobre la política de principios de la Inglaterra moderna. En la primera escena, los tribunos y los que celebran hablan sobre oficios y fiestas como si estuvieran en Londres en 1599, aunque se supone que todo ocurre en el año 44 a. C. Hay pocos anacronismos (como el reloj en el segundo acto), pero la mayor parte del tiempo funciona para ambas épocas.

—Qué inteligente —comentó Colborne, después de considerarlo un momento—. ¿Sabes? Recuerdo haber leído *César* en la escuela. Jamás nos enseñaron nada de todo eso, solo nos arrastraron por la lectura. Yo tendría quince años y pensaba que era un castigo.

—Todo lo que no se enseña bien puede parecer un castigo.

—Es verdad. Supongo que solo me pregunto qué lleva a un chico de esa edad a decidir que quiere dedicar toda su vida a Shakespeare.

—¿Me lo está preguntando?

—Sí. Me intriga.

—No lo sé —contesté. Era más fácil seguir hablando que no—. Me atrapó desde muy temprano. Cuando tenía diez años, la escuela secundaria necesitaba a un niño para *Enrique V*, así que mi profesora de Literatura me llevó a la audición. Supongo que creyó que me ayudaría con la timidez. Así fue cómo terminé en el escenario con todos esos chicos con espadas y armaduras que eran del doble de mi tamaño. Y ahí estaba yo, gritando: «Aunque soy un niño, he observado a estos tres fanfarrones», con la esperanza de que la gente me escuchara. Me sentí aterrado hasta la noche del estreno, pero después no quise hacer otra cosa. Es como una adicción.

Se quedó en silencio un momento y luego preguntó:

—¿Te hace feliz?

—¿Perdón?

—¿Te hace feliz?

Abrí la boca para contestar —*sí* parecía la única respuesta posible—, pero luego la cerré, indeciso. Me aclaré la garganta y hablé con más cautela.

—No voy a fingir que no es difícil. Estamos todo el tiempo trabajando y no dormimos demasiado, y es difícil tener amigos fuera de nuestro ambiente, pero vale la pena por la euforia que sentimos al estar sobre el escenario y decir las palabras de Shakespeare. Es como si no estuviéramos realmente vivos hasta ese momento y entonces todo se ilumina y lo malo desaparece y no queremos estar en ningún otro lado.

Estaba inhumanamente quieto en su asiento, sus agudos ojos verdes fijos en mí.

—Pintas una muy buena imagen de la adicción.

Intenté dar marcha atrás.

—Suena exagerado, pero así somos. Así lo sentimos todo.

—Fascinante. —Colborne me observó, sus dedos entrelazados entre sus rodillas, la pose parecía despreocupada, pero todos los músculos de su cuerpo estaban tensos, expectantes. El *tic-tac* del reloj en la repisa de la chimenea era extremadamente fuerte, como si sonara directamente contra mis tímpanos. Sentía el retazo de tela que había encontrado en el hogar como una bola de plomo en mi bolsillo.

—Entonces —continué yo, ansioso por cambiar de tema, alejarlo de lo que yo acababa de decir—. ¿Qué lo trae por aquí?

Él se reclinó en el sillón, más relajado.

—A veces siento curiosidad.

—¿Sobre qué?

—Sobre Richard —respondió, y fue estremecedor escuchar cómo decía con tanta facilidad ese nombre que todos evitábamos como si fuese una palabra maldita, algo más soez que las groserías y obscenidades que usábamos tan libremente—. ¿Tú no?

—La mayor parte del tiempo, intento no pensar en eso.

Los ojos de Colborne se dispararon de mis pies a mi cara y de nuevo a mis pies. Una mirada evaluadora. Medía la profundidad de mi honestidad.

—No puedo evitar preguntarme qué pasó esa noche —explicó. Los dedos de su mano tamborileaban sobre el brazo del sofá—. Todos parecen recordarla de distinta manera. —Había un desafío sutil, empalagoso, en su voz. Responde si te atreves.

—Creo que todos la vivimos de distinta manera. —Mi propia voz era fría y pequeña, mis nervios se tranquilizaron otra vez gracias al hecho de que me había dado un rol que interpretar y, como director de reparto, no tenía más imaginación que Gwendolyn. Yo era secundario, un espectador, un testigo reticente al que quizás podría convencer—. Es como ver las noticias. Cuando hay un desastre, ¿todos lo recuerdan igual? Todos lo vimos desde distintos ángulos, desde distintos puntos de vista.

Asintió lentamente, considerando mi refutación.

—Supongo que eso es indiscutible. —Se apoyó en el sillón para ponerse de pie. Cuando ya estaba de pie, se meció sobre sus talones, levantó la mirada al techo—. Te diré lo que no me cuadra, Oliver —dijo, hablando más a la lámpara que a mí—. *Matemáticamente*, no tiene sentido.

Esperé que se explayara. No lo hizo, así que comenté:

—Nunca fui bueno para las matemáticas.

Frunció el ceño, pero su expresión mostraba un destello risueño.

—Me sorprende. Después de todo, Shakespeare es *poesía* (o, al menos, en mayor parte) y la poesía tiene cierto patrón matemático, ¿no es verdad?

—Podría decirse que sí.

—En una ecuación matemática, una serie de variables conocidas y desconocidas se suman para dar una solución.

—Eso es lo que recuerdo de álgebra. Resolver la x.

—Precisamente —señaló—. Bueno, aquí tenemos una ecuación con un resultado que ya conocemos: la muerte de Richard. A esta la llamaremos *x*. Y al otro lado del signo del igual, tenemos vuestros relatos (es decir, de los estudiantes de cuarto) sobre el evento. *A, b, c, d, e* y *f*, si quieres. Y luego están todos los demás. Los llamaremos *y*. Nueve semanas después, tenemos todas las variables justificadas, pero aún no puedo resolver la *x*. No logro que los dos lados de la ecuación se igualen. —Negó con la cabeza, el movimiento fue medido e intencionado—. Así que, ¿eso qué significa?

Lo miré. No respondí.

—Significa —continuó— que al menos una de nuestras variables está mal. ¿Tiene sentido lo que digo?

—Hasta cierto punto. Pero creo que la premisa es errónea.

—¿Por qué? —preguntó, con mordacidad, de forma casi burlona. Encogí los hombros.

—No se puede cuantificar lo humano. No se puede medir, no de la forma que pretende. Las personas son apasionadas y tienen defectos y son falibles. Cometen errores. Los recuerdos se diluyen. Les engañan sus propios ojos. —Hice una pausa, lo bastante larga como para que creyera que no había planeado lo que dije a continuación—. O, a veces, beben demasiado y caen al lago.

Colborne parpadeó y una especie de confusión profunda surgió en su expresión, como si no estuviera seguro de haberme juzgado bien.

—¿Eso es realmente lo que crees que sucedió?

—Sí —respondí—. Por supuesto. —Lo habíamos estado diciendo durante semanas. Sí. Cayó. Por supuesto que cayó.

Colborne suspiró; su respiración intensa en el aire tibio de la biblioteca.

—¿Sabes, Oliver? Me gustas, aunque no quiera.

Fruncí el ceño, no estaba seguro de haber escuchado bien.

—Es algo extraño que decir.

—Bueno, la verdad puede ser más extraña que la ficción. Lo que quiero decir es que me gustaría confiar en ti. Pero eso es mucho que pedir, así que, en lugar de eso, solo te pediré un favor.

Me di cuenta de que esperaba una respuesta, de modo que dije:

—De acuerdo.

—Supongo que a medida que limpias, echas un buen vistazo al lugar —explicó—. Si encuentras algo inusual… Bueno, digamos que no me molestaría que me mantuvieras informado.

A continuación, hubo una pausa, como un tiempo guionado entre las líneas de una obra.

—Lo tendré en cuenta.

Los ojos de Colborne se quedaron fijos en mí un momento más y luego atravesó la habitación lentamente hacia las escaleras, donde se detuvo.

—Ten cuidado, Oliver —aconsejó—. Como he dicho, me gustas. Y… déjame decir esto de una forma que seguro que entenderás: «Algo está podrido en Dinamarca».

Tras eso, se fue con una pequeña sonrisa en la boca, triste y al mismo tiempo burlona. Me quedé inmóvil mientras sus pasos hacían crujir los escalones, y solo cuando escuché que la puerta principal se cerraba tras él, aflojé el puño en mi bolsillo. El trozo de tela manchado de sangre que había estado sujetando estaba arrugado y empapado de sudor.

IV

Le di a Colborne una ventaja de cinco minutos porque no quería que me pillara saliendo del Castillo. Guardé mis artículos de limpieza debajo del fregadero de la cocina, me puse mi abrigo y mis guantes y salí por la puerta de atrás. Corrí sin parar todo el camino hacia el PBA, la escarcha crujía bajo mis pies. Cuando llegué allí, mis extremidades estaban entumecidas y mis ojos lloraban por el ardor del aire helado de febrero.

Entré por una puerta lateral y escuché con detenimiento. Los de tercero estaban en el auditorio, ensayando el segundo acto de *Los dos hidalgos de Verona*. Con la esperanza de no cruzarme con nadie tras bambalinas, me dirigí deprisa a las escaleras. Mi mano patinó sobre la barandilla mientras bajaba, de dos en dos, los empinados escalones hacia el sótano.

Una enorme cueva subterránea se escondía bajo el Teatro Archibald Dellecher y todos sus pasillos y antesalas. Normalmente, solo el equipo técnico se aventuraba en el laberinto de techo bajo y escasa iluminación para desenterrar atrezo viejo y muebles considerados irrelevantes largo tiempo atrás y condenados a estar eternamente guardados. No había planeado ir allí, ni siquiera había pensado en ello hasta estar a mitad de camino del PBA, desperado, en un principio, por alejarme del Castillo. Pero tras deslizarme a través de dos o tres pasillos en penumbra llenos de desechos teatrales, me di cuenta de mi propia genialidad accidental. Nunca nadie podía encontrar nada en el sótano, ni siquiera cuando la persona sabía exactamente qué estaba buscando. Poco tiempo después, tropecé en un rincón lleno de telarañas donde había un conjunto de casilleros con aire cansado apoyado contra la pared (probablemente arrancado del cruce en algún momento de los años ochenta). El óxido cubría sus rendijas como sangre vieja y seca y recorría sus puertas abiertas y afiladas. Era tan buen lugar como cualquier otro.

Corrí una mesa de caballete destartalada para pasar, luego caminé sobre la basura acumulada en mi camino. El primer casillero tenía un candado colgando en la puerta, el pestillo estaba cubierto de óxido y parecía un diente podrido. Lo quité, tiré con fuerza del tirador y maldije en voz tan alta como me atreví cuando la puerta se abrió de golpe y se estrelló contra mi espinilla. El casillero estaba vacío salvo por una taza con el blasón de Dellecher, que estaba astillada y tenía un anillo negro de café en el fondo. Hurgué en mi bolsillo y encontré el retazo de tela que había extraído de la chimenea. Lo miré con ojos entrecerrados bajo la luz tenue, pero mi propia paranoia me arrastró de vuelta al día del servicio fúnebre en honor a Richard, cuando encontré a Filippa sola junto al hogar. Alarmado, alejé el pensamiento de mi mente. No había llaves en las puertas de la biblioteca, así que podría haber sido cualquiera de nosotros. En el sótano, el aire se volvió gélido. ¿Cualquiera de nosotros podría haber hecho qué? De repente, asqueado e impaciente por quitar esa cosa de mi vista, me puse en cuclillas y metí la tela en la taza. Si alguien la encontraba allí, pensaría que era un trapo manchado con pintura o tinta o alguna otra cosa inocua. Hasta donde yo sabía, lo era. Me regañé a mí mismo por ser tan excitable. Alexander tenía razón sobre eso: si no manteníamos la calma, todo se nos iría de las manos. Cerré la puerta de un golpe, luego dudé. No sabía la combinación del candado. No quería volver allí jamás, pero por si acaso, lo dejé colgando, abierto.

Volví a poner la mesa de caballete frente a los casilleros, con la esperanza de que nadie más se molestara en moverla, de que nadie jamás supiera que yo había estado allí. Retrocedí unos pasos y me quedé mirando la pequeña rueda del candado, el diminuto espacio entre el gancho y el cuerpo. Qué tremenda era la agonía de las decisiones sin tomar.

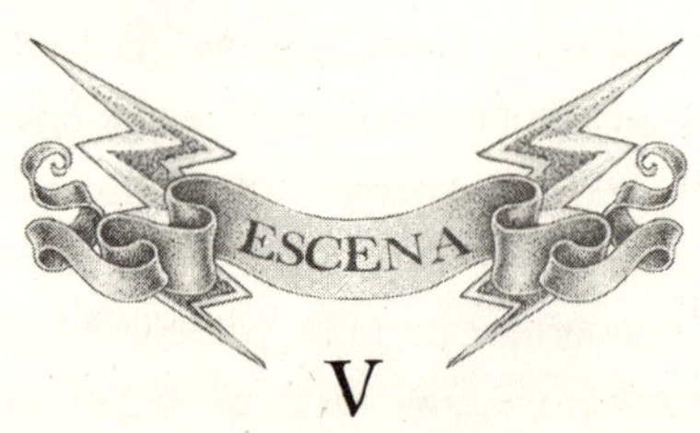

V

Me perdí en el sótano buscando la salida y llegué tarde al ensayo de combate. James, Camilo y tres estudiantes de tercero ya estaban allí.

—Perdón —dije—. Perdón, he perdido la noción del tiempo.

—¿Dónde estabas? —preguntó James, con una expresión extraña, vacía. Me moría por hacerle la misma pregunta, pero no lo haría frente a otros.

Camilo se interpuso.

—Hablemos luego. Tenemos mucho que hacer y poco tiempo para hacerlo. ¿Habéis trabajado en esto el fin de semana?

Le eché una mirada a James, que respondió que sí antes de que yo pudiera decir nada. Solo habíamos repasado los movimientos escénicos dos veces, porque él había estado fuera del Castillo la mayor parte del sábado y todo el domingo.

—Muy bien, entonces comencemos —señaló Camilo—. ¿Vamos desde el desafío de Shakespeare?

El decorado para *Lear* había sido trazado en el suelo con cinta adhesiva azul. Era un diseño interesante, el proscenio se extendía hasta la pasarela que iba por el pasillo central del público. Lo llamábamos el Puente; la elevación estaba marcada a un metro veinte.

Ocupé mi lugar en el escenario, con mi estoque colgado a mi cadera izquierda. James y el resto ya estaban en sus lugares; él sobre el Puente, los soldados a la izquierda del escenario, Camilo y el heraldo a la derecha. Meredith también debería haber estado allí, pero no tenía sentido llamarla cuando lo único que tenía que hacer era mirar.

Yo: «¿Quién es portavoz de Edmundo, conde de Gloucester?».

James: «Él mismo. ¿Qué tienes que decirle?».

Lo miré enfurecido, con los puños cerrados contra mi estómago revuelto. No había necesidad de impresionar a nadie en un ensayo de pelea, pero yo ya estaba tenso.

Yo: «Desenfunda tu espada, de modo que si mis palabras ofenden a un corazón noble, tu arma pueda hacerte justicia. Aquí está la mía».

Saqué mi espada y James levantó las cejas, levemente entretenido. Crucé por el escenario hasta la punta del Puente.

Yo: «Pese a tu espada victoriosa y a tu reciente fortuna, tu valor y tu corazón, eres un traidor, falso con tus dioses, tu hermano y tu padre, conspirador contra este gran príncipe ilustre, y desde la punta más alta de tu cabeza hasta el polvo que hay bajo tus pies, eres un asqueroso traidor».

En algún momento en medio de mi discurso, la diversión burlona de James había desaparecido de su cara, reemplazada por una mirada fría y horrible. Cuando fue su turno de hablar, lo observé con detenimiento, intentando descifrar si solo estaba actuando o si tanto él como yo estábamos guardando secretos entre nuestros dientes apretados.

James: «Aquello que con seguridad bien podría dilatar según las leyes de los caballeros es lo que desdeño y rechazo. ¡Te lanzo todas esas traiciones a la cabeza!».

Fue como si me hubiera escupido.

James: «Y que abrume tu corazón la odiosa mentira infernal; a la cual, aunque pasa y apenas lastima, esta espada abrirá un camino instantáneo adonde será su reposo eterno. ¡Trompetas, hablad!».

Levantamos nuestras espadas, nos inclinamos el uno hacia el otro sin dejar de mirarnos. Él atacó primero; mi bloqueo fue descuidado y su filo se deslizó a lo largo del mío hasta la empuñadura con un intenso siseo. Lo empujé hacia atrás y con torpeza recuperé el equilibrio. Otro golpe, otro bloqueo. Lo esquivé, le di en el hombro. Los floretes repiquetearon al chocar, pero sus bordes sin filo sonaron como el golpe y la vibración de una caja de percusión.

—Con calma —dijo Camilo—. Tranquilos.

Hicimos una secuencia de vid, como en el baile en línea, a través de un estrecho pasillo entre dos largas rayas de cinta adhesiva. Esa era la coreografía: yo le daría golpes hasta llevarlo al final del Puente, donde él caería, con una mano en el estómago y sangre brotando de entre sus dedos. (Cómo ocurriría eso era algo de lo que aún nos tenían que informar los encargados del vestuario). Luchamos con nuestros cuerpos en paralelo, nuestras espadas destellaban entre nosotros. Él se tambaleó, dio un mal paso, pero cuando levanté mi arma para asestar el golpe fatal, sus dedos se cerraron con más fuerza alrededor de la empuñadura de su espada. El pomo y la guarda se estrellaron contra mi cara, mi campo visual se llenó de estrellas incandescentes y el dolor me golpeó como un ariete. El estoque se deslizó de mis dedos y se hundió estrepitosamente junto a mí, que caí hacia atrás sobre mis codos, sangrando tanto por la nariz que pareció que alguien había abierto un grifo.

James dejó caer su florete y me miró boquiabierto y con los ojos grandes y saltones.

—¿Qué rayos crees que haces? —gritó Camilo.

James dio un paso atrás como un sonámbulo, despacio, en trance. Sus dedos se flexionaron a los costados, sus nudillos brillaban enrojecidos. Intenté hablar, pero mi boca estaba llena de hierro, la sangre chorreaba por mi mentón y empapaba mi camisa. Los dos soldados me levantaron y mi cabeza se desplomó pesadamente hacia delante, como si se hubieran roto todos los tendones de mi cuello.

Camilo aún gritaba.

—¡Inaceptable! ¿Qué te pasa?

James levantó la vista y lo miró a él en vez de a mí.

—Yo… —comenzó a decir.

—Vete —espetó Camilo—. Me ocuparé de ti más tarde.

La boca de James se movió sin emitir una sola palabra. De repente, sus ojos se llenaron de lágrimas. Dio media vuelta y salió corriendo de la habitación, dejando su abrigo y sus guantes y todo lo demás.

—Oliver, ¿estás bien? —Camilo se puso en cuclillas a mi lado y levantó mi mentón—. ¿Tienes todos los dientes? —Cerré los labios, tragué sangre y luché contra el reflejo de vomitar. Señaló primero al más alto de los dos soldados, luego al otro—. Tú ayúdame a llevarlo a la enfermería. Tú ve corriendo a buscar a Frederick, dile que necesito verlo de inmediato, a él y a Gwendolyn. Ve.

El mundo dio vueltas cuando me cargaron y en la confusión deseé desmayarme y no volver a despertarme más.

VI

No salí de la enfermería hasta después de las once. Tenía la nariz rota, pero nada grave. Me habían colocado una tablilla en el puente para mantenerlo derecho y, por debajo, ya se extendían hematomas rojos y morados bajo mis ojos. Gwendolyn y Frederick habían ido a verme, me habían preguntado qué había pasado, se habían disculpado de forma profusa y luego me habían pedido que mantuviera la mayor reserva posible y que dijera que había sido un accidente si otros estudiantes preguntaban. Según dijeron, no necesitábamos más cotilleos ni problemas. Para cuando regresé al Castillo, aún no había decidido si obedecer o no.

Subí las escaleras inmediatamente, pero no a la Torre. Parecía poco probable que James estuviera allí, pero no quería arriesgarme. En lugar de eso, golpeé suavemente la puerta de Alexander. Escuché que un cajón se cerraba con un chirrido y un momento después, apareció, con una mano en el pomo de la puerta.

—Mierda, Oliver —soltó—. Pip me ha contado lo que ha pasado, pero no creía que fuera tan malo. —Tenía los ojos sanguinolentos, los labios secos y partidos. Su aspecto no era mucho mejor que el mío.

—La verdad es que no quiero hablar de eso.

—De acuerdo. —Sorbió por la nariz y la limpió con su manga—. ¿Puedo ayudarte en algo?

—Tengo un dolor de cabeza infernal y en este momento preferiría no sentir nada del cuello para arriba.

Abrió más la puerta.

—La consulta está abierta.

No iba muy a menudo a la habitación de Alexander y siempre me sorprendía lo oscura que era. En algún momento de las últimas semanas, había colgado un tapiz sobre la ventana. Su cama estaba enterrada bajo una pila de libros, que recogió para dejarlos caer sobre su ya abarrotado escritorio. El suelo estaba cubierto de papeles de fumar estrujados, cerillas rotas y ropa. Señaló la cama y, con gratitud, me dejé caer en el colchón. Mis sienes latían con fuerza.

—¿Puedo preguntar qué ha pasado? —consultó mientras hurgaba en el cajón superior de su escritorio—. No te haré hablar de ello. Solo quiero saber si debo empujar a James al lago la próxima vez que lo vea.

Al no estar seguro de si el comentario era simplemente el sentido del humor morboso de Alexander o algo más premeditado, me moví en la cama, lo atribuí a mi persistente paranoia y decidí ignorarlo.

—¿Lo has visto mucho últimamente? —pregunté—. Tengo la sensación de que nunca está aquí.

—Entra y sale. Tú deberías saberlo mejor que yo.

—Suele venir cuando yo ya estoy dormido y, cuando me despierto, ya se ha ido.

Alexander sacudió un tubo para rollos de fotografía, sacó de allí un par de cogollos de marihuana y los desmenuzó sobre un papel de fumar.

—Para mí, se está metiendo demasiado en su personaje. El método, ¿sabes? Ya no sabe dónde termina él y dónde empieza Edmundo.

—Eso no puede ser bueno.

Levantó la vista y le echó una mirada a mi nariz rota.

—Evidentemente. —Hizo un gesto como si acabara de morderse la lengua—. ¿Te han dado algo para el dolor?

Saqué de mi bolsillo una botella de pequeñas píldoras blancas.

—Excelente —comentó—. Dame dos de esas.

Se las di. Las molió con el tubo y esparció el polvo resultante sobre la marihuana que había puesto en el papel. Volvió a buscar en el cajón y extrajo otra botella de pastillas misteriosas. La destapó y le dio un golpecito con la palma de la mano. Otro polvo blanco, más fino. Lo agregó al porro sin decirme qué era. No pregunté.

—Entonces, ¿qué ha pasado? —preguntó cuando comenzó a enrollarlo—. Estabais haciendo el combate de 5-3 y ¿te pegó?

—Básicamente.

—Qué mierda. ¿Por qué?

—Créeme, me encantaría saberlo.

Pasó la lengua por la franja engomada del papel, luego lo pegó con la yema de un dedo. Retorció el extremo y me dio el porro.

—Ten —dijo—. Fúmatelo todo de una vez y no sentirás nada en una semana.

—Genial. —Me puse de pie y me sostuve en el respaldo de su silla. Mi cabeza latía.

—¿Estás bien?

—Lo estaré en unos minutos.

No parecía convencido.

—¿Seguro?

—Sí —respondí—. Estaré bien. —Tanteé el camino hasta la puerta como un ciego, mis manos fueron de un mueble a otro hasta que llegué a la pared.

—Oliver —llamó cuando abrí la puerta para salir.

—¿Sí?

Al darme vuelta, me lanzó un encendedor, luego señaló su nariz y sonrió con tristeza. Me toqué la cara. Tenía una mancha de sangre fresca en el labio superior.

Teníamos por regla no fumar en el Castillo. Salí por la puerta lateral y me detuve en la entrada para coches con el porro, canuto o lo que fuera que apretaba con mis labios. Aspiré como Alexander me había enseñado a hacer dos años atrás: bien hondo. Hacía frío, incluso para febrero, y mi respiración y el humo salieron de mi boca juntos en una larga espiral. Sentía mis cavidades nasales pesadas y densas, como si las hubieran tapado con arcilla. Me pregunté cuánto tardarían en irse los hematomas, si mi nariz volvería a tener el mismo aspecto en tres semanas.

Me apoyé contra la pared e intenté no pensar más o me volvería loco. El bosque estaba en silencio y, al mismo tiempo, lleno de pequeños sonidos; el ulular lejano de un búho, el susurro seco de las hojas, una brisa serpenteando entre las copas de los árboles. De alguna manera, mi mente lentamente se desconectó del resto de mi cuerpo. Aún sentía dolor, aún me retorcía contra la indecisión que me tenía sujeto, pero también había algo entre mí y los pensamientos y las sensaciones y todo los demás; una fina neblina, un telón de gasa iluminado desde atrás, siluetas de teatro de sombras que se movían con suavidad al otro lado. No pude distinguir si era el frío o el porro de Alexander, pero poco a poco, mi cuerpo comenzó a anestesiarse.

Se abrió la puerta, se cerró. Miré hacia allí sin expectativa ni curiosidad. Meredith. Dudó un momento en el porche, luego se acercó. No me moví. Ella me quitó el porro de la boca, lo arrojó al suelo y me besó antes de que yo pudiera hablar. Una punzada de dolor subió por el puente de mi nariz hasta mi cerebro. Sentía la palma de su mano caliente sobre el costado de mi cara; su boca, magnética. Tomó mi mano como había hecho tantas semanas atrás y me llevó adentro.

VII

Dormí la mayor parte del día siguiente y solo me desperté un momento o dos cuando Meredith salió de la cama, acarició mi pelo para retirarlo de mi frente y se fue a clase. Le murmuré algo, pero las palabras nunca cobraron forma realmente. El sueño volvió a trepar sobre mí como una mascota cariñosa y ronroneante. No volví a despertarme en ocho horas. Cuando lo hice, Filippa estaba sentada con las piernas cruzadas a mi lado en la cama.

Levanté la vista hacia ella con modorra, rebuscando en mis recuerdos empantanados de la noche anterior para intentar descifrar si estaba desnudo bajo las sábanas. Me empujó hacia atrás cuando intenté incorporarme.

—¿Cómo te sientes? —preguntó.

—¿Qué aspecto tengo?

—¿Honestamente? Horrible.

—¿Coincidencia? No. ¿Qué hora es?

—Las nueve menos cuarto —respondió y frunció el ceño—. ¿Has dormido todo el día?

Solté un quejido, me moví, reacio a levantar la cabeza.

—Prácticamente sí. ¿Cómo han estado las clases?

—Muy silenciosas.

—¿Por qué?

—Bueno, sin vosotros, solo éramos cuatro.

—¿Quién más ha faltado?

—¿Quién crees?

Giré la cabeza en la almohada hacia el otro lado de donde estaba ella, miré con fijeza la pared. El movimiento produjo una dolorosa punzada en mi cavidad nasal que me distrajo, pero solo un momento.

—Supongo que esperas que te pregunte dónde está —dije.

Pellizcó el borde de mi edredón donde estaba doblado sobre mi pecho.

—Nadie lo ha visto desde ayer. Desapareció después del ensayo de combate.

Le gruñí y señalé:

—Viene un «pero», lo puedo presentir.

Suspiró, sus hombros se alzaron ligeramente y se hundieron mucho más.

—Pero acaba de volver. Está en la Torre.

—En ese caso, me quedaré aquí hasta que Meredith me eche.

Su boca se extendió en una línea lisa y rosada. Detrás de sus gafas —no sabía por qué las llevaba puestas, no estaba leyendo nada—, sus ojos azul océano estaban adormilados, pacientes pero cansados.

—Vamos, Oliver —dijo en voz baja—. ¿Qué daño podría hacer que vayas y hables con él?

Señalé mi cara.

—Eh, bastante al parecer.

—Mira, estamos todos enfadados con él. Creo que Meredith ha dejado el suelo chamuscado en el lugar donde estaba cuando él ha entrado. Wren no ha querido hablar con él.

—Bien —repuse.

—Oliver.

—¿Qué?

Apoyó su mejilla en su mano e, inexplicablemente, a regañadientes, sonrió.

—¿Qué? —repetí, con más cautela.

—Tú —respondió—. Sabes que yo no habría venido si no fueras tú el que está aquí.

—¿Eso qué quiere decir?

—Quiere decir que tienes más razones que el resto para estar enfadado, pero también serás el primero en perdonarlo.

La perturbadora sensación de que Filippa podía ver a través de mi piel hizo que quisiera esconderme más bajo las sábanas.

—¿Ah, sí? —cuestioné, pero sonó débil y poco convincente, incluso para mí.

—Sí. —Su sonrisa se desvaneció—. No podemos darnos el lujo de atacarnos entre nosotros en este momento. Las cosas ya están mal así como están. —De repente, pareció frágil. Delgada y transparente, como una paciente con cáncer. La imperturbable Filippa. Sentí la extraña y abrumadora necesidad de *abrazarla*, avergonzado de haber sospechado de ella, aunque fuera fugazmente. Quería meterla debajo de la manta y envolverla con mis brazos. Casi lo hice, pero recordé que (probablemente) estaba desnudo.

—Está bien. —Cedí—. Iré a hablar con él.

Asintió y creí ver el destello de una lágrima detrás de sus gafas.

—Gracias. —Esperó un momento, notó que yo no me movía y añadió—. De acuerdo, ¿cuándo?

—Em, en un rato.

Parpadeó, y todo rastro de la lágrima —si es que había habido una— desapareció.

—¿Estás desnudo? —preguntó.

—Puede ser.

Se fue de la habitación. Me tomé mi tiempo para vestirme.

Al subir las escaleras hacia la Torre, descubrí que caminaba a cámara lenta. No me sentía como si estuviera yendo a ver a

James por primera vez en uno o dos días. Me sentía como si no lo hubiera visto, no hubiera hablado con él, no me hubiera comunicado con él de ninguna forma desde antes de Navidad. Al final de las escaleras, la puerta estaba entornada. Me lamí los labios de forma nerviosa y la empujé para abrirla.

Estaba sentado en un lado de la cama con los ojos fijos en el suelo. Pero no era su cama, era la mía.

—¿Cómodo? —pregunté.

Se puso de pie de inmediato y dio dos pasos adelante.

—Oliver…

Levanté una mano, con la palma hacia arriba, como un guardia de cruce escolar.

—No… Quédate en ese lado un momento.

Se detuvo en el centro de la habitación.

—De acuerdo. Lo que tú quieras.

Mis pies no estaban plantados con firmeza sobre las tablas del suelo. Tragué, resistí una extraña oleada de afecto desesperanzado.

—Quiero perdonarte —solté—, pero James, te mataría en este mismo momento, para ser sincero. —Estiré una mano hacia él y la cerré con fuerza en el aire—. Quiero hacerlo… Dios, ni siquiera lo puedo explicar. Eres como un pájaro, ¿lo sabías? —Abrió la boca, había una pregunta, una expresión confusa, atrapada en la punta de su lengua. Hice un gesto brusco, torpe, con la mano para que no hablara. Mis pensamientos salieron de forma maníaca, desorganizados—. Alexander tenía razón, Richard no es el gorrión, tú lo eres. Eres… no sé… una cosa frágil, escurridiza, y siento que si pudiera atraparte siquiera, podría aplastarte.

Tenía una mirada terrible, de dolor, y no tenía derecho a tenerla, no en ese momento. Media docena de sentimientos encontrados rugieron al mismo tiempo en mi interior y di un paso largo y desgarbado hacia él.

—Quiero enfadarme contigo con tanta fuerza que podría hacerlo, pero *no puedo*, así que estoy furioso conmigo mismo. ¿Entiendes lo injusto que es? —Mi voz era aguda y exigente, como la de un niño pequeño. Odiaba aquello, así que maldije a gritos—. ¡Mierda! A la mierda con esto, a la mierda conmigo y a la mierda contigo. ¡Maldita sea, James! —Quería lanzarlo al suelo, pelear con él y ¿qué? Me alarmó la violencia de mi pensamiento y, dejando salir un extraño ruido de furia, tomé un libro que había en el arcón al pie de su cama y se lo arrojé a las rodillas. Era un libro en rústica de *Lear*, blando e inofensivo, pero hizo un gesto de dolor cuando este lo golpeó. El libro cayó aleteando a sus pies, una página quedó torcida y sobresalió por encima de la encuadernación. Cuando me miró, aparté la vista de inmediato.

—Oliver…

—¡No! —Sacudí un dedo hacia él para silenciarlo—. No lo hagas. Solo déjame… solo dame un minuto. —Arrastré mis dedos por mi pelo. Una dura bola de dolor había quedado atascada detrás del puente de mi nariz y mis ojos comenzaron a lagrimear—. ¿Qué *es* lo que tienes? —pregunté, mis palabras marcadas por el esfuerzo de mantener mi voz firme. Lo miré con furia, esperando una respuesta que sabía que no obtendría—. Debería odiarte en este momento. Y quiero odiarte… *Dios*, no sabes cuánto, pero eso no es suficiente.

Negué con la cabeza, completamente confundido. ¿Qué mierda nos estaba pasando? Busqué una señal en su cara, una pista a la que aferrarme, pero durante un largo rato lo único que hizo fue respirar, con la cara torcida hacia arriba, como si le doliera.

—«Aborrezco mi nombre, querida santa —dijo—, porque es el de tus enemigos».

La escena del balcón. Demasiado desconfiado para adivinar qué quería decir, le pedí:

—No hagas eso, James, por favor… ¿podemos ser nosotros mismos en este momento?

Se acuclilló, levantó el guion estropeado del suelo.

—Lo siento —repuso—. En este momento es más fácil ser Romeo o Macbeth o Bruto o Edmundo. Otra persona.

—James —volví a decir, esta vez con más suavidad—. ¿Estás bien?

Negó con la cabeza, sus ojos apuntaban hacia abajo. Su voz se escabulló de su boca con pasos temerosos, cautos.

—No, no lo estoy.

—De acuerdo. —Pasé mi peso de un pie al otro. El suelo aún no me parecía lo bastante firme—. ¿Puedes contarme qué pasa?

—Ay —respondió, con una extraña sonrisa tímida—. No. Todo.

—Lo siento —dije, y sonó como una pregunta.

Dio un paso adelante, recorrió el espacio que nos separaba y alzó la mano para tocar el hematoma que se había extendido bajo mi ojo izquierdo. Una punzada de dolor. Me contraje.

—Yo soy quien lo siente —manifestó. Mis ojos fueron de uno de los suyos al otro. Grises como el acero, dorados como la miel—. No sé qué me llevó a hacerlo. Jamás había querido hacerte daño.

Sentía las yemas de sus dedos como hielo.

—¿Y ahora? —pregunté—. ¿Por qué?

Su brazo cayó flojo a su lado. Apartó la mirada y respondió:

—Oliver, no sé qué me pasa. Quiero hacerle daño al mundo entero.

—James. —Sujeté su brazo, lo hice girar hacia mí. Antes de poder decidir qué haría a continuación, sentí su mano en mi pecho y bajé la mirada. Su palma estaba presionada contra mi camisa, con los dedos abiertos sobre mi clavícula. Esperé a que él me acercara o me alejara de sí. Pero solo se quedó mirando su mano, como si fuera algo extraño que jamás había visto.

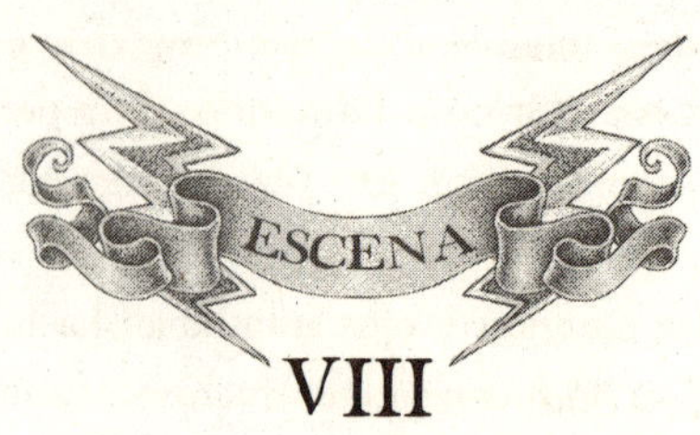

VIII

Febrero no tardó en irse. La mitad del mes había llegado y se había ido antes de que yo dejara de escribir «enero» en todos mis ensayos por equivocación. Nuestros exámenes de interpretación se acercaban con rapidez y, aunque Frederick y Gwendolyn habían sido inusualmente amables al asignar escenas, luchábamos para mantenernos a flote en el mar de líneas que teníamos que aprender, libros que leer, textos que analizar y ensayos que entregar. Un domingo temprano por la tarde, James, las chicas y yo estábamos acurrucados en la biblioteca, pasando líneas de las escenas que teníamos que interpretar en clase la siguiente semana. A James y Filippa les habían tocado Hamlet y Gertrudis; Meredith y Wren leían Emilia y Desdémona; yo esperaba a Alexander, que tenía que interpretar a Arcite para que yo fuera Palamon.

—¡Ay, por favor! —soltó Filippa, cuando trastabilló con la misma línea por cuarta vez—. ¿Tanto les costaba darme a Ofelia? Ni usando toda la imaginación del mundo podría ser lo suficientemente vieja para ser tu madre.

—«¡Ojalá no fuera así!» —repuso James.

Ella dejó escapar un enorme suspiro.

—«¿Qué he hecho para merecer que agites tu lengua de esta manera tan grosera contra mí?».

—«Un acto que mancilla toda gracia y rubor de la modestia».

Siguieron discutiendo en voz baja. Me recliné contra el sillón, observé cómo Meredith peinaba el pelo de Wren por un instante. Formaban una imagen hermosa, la luz del fuego bailaba suavemente sobre sus rostros, resplandecía en la curva de sus labios y pestañas.

Wren: «¿Harías semejante cosa por todo el mundo?».

Meredith: «El mundo es una cosa enorme: es un alto precio por un pequeño vicio».

Wren: «En verdad creo que no lo harías».

Volví a levantar mi propio cuaderno. Mi texto estaba atravesado y subrayado con cuatro colores distintos, con anotaciones tan caóticas que era difícil encontrar las palabras originales. Murmuré para mí por un rato, las voces de los demás se entremezclaban con el susurro y crepitar del fuego. Pasaron quince minutos, luego veinte. Comenzaba a inquietarme cuando se abrió la puerta de abajo.

Me senté más erguido.

—Por fin. —Los pasos se acercaban a toda velocidad por las escaleras y protesté—: Ya era hora, te he estado esperando toda la tarde… —Pero no era Alexander.

—Colin —dijo Wren, saliendo de su escena.

Saludó con la cabeza, sus manos se movían inquietas en los bolsillos de su abrigo.

—Perdonad que entre así.

—¿Qué tal?

—Estoy buscando a Alexander. —Sus mejillas estaban sonrojadas, pero dudé de que fuera realmente por el frío.

Filippa intercambió una mirada rápida con Meredith, quien señaló:

—Creíamos que estaba contigo.

Colin asintió, sus ojos recorrían la habitación estratégicamente para evitar mirarnos.

—Sí, habíamos quedado en encontrarnos a las cinco para beber algo, pero no lo he visto y tampoco he sabido nada de él. —Se encogió de hombros—. He empezado a preocuparme, ¿sabéis?

—Sí. —Filippa ya estaba poniéndose de pie—. ¿Alguien va a mirar en su habitación? Yo iré a la cocina a ver si ha dejado una nota.

—Yo iré. —Colin prácticamente salió corriendo de la biblioteca, desesperado por llegar al pasillo, donde no sentiría la mirada de todos nosotros.

MEREDITH: ¿De qué irá esto?

YO: No lo sé. ¿Os ha comentado algo?

WREN: No, pero ha estado actuando raro últimamente.

JAMES: Como todos.

Wren me miró con el ceño fruncido. Yo no tenía nada que aportar, así que me encogí de hombros. Ella abrió la boca, pero nunca pude saber qué iba a decir, porque Colin entró corriendo otra vez, todo rubor había abandonado su cara.

—Está en su habitación. Algo va mal, ¡muy mal! —Su voz se quebró en la última palabra y todos nos pusimos de pie de un salto.

La voz de Filippa nos persiguió por el pasillo desde la cocina, aguda y nerviosa:

—¿Chicos? ¿Qué pasa?

La puerta chocó con fuerza contra la pared cuando Colin la abrió con urgencia. Había libros, ropa, papeles estrujados por toda la habitación, como los destrozos después de un estallido de bomba. Alexander yacía en el suelo, sus extremidades estaban dobladas en ángulos extraños; su cabeza, echada hacia atrás como si su cuello estuviera roto.

—Ay, Dios —dije—. ¿Qué hacemos?

James pasó a mi lado a empujones.

—Salid del camino. Colin, levántalo, ¿puedes?

Wren señaló el otro lado de la habitación.

—¿Qué es todo eso?

Debajo de la cama, el suelo estaba cubierto de botes de pastillas y tubos para rollos, casi fuera de vista detrás de una esquina caída de su edredón. Las etiquetas de los medicamentos habían sido arrancadas de algunos envases y, en su lugar, habían quedado tiras de papel blanco sucio.

James se arrodilló al lado de Alexander y apretó su muñeca en busca de pulso. Colin levantó su cabeza del suelo y un pequeño sonido escapó de sus labios.

—Está vivo —señalé—. Debe de estar… solo debe…

La voz de James salió aguda y tensa.

—Cállate un minuto, no puedo…

Filippa llegó a la puerta detrás de nosotros.

—¿Qué está pasando?

Alexander murmuró algo y Colin bajó la cabeza para acercarla a su cara.

—No lo sé —respondí—. Debe de haber consumido demasiado de algo.

—Ay, Dios. ¿Qué? ¿Qué ha estado tomando, alguien lo sabe?

—Su pulso es errático —informó James, que hablaba rápido y bajo—. Tiene que ir al hospital. Que alguien baje y llame a la ambulancia. Y que alguien recoja toda esa basura. —Señaló los botes de pastillas de debajo de la cama.

Colin palideció, mientras abrazaba la cabeza sudada de Alexander en su regazo.

—No puedes enviarlo al hospital. ¿Quieres que lo expulsen?

—¿Preferirías que muera? —preguntó James con ferocidad.

Antes de que Colin pudiera responder, todo el cuerpo de Alexander sufrió una convulsión, sus dientes se apretaron, sus músculos se sacudieron.

—Hacedle caso —ordenó Meredith—. Que alguien vaya ya mismo a llamar por teléfono. —Se acuclilló al lado de James y comenzó a quitar los botes de pastillas de debajo de la cama. Alexander gimió y una de sus manos tanteó el suelo. Colin la tomó y la apretó con fuerza, meciéndose ligeramente hacia adelante. Wren se había refugiado en un rincón y estaba acuclillada ahí, abrazando su propio cuerpo, con aspecto enfermizo. Mi estómago intentó trepar a mi boca.

Filippa sujetó mi brazo.

—Oliver, ¿puedes…?

—Sí, yo iré. Cuida a Wren.

Dejé la habitación y volé hacia la planta baja por las escaleras; mis pies, adormecidos y torpes. Arranqué el teléfono de su soporte y marqué 911.

Respondió una voz. Femenina. Indiferente. Eficiente.

—911, ¿cuál es su emergencia?

—Estoy en el Castillo en el campus de Dellecher y necesitamos una ambulancia de inmediato.

—¿Cuál es la naturaleza de su emergencia? —Era tan fría, tan calmada. Luché contra la necesidad de gritarle: «¡Es una emergencia! ¿No significa nada para ti?».

—Algún tipo de sobredosis, no lo sé. Envíe ayuda ya.

Dejé caer el teléfono, se deslizó de mi mano, el cable quedó tenso tras una sacudida y el aparato quedó oscilando como un muerto en la horca. Mientras escuchaba la vocecita que zumbaba desde el teléfono y los sonidos lejanos de consternación y nerviosismo que venían desde arriba, lo único que pude pensar era ¿por qué?, ¿por qué las drogas?, ¿por qué la sobredosis?, *¿qué ha hecho?, ¿qué ha hecho?, ¿qué ha hecho?* No podía regresar a su habitación, no podía quedarme donde estaba, aterrado de lo que podría decir cuando la policía o los paramédicos me hicieran preguntas. Dejé el teléfono colgando y abrí la puerta de golpe, sin buscar mi abrigo, mi bufanda, mis guantes ni nada.

Tomé impulso cuando caminaba por la entrada para coches, la gravilla era como trozos de hielo bajo mis calcetines. Para cuando llegué a la tierra —escondida bajo una capa de nieve vieja y agujas de pino mezcladas—, ya corría a toda velocidad. Mi corazón bombeaba con fuerza contra el frío, y la sangre golpeó mis venas, bramó y rugió en mis oídos, hasta que el bloqueo en mis fosas nasales explotó y la sangre comenzó salir por mi nariz otra vez. Corrí directo hacia los árboles, donde las ramas y las espinas arañaron mi cara y mis brazos y mis piernas, pero apenas las sentía; los pequeños pinchazos de dolor, perdidos en la agitación y el alboroto del pánico. Salí del sendero y me adentré en el bosque, tan profundo que no supe si podría encontrar el camino de regreso, tan profundo que nadie podría oírme. Cuando creí que mi corazón y mis pulmones estallarían, caí a cuatro patas sobre las hojas heladas y aullé entre los árboles hasta que sentí que algo se quebraba en mi garganta.

IX

Solo éramos cuatro en la clase del martes a la mañana: James, Filippa, Meredith y yo. Alexander no había vuelto del hospital; aunque ya estaba estable, según nos habían dicho. Al resto de nosotros nos sacaron de clase uno por uno el lunes para que nos hicieran una evaluación psiquiátrica. El psiquiatra del conservatorio y un médico de Broadwater se turnaron para hacernos preguntas invasivas sobre nosotros mismos, sobre los demás y sobre nuestro pobre historial de abuso de sustancias. (Cada uno de nosotros salió con un folleto sobre los peligros de usar drogas y un severo recordatorio de que era obligatorio asistir al próximo seminario de concientización sobre el alcohol). Más allá de los problemas de estrés y agotamiento obvios, tanto James como Wren, por lo que escuché fuera de la oficina de Holinshed de camino al baño, mostraban síntomas de síndrome de estrés postraumático. Ella se había tomado un día libre de clases para descansar, pero cuando le sugerí a James que hiciera lo mismo, me respondió: «Si me encierro en el Castillo todo el día solo, enloqueceré». No podía discutir contra eso, pero resultó que no le iría mucho mejor en el Estudio 5.

—Bueno —dijo Gwendolyn en cuanto nos sentamos—, creo que nadie está en condiciones de comenzar con material nuevo hoy y, además, sois muy pocos. Tendría que dar la misma lección mañana. —Su solución fue trabajar en las escenas problemáticas de *Lear* que no se podían diseccionar con tanta profundidad durante los ensayos por cuestiones de tiempo.

James y yo observamos durante una hora cómo Gwendolyn les clavaba las uñas a Meredith y Filippa, escarbando en busca de una chispa de rivalidad de hermanas en la vida real para avivar el fuego sobre el escenario. Tenía trabajo por delante; Meredith casi no conocía a sus propios hermanos y Filippa aseguraba no tener ninguno. (Aún no sé si esto es verdad). Gwendolyn me sacó del estupor al preguntarme por *mis* hermanas, un tema que no me gustaba (ni entonces ni nunca). Se detuvo justo antes de delatar mi nuevo rol como cuidador del Castillo y, gracias a Dios, pasó a otra cosa. Después de vapulear a las chicas hasta el agotamiento, nos dio un descanso de cinco minutos para que bebiéramos agua y les indicó a James y a Meredith que fueran preparados para el Acto IV, Escena 2.

Cuando volvimos, Gwendolyn comenzó el trabajo escénico con un sermón sobre la actuación deslucida de la semana anterior.

—Vamos, de verdad —nos reprendió—. Este es uno de los momentos más apasionados de la obra, entre dos de las personas más poderosas que tiene. Hay muchísimo en juego, así que no quiero sentir que estoy viendo cómo ligáis en un bar. —Meredith y James escuchaban sin hacer comentarios y cuando por fin Gwendolyn terminó de hablar, ocuparon sus lugares ignorándose. (Después de que James me rompiera la nariz, la actitud de Meredith hacia él había pasado de fría a helada, lo que sin dudas contribuía a su completa falta de química sobre el escenario).

Filippa les proporcionó el pie —no era su línea, pero Gwendolyn no iba a tomarse esa molestia— y ellos hicieron todos los movimientos con tanta rigidez que me sentí incómodo. A mi lado, Filippa vio cómo la escena se desmoronaba con una expresión dolorida, ceñuda, como si la estuvieran torturando.

—Alto, alto, alto —exclamó Gwendolyn, sacudiendo una mano hacia James y Meredith—. Deteneos. —Se alejaron uno del otro, con expresión agradecida, como imanes con la misma polaridad. Meredith se cruzó de brazos; James bajó la mirada al suelo. Gwendolyn miró de uno al otro y preguntó—: ¿Qué rayos pasa con vosotros dos? —Meredith se puso tensa. James lo percibió y se puso tenso de la misma manera, pero no la miró. Gwendolyn se puso las manos en la cadera y los observó con agudeza—. Llegaré al fondo de esto, sea lo que sea —advirtió—, pero hablemos sobre la primera escena. ¿Qué ocurre ahí? ¿Meredith?

—Gonerilda necesita la ayuda de Edmundo, así que lo soborna de la única forma que sabe hacerlo. —Sonó como si eso la aburriera por completo.

—Claro —repuso Gwendolyn—. Esa es una buena respuesta, si estás muerta del cuello para abajo. ¿James? Escuchemos qué tienes que decir. ¿Qué está pasando con Edmundo?

—Ve otra forma de conseguir lo que quiere y aprovecha las cartas que ella le da —respondió él, de forma automática, inexpresiva.

—Eso es interesante. También es una idiotez —opinó Gwendolyn, y levanté la vista de mis rodillas, sorprendido—. A esta escena le falta algo *enorme* y lo tenéis justo frente a vuestras narices —continuó—. Gonerilda no mataría a su esposo solo para tener un nuevo capitán en el campo, y Edmundo no se arriesgaría a perder el título de Regania si no tuviera una oferta más convincente sobre la mesa. Entonces, ¿por qué lo hacen?

Nadie habló. Gwendolyn dio una vuelta y exclamó:

—Ay, por el amor de Dios… ¡Oliver! —Lo dijo tan fuerte que me sobresalté—. «La muerte está tan cerca de la *¿qué?* como el fuego del humo».

La vieja y familiar línea de *Pericles* se disparó en mi cabeza.

—¿Lujuria? —respondí, receloso de la palabra, tan temeroso de estar en lo cierto como de estar equivocado.

—¡Lujuria! —ladró ella y sacudió su puño hacia James y Meredith—. ¡Pasión! Si solo interpretáis la lógica y no los sentimientos, ¡la escena no funciona! —Volvió a sacudir la mano hacia ellos—. Está claro que vosotros *no* la sentís, así que tendremos que arreglar eso. ¿Cómo? Primero, nos ponemos de pie uno frente al otro. —Sujetó a James de los hombros y lo hizo girar con brusquedad, de modo que él y Meredith quedaron casi tocándose las narices—. Ahora dejamos de lado todas las tonterías de él/ella y empezamos a hablar como personas reales. Dejad de decir «Edmundo» como si fuera alguien que conocisteis en una fiesta. No se trata de *él*, se trata de *vosotros*.

Ambos la miraban de forma inexpresiva.

—No —reprendió Gwendolyn—. No. No me miréis *a mí*.
—Giraron y se miraron con odio hasta que ella añadió—: No es
un concurso de miradas.

—Esto no está *funcionando* —estalló Meredith.

—¿Y por qué no? —preguntó Gwendolyn—. ¿No os gustáis
en este momento? Pues qué mal. —Se detuvo, suspiró—. Este
es el tema, chicos, y lo sé porque he vivido una vida larga y es-
candalosa, lo que pasa con la lujuria es que no tiene que gustar-
te la otra persona. ¿Nunca habéis oído hablar del sexo por odio?

Filippa soltó una arcada y yo me tragué una risa nerviosa.

—No dejéis de miraros, pero detenedme si me equivoco
—continuó Gwendolyn—. James, Meredith no te gusta. ¿Por
qué no? Es preciosa. Es inteligente. Es pasional. Creo que ella
te intimida y no te gusta que te intimiden. Pero hay algo más,
¿verdad? —Comenzó a caminar alrededor de ellos en un círculo lento, como un gato montés al acecho—. La miras como si
ella te repugnara, pero no creo que sea así. Creo que ella te
distrae como distrae a cualquier otro hombre con sangre en las
venas. Cuando la miras, no puedes evitar tener pensamientos
sucios, sexuales, y entonces sientes asco de ti mismo.

Las manos de James se cerraron en puños a sus costados.
Podía ver con cuanta cautela respiraba, su pecho subía y bajaba
como cronometrado.

—Y luego tenemos a la señorita Meredith —ronroneó Gwendolyn—. Tú no tienes miedo de ser sucia y sensual, entonces ¿qué
pasa? Estás acostumbrada a que todos te miren como si fueras una
diosa y creo que te ofende el hecho de que James se resista a ti. Es
el único chico al que no puedes tener. Eso hace que lo desees con
fuerza.

A diferencia de James, Meredith parecía no estar respirando
en absoluto. Estaba completamente inmóvil, los labios apenas
separados, las mejillas sonrojadas con intensidad. Yo conocía esa

mirada, era la misma mirada temeraria y ardiente que me había lanzado en las escaleras durante la fiesta de *César*. Algo se retorció bajo mis pulmones.

—Ahora —indicó Gwendolyn—, quiero que por un momento os olvidéis del contacto visual y miréis cada centímetro del otro. Hacedlo sin prisa.

Obedecieron. Se miraron uno al otro, se permitieron observar todo, se deleitaron y yo seguí sus ojos, vi lo que vieron: el contorno de la mandíbula de James, el triángulo de piel tersa que se veía en la V del cuello de su camisa. El dorso de sus manos, los delicados huesos, las líneas talladas con precisión por Miguel Ángel. Y Meredith: el suave rosa de su boca, la curva de su cuello, la inclinación de sus hombros. La pequeña marca que había dejado con mis dientes en la carnosidad de la palma de su mano. La ansiedad se encendió en cada uno de los nervios de mi cuerpo.

—Ahora miraos a los ojos —dijo Gwendolyn—. Y hacedlo con ganas. ¿Filippa?

Esta echó un vistazo al guion que tenía en la mano y pronunció la última línea de Osvaldo:

—«Lo que debería desagradarle le resulta placentero; lo agradable, insultante».

Meredith inhaló de golpe, como alguien al despertarse. Su mano aterrizó en el pecho de James antes de que él se pudiera mover y lo sostuvo ahí, a un brazo de distancia.

MEREDITH: «Entonces, no sigas adelante. Su espíritu acobardado, que no se atreve a actuar, no siente los insultos que deberían forzarlo a responder. Los deseos que tuvimos en el trayecto quizás se hagan realidad».

Jugó con el cuello de la camisa de James, quizás distraída por el calor que provenía de debajo de la tela. Él levantó una mano para buscar la muñeca de Meredith, trazó con las yemas de sus dedos las líneas azules de las venas.

362

MEREDITH: «Regresa, Edmundo, con mi cuñado. Reúne a
sus solados y organiza sus tropas. Yo cambiaré las armas
en casa y pondré la rueca en manos de mi esposo».

Él le miraba la boca mientras ella hablaba, y ella dejó que su
codo se doblara, invitándolo a acercarse, como si hubiera olvidado por qué debía mantener distancia.

MEREDITH: «Este leal sirviente nos mantendrá en contacto.
Pronto escucharás (si te atreves a actuar a tu favor), la
orden de una ama».

Su mano se movió hacia el cuello de su suéter y la de él la
acompañó, flotando a un milímetro de distancia de la piel de
Meredith, que encontró su pañuelo y lo sacó.

—«Ponte esto. No hables demasiado. Inclina la cabeza…».

En un movimiento repentino, él le arrebató el pañuelo y la
besó con tanta fuerza que casi la derribó. Ella sujetó su camisa con
ambos puños, como si quisiera asfixiarlo, y escuché la respiración de
James, que se entrecortaba, y el pequeño suspiro en respuesta. Era
violento, agresivo, el pañuelo y su delicada seducción quedaron
aplastados y olvidados. Si hubieran tenido garras, se habrían herido.
Me sentí febril, enfermo, mareado. Quería apartar la mirada pero
no podía; era como mirar un accidente de tránsito. Apreté los dientes con tanta fuerza que mi vista comenzó a nublarse.

Meredith se liberó, empujó a James para que diera un paso
atrás. Estaban de pie a un metro de distancia, mirándose, desa-
liñados y jadeantes.

MEREDITH: «Si este beso pudiera hablar, elevaría tu ánimo a
lo alto. Compréndelo, y adiós».

JAMES: «Tuyo, hasta la muerte».

Dio media vuelta, salió por el lado equivocado, caminó fuera de la habitación. En cuanto despareció, Meredith dio la espalda al lugar en el que él había estado y, al hablar, sus palabras
sonaron furiosas y afiladas.

—«¡Ay, la diferencia entre un hombre y otro! Mereces los favores de una mujer; un tonto usurpa mi cuerpo».

Sonó la campana, justo en ese preciso momento. Salí disparado hacia el pasillo, la horrible sensación de que todos los ojos estaban puestos en mí hizo que mi piel se erizara.

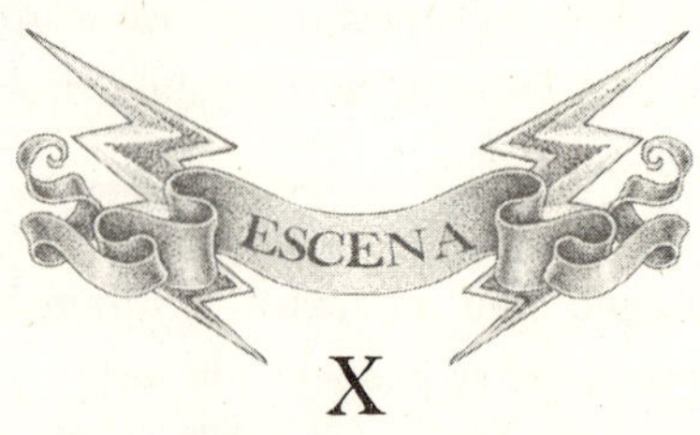

X

Me abrí paso a empujones por las escaleras y casi arrojé a un estudiante de filosofía por encima de la barandilla en mi desesperación por alejarme del Estudio 5. Se me cayó un libro, pero no volví a buscarlo (alguien lo recogería, tenía mi nombre en la portada). Cuando llegué a la galería, abrí la puerta de golpe, sin llamar, la cerré detrás de mí y presioné la espalda contra ella. Comenzó a formarse un estornudo debajo de la tablilla en mi nariz y por un momento no me atreví a respirar por miedo a lo mucho que me dolería.

—¿Oliver? —Frederick se asomó por detrás del pizarrón, con un trapo para borrar la tiza en la mano.

—Sí —respondí, exhalando todo el aire junto—. Lo siento, solo… necesitaba estar tranquilo.

—Entiendo. ¿Por qué no te sientas y te sirvo un té?

Asentí, con los ojos llenos de lágrimas por el esfuerzo de reprimir el estornudo, y crucé la habitación para mirar por la ventana. Todo era lúgubre y gris, el lago quieto y opaco bajo una fina capa de hielo. Desde tan lejos y alto, parecía un espejo empañado e imaginé que Dios se estiraba para frotar el vidrio con su manga.

—¿Miel? —preguntó Frederick—. ¿Limón?

—Sí, por favor —contesté; mi mente, lejos de mi boca. James y Meredith estaban enredados y luchaban en mi cabeza. El sudor hacía que me picara el cuero cabelludo y la zona entre los omóplatos. Quería abrir la ventana, dejar que una ráfaga helada de viento invernal aliviara mi fiebre, me congelara hasta no sentir nada más.

Frederick trajo mi taza con su platillo y bebí un largo trago de té. Me quemó la lengua y el paladar y no tenía sabor a nada, ni siquiera a la acidez del limón. Frederick me observaba desconcertado. Intenté sonreírle, pero debió de parecer una mueca de dolor, porque se tocó el costado de su nariz y preguntó:

—¿Cómo está?

—Pica —contesté. Una respuesta automática, pero honesta.

Al principio su cara quedó en blanco, pero luego se rio.

—Oliver —comentó—, eres realmente indomable.

Mi sonrisa se resquebrajó como el yeso.

Regresó al aparador a seguir sirviendo té. Doblé los dedos para formar el puño más cerrado que pude, luchando contra el impulso de gritar o, quizá, dejar salir esa risa desquiciada, aunque mi garganta aún estaba lastimada y dolorida de la noche en que Alexander había tenido la sobredosis.

Sonó la campana tardía y levanté la vista hacia Frederick, que estaba mirando el pequeño reloj de oro en su muñeca.

—¿Todos los demás se retrasan? —preguntó.

—No lo sé. —Mi voz sonó tensa, quebradiza—. Alexander está en el hospital y Wren vuelve a las clases mañana, pero…

—¿Y el resto?

—No lo sé —repetí, incapaz de reprimir una súbita sensación de pánico—. Estaban todos en la clase de Gwendolyn. —La pequeña parte racional de mi cerebro escupió una lista de razones por las que podrían retrasarse. Muy probablemente, estuvieran alterados después de nuestra última clase. Cansados. No se sintieran bien. Tuvieran trastorno postraumático.

Frederick se asomó al pasillo por la puerta, primero miró hacia un lado, luego hacia el otro, como un niño antes de cruzar la calle. Me estiré para buscar mi té, con la esperanza de que calmara mis nervios, pero la taza resbaló de mi mano temblorosa. El líquido ardiente cayó sobre mi piel, grité de dolor y la porcelana se hizo añicos en el suelo.

Jamás había visto a Frederick moverse tan rápido, al sobresaltarse y dar media vuelta desde la puerta.

—Oliver —dijo, con un tono de sorpresa que fue casi de reproche.

—¡Lo siento! —imploré—. Lo siento, se me ha resbalado y…

—Oliver —repitió, cerrando la puerta detrás de sí—. No me preocupa la taza. —Buscó una servilleta en el aparador y me la trajo. Sequé mis manos lo mejor que pude, temblaban mucho. Respiraba agitado, como en hipos extraños, tragando el aire lleno de tiza como si fuera a escaparse. Frederick se sentó en la silla que normalmente ocupaba James—. Mírame, Oliver, por favor —dijo, serio, pero con suavidad. Levanté la mirada—. Ahora dime qué sucede.

—Todos… —Negué con la cabeza, mientras rompía la servilleta con dedos quemados y doloridos—. Nos estamos hundiendo.

Para entonces, ya sabía cómo seguía la historia. Nuestro pequeño drama se precipitaba hacia el clímax. ¿Qué pasaría después, cuando llegáramos al precipicio?

Primero, la rendición de cuentas. Luego, la caída.

ACTO V

★ ★ ★

Prólogo

La subida desde la planta baja hasta la Torre lleva una década. Subo despacio, como un hombre en los escalones del patíbulo, y Colborne viene detrás de mí, con paso vacilante. El olor del lugar —a madera y libros viejos bajo una ligera capa de polvo— es abrumadoramente familiar, aunque jamás lo noté cuando vivía aquí, diez años atrás. La puerta está un poco entornada, como si uno de nosotros, veinteañeros, la hubiese dejado abierta al salir a toda prisa hacia el teatro, el Estudio 5, Bore's Head, donde fuera. Por un instante, me pregunto si James está al otro lado.

La puerta se abre silenciosamente cuando la empujo; no se ha oxidado de la misma forma que yo. La habitación vacía se extiende frente a mí cuando atravieso el umbral, preparado para que me golpee como un rayo el dolor de la nostalgia. Me aventuro más adentro.

Aún viven estudiantes aquí o, al menos, eso parece. La capa de polvo sobre los estantes vacíos solo tiene algunas semanas de espesor, no años. Las camas están despojadas de todo y parecen desnudas y esqueléticas. La mía. La de James. Me dirijo a uno de los pilares de su cama; la madera espiralada, pulida como un cristal. Exhalo la respiración que no sabía que estaba conteniendo. La habitación es solo una habitación.

La ventana entre mi armario y la cama de James —estrecha como la hendidura de una flecha— mira al lago como con ojos entornados. Si estiro el cuello, puedo ver el final del muelle, que se adentra en el agua color esmeralda del verano. Me pregunto (extrañamente, por primera vez) si hubiera podido ver qué ocurría desde aquí de no haber pasado la noche de la fiesta de *César* un piso más abajo, en la habitación de Meredith. Demasiado oscuro, me dije a mí mismo. No habría visto nada.

—¿Esta era vuestra habitación? —Detrás de mí, Colborne está mirando el techo, el lejano punto central donde convergen todas las vigas, como rayos de una rueda—. Tuya y de Farrow.

—Sí, mía y de James.

Los ojos de Colborne bajaron lentamente para encontrar mi cara. Niega con la cabeza.

—Vosotros dos. Jamás lo entendí.

—Nosotros tampoco. Era fácil no hacerlo.

Por un momento, lucha por encontrar las palabras.

—¿Qué *erais*? —pregunta al final. Suena irrespetuoso, pero es solo la exasperación antes su incapacidad de hacer mejor la pregunta.

—Éramos muchas cosas. Amigos, hermanos, cómplices. —Su expresión se oscurece, pero lo ignoro y sigo—. James era todo lo que yo quería ser con desesperación y nunca pude: talentoso, inteligente, sofisticado. El hijo único de una familia que valoraba más el arte que la lógica y la pasión por encima de la paz y la tranquilidad. Me pegué a él como un erizo desde el día en que nos conocimos, con la esperanza de que me contagiara algo de su genialidad.

—¿Y él? —pregunta Colborne—. ¿Qué le interesaba de ti?

—¿Es tan difícil de creer que simplemente le puedo gustar a alguien, Joe?

—Para nada. Ya te he dicho más de una vez que me gustas, muy a mi pesar.

—Sí —repongo, seco—, y siempre me hace sentir muy querido.

Sonríe con suficiencia.

—No tienes que responder la pregunta, pero no me retractaré.

—Muy bien. Son puras conjeturas, obviamente, pero creo que yo le gustaba a James por razones contrarias a las mías. Todos decían que yo era «amable», pero en realidad lo que querían decir era «ingenuo». Era ingenuo e influenciable y extremadamente *ordinario*. Pero era lo bastante inteligente como para seguirle el ritmo, así que me dejó seguirlo.

Colborne me lanza una extraña mirada evaluadora.

—¿Solo se trataba de eso?

—Por supuesto que no —le respondí—. Fuimos inseparables durante cuatro años. No es algo que se pueda explicar en unos pocos minutos.

Frunce el ceño, mete las manos en los bolsillos. Mis ojos automáticamente se disparan a su cintura, en busca del destello dorado de su placa de policía, antes de recordar que ha cambiado de trabajo. Vuelvo a mirar su cara. No es que haya envejecido, sino, más bien, que ha perdido color, como los perros viejos.

—¿Sabes qué creo que fue? —pregunta.

Alzo las cejas, intrigado. La gente con frecuencia quería que explicara mi relación con James —lo que parecía particularmente injusto, porque no puedes pretender que la mitad de la ecuación explique el todo—, pero nadie me ha ofrecido un diagnóstico jamás.

—Creo que estaba prendado de ti porque tú estabas muy prendado de él.

(«Prendado». Observo que esta es la palabra que elige. No siento que sea exactamente eso, pero tampoco está del todo equivocado).

—Es posible —digo—. Nunca se lo pregunté. Era mi amigo, mucho más que eso, a decir verdad; y eso era suficiente. No necesitaba saber por qué.

Estamos de pie uno frente al otro en un silencio que es incómodo solo para él. Hay otra pregunta que está ansioso por hacer, pero no la hará. Se acerca tanto como puede, comienza despacio, quizás tiene la esperanza de que yo termine la idea por él.

—Cuando dices «más que amigos»…

Espero.

—¿Sí?

Abandona el intento.

—Supongo que no importa, pero no puedo evitar preguntármelo.

Le muestro una sonrisa anodina que probablemente lo dejará haciéndose preguntas —al menos sobre esto— un largo rato. Si hubiera tenido la osadía de preguntar, le habría respondido. Mi locura por James (esa es la palabra, más que «prendado») trascendía cualquier noción de género. Colborne —un tipo común y corriente, felizmente casado, padre de dos niños, no muy diferente a mi propio padre en algunos aspectos— no me parece el tipo de hombre que comprendería esto. Ningún hombre lo haría, quizás, hasta que lo experimente y ya no sea posible negarlo.

Entonces, ¿qué *éramos*? En diez años, no he podido encontrar la palabra que nos describa.

I

En cuanto los de tercero terminaron *Los dos hidalgos de Verona*, su escenografía fue desmontada con brusco apremio. Tres días después, el decorado para *Lear* se había apoderado del escenario y caminamos, por primera vez, por el espacio transformado. Durante lo que normalmente hubiera sido la clase de combate, entramos desde los bastidores, uno por uno, sin reacción ante la siempre emocionante posibilidad de conocer un nuevo decorado. (Para entonces, Alexander había vuelto del hospital. Venía al final; ojeroso, rígido, sin vida, como un cadáver andante. Se lo veía tan completamente roto que yo no había tenido el valor —o quizás el coraje— de confrontarlo acerca de nada).

—Aquí está —anunció Camilo al encender las luces de ensayo—. La verdad es que se han superado esta vez.

Por un preciado momento, olvidé mi cansancio, el peso de la preocupación constante a mis espaldas. Fue como adentrarse en un mundo de ensueño.

Marcada en el suelo con cinta, la escenografía era engañosamente simple: un escenario vacío y el estrecho puente que se extendía por el pasillo central como una pasarela. Pero el diseño artístico se había apoderado de la imaginación como una droga. Un espejo enorme cubría cada centímetro del suelo y reflejaba las sombras oscuras de más allá de los telones laterales. Otro espejo se alzaba en la pared de detrás del escenario donde debería haber estado el telón de fondo y estaba lo bastante inclinado como para que solo reflejara lo negro y el vacío; y no al público. Meredith fue la primera en aventurarse encima del escenario y yo tuve que luchar contra la ridícula necesidad de sujetarla del brazo y hacerla retroceder. Su gemela apareció cabeza abajo, reflejada en el suelo.

—Dios —exclamó—. ¿Cómo lo han hecho?

—Es un espejo de metacrilato —explicó Camilo—, así que no se romperá. Es completamente seguro caminar sobre él. El equipo de vestuario pondrá agarres especiales en nuestros zapatos para que no nos resbalemos.

Ella asintió y miró hacia abajo, a una caída vertical hacia ¿qué? Con cuidado, Filippa caminó para unirse a ella. Luego Alexander, después Wren, James. Yo esperé entre bastidores, indeciso.

—Guau —dijo Wren, con voz suave y maravillada—. ¿Qué aspecto tiene con las luces del escenario encendidas?

—Os lo mostraré —respondió Camilo y se dirigió al tablero que había en el rincón del apuntador—. *Voilà*.

Wren inhaló sorprendida al encenderse las luces. No eran las amarillas abrasadoras y sofocantes a las que estábamos acostumbrados, sino blancas deslumbrantes. Parpadeamos, cegados, hasta que nuestros ojos se adaptaron. Entonces Meredith señaló hacia arriba y exclamó:

—¡Mirad!

Arriba, entre el espejo de fondo y el telón principal (donde normalmente solo había unos pocos listones y sogas largas), había un millón de diminutos cables de fibra óptica colgados, que brillaban de color azul como las estrellas. El espejo debajo de los pies de todos se había transformado en un cielo nocturno infinito.

—Anda —alentó Camilo—. Prometo que es seguro.

Le obedecí, salí de los bastidores y apoyé un pie, preocupado de que simplemente fuera a atravesar el suelo y terminara cayendo en picado. Pero el espejo estaba allí, engañosamente sólido. Caminé con cautela hasta el centro del escenario, donde estaban de pie en un pequeño grupo apiñado mis compañeros, mirando hacia arriba y hacia abajo de forma alterna, con caras asombradas.

—Han hecho constelaciones de verdad —comentó Filippa—. Esa es Draco. —Señaló y James siguió su mirada. Eché un vistazo hacia el Puente, donde otro conjunto de cables de fibra óptica colgaba del techo del teatro.

—Psicodélico —dijo Alexander en voz baja.

Debajo de nosotros, nuestros reflejos se estiraban hacia un abismo estrellado. Mi estómago se revolvió de forma desagradable.

—Tomaos vuestro tiempo —indicó Camilo—. Caminad. Acostumbraos a moveros por un suelo tridimensional.

Los demás se dispersaron, alejándose silenciosamente de mí, como ondulaciones en la superficie del lago. Me di cuenta, con una extraña sensación de sobresalto detrás de mi plexo solar, de que me recordaba a eso: el lago en mitad del invierno, antes de que se congelara, cuando el vasto cielo negro se reflejaba como un portal hacia otro universo. Cerré los ojos, mareado.

Las últimas semanas habían pasado como un remolino, el tiempo a veces parecía moverse tan lento que era insoportable; a veces, tan rápido que era imposible recobrar el aliento. Nos habíamos convertido en una pequeña colonia de insomnes. Excepto para ir a clase y a los ensayos, Wren rara vez abandonaba su habitación, pero la mayoría de las veces, sus luces se quedaban encendidas toda sala noche. Alexander, después de dejar el hospital, pasaba dos horas por semana con una enfermera y el psiquiatra del conservatorio y vivía bajo amenaza de expulsión, así que no podía pasarse ni un milímetro de la raya. En el Castillo estuvo bajo la constante observación de Colin y Filippa mientras padecía la abstinencia. Ellos sufrieron con él, al cuidarlo, preocupados, sin dormir. Yo dormía de forma irregular, a horas extrañas y nunca por demasiado tiempo. Cuando pasaba las noches con Meredith, ella yacía quieta y en silencio a mi lado, pero siempre mantenía una mano en mi brazo o en mi pecho mientras leía (a veces durante horas seguidas sin siquiera pasar de página), quizás solo para asegurarse de que yo estaba allí. Si no podía dormir en una habitación, me escabullía a la otra. James era un compañero voluble. A veces nos acostábamos en nuestras camas en un silencio amigable. Otras veces él daba vueltas y murmuraba en sueños. Otras noches, cuando creía que yo ya estaba dormido, se deslizaba fuera de la cama, buscaba su abrigo y sus zapatos y desaparecía en la oscuridad exterior. Jamás le pregunté a dónde iba, preocupado de que no me pidiera que lo acompañara.

Yo aún veía a Richard casi todas las noches, la mayoría de las veces, en el sótano. Por debajo de la puerta del casillero se filtraba sangre y, cuando la abría, lo encontraba metido dentro, aplastado, y el rojo salía de su nariz y sus ojos y su boca. Pero ya no era el único protagonista de mi repertorio onírico; Meredith y James se habían unido a la compañía, a veces con el rol de mis amantes; a veces, de mis enemigos; otras veces, en escenas tan caóticas que no podía distinguir cuál de las dos cosas. Lo peor de todo era cuando se enfrentaban y parecían no verme en absoluto. En los dramas de mi subconsciente, se habían vuelto, como la violencia y la intimidad, de algún modo intercambiables. Más de una vez, me desperté sobresaltado por la culpa, incapaz de recordar en qué dormitorio estaba, de quién era la respiración que agitaba suavemente el aire en el silencio.

Abrí los ojos y mi propio reflejo vertiginoso me devolvió la mirada. Mis mejillas estaban chupadas, mi piel manchada por los hematomas, que iban desapareciendo. Levanté la cabeza y miré de un amigo al otro. Alexander había ido hasta el final del Puente y estaba sentado mirando el teatro vacío. Meredith estaba de pie en el mismísimo borde del escenario, observando el foso de la orquesta, como un suicida a punto de arrojarse al vacío. Wren, algunos pasos más atrás, puso un pie cuidadosamente frente al otro y estiró los brazos, como una equilibrista sobre la cuerda floja. Filippa había retrocedido hacia los bastidores de la izquierda; tenía la cabeza alzada y girada hacia Camilo, que se había inclinado hacia ella para susurrar algo sin interrumpir el momento de calma.

Encontré a James de pie contra el fondo, con un brazo estirado hacia adelante, palma con palma con su propio reflejo; sus ojos, azul pizarra en la fría luz cósmica.

Me moví y mis zapatos chirriaron sobre el espejo. James dio media vuelta y encontró mi mirada. Pero me quedé donde estaba, con miedo a ir hacia él, con miedo a perder el agarre en el suelo firme, de separarme de lo que me había anclado antes y de vagar hacia el vacío; una luna errante, vagabunda.

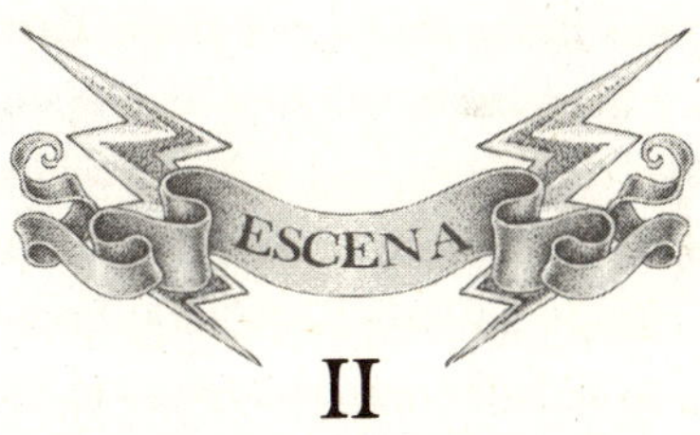

II

Nuestra primera función de *Lear* salió bastante fluida. Los pósteres hechos de color blanco y azul medianoche habían aparecido en todas las paredes vacías del campus y el pueblo. Una versión mostraba a Frederick con una bata blanca y a Wren desplomada e inmóvil a sus pies. Debajo de eso:

En el otro, James estaba de pie sobre el puente, solo, con una espada colgada de su cadera, un punto de luz en la oscuridad. Algunas palabras sabias del Bufón aparecían entre las estrellas que se reflejaban debajo de él:

No confíes en la mansedumbre de un lobo

El teatro estaba lleno la noche de estreno. Cuando todos aparecimos en el escenario para el saludo final, el público se puso de pie como una marejada, pero los aplausos no apagaron los pequeños sonidos de tristeza que aún persistían de la escena final. Gwendolyn estaba sentada en la primera fila al lado del decano Holinshed, las lágrimas brillaban en sus mejillas y tenía un pañuelo de papel presionado contra la nariz. Regresamos a los camerinos en un silencio sofocante.

Habíamos planeado hacer la fiesta del elenco, como siempre, el viernes por la noche, pero estaba seguro de que ninguno de nosotros realmente tenía ganas de dar una fiesta. Al mismo tiempo, estábamos desesperados por fingir que iba todo bien —o algo así— y demostrárselo a todo el mundo. Colin, quien moría al final del tercer acto, se había ofrecido a volver a toda velocidad al Castillo antes de que cayera el telón para dejarlo todo listo para cuando nosotros llegáramos. En una ligera muestra de respeto a las recientes medidas contra el abuso del alcohol que había adoptado la institución, solo habíamos comprado la mitad del alcohol que normalmente adquiríamos, y Filippa y Colin les habían dejado claro a los posibles invitados que si alguna sustancia ilegal se acercaba a menos de un kilómetro de distancia del Castillo —o de Alexander—, lo pagarían extremadamente caro.

Nos tomamos nuestro tiempo para desvestirnos después de la función, en parte porque nuestros vestuarios eran complicados (nos habían vestido en un estilo imperial neoclásico, en tonos azules, grises y lilas) y en parte porque, al no dormir bien, estábamos demasiado cansados para movernos más rápido. James se cambió antes que Alexander y yo, colgó su vestuario en el perchero y dejó la habitación sin decir una sola palabra. Cuando salimos y llegamos al cruce, no había señales de él.

—Ya debe de haber vuelto al Castillo.

—¿Eso crees?

—¿A dónde más iría?

—Quién sabe. He dejado de preguntármelo.

La noche estaba fría y un viento despiadado bajaba desde el cielo. Cerramos bien nuestros abrigos y caminamos enérgicamente, con las cabezas gachas. Las ráfagas sonaban tan alto que escuchamos la música solo cuando estuvimos casi frente a la puerta. A diferencia de nuestra última fiesta, no había luces fuera; solo el suave resplandor amarillo que se filtraba desde nuestra cocina. En el piso de arriba, una vela se consumía en una de las ventanas de la biblioteca.

Entramos y encontramos la cocina escasamente poblada. Solo se habían abierto unas pocas cervezas y la mayoría de la comida estaba intacta.

—¿Qué hora es? —pregunté.

—Es lo bastante tarde —respondió Alexander—, debería haber más gente aquí.

Aceptamos algunas felicitaciones tenues del pequeño grupo que se había reunido frente a la encimera, antes de que Wren y Filippa vinieran desde el comedor. Se habían cambiado para la fiesta, pero se las veía extrañamente descoloridas: Filippa con un vestido de elegante color plateado; Wren, de rosa pálido.

—Ey —llamó Filippa, su voz solo lo bastante alta como para que la escuchásemos por encima del rebote y los golpes sordos de la música de la habitación contigua, que parecía incongruentemente animada—. ¿Queréis un trago?

ALEXANDER: ¿Por qué no? ¿Qué tenemos?

WREN: No demasiado. Hay un poco de Stoli guardado arriba.

YO: Por mí, está bien. ¿Alguna de vosotras ha visto a James?

Negaron con la cabeza al unísono.

FILIPPA: Creíamos que volvía con vosotros.

YO: Sí, nosotros también.

—Debe de haber ido a dar una de sus caminatas —sugirió Wren—. Creo que necesita un rato para salir del personaje de Edmundo, ¿sabes?

—Sí —repetí—, supongo que sí.

Alexander escaneó la habitación, con el cuello estirado para ver por encima de las cabezas de todos y preguntó:

—¿Dónde está Colin?

—En el comedor —respondió Wren—. Está siendo más anfitrión que nosotros.

Filippa tocó el codo de Alexander.

—Vamos —dijo—, te está esperando. —Desaparecieron juntos en el comedor.

Wren me ofreció una sonrisa débil. Yo imité el gesto sin convicción y dije:

—Supongo que no has visto a Meredith.

—Creo que está en el jardín.

—¿Estarás bien si te dejo aquí?

Ella asintió.

—Estaré bien.

La dejé, con un poco de reticencia, y me escabullí afuera.

Meredith estaba sentada en la mesa otra vez. Habría sido una imagen familiar, reminiscente de la ahora infame noche de noviembre, si no hubiera sido por lo estéril y vacío que parecía el patio. El viento se arremolinó a mi alrededor, se metió bajo mi camisa y mi chaqueta e hizo que toda mi piel se erizara. Meredith estaba acurrucada sobre la mesa, con los codos doblados cerca del cuerpo, las rodillas presionadas con fuerza entre sí. Iba vestida de negro otra vez, pero su aspecto era más para un velatorio que para una fiesta. Su cabello ondeaba como una ráfaga cobriza alrededor de su rostro.

Mientras yo cruzaba el patio, las ramas de los árboles se agitaron juntas, un suave susurro y un crujido en las sombras. La música fluctuaba desde el Castillo, apagada por el viento en un momento y transportada por entre los árboles como el aroma ahumado del incienso, al otro. Me senté al lado de Meredith sobre la mesa y su pelo se enredó entre sus dedos cuando quiso apartarlo de su cara. Al principio fue difícil ver en la penumbra, pero la suave piel bajo sus ojos brillaba y tenía pequeñas manchas negras debajo de las pestañas. Una muñeca de trapo. Su respiración eran breves estallidos de aire por la nariz, pero, más allá de eso, estaba en silencio. No me había mirado desde que yo había entrado en el patio y no supe si se sentiría reconfortada o peor con mi contacto, así que no hice nada.

—¿Estás bien? —pregunté, cuando el viento se calmó un momento. La misma pregunta que le había hecho a James un mes atrás; la misma porque yo ya sabía la respuesta.

—Ni siquiera un poquito.

—¿Puedo ayudar? —Eché un vistazo a mis manos, flojas e inútiles sobre mi regazo—. Aún… quiero ayudar.

Se volvió a levantar el viento y lanzó algunos mechones de su pelo hacia mi cara. Este acarició mis labios, hizo cosquillas a mi nariz. Su perfume ya era familiar para entonces, ámbar y jazmín. Algo me dolió bien profundo en mi pecho. La ráfaga pasó y su cabello volvió a caer sobre sus hombros. Jugueteó con el borde de su vaso con sus uñas cortas mordidas, que intentaba esconder con un esmalte color vino tinto.

—Oliver —dijo, con voz cansada y lastimera—, tengo que decirte algo.

El dolor en mi pecho se agudizó, la cicatriz en mi alma amenazó con abrirse de par en par.

—De acuerdo —repuse. Una lágrima suelta arrastró una línea de acuarela negra por su mejilla. Quería secarla, besar sus párpados, sujetar sus manos y frotarlas para que se calentaran. En lugar de eso, esperé.

Levantó la cabeza de repente, se limpió la zona de debajo de los ojos con los dedos y me miró de lado.

—Mejor hablémoslo mañana.

—¿De verdad? —cuestioné—. No me…

Sentí su mano sobre la parte interna de mi rodilla.

—Mañana.

—De acuerdo. Si estás segura.

—Estoy segura —afirmó—. Intentemos divertirnos esta noche.

El dolor se atenuó a una sensación triste y nauseabunda, que se hundió muy profundo en mi estómago.

—Claro. —Señalé el rabillo de mi propio ojo—. ¿Quieres…?

—Sí. Deja que me arregle y después iré a buscarte. —Me dio su vaso casi vacío—. ¿Quieres traerme una bebida?

—¿Ayudará?

—No me hará daño.

Se bajó de la mesa, su mano cayó por mi rodilla. Observé cómo su silueta cruzaba el patio, el viento se levantó otra vez y agitó su pelo, que ondeó detrás de ella. Cuando desapareció dentro, las ruedas y los engranajes de mi cerebro comenzaron a girar, lentamente al principio. ¿Tan tremendo era lo que quería decirme como para que a ella, una mujer hecha de mármol, le salieran lágrimas?

Me había torturado a mí mismo preguntándome si mi propio deseo egoísta de estar con ella impunemente había sido un factor más importante que el miedo a Richard cuando acepté dejarlo morir. Pero jamás había considerado la posibilidad de que Meredith tal vez fuera culpable de algo igual de malo o peor. Los pasados seis meses se partieron en pequeños fragmentos de recuerdos: la luz del fuego destellando en los dientes de Meredith, que reía en la playa, la arena y el agua y una sábana mojada que se aferraba a su cuerpo. Ella al caer en el escenario, la sangre que chorreaba por su manga. Sus brazos rígidos a los costados, mientras le gritaba a Richard en la cocina. Los dedos de Richard cerrados alrededor de su pelo. Un retazo de tela en la chimenea. ¿Pudo haberlo hecho ella? ¿Me había dejado durmiendo en su habitación, se había escabullido fuera del Castillo y había bajado al muelle para matarlo, después se había quitado la ropa y regresado a la cama conmigo? Me sentí mareado con solo pensarlo. Pero era absurdo, casi imposible. Seguro que me habría despertado.

Otra imagen, otro destello, en parte sueño y en parte recuerdo, surgió de repente en mi cabeza. Estudio 5. Ella. James. Cerré los ojos con fuerza y sacudí la cabeza para que la imagen se disolviera, se desbaratara como un dibujo en la arena seca. En un esfuerzo por distraerme, llevé su vaso a mis labios para saborear las gotas en el fondo. Vodka. Bajé de la mesa y atravesé la puerta trasera justo cuando el viento comenzaba a aullar otra vez.

Las voces y la música se intensificaron en el Castillo, atrapadas allí por el vendaval que soplaba fuera. En la cocina, Wren y Colin hablaban con los de segundo año que habían actuado en *Lear*. Filippa y Alexander no estaban en ningún lugar visible y, para entonces, Meredith también había desaparecido. Pasé por entre algunos estudiantes de primero que charlaban sobre sus planes para el verano con poco entusiasmo y me abrí paso hacia las escaleras. Wren había dicho que el Stoli estaba guardado arriba, pero nunca había especificado dónde. No estaba en la habitación de Alexander, que había sido declarada zona libre de sustancias. La biblioteca parecía el lugar más probable. Entré desde las escaleras y me detuve, sorprendido de no encontrarla vacía.

—James.

Estaba de pie sobre la mesa de espaldas a mí, con las manos en los bolsillos. Había abierto la ventana y el viento se arremolinaba dentro de la habitación, agitaba los extremos de su camisa, que no se había molestado en abotonar. Había una botella de vodka abierta sobre la mesa a su lado, pero no vi ningún vaso.

—¿Qué estás haciendo? —pregunté. Todas las velas (que por lo general no encendíamos, teniendo en cuenta la cantidad de libros que había en la habitación) ardían y llameaban al capricho de la brisa y arrojaban sombras que se perseguían unas a otras sobre los estantes y el suelo y el techo. Parecía que estaba en mitad de una sesión espiritista.

—¿Sabías que puedes ver el cobertizo de lanchas si te pones aquí arriba?

—Genial —respondí—. ¿Puedes bajar? Me estás poniendo nervioso.

Dio media vuelta y dio un paso fuera del borde de la mesa, con las manos aún en los bolsillos. Aterrizó con sorprendente facilidad para alguien que había bebido medio litro de vodka en menos de una hora, después vagó por la habitación hasta que se quedó parado frente a mí. No se había lavado la cara desde la función; el polvo claro de su maquillaje y el delineado se habían corrido a lo largo de la línea de las pestañas inferiores y daba la impresión de que sus ojos se adentraban en su cráneo.

—«Hermano, unas palabras» —dijo, con una mirada maliciosa y la cabeza torcida.

—De acuerdo, pero ¿podemos cerrar la ventana primero?

—«Cierre sus puertas, mi lord. Es una noche tormentosa».

Pasé a su lado, fui hasta la ventana y la cerré con fuerza.

—Estás de un humor extraño.

—«Esta noche fría nos volverá a todos tontos o locos».

—Ya basta con eso. No te puedo entender.

Suspiró y dijo:

—«Ellas me azotarán por decir la verdad; tú me azotarás por mentir; y a veces me azotan por quedarme callado».

—¿Qué pasa contigo?

—«Enferma, ay, estoy enferma».

—Más bien borracho.

—«¡Por una forzada obediencia a la influencia planetaria!» —exclamó, con insistencia—. «Y hablando del diablo, aquí viene, como la catástrofe de una vieja comedia».

Trepó a la mesa otra vez y se sentó con las piernas colgando por un lado. Estaba más borracho de lo que lo había visto jamás y, sin saber qué otra cosa hacer, decidí seguirle la corriente.

—«¿Cómo estás, hermano Edmundo?» —pregunté—. «¿Qué meditas con tanta seriedad?».

—«Hermano, estoy pensando en una predicción que leí el otro día» —respondió—. «Muerte, escasez, disolución de antiguas amistades, amenazas y maldiciones, destierro de amigos, adulterio y no sé qué más».

—«¿Empleas tu tiempo en eso?».

Se adelantó unas cuantas líneas:

—«Si vas a salir, ve armado».

—«¿Armado, hermano?».

—«Te aconsejo lo mejor. Ve armado. No soy sincero».

Esperé el «sí» que debería haber venido a continuación, pero nunca llegó. Volvió a saltar líneas, de forma absurda.

—«Te he dicho lo que he visto y escuchado; pero suavizado, nada como el verdadero horror que es». —Saltó de la mesa y corrió hacia la ventana y la abrió de golpe—. «Viene hacia aquí, de noche, a toda prisa». —Sujetó el alféizar con fuerza, inclinándose adelante tanto como pudo, sus ojos iban y venían por las ramas desnudas de los árboles—. «Estuvo parado aquí, en la oscuridad, con su afilada espada en la mano».

Puse una mano en su hombro, temiendo que cayera si se inclinaba mucho más, y pregunté:

—«Pero ¿dónde está?». —¿A quién se refería? ¿A Richard? No era solo un juego lo que estaba haciendo, me di cuenta por la forma en que respiraba, en que miraba sin parpadear.

Se frotó la cara con la mano y exclamó:

—«¡Mire, señor, sangro!». —Blandió la palma de su mano, la empujó hacia mi cara. La alejé de una palmada, se me estaba acabando la paciencia.

—«¿Dónde está el canalla, Edmundo?» —pregunté.

Me sonrió como un loco y repitió:

—«¿Dónde está el canalla, Edmundo?». Hay una pausa para la puntuación, ¿no? Pero no es del autor, las comas pertenecen a los tipógrafos. «¿Dónde está el canalla Edmundo? Aquí está, señor, pero no lo moleste. Ha perdido la razón».

—Me estás asustando —aseguré—. Basta ya.

Negó con la cabeza, su sonrisa empequeñeció hasta desaparecer.

—«Por favor, vete» —repuso.

—James, ¡solo dime qué pasa!

Me empujó un paso atrás.

—«¡Por favor, vete! Te ayudaré en este asunto».

Pasó a mi lado empujándome con el hombro, avanzó con rapidez hacia la puerta. Corrí tras él, atrapé su brazo e hice que se diera vuelta.

—¡James! ¡Detente!

—«¡Detente, detente! ¿Nadie ayuda? ¡El enemigo está a la vista!». —Para entonces estaba gritando y golpeó con una mano su pecho desnudo, donde dejó una intensa marca roja. Luché por mantener sujetada su otra muñeca—. «La rueda ha dado toda la vuelta; ¡aquí estoy!».

—¡James! —Sacudí su brazo—. ¿De qué estás hablando? ¿Qué pasa?

—«No menos que todos y mucho, mucho más. ¡Con el tiempo se sabrá!». —Liberó su brazo de un tirón y alisó la parte delantera de su camisa, como si estuviera intentando limpiar sus manos—. «Si sangrara daría la impresión de que lo intenté con ferocidad».

—Estás borracho. Lo que dices no tiene sentido. —Decidí que se trataba de eso, porque no quería creer la otra posibilidad—. Solo cálmate y…

Negó con la cabeza sombríamente.

—«He visto a borrachos hacer cosas peores por jugar». —Dio un paso atrás hacia las escaleras.

—¡James! —Me estiré para sujetarlo del brazo otra vez, pero se movió con más rapidez, lanzó una mano hacia el estante más cercano y derribó un par de velas. Maldije y me aparté del camino.

—«¡Antorchas, antorchas!» —gritó—. «Entonces, ¡adiós!».

Se lanzó hacia las escaleras y desapareció. Maldije otra vez y apagué las velas con el pie. La esquina de un libro tamaño folio que había en el estante más bajo se había prendido fuego. Lo arranqué de debajo de los otros y sofoqué las llamas con la esquina de la alfombra. Cuando finalmente se apagó, me senté sobre mis talones y pasé una manga sobre mi frente, que para entonces se había cubierto de sudor, pese al aire frío de marzo que entraba por la ventana.

—Qué demonios. *Qué demonios* —murmuré y me puse de pie temblorosamente. Atravesé la habitación y cerré la ventana, la trabé, luego di media vuelta y eché una mirada al vodka que estaba sobre la mesa. Solo quedaba un tercio de la botella. Seguramente Meredith, Wren y Filippa habían bebido un poco, pero estaban casi sobrias. James nunca había sido un bebedor. Había vomitado en la fiesta de *César*, pero… pero ¿qué? No había bebido ni la mitad de esto en aquel momento.

Sus palabras inconexas hacían eco en la habitación vacía. La divagación de un actor, me dije. El método con un toque de locura. No significaba nada. Llevé la botella a mis labios. El vodka hizo arder mi lengua, pero me lo tragué de golpe. El fondo de mi garganta se llenó de saliva, como si yo mismo estuviera a punto de vomitar.

Soplé las velas con rapidez para apagarlas, luego comencé a bajar las escaleras, con la botella en la mano, decidido a encontrar a James. Haría que saliera a tomar aire frío hasta que recobrara la sobriedad lo suficiente como para que lo que dijera tuviese algo de sentido.

Casi choqué con Filippa al final de las escaleras.

—Estaba yendo a buscar el vodka —explicó—. Dios, ¿te has bebido todo eso tú solo?

Negué con la cabeza.

—Ha sido James. ¿Dónde está?

—Dios, no lo sé. Ha pasado por la cocina hace un momento.

—De acuerdo.

Sujetó mi manga cuando yo intentaba pasar a su lado.

—Oliver, ¿qué pasa?

—No lo sé. James está perdiendo la cabeza. Voy a ver si puedo encontrarlo y descubrir qué mierda está pasando. Tú cuida de los demás.

—Sí —repuso—. Sí, por supuesto.

Puse el Stoli en su mano.

—Esconde esto —pedí—. Es demasiado tarde para James y quizás sea demasiado tarde para Meredith, pero mantén a Wren y a Alexander sobrios si puedes. Tengo una extraña sensación con respecto a esta noche.

—De acuerdo —dijo—. Ey, ten cuidado.

—¿De qué?

—De James. —Encogió los hombros—. Tú lo has dicho, no está actuando como siempre. Solo… recuerda lo que pasó la última vez.

Me quedé mirándola hasta que me di cuenta de que hablaba de mi nariz rota.

—Sí —respondí—. Gracias, Pip.

Bajé las escaleras, atravesé el pasillo y entré a la cocina. Los únicos que estaban allí eran, en su mayoría, estudiantes de teatro de tercero. Dejaron de hablar y miraron hacia donde yo estaba cuando aparecí. Colin no estaba entre ellos, así que me dirigí a todos en general, alzando la voz solo lo suficiente como para que me escucharan por encima de la música que venía de al lado.

—¿Alguno ha visto a James?

De los diez chicos, nueve negaron con la cabeza, pero la última chica señaló hacia la puerta delantera y dijo:

—Por allí. Parecía que iba al baño.

—Gracias. —Le hice un gesto con la cabeza y fui hacia donde me había indicado. El vestíbulo estaba oscuro y vacío. El viento empujaba contra la puerta principal, sacudía los cristales del montante. La puerta del baño estaba cerrada, pero una luz se asomaba por debajo y la abrí sin llamar.

La escena era incluso más extraña, más perturbadora que la de la biblioteca. James estaba inclinado sobre el lavabo, su peso sobre sus puños, los nudillos de su mano derecha estaban heridos y sangraban. Una enorme raja con líneas serradas se extendía de una esquina a otra del espejo, y una larga mancha negra en el mueble llevaba hasta la punta del cepillo de un rímel. El tubo había rodado al suelo y brillaba contra el zócalo, un destello metálico color púrpura. Era de Meredith.

—James, ¿qué está pasando? —pregunté. Sentí un hormigueo en la espalda. Su cabeza se levantó de golpe, como si no hubiese escuchado la puerta, no se hubiera dado cuenta de que yo había entrado—. ¿Has roto el espejo?

Le echó un vistazo, luego me miró.

—Mala suerte.

—No sé qué está pasando, pero tienes que hablar conmigo —dije, distraído por el tamborileo de mi pulso en mis oídos y los golpes incompatibles de la música contra la pared, persistentes, directos—. Solo quiero ayudar. Déjame ayudarte, ¿sí?

Le temblaba el labio y lo escondió detrás de los dientes, pero sus brazos también temblaban, como si no pudiera soportar su peso. Una raja partía su cara en cuatro piezas distintas en el espejo. Negó con la cabeza.

—No.

—Vamos. Puedes contármelo. Aunque sea malo, aunque sea realmente malo. Encontraremos la forma de arreglarlo. —Me di cuenta de que estaba rogando y tragué con fuerza—. James, *por favor*.

—No. —Intentó apartarme para pasar, pero lo bloqueé—. ¡Deja que me vaya!

—¡James! Espera…

Lanzó su peso contra mí, tambaleándose, con pesadez. Me aferré a la puerta con un brazo, lo sujeté por los hombros con el otro. Empujó con más fuerza cuando sintió mi mano, y lo estrujé contra mí, luchando por evitar que me derribara de lado o que ambos termináramos en el suelo.

—¡Suéltame! —exclamó; su voz, amortiguada donde su cara estaba trabada por el recodo de mi brazo. Luchó contra mí un momento más, pero lo tenía aferrado con extraña solidez; sus brazos estaban atrapados entre ambos, sus manos empujaban inútilmente mi pecho. De repente parecía muy *pequeño*. Qué fácil debería haber sido dominarlo.

—*No* hasta que hables conmigo. —Sentí un nudo en la garganta y tuve miedo de llorar hasta que me di cuenta de que James ya estaba llorando, sollozando incluso, respiraciones intensas que hacían que sus hombros temblaran y se sacudieran contra mi sujeción. Nos mantuvimos en lo que de algún modo se había transformado en un abrazo, hasta que levantó la cabeza y encontró que su cara estaba demasiado cerca de la mía. Se retorció para apartarse de mí, luego salió a trompicones al vestíbulo y espetó, con el enfado petulante de un niño:

—No me sigas, Oliver.

Pero lo perseguí ciegamente, como un idiota, como un hombre en un sueño, obligado por alguna misteriosa fuerza a avanzar. Lo perdí en la muchedumbre que bailaba en el comedor, donde las luces, neblinosas y difusas, azules y púrpuras, arrojaban sombras eléctricas que se movían confusamente de pared en pared. Me abrí paso entre los bailarines, buscando la cara de James en la confusión de la gente. Lo vi fugazmente cuando entraba a la cocina, lo seguí de cerca y casi tropecé con la prisa por alcanzarlo.

Wren, Colin, Alexander y Filippa se habían unido a los de tercero. James miró por encima de su hombro, me vio, luego sujetó el brazo de Wren y la alejó de los demás.

—¡James! —chilló, después de trastabillar detrás de él—. ¿Qué estás...?

Él ya la arrastraba fuera de la cocina, hacia las escaleras.

—¡No...! —dije, pero habló por encima de mí.

—Wren, ven a la cama conmigo, por favor.

Ella se detuvo en seco y todos nos quedamos helados a su alrededor, observando. Pero lo único que ella podía ver era a James. Sus labios se movieron en silencio y luego tartamudeó:

—Sí.

James me miró por encima de la cabeza de Wren, había algo extraño y amargo y rencoroso y vengativo en su expresión, pero solo por un instante. Luego desapareció, llevándose a Wren consigo. Sin poder creerlo, intenté seguirlos, pero Alexander me sujetó del hombro.

—Oliver, no —señaló—. Esta vez no.

Él, Filippa y yo nos quedamos mirándonos, mientras los de tercero nos observaban en silencio. Ajena, la música siguió sonando detrás de nosotros y el viento aulló fuera. Me quedé paralizado en mitad de la habitación, demasiado consternado para hablar o moverme. Para notar, en un principio, que faltaba Meredith.

III

Me desperté solo en la habitación de Filippa. Después de que James desapareciera con Wren en la Torre, pasé la noche vagando por el Castillo, aturdido, preguntándome dónde había ido

Meredith y más preocupado de lo que podía confesarle a nadie. Cuando el lugar se vació de gente y el resto se fue a acostar, llegué a la perturbadora conclusión de que ella no iba a volver. A las tres y media, llamé a la puerta de la habitación de Filippa. La abrió vestida con una camisa de franela extragrande y calcetines de algodón que le llegaban a la mitad de las pantorrillas.

—No puedo subir a la Torre —expliqué—. Meredith no está. No quiero dormir solo. —Finalmente comprendí la sensación.

Abrió la puerta, me arropó en la cama y se acurrucó, hecha una bola, a mi lado, todo sin decir ni una sola palabra. Cuando temblé, ella se acercó más, puso el brazo sobre mi costado y se durmió con el mentón apoyado en mi hombro. Escuché su respiración y sentí sus pulsaciones contra mi espalda y me engañé a mí mismo pensando que, quizá, cuando nos despertáramos todo volvería a la normalidad. Pero ¿a qué clase de normalidad podíamos volver?

Por la mañana, todos se habían ido. No sabía a dónde, pero cuando volvieran, esperarían encontrar el Castillo limpio y fregado, sin ninguna evidencia de la fiesta. Necesitaba una distracción como una droga, algo en lo que ocupar y agotar mi mente, para evitar que se adentrara en el laberinto de recuerdos de la noche anterior. Así que pasé horas en cuatro patas, mareado por el olor a lejía, con las manos en carne viva de tanto fregar. Me pareció que el Castillo no había sido limpiado a fondo en años y ataqué la mugre que se había acumulado en las ranuras entre las tablas del suelo, poseído por la idea de que podía purgar el lugar, bautizarlo, absolverlo de sus pecados y dejarlo como nuevo otra vez.

De la cocina pasé al baño de la planta baja, al comedor, el vestíbulo. No podía hacer nada con el espejo roto —tendría que contactar al personal de mantenimiento de la Mansión—, pero limpié la mancha de sangre de James, el rayón negro del rímel de Meredith. El tubo aún estaba en el suelo. Lo recogí y lo guardé en mi bolsillo, preguntándome si tendría la posibilidad de devolvérselo.

Subí las escaleras gateando, con un trapo y abrillantador en las manos, y para cuando llegué al primer piso, me dolían las rodillas. No pude hacer nada con la quemadura en la alfombra de la biblioteca, así que la dejé como estaba. Limpié el baño, fregué el suelo del pasillo, les pasé un trapo a las ventanas de las habitaciones y ordené donde pude sin tocar demasiado las cosas de los demás. Hice la cama de la habitación de Filippa. Ver la cama de Wren hecha e intacta hizo que mi estómago se retorciera en un nudo ceñido. Cerré su puerta, no entré. El dormitorio de Alexander era tal desorden que no pude hacer demasiado. Eché un vistazo debajo de su cama y en sus cajones, en busca de parafernalia de droga, pero no encontré nada. (Esperaba que hubiera aprendido la lección). La habitación de Meredith parecía estar exactamente igual a como la habíamos dejado, abarrotada pero no caótica: libros apilados sobre el escritorio, copas de vino vacías en la mesa de noche, ropa lanzada al pie de la cama. No vi su vestido de la noche anterior.

Cuando salí, la puerta de Richard parecía estar observándome desde el otro extremo del pasillo. Alguien la había cerrado después de su muerte y, por lo que sabía, ninguno de nosotros la había abierto desde entonces. Parpadeé, incapaz de recordar realmente cómo era su habitación. Sin darme cuenta de que había decidido moverme, me encontré a mí mismo caminando por el pasillo, moviendo el picaporte. La puerta se abrió sin protestar, sin ni siquiera un chirrido. La luz de las últimas horas de la tarde, con el toque rosado del anochecer, inundaba la habitación desde la ventana y caía suntuosamente sobre la cama. El resto del dormitorio guardaba un tono gris azulado, esperando pacientemente la llegada de la noche. Muchas de sus cosas aún estaban allí; había libros de tapa dura sin sus fundas apilados sobre el estante que estaba encima de su cama, y su reloj (que Meredith le había regalado para su cumpleaños en tercer año, algo que yo sabía sin querer saberlo) estaba descartado sobre el escritorio. Había un par de guantes de boxeo de cuero marrón colgados de una esquina de la puerta de su armario y, dentro de este, pude ver una fila de perchas donde las camisetas blancas que tanto le gustaban estaban colgadas al lado de camisas que podrían arrugarse. Un viejo afecto olvidado se despertó en mí y aparté la mirada, buscando algo que me recordara por qué sería un tonto por lamentar siquiera durante un minuto que él ya no estuviera. Había una colección de piezas de ajedrez dispuestas como una fila de soldados esperando órdenes. Estaban todas derechas, salvo por los caballos blancos, uno de los cuales se había caído de lado. El otro faltaba, no estaba en el lugar en el que debería haber estado. Tras preguntarme si se habría caído del estante, me agaché para mirar debajo de la cama y sentí que la pequeña voz apagada de mi conciencia lanzaba un grito. Había un par de zapatos torcidos en el lugar donde él los había pateado por última vez, con los cordones sueltos y enredados. Yo lo conocía lo bastante bien como para saber que jamás los habría dejado así si hubiera pensado que no volvería.

La pena se apoderó de mí tan repentinamente que creí que me desmayaba. Él estaba allí, en esa habitación donde habíamos intentado recluirlo cerrando la puerta para dejarlo fuera de la vista, y todos nuestros pecados mortales le hacían compañía. Me puse de pie tambaleándome, salí al pasillo a trompicones y cerré la puerta con fuerza.

Subí las escaleras a la Torre, sin saber con qué me encontraría, pero desesperado por alejarme lo máximo posible de la habitación de Richard. A primera vista, tenía el mismo aspecto que siempre y, por un momento, me quedé parado, bamboleante, en el umbral de la puerta, con la esperanza de encontrar consuelo en su insulsa familiaridad. Nuestra pequeña habitación del ático, con sus dos camas, sus dos estanterías, sus dos armarios. Cuando sentí que mis piernas estaban bastante firmes, entré. Hice con meticuloso cuidado mi propia cama, retrasando el inevitable cruce al lado del dormitorio que pertenecía a James. Cuando no pude encontrar nada más que ordenar, que doblar, que esconder en un cajón o que meter en el armario, pasé de mi rincón al suyo.

Enderecé los libros, sacudí el polvo de las cortinas, levanté un lápiz que había caído al suelo desde un estante. James era indefectiblemente ordenado, siempre lo había sido, así que yo no tenía demasiado que hacer. Finalmente, tomé la colcha y la estiré junto a la sábana sobre el colchón, intentando no pensar en él y Wren y en cómo habían quedado marcados a presión los pliegues y las arrugas.

Una esquina de la sábana quedó colgando hacia afuera desde debajo del colchón. Me incliné para arreglarla, pero hice una pausa cuando sentí algo inesperadamente suave entre mis dedos. Al levantar mi mano, una pelusa blanca salió flotando de mi palma y se posó en el suelo. Tiré de la colcha de James para sacarla de debajo del colchón y otro grupo de pelusas de algodón se había acumulado contra una pata de la cama, como si al pasar, unos pies las hubieran ido barriendo hacia allí sin darse cuenta. Doblé la sábana un poco más atrás. Si había chinches o un resorte salido, tendría que añadir un colchón nuevo a la lista de peticiones para el verdadero personal de mantenimiento.

Quité la sábana ajustable. Había una rasgadura irregular en el extremo del colchón, como una boca sonriente de unos quince centímetros de largo. Revisé el estribo en busca de un clavo, una astilla sobresalida, pero no encontré nada que pudiera haber desgarrado la tela. La rasgadura me miraba, se reía de mí, y no me di cuenta de que me estaba inclinando cada vez más cerca de él hasta que vi una mancha roja en el borde de la rasgadura, como una marca de lápiz de labios. Me senté y me quedé mirando el colchón por un momento, como si me hubiera derretido en el sitio. Luego metí la mano en el agujero.

Fui tanteando a través de resortes y algodón y gomaespuma hasta que sentí algo definitiva e indiscutiblemente sólido. No salió con facilidad —algo en el extremo no dejaba de atascarse—, pero con un buen tirón, lo saqué y dejé que cayera con estrépito al suelo. Parecía que estaba alarmantemente mal allí; anacrónico, casi gótico, robado de una época más oscura. En el fondo de mi cabeza, supe lo que era en realidad: un viejo bichero de barco, sustraído del largamente olvidado estante de herramientas del cobertizo para lanchas. El gancho y el palo habían sido limpiados a toda prisa, pero aún había sangre en las hendiduras, resquebrajada y descascarillada como si fuera óxido.

Mis pulmones lucharon por respirar. Levanté el bichero del suelo y hui de la habitación, tapando mi boca con una mano por miedo a vomitar mi corazón.

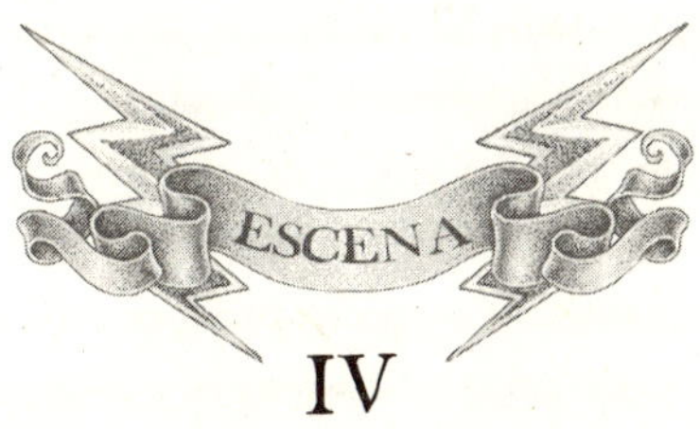

IV

Atravesé el bosque hacia el PBA a toda velocidad, como había hecho tan solo algunas semanas atrás, en aquel momento, con un retazo de tela en la mano. Corrí con el bichero a un lado, como una lanza, mis pies iban haciendo papilla la tierra. Cuando vi el edificio, me di cuenta de mi error: había olvidado la hora. La gente ya hacía fila fuera para ver la función, vestida con ropa elegante; hablaban y reían con los programas en la mano. Me dejé caer en cuclillas y avancé lentamente por el pie de la colina, con la cabeza bien gacha.

La puerta lateral que daba a las escaleras se abrió con un crujido. La atrapé cuando intentó cerrarse de golpe detrás de mí, la cerré con más suavidad, luego bajé las escaleras al sótano con tanta velocidad que casi me caí. El sudor hacía que me picara la cara mientras me abría camino a través de la aglomeración de muebles amontonados en el depósito. Después de tres minutos horrorosos, volví a encontrar la habitación de los casilleros, el candado abierto me miraba furiosamente como un ojo de cíclope. Arrastré la mesa de caballete hacia un lado, quité el candado y abrí bruscamente la puerta. La taza estaba allí, intacta, con ese culpable trozo de tela metido en el fondo como una servilleta arrugada. Metí el bichero dentro al lado de esta, cerré la puerta y la pateé hasta que se cerró del todo, sin que me importara el ruido. El candado chirrió cuando volví a deslizarlo a través del agujero y lo trabé sin dudar. Retrocedí tambaleando, miré un momento, luego salí a toda prisa hacia las escaleras otra vez; el pánico me recorría desde las plantas de los pies hasta la punta de la cabeza, en una ráfaga ardiente, delirante.

Corrí por dos pasillos detrás del escenario, los ruidos y los murmullos de los espectadores se filtraban por las paredes. En el cruce, dos estudiantes de segundo pasaron a mi lado a toda velocidad para meterse entre los bastidores y, al verme correr, señalaron y susurraron entre sí. Abrí de golpe la puerta del camerino y todos levantaron la mirada al unísono.

—¿Dónde *mierda* estabas? —cuestionó Alexander.

—¡Perdón! —exclamé—. Yo solo… Te lo explicaré después. ¿Dónde está mi vestuario?

—Bueno, lo tiene puesto Timothy ¡porque no sabíamos dónde mierda estabas!

Giré en el sitio para encontrar a Timothy (un estudiante de segundo que normalmente interpretaba al sirviente rebelde de Cornwall), que ya estaba de pie, verde, con un guion apretado en la mano.

—Mierda, lo siento —dije—. Tim, dame eso.

—Gracias a Dios —soltó—. Ay, gracias, Jesús, estaba intentando aprenderme tus líneas…

—Lo siento, ha pasado algo…

Me puse la ropa a medida que él se la quitaba, luché con mis botas, el cinturón para la espada, el abrigo. El parloteo del público que venía del altavoz que había en el techo restalló y se apagó. Un pequeño suspiro de sorpresa recorrió el teatro y supe que se habían encendido las luces sobre el palacio empíreo de Lear.

> KENT: «Creí que el rey tenía más afecto por el duque de Albany que por Cornwall».

> GLOUCESTER: «A todos siempre nos pareció eso; pero ahora, en la división del reino, no se nota a cuál de los duques prefiere más, las partes están tan bien divididas que si la curiosidad los hiciera mirar la mitad del otro, no podrían elegirla por encima de la suya».

> KENT: «¿No es este su hijo, mi lord?».

Bajé la mirada a Alexander, que estaba de rodillas atando los cordones de mis botas, mientras yo abotonaba con torpeza mi chaleco.

—¿James ya está en el escenario? —pregunté.

—Obviamente. —Tiró de los cordones con tanta fuerza que casi pierdo el equilibrio—. Quédate quieto, maldita sea.

—¿Y Meredith? —Me estiré para buscar mi corbata.

—En bastidores, supongo.

—Entonces está aquí —dije.

Se paró y comenzó a enhebrar mi cinturón a través de las presillas.

—¿Por qué no lo estaría?

—No lo sé. —Mis dedos estaban temblorosos, torpes, no podían hacer el familiar nudo—. Ha estado fuera toda la noche.

—Preocúpate por eso más tarde. Ahora no es el momento. —Abrochó mi cinturón demasiado ceñido y recogió mis guantes de la mesa. Eché una mirada al espejo. Mi pelo estaba completamente despeinado, el sudor brillaba en mis mejillas—. Tienes un aspecto horrible. ¿Te sientes mal?

—«Me enferman las preocupaciones de mis pensamientos» —respondí, sin poder evitarlo.

—Oliver, ¿qué…?

—Olvídalo —dije— Tengo que irme. —Me escapé al cruce antes de que él pudiera añadir nada. La puerta se cerró pesadamente detrás de mí y esperé con la mano en el picaporte, obligado a quedarme quieto por la enorme concentración que (en ese momento) requería tan solo respirar. Cerré los ojos, puse la mente en blanco salvo por inhalar, exhalar, hasta que la última línea de la Escena 1 me trajo de vuelta a la vida. La voz de Meredith, baja y decidida: «Debemos hacer algo».

Fui hacia los bastidores.

Tropecé con las cuerdas en la despiadada oscuridad de detrás de escena hasta que mis ojos se adaptaron al frío resplandor de los focos de trabajo en el rincón del apuntador. El asistente del director de escena me vio y siseó por el micrófono en sus auriculares:

—¿Control? Edgar está vivo. No, el original. Está un poco desgreñado y maltrecho, pero está vestido y listo para salir a escena. —Tapó el micrófono con su mano y murmuró—: Gwendolyn te asesinará, amigo. —Y volvió a prestar atención al escenario.

Me pregunté fugazmente qué me diría si le dijera que Gwendolyn era lo que menos me preocupaba.

En escena, James estaba de pie con la cabeza inclinada en deferencia a su padre.

GLOUCESTER: «Ya hemos visto lo mejor de nuestra época. Maquinaciones, falsedad, traiciones, y los peores disturbios nos perturbarán hasta la tumba. Encuentra a ese canalla, Edmundo».

La boca de James se crispó y recordé sus inquietantes repeticiones de la noche anterior. Gloucester terminó su discurso y caminó por el suelo estrellado para salir por el otro lado.

—«Esto —dijo James cuando este ya había desaparecido—, esto es una excelente muestra de la idiotez del mundo: cuando la fortuna no nos acompaña (con frecuencia, debido a nuestros propios excesos), culpamos por nuestros desastres al sol, a la luna y a las estrellas… Como si fuéramos canallas por necesidad; forzados a ser idiotas por los astros; bribones, ladrones y traidores por predominancia esférica; borrachos, mentirosos e infieles por una obediencia forzosa a la influencia planetaria; ¡como si un poder divino impulsara todas nuestras maldades!». —Miró hacia el cielo, cerró una mano en puño y la sacudió hacia las estrellas. Una risa brotó de sus labios y resonó en mis oídos, intensa y desvergonzada—. «¡Qué admirable escapatoria la del hombre lujurioso, que culpa por su lascivia a una estrella!». —Levantó un dedo, señaló a una sola constelación de entre cien y habló de forma más pensativa—. «Mi padre se unió a mi madre bajo la cola del Dragón y mi nacimiento fue bajo la Osa Mayor, es por eso que soy malo y libidinoso». —Volvió a reír, pero ahora la risa era amarga. Cambié el peso de mi cuerpo de un pie al otro, todos los pelos de mi nuca estaban erizados—. «Yo sería quien soy aunque la estrella más virginal del firmamento hubiese brillado durante mi concepción. Edgar…».

Dudó, no supe si era porque dudaba de que yo fuera a aparecer o por alguna otra inquietud más grande. Salí a nuestro mundo estrellado con paso cauteloso.

—«¿Cómo estás, hermano Edmundo?» —pregunté por segunda vez en dieciocho horas—. «¿Qué meditas con tanta seriedad?».

Proseguimos de manera fluida con la misma conversación que habíamos tenido la noche anterior de forma entrecortada, parte por parte. La cara de James bien podría haber sido una máscara. Pronunció sus líneas con sangre fría, como siempre lo había hecho, ajeno a la incredulidad y el miedo y la furia que amenazaban con desgarrarme por dentro cada vez que lo miraba. Mis palabras fueron duras y mordaces cuando dije:

—«¡Algún canalla me ha perjudicado!».

—«Eso temo» —repuso, despacio, pero al continuar, regresó a la misma pronunciación sedosa. Olvidé mis movimientos, me quedé quieto, mis reacciones rígidas y mecánicas.

Cuando terminamos otra vez, pregunté con brusquedad:

—«¿Volveré a saber de ti pronto?».

—«Te ayudaré en este asunto» —respondió.

Era el momento de irme, pero no lo hice. Esperé demasiado, lo suficiente como para forzarlo a mirar a través de Edgar y que, en su lugar, me viera a mí. El reconocimiento destelló en sus ojos y, con él, una chispa de miedo. Me giré para irme y, mientras caminaba hacia bambalinas, lo escuché hablar otra vez, un poco más débilmente.

JAMES: «... Un noble hermano, cuya naturaleza está tan alejada de la maldad que no sospecha nada; ¡cuya estúpida honestidad no pone traba alguna a mis prácticas!».

Su bravuconada de repente sonó falsa. Él sabía que yo lo sabía. Por el momento, eso era suficiente. La obra flaquearía de ahí en adelante.

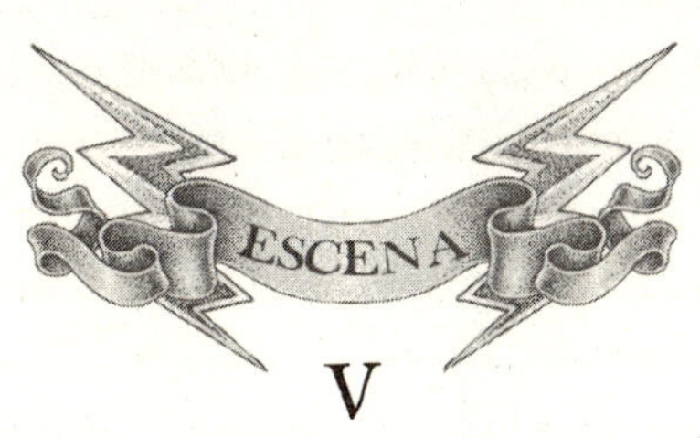

V

Pasé alrededor de diez escenas esperando en el camerino a que James apareciera. No lo hizo, pero sabía bien que era mejor no ir a buscarlo a los bastidores. El tipo de confrontación que estábamos destinados a tener no podía ocurrir en el confinamiento de los rincones y pasillos tras bambalinas. Tendría que aprovechar el intermedio para pillarlo antes de que pudiera escabullirse. Cuando la última escena del tercer acto llegaba a su violento clímax, me levanté de mi silla y puse un abrigo sobre mi pecho descubierto. Los harapos de loco de mi vestuario me hacían sentir desnudo y vulnerable.

El cruce estaba vacío, las luces resplandecían de un color amarillo otoñal. Estaba a punto de abrir la puerta que llevaba a los camerinos cuando Meredith emergió por el otro extremo del pasillo. No la había visto en toda la noche y por un momento me quedé helado en el lugar. Parecía una princesa griega, envuelta en chifón y gasa de color azul pastel, con una cinta dorada en la frente y sus rizos sueltos sobre su espalda. Me giré y caminé directo hacia ella, al no saber si volvería a encontrarla sola otra vez o qué podría pasar el resto de la noche. El sonido de mis pasos hizo que levantara la vista y un destello de sorpresa atravesó su rostro cuando la sujeté y la besé, con tanta intensidad como me atreví.

—¿Qué ha sido eso? —preguntó, cuando me aparté.

Ella sabía que era preciosa. No era necesario que yo se lo dijera.

—¿Sabes? Me asustas muchísimo —dije, sujetando la tela de su vestido para mantenerla cerca.

—¿Qué?

—No lo sé. Te miro y de repente los sonetos tienen sentido. Los buenos, al menos.

Fuera lo que fuera lo que cualquiera de los dos esperaba que yo dijese, no era eso. Se sonrojó, y a mí me recorrió un entusiasmo alegre; improbable, inexplicable, dadas todas las otras circunstancias de esa noche. Pero luego se extinguió como la llama de una vela, eliminada de un soplo por la duda.

—¿Dónde estuviste anoche? —pregunté.

Apartó la mirada.

—Yo solo… tuve que ir a un sitio.

—No lo entiendo.

—Te lo contaré —prometió, como ausente, trazando con un dedo la protuberancia de mi clavícula—. Más tarde, esta noche.

—De acuerdo. —No pude evitar preguntarme si habría tiempo más tarde. Incluso, qué significaba «más tarde»—. Más tarde —acepté, de todos modos.

—Tengo que irme. —Peinó mi pelo hacia atrás con una mano para quitármelo de la frente (un gesto dulce y afectuoso de ella que para entonces era familiar y que yo siempre ansiaba). Pero me preocupé y las dudas hicieron que me temblaran las rodillas.

—Meredith —llamé, cuando ella iba hacia el camerino de las chicas. Hizo una pausa en la puerta—. El otro día, en clase… —No quería decirlo, pero no pude evitarlo—. No vuelvas a besar así a James.

Ella me miró sin poder comprender por un momento; luego su expresión se endureció y preguntó:

—¿De quién estás celoso? ¿De él o de mí? —Hizo un suave sonido de indignación y desapareció por la puerta antes de que yo pudiera contestar. Se hizo un nudo en mi garganta. ¿Qué había querido hacer? ¿Protegerla?, ¿advertirla?, ¿qué? Estrellé mi mano abierta contra la pared y el impacto escoció.

Tendría que esperar. El tercer acto estaba llegando al final; podía escuchar a Colin jadeando por los altavoces.

COLIN: «Estoy herido. Sígueme, querida. ¡Echad al canalla sin ojos! ¡Arrojad a este esclavo al estiércol! Regan, sangro demasiado. Qué inoportuna esta herida. Dame tu brazo».

Esperé al lado de la puerta de la izquierda del escenario, con la espalda contra la pared. Las luces se apagaron y los espectadores aplaudieron, primero de forma tenue y luego con más fervor, conmocionados por la horrible escena en la que le arrancan los ojos a Gloucester. Los de segundo se dispersaron por los bastidores y pasaron cerca de mí sin verme. Después Colin, luego Filippa. Después James.

Lo atrapé por el codo y lo llevé lejos de los camerinos.

—¡Oliver! ¿Qué estás haciendo?

—Tenemos que hablar.

—¿Ahora? —cuestionó—. Suéltame, me haces daño.

—¿Ah, sí? —Sujetaba su brazo con una fuerza brutal, era más grande que él y, por primera vez, quería que ambos fuéramos bien conscientes de eso.

Abrí la puerta del pasillo de un empujón y lo arrastré detrás de mí. Primero, se me había ocurrido ir al muelle de carga, pero Alexander y algunos de los de segundo y tercero seguramente habían salido a fumar. Consideré el sótano, pero no quería estar atrapado ahí abajo. James hizo dos o tres preguntas más, todas variaciones del mismo tema: a dónde íbamos. Pero las ignoré y él se quedó callado, su pulso se aceleró bajo mis dedos.

El césped detrás de la Mansión era amplio y llano, el último espacio al aire libre antes del declive que llevaba al bosque. El auténtico cielo se extendía de forma infinita sobre nuestras cabezas, haciendo que los espejos y luces parpadeantes del escenario parecieran ridículos (un intento inútil del hombre por imitar a Dios). Cuando estuvimos lo suficientemente lejos del PBA como para que yo estuviera seguro de que no nos verían en la oscuridad ni nos escucharían, solté el brazo de James y lo empujé lejos de mí. Él tropezó, recuperó el equilibrio, luego echó un vistazo nervioso por encima de su hombro al descenso empinado de la colina detrás de él.

—Oliver, estamos en medio de una función —señaló—. ¿De qué va esto?

—He encontrado el bichero. —De repente, deseé que regresara el viento aullante de la noche anterior. La quietud del mundo debajo del domo oscuro del cielo era sofocante, masiva, insoportable—. He encontrado el bichero metido dentro de tu colchón.

Su cara estaba pálida como un hueso, bajo la luz de la luna.

—Puedo explicarlo.

—¿Puedes? —pregunté—. Porque tengo que abrir el cuarto acto, así que tienes quince minutos para convencerme de que no es lo que creo.

—Oliver… —dijo y apartó la mirada.

—Dime que no lo hiciste. —Me arriesgué a dar un paso hacia él, por miedo a levantar la voz por encima de un susurro—. *Dime* que no mataste a Richard.

Cerró los ojos, tragó y respondió:

—No quise hacerlo.

Un puño de acero se cerró en mi pecho, quitándome todo el aire. Mi sangre pareció fría al circular lentamente por mis venas como morfina.

—Por Dios, James, *no*. —Mi voz se quebró. Se partió por la mitad. No quedó ningún sonido.

—Juro que no quería hacerlo… Tienes que entenderlo —insistió, acercándose desesperadamente a mí. Tambaleando, di tres pasos atrás, fuera de su alcance—. Fue un accidente, como dijimos… fue un accidente, Oliver, *¡por favor!*

—¡No! No te acerques demasiado —ordené, obligando a las palabras a salir cuando no había aire para ellas—. Mantén la distancia. Dime qué pasó.

Pareció que el mundo se detenía en su eje, como una peonza haciendo equilibrio de forma precaria sobre su punta. Las estrellas brillaban cruelmente por encima de nosotros, esquirlas de cristal desparramadas en el cielo. Cada nervio de mi cuerpo estaba encendido, rehuía el contacto con el aire frío de marzo. James estaba más frío, tallado en hielo, no era mi amigo, ni siquiera era humano.

—Después de que te fueras arriba con Meredith, algo le pasó a Richard —narró—. Fue como en la Noche de Brujas, pero peor. Salió del Castillo hecho… una furia *incontenible*. Tendrías que haberlo visto. Fue como ver la explosión de una estrella. —Negó lentamente con la cabeza; en su expresión, el horror y el asombro eran indistinguibles—. Wren y yo estábamos sentados en la mesa. No teníamos ni idea de lo que estaba pasando, pero entonces él tan solo apareció con esa mirada en la cara, como si fuera a aplastar cualquier cosa que se interpusiera en su camino. Iba hacia el bosque, no tengo ni idea de a hacer qué, y Wren intentó detenerlo. —Flaqueó, cerró los ojos con fuerza, como si el recuerdo fuera demasiado cercano, demasiado doloroso, atroz—. Por Dios, Oliver. La sujetó y creí que iba a partirla por la mitad, pero la lanzó al otro lado del patio, contra el césped. Se fue enfurecido por entre los árboles y la dejó ahí, *llorando.* Fue horrible. La ayudé a recomponerse lo mejor que pude y Pip y yo la llevamos a dormir. Pero no dejaba de llorar y de decir: «Ve a buscarlo, se hará daño». Así que fui.

Abrí la boca con incredulidad, pero no me dio tiempo a decir nada.

—No tienes que decirme lo estúpido que fue eso —añadió—. Ya lo sé. Lo supe en ese momento. Pero fui de todas maneras.

—Y lo encontraste. —Ya podía ver cómo se habían desarrollado los hechos. Una discusión. Una amenaza. Un empujón. Demasiado.

—Al principio, no —respondió—. Anduve trastabillando en la oscuridad como un idiota, llamándolo. Después se me ocurrió que podría haber ido hasta el muelle. —Se encogió de hombros y el movimiento fue tan impotente y patético que sentí que el nudo en mi pecho se aflojaba, solo un poco—. Bajé la colina, pero no lo vi. Fui hasta el cobertizo, solo para asegurarme de que no hubiera hecho nada estúpido, como saltar al agua, y cuando di media vuelta para volver a subir, allí estaba. Me había estado siguiendo por el bosque todo ese tiempo, en una clase de juego perverso. —Para entonces, hablaba más rápido; todas las palabras que había estado reprimiendo durante meses salían a borbotones—. Y le dije: «Ahí estás. Volvamos, tu prima está devastada». Y él respondió, puedes adivinar lo que dijo: «No te preocupes por mi prima». «De acuerdo. Todos están molestos. Vuelve y lo resolveremos». Y entonces me lanzó esa *mirada* otra vez. Por Dios, Oliver, he estado soñando con esa mirada durante semanas. Fue como si todo el odio del mundo estuviera contenido allí. ¿Te ha mirado alguien así alguna vez? —Por un momento, el mismo miedo estremecedor pareció apoderarse de él, pero sacudió la cabeza y continuó—. Y fue allí cuando comenzó. Los empujones. Las... provocaciones. —Su voz se elevó a un tono agudo, nervioso, y se frotó los brazos, dio un pisotón contra el suelo, como si no pudiera mantener su cuerpo lo suficientemente caliente—. Y no *paraba*. Fue otra vez como en la

Noche de Brujas. *Vamos, juguemos a un juego.* No mordí el anzuelo y todo empeoró. ¿Por qué no te defiendes? ¿Por qué no quieres arremangarte? Juguemos a un juego, principito, juguemos a un *juego.* Era solo eso para él, pero yo estaba tan asustado y lo intenté, le insistí, otra vez, ¿por qué no vuelves al Castillo y hablamos con Wren? Hablaremos con Meredith, arreglaremos las cosas. Y entonces tan solo dijo… dijo… —Se detuvo, su rostro estaba completamente enrojecido, como si las palabras fuesen tan abominables que no podía repetirlas.

—James, ¿qué dijo?

Levantó la vista y me miró con severidad; su cabeza, inclinada hacia atrás; su boca, una línea recta; sus ojos, oscuros e impenetrables. Se pareció a Richard; hasta sonó como él cuando habló.

—«¿Por qué tú y Oliver no reconocéis que sois dos maricones que se gustan y dejáis en paz a mis chicas?».

Me quedé mirándolo, con un nudo en la garganta. La sensación de sudor frío del terror se extendió lentamente por mis extremidades.

—Así que le respondí —continuó James, con su propia voz—. «No sé por qué crees lo contrario, pero no eres dueño de Meredith y ciertamente no eres dueño de Wren. Puedes beber hasta morir si quieres. Me voy». Pero no me dejó.

—¿Qué quieres decir?

—Él quería una pelea. No iba a dejarme ir sin una. Intenté esquivarlo, pero me sujetó y me lanzó contra las puertas del cobertizo. No son sólidas, son tan viejas… así que caí dentro y me estrellé contra las cosas apiladas allí. Y volvió a atacarme y yo solo estiré el brazo en busca de la cosa más cercana y era ese bichero.

Se detuvo, presionó sus ojos con una mano, como si quisiera borrar el recuerdo. Sus labios temblaban. Todo su cuerpo estaba temblando.

—Y después, ¿qué pasó? —No quería preguntar, no quería saber, no quería escuchar ni una sola palabra más.

—Y después se *rio* —respondió James, débilmente, desde detrás de su mano. Casi podía oír el sonido, la risa intensa, peligrosa de Richard sonando en la oscuridad—. Se rio y dijo: hazlo, niño bonito, a que no te atreves. Y volvió a empujarme. «A que no te atreves, a que no te atreves, no lo harás». Y miré hacia atrás y el agua estaba justo ahí y en lo único que pude pensar fue en la Noche de Brujas y ¿quién evitaría que me ahogara esa vez? No se callaba, no dejaba de decirlo, no lo harás, no te atreves no te atreves no te atreves, y yo... —Su mano se deslizó hacia abajo para tapar su boca, sus ojos se abrieron del horror, como si acabara de darse cuenta de lo que había hecho—. No quise hacerlo —explicó, con un pequeño gemido desde atrás de su mano—. No *quise*. Pero estaba muy asustado y muy enfadado.

Pude ver cómo debió haber ocurrido. Un golpe salvaje, espontáneo. La dolorosa sacudida del impacto. La sorpresa por la salpicadura de sangre caliente en su cara. Richard cayendo a cámara lenta al agua. Un chapoteo espeluznante y el silencio, aún más estremecedor.

—Oliver, creía que estaba muerto —dijo, en voz tan baja que casi no lo escuché—. Lo juro, creí que ya estaba muerto. Y no supe qué hacer, así que tan solo... corrí. Creo que enloquecí por un minuto. Corrí de vuelta al bosque y podría haber seguido corriendo toda la noche si no me hubiera topado con Filippa.

Me sentí aturdido, helado, inmovilizado por el estupor.

—¿Que qué?

Asintió distraídamente, como si no pudiera recordar cómo había sucedido el resto.

—Supongo que se preocupó porque yo no había vuelto y salió a buscarme y choqué con ella. De milagro no le hice daño, aún tenía el maldito bichero en la mano… No sé por qué me lo llevé.

—Ella lo sabía —comenté, ese hecho rebotaba y se repetía en mi cabeza—. ¿Ella lo sabía?

—Estaba tan tranquila, como si lo estuviera esperando. Ni siquiera me hizo preguntas, en realidad, solo me llevó adentro y por las escaleras, de algún modo. Yo temblaba tanto que tuvo que ayudarme a quitarme la ropa, pero en cuanto me dejó en el baño para ir a quemar todo lo que tenía sangre, comencé a vomitar y no pude parar hasta que… —Se quedó abruptamente en silencio, hizo un gesto extraño hacia mí, como si esperara que yo terminase la oración.

—Ay, Dios —solté—. Yo. —Medio dormido, medio desvestido. Él. El corazón acelerado, acuclillado en el suelo—. No me lo contaste. —No me di cuenta, hasta que salió de mi boca, de que eso solo era peor que cualquier otra cosa—. ¿Por qué no me lo contaste?

—No quería que lo supieras —contestó. Dio otro paso hacia mí y esta no vez no retrocedí—. Filippa… quizás esté loca, no sé, nada parece perturbarla. Pero ¿tú? Oliver, tú… —Su voz lo abandonó y, en su ausencia, volvió a señalarme, pero este era un pensamiento que no podía terminar por él.

—¿Yo qué, James? No lo entiendo.

Dejó que su mano cayera de nuevo a su costado y encogió otra vez los hombros de esa forma impotente, desesperanzada.

—No quise que me miraras de la forma en que me estás mirando ahora.

Y quizás había una especie de terror en mi expresión, pero no por la razón que él pensaba. Lo miré bajo la fría luz de la luna, frágil y pequeño y asustado, y las miles de preguntas que me abrumaban cada vez que lo miraba desde Navidad se unieron, se fusionaron y se contrajeron hasta que solo quedó una, en realidad.

—¿Oliver?

—Sí —respondí, esa sola palabra aceptó todo al mismo tiempo. No podía recordar cuándo había comenzado él a llorar, pero las lágrimas brillaban en sus mejillas. Me miró, desconfiado y confundido.

»Está bien —dije, a mí mismo tanto como a él. Eché una mirada hacia atrás, al PBA, y sentí calma, de algún modo, al escuchar a Hamlet en mi cabeza otra vez: «Estar preparados es todo»—. Todo irá bien —prometí, aunque jamás había estado menos seguro de nada en mi vida—. Lo resolveremos, pero ahora tenemos que volver. —No tenía ni idea de qué significaba «lo» o qué pensó él que significaba—. Tenemos que volver y actuar como si nada pasara. Tenemos que superar esta noche y después nos preocuparemos por esto. ¿De acuerdo?

Alivio o esperanza o algo finalmente reavivó su cara.

—¿Estás…?

—Sí —contesté, la única respuesta posible a lo que quisiera saber—. Vamos. —Giré hacia el PBA. Sujetó mi brazo.

—Oliver —llamó, había una pregunta aferrada al final de mi nombre.

—Está bien —repetí—. Más tarde. Lo resolveremos. —Asintió, bajó los ojos, pero sentí que sus dedos apretaban mi brazo con más fuerza—. Vamos.

Fue detrás de mí mientras corríamos de regreso al teatro. Nos escabullimos dentro por la puerta lateral y nos separamos cuando yo fui hacia los bastidores y él para el otro lado, hacia el baño, para eliminar toda evidencia de angustia de su cara. En ese breve momento, de hecho, me pregunté si «bien» o algo parecido aún sería posible. Pero es así cómo una tragedia como la nuestra o cómo *El rey Lear* te rompe el corazón: haciéndote creer, hasta el último minuto, que puede haber un final feliz.

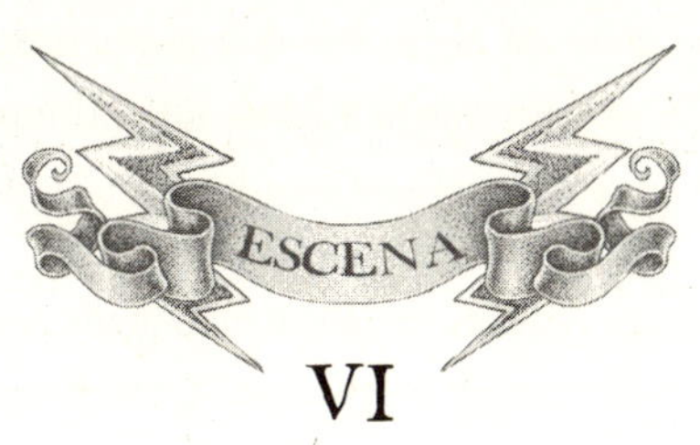

VI

La segunda mitad de la obra avanzó rápido, de forma precipitada. Yo estaba tan enloquecido y desconcentrado como debió de estar Tom o' Bedlam. Frederick y Gloucester debieron de notar el cambio, porque ambos me miraban con recelo para el final del cuarto acto. En el comienzo del quinto, James dirigió los movimientos de su ejército. Habló con innegable urgencia; quizás estaba tan desesperado como yo por terminar la función, recluirnos en la Torre y decidir qué hacer a continuación. Habló de modo cortante con Wren, pareció no verla, y trató a Frederick con la misma fría indiferencia. Camilo se acercó, flanqueado por Filippa y Meredith (que parecía lo bastante culpable como para hacerme creer que tal vez había envenenado a alguien). Me quedé escondido en las sombras del escenario, esperando mi entrada y el final.

Filippa comenzó a sentirse mal y se apoyó en el brazo de Camilo para sostenerse.

FILIPPA: «Enferma, ay, estoy enferma».

MEREDITH (APARTE): «Si no lo estuvieras, no confiaría más en las pócimas».

JAMES (A CAMILO, ARROJANDO AL SUELO SU GUANTE): «Aquí está mi respuesta. Sea quien sea quien me acusa de traidor, miente como un canalla».

Su voz se alzó para llamarme desde mi escondite. Los heraldos fueron emplazados, las trompetas sonaron; Filippa sufrió un colapso y un grupo de segundo se la llevó fuera del escenario.

Heraldo (lee): «Si algún hombre noble o de rango en las filas del ejército quiere afirmar que Edmundo, supuesto conde de Gloucester, es un múltiple traidor, que se presente. Él será enérgico en su defensa».

Respiré hondo a través de la bufanda atada sobre mi boca y mi nariz para disfrazarme, luego entré a escena con una mano en mi espada.

Yo: «Mi nombre se perdió, sabedlo, roído por el diente de la traición y gangrenado. Sin embargo, soy tan noble como el adversario que vengo a enfrentar».

Camilo: «¿Quién es ese adversario?».

Yo: «¿Quién es portavoz de Edmundo, conde de Gloucester?».

James: «Él mismo. ¿Qué tienes que decirle?».

Enumeré una letanía de sus pecados y él escuchó con profunda e íntima atención. Cuando respondió, fue sin su usual maldad, sin su usual arrogancia. Sus palabras fueron meditadas, conscientes de su propia falsedad.

James: «¡Te lanzo todas esas traiciones a la cabeza! Y que abrume tu corazón la odiosa mentira infernal; a la cual, aunque pasa y apenas lastima, esta espada abrirá un camino instantáneo adonde será su reposo eterno».

Desenfundamos nuestras espadas, hicimos una reverencia y comenzó nuestro duelo final. Nos movimos casi al unísono, los filos destellaban y brillaban bajo las estrellas artificiales. Comencé a tener ventaja, asestando más golpes de los que recibía, y fui empujando a James hacia la estrecha entrada del Puente. El sudor relucía en su frente y en el hueco de su cuello, sus pasos cada vez más torpes. Lo obligué a adentrarse en la hostil oscuridad del teatro hasta que no pudo avanzar más. El último estrépito del acero contra el acero aún hacía eco en mis oídos cuando clavé mi estoque debajo de su brazo. Sujetó mi hombro, lanzó un grito ahogado, y su propia espada retumbó contra el suelo espejado del Puente. Dejé que mi filo también cayera, deslicé un brazo alrededor de su espalda para sostener su peso y bajé la vista para encontrar que miraba fijo más allá de mí, a la penumbra de los bastidores de la izquierda. Gwendolyn estaba de pie allí, al borde de la luz; su expresión era de absoluta conmoción. Holinshed estaba a su lado y el detective Colborne, al lado de este; la placa en su cintura destellaba bajo la luz de las estrellas de fibra óptica.

Los dedos de James se clavaron en mis brazos. Apreté los dientes y lo bajé lentamente al suelo. Detrás de nosotros, Meredith era escoltada del proscenio a los bastidores. Camilo la observó irse, con la cara oscurecida de preguntas.

Meredith: «No me preguntes lo que sé».

Camilo: «Id tras ella. Está desesperada; tranquilizadla».

Los últimos estudiantes de segundo abandonaron el escenario. Me acuclillé al lado de James. La faja violeta que usábamos para la sangre había salido por el cuello abierto de su camisa y la quité despacio mientras él hablaba.

—«He hecho todo aquello de lo que me acusaste —confesó— y más, mucho más. Con el tiempo se sabrá». —Temblaba debajo de mí, y apoyé una mano sobre su pecho para mantenerlo quieto—. «Es pasado, como yo». —Una sonrisa cansada se formó en sus labios—. «Pero ¿quién eres tú, que has tenido la fortuna de vencerme? Si eres noble, te perdonaré».

—«Intercambiemos indulgencias». —Me quité la bufanda de la cara. No había otra cosa que hacer para reconfortarlo—. «Mi nombre es Edgar y soy hijo de tu padre».

Eché un vistazo a los bastidores. Meredith estaba al lado de Colborne, hablándole cerca del oído. Cuando se dio cuenta de que yo la estaba mirando, cerró la boca y negó lentamente con la cabeza. Volví a James.

—«Los dioses son justos —dije—, y convierten nuestros vicios placenteros en instrumentos para castigarnos».

James rio de manera entrecortada, y sentí que algo profundo entre mis pulmones se partía al medio.

—«Tienes razón; es cierto» —repuso—. «La rueda ha dado toda la vuelta; ¡aquí estoy!».

Camilo habló detrás de nosotros, pero apenas lo escuché. Mi siguiente discurso debía estar dirigido a él, pero en lugar de eso, se lo dije a James.

—«Lo sé, noble príncipe».

Me miró un momento, luego alzó la cabeza y tiró de mí para que fuera a su encuentro. Fue casi un beso fraternal, pero no del todo. Demasiado frágil, demasiado doloroso. Suaves susurros de sorpresa y confusión recorrieron el público. Mi corazón palpitaba y dolía tanto que mordí su labio. Sentí que su respiración se entrecortaba y lo solté, lo bajé al suelo otra vez. El silencio duró demasiado. Fuera cual fuera la línea de Camilo, la había olvidado, así que hablé fuera de lugar.

—«Escuche un breve cuento; y cuando lo haya contado, ay, mi corazón se romperá».

No podía recordar el resto. No me importó. Camilo cortó mi discurso, quizás para compensar su laguna previa, su voz trastabillaba y vacilaba. James yacía lánguido en el suelo, como si la vida de Edmundo lo hubiera abandonado y lo que quedaba de la suya ya no fuera suficiente para moverse.

Camilo: «Si queda algo más, más desgraciado, guárdatelo; porque estoy a punto de deshacerme en llanto».

No volví a hablar. Había perdido la voz. Una de las chicas de segundo se dio cuenta de que ni James ni yo diríamos una palabra más, así que entró corriendo y rompió el hechizo de inmovilidad que se había posado sobre el escenario.

—«¡Ayuda, ayuda!».

Dejé que Camilo conversara con ella. Las muertes fueron reportadas y contadas. Llegó el momento de que se llevaran a James, pero ninguno de los dos nos movimos, extremadamente conscientes de lo que nos esperaba del otro lado del telón. Los sirvientes y los heraldos dijeron nuestras líneas con voces tímidas, temblorosas. Entró Frederick con Wren muerta en sus brazos. Él también se hundió en el suelo y, sin importar lo que los demás pudieran hacer, murió, aplastado por el peso del dolor. Camilo —el último bastión de nuestro mundo en ruinas— terminó la obra lo mejor que pudo, con un discurso que debería haber sido mío.

> Camilo: «Debemos sentir el peso de este tiempo desdichado, digamos lo que sentimos, no lo que debemos decir. Los más viejos son quienes más han sufrido; nosotros, que somos jóvenes, no veremos tanto ni viviremos tanto tiempo».

Las estrellas se apagaron todas a la vez. Nos sumergimos en la oscuridad. El público comenzó a aplaudir despacio, de forma vacilante. Me aferré a James hasta que las luces volvieron a encenderse, entonces lo ayudé a levantarse. Wren y Frederick revivieron como los muertos vivos. Filippa, Meredith y Alexander vinieron desde los bastidores, sin levantar los ojos de sus pies. Saludamos rígidamente con una reverencia desde la cintura y esperamos a que apagaran las luces otra vez. Cuando lo hicieron, caminamos en fila hacia los bastidores. El telón se cerró detrás de nosotros, su pesado terciopelo barrió el suelo y bloqueó los suaves sonidos humanos del público; que se ponía de pie, se recuperaba.

Las luces de trabajo cobraron vida sobre nosotros. Los de primero y segundo huyeron de la cara desconocida de Colborne. Este se acercó desde su lugar al lado de la tramoya, observando a James como si no existiese nadie más en el mundo.

—Bueno —comentó—, no podíamos fingir para siempre. ¿Estás listo para contarme la verdad?

James flaqueó a mi lado, abrió la boca para hablar. Antes de que pudiera emitir sonido alguno, di un paso adelante, con la decisión ya tomada, tomada en el mismo instante en que cobró vida.

—Sí —respondí. Colborne se giró hacia mí sin poder creerlo—. Sí —repetí—, estoy listo.

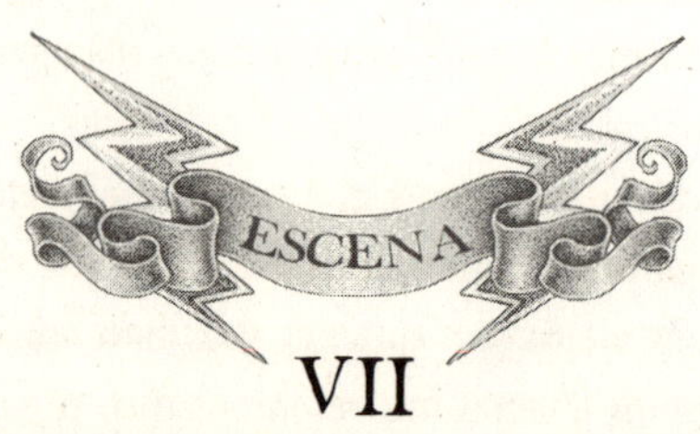

VII

Luces y sirenas. Fuera, en el aire insustancial, los miembros del público en sus mejores atuendos, técnicos de negro y actores con sus vestuarios aún puestos observaron cómo Walton me guiaba a la parte trasera de un coche con «Departamento de Policía de Broadwater» escrito en un lateral. Todos murmuraban, miraban, señalaban, pero yo solo podía ver a mis compañeros, acurrucados como aquel día en el muelle una vez más. La cara de Alexander estaba tan llena de tristeza que no había lugar para la sorpresa. En la expresión de Filippa, solo había una clase desesperada de confusión. En la de Wren, nada. En la de Meredith, algo violento que no pude describir con palabras. Y en el rostro de James, desesperación. Richard estaba de pie a su lado, tan sólido que parecía un milagro que nadie más pudiera verlo, con sus ojos negros ardientes, de algún modo, todavía insatisfecho. Bajé la vista a las esposas que ya destellaban en mis muñecas y me dejé caer en el asiento de cuero agrietado del coche patrulla.

Colborne cerró la puerta y, en la pequeña y silenciosa oscuridad, me costó respirar.

Pasé las siguientes cuarenta y ocho horas en salas de interrogatorio sin ventanas, toqueteando pequeños vasos de agua tibia y respondiendo preguntas de Colborne, Walton y otros dos oficiales cuyos nombres olvidé en cuanto los oí. Conté la historia como James me la había contado a mí, con solo las variaciones necesarias. Richard, enfurecido por mi traición y la de Meredith. Yo, dándole con el bichero en la cabeza en un ataque de miedo celoso. No preguntaron acerca de la mañana siguiente.

Se cancelaron las siguientes funciones de *Lear*. Siguiendo un mapa que dibujé en la parte de atrás de la libreta de Walton, Colborne guio a cinco policías con linternas al sótano, donde rompieron mi candado con una palanca y una cizalla. Prueba irrefutable, cubierta con mis huellas.

—Ahora —me dijo Colborne con frialdad—, sería un buen momento para llamar a tu abogado.

No tenía, así que me asignaron una. No había dudas de que había sido un homicidio, solo en qué grado. Nuestra mejor posibilidad, me explicó, era argumentar un caso de defensa propia imperfecta en lugar de asesinato en segundo grado. Asentí y no dije nada. Rechacé llamar a mi familia. No era con ellos con quienes quería hablar. El lunes por la mañana, me informaron de mi nuevo estatus de detenido en espera de juicio, pero no me enviaron enseguida a la prisión del condado. Permanecí en Broadwater porque (según Colborne) si me trasladaban a un centro penitenciario más grande y con más presos, quizás no llegara al juicio en absoluto. Lo más probable era que él estuviese haciendo tiempo. Pese a que yo ya había entregado mi confesión escrita, percibí que él no acababa de creérsela. Después de todo, había venido al PBA con la intención de arrestar a

James, siguiendo la información que le había suministrado una «fuente anónima». Meredith, supuse.

Quizás esa duda persistente era la razón por la que me dejaba tener tantas visitas. Filippa y Alexander fueron los primeros. Se sentaron lado a lado en el banco que había al otro lado de las barras.

—Por Dios, Oliver —regañó Alexander cuando me vio—. ¿Qué estás haciendo ahí dentro?

—Solo… espero.

—No me refería a eso.

—Hemos hablado con tu abogada —señaló Filippa—. Me ha pedido que sea testigo para dar cuenta de tu personalidad.

—Pero a mí no —agregó Alexander, con una leve sonrisa triste—. Por mi problema con las drogas.

—Ah. —Miré a Filippa—. ¿Lo harás?

Cruzó sus brazos con fuerza.

—No lo sé. Aún no te he perdonado por esto.

Pasé un dedo por una de las barras que nos separaban.

—Lo siento.

—No tienes ni idea de lo que has hecho, ¿verdad? —Negó con la cabeza, con ojos severos y furiosos. Cuando volvió a hablar, su voz también fue así—. Mi padre ha estado en prisión desde que yo tenía trece años. Te comerán vivo.

No pude mirarla.

—*¿Por qué?* —preguntó Alexander—. ¿Por qué lo hiciste?

Yo sabía que no me estaba preguntando por qué había matado a Richard. Me revolví avergonzado, sentado en mi catre, superado por la pregunta.

—Es como *Romeo y Julieta* —respondí finalmente después de un rato.

Filippa dejó escapar un sonido impaciente y preguntó:

—¿De qué hablas?

—*Romeo y Julieta* —repetí y me arriesgué a echarles un vistazo a ambos. Alexander estaba despatarrado contra la pared. Filippa me miraba con furia—. ¿Cambiaríais el final si pudierais? ¿Y si Benvolio se presentara y dijera: «He matado a Teobaldo, fui yo»?

Filippa dejó caer su cabeza, se pasó las manos por el pelo.

—Eres un idiota, Oliver —espetó. Yo no podía discutírselo.

Volvieron de tanto en tanto. Solo para hablar. Para contarme qué estaba pasando en Dellecher. Para contármelo cuando mi familia se enteró. Filippa fue la única lo suficientemente valiente para hablar con mi madre por teléfono. Yo no tuve el coraje para hacerlo. Nunca supe nada de mi padre ni de Caroline, pero tampoco lo esperaba. Colborne encontró a Leah fuera de la estación una mañana, lloraba y lanzaba piedras contra la pared lateral del edificio. (Había huido de Ohio de madrugada, como había hecho yo una vez). La trajo a verme, pero ella no quiso hablar. Solo se sentó en el banco, mirándome y mordiendo su labio inferior hasta hacerse daño. Pasé todo el día pidiéndole perdón, inútilmente, y esa noche Colborne la dejó en un autobús de vuelta a casa. Walton, me aseguró Colborne, había llamado a mis padres para decirles dónde estaba Leah.

No vi a Meredith antes de mi juicio y solo supe de ella por Alexander, Filippa y mi abogada. Debería haber estado desesperado por tener la posibilidad de explicárselo, pero ¿qué podía decirle? Para entonces, ella ya tenía una respuesta a la última pregunta que me había hecho. Sin embargo, pensaba a menudo en ella. Más a menudo de lo que pensaba en Frederick o en Gwendolyn o Colin o el decano Holinshed. No podía soportar pensar en Wren en absoluto. Obviamente, a la única persona que realmente quería ver era a James.

Vino a mitad de la primera semana de mi arresto. Lo habría esperado antes, pero, según Alexander, fue la primera vez en días que había logrado levantarse del suelo.

Yo estaba durmiendo cuando llegó, acostado de espaldas sobre mi estrecho catre, atascado en el aturdimiento permanente que persistía desde el entreacto de *Lear*. James estaba sentado en el suelo frente a las barras, pálido y de algún modo insustancial, como si estuviera formado por retazos de luz y recuerdo e ilusión; como una muñeca de trapo.

Me deslicé fuera del catre —sintiéndome repentina e inesperadamente débil— y me senté frente a él.

—No puedo dejar que hagas esto —dijo—. No he venido antes porque no sabía qué hacer.

—No —repuse, rápido. Había tenido un rol en esto, ¿o no? Había seguido a Meredith por las escaleras sin pensar en qué podía pasar si Richard se enteraba. Había convencido a James de dejar a Richard en el agua cuando nadie más había podido convencerlo. Había cometido mi cuota de errores trágicos y no quería una exculpación—. Por favor, James —le pedí—. No deshagas lo que he hecho.

Su voz salió rasposa y herida desde su garganta.

—Oliver, no lo entiendo —dijo—. ¿Por qué?

—Sabes por qué. —Yo ya había acabado de fingir.

(Creo que nunca me perdonó. Después de mi encarcelación, al principio me visitaba con frecuencia. Cada vez que venía, me pedía que le dejara arreglar las cosas. Me negué todas las veces. Para entonces, yo ya sabía que sobreviviría a mi tiempo en prisión, contando los días en silencio hasta que todos mis pecados estuvieran expiados. Pero él tenía un alma más tierna, hundida en el pecado hasta la empuñadura, y yo no estaba seguro de que él pudiera sobrevivir. Fue tomándose mi negativa cada vez peor. La última vez que vino fue seis años después de mi condena, seis meses después de su anterior visita. Parecía más viejo, enfermo, exhausto. «Oliver, te lo ruego. No puedo seguir haciendo esto», suplicó. Cuando volví a negarme, tomó mi mano desde el otro lado de la mesa, la besó y dio media vuelta para irse. Le pregunté a dónde iba y respondió: «Al infierno. A Del Norte. A ningún lado. No lo sé»).

Mi juicio fue misericordiosamente corto. Filippa, James y Alexander fueron llamados a testificar, pero Meredith rehusó decir una sola palabra en mi defensa o en mi contra y dio la misma respuesta inútil a todas las preguntas: «No lo recuerdo». Mi determinación se resquebrajaba un poco cada vez que la miraba. Eludí otras caras familiares. La de Wren y los padres de Richard. La de Leah y la de mi madre, con manchas rojas y llena de lágrimas y distante. Cuando llegó el momento de que yo hablara, recité mi confesión escrita sin emoción alguna ni ornamentos, como si fuera tan solo otro monólogo que había memorizado. Al final, todos estaban esperando unas disculpas, pero no tenía nada para darles. ¿Qué podía decir? «Esta cosa oscura la reconozco como mía».

Llegamos a un acuerdo por asesinato en segundo grado (más tiempo extra por obstrucción a la Justicia) antes de que el jurado diera un veredicto. Un autobús me llevó algunos kilómetros hacia el sur del estado. Entregué mi ropa y mis pertenencias personales y comencé mi pena de diez años el mismo día que terminaba el año académico en Dellecher.

La cara de Colborne fue el último rostro conocido que vi.

—¿Sabes? Aún estás a tiempo —señaló—, si hay otra versión de la verdad que quieras contarme.

—«Yo mismo soy bastante honesto, pero podría acusarme de tales cosas que mejor sería que mi madre no me hubiese parido. ¿Qué tienen que hacer hombres como yo arrastrándose entre la tierra y el cielo? Todos somos completos granujas. No creas a ninguno de nosotros».

Epílogo

Al final de mi relato, me siento drenado de vida, como si hubiera estado sangrando copiosamente durante las últimas horas, en vez de simplemente hablando.

—«No me preguntes nada» —le indico a Colborne—. «Lo que sabes, sabes. De ahora en adelante, no volveré a decir otra palabra».

Me alejo de la ventana de la Torre y esquivo sus ojos al pasar a su lado hacia las escaleras. Me sigue hacia la biblioteca en un silencio respetuoso. Filippa está allí, sentada en el sillón, con una copia de *Cuento de invierno* en el regazo. Levanta la vista y la luz del atardecer se refleja en sus gafas. Mi corazón se alivia un poco al verla.

—«Ya casi amanece —le dice a Colborne— y, sin embargo, estoy segura de que no estás del todo satisfecho con estos eventos».

—Bueno, no puedo pedirle mucho más a Oliver —repone—. Ha confirmado una vieja sospecha.

—¿Dormirás más tranquilo ahora que ya no tienes este misterio en la cabeza?

—Sinceramente, no lo sé. Creía que darle un cierre lo haría más soportable, pero ahora no estoy tan seguro.

Camino despacio hacia el borde de la habitación y miró la larga marca negra de quemadura en la alfombra. Ahora que se lo he contado todo a Colborne, me siento desanclado. Nada me pertenece, ni siquiera los secretos.

El sonido de mi nombre hace que me gire hacia los otros.

—Oliver, ¿tolerarías una última pregunta? —consulta Colborne.

—Puedes preguntar —respondo—, no prometo responder.

—Me parece justo. —Mira a Filippa, después vuelve a mí—. ¿Qué harás a continuación? Solo me pregunto qué sucederá ahora.

La respuesta es tan obvia que me sorprende que no la sepa. Dudo al principio, de una forma protectora. Pero luego encuentro los ojos de Filippa y me doy cuenta de que ella también quiere saberlo.

—Se supone que me quedaré con mi hermana… Recuerdas a Leah, ¿no? Está haciendo su doctorado en Chicago —respondo—. No culparía al resto de la familia si no quisiera verme. Pero más allá de eso, ya lo *debes* saber, más que nada, necesito ver a James.

Algo extraño sucede ahora. No veo en sus caras la exasperación que esperaba. En lugar de eso, Colborne mira a Filippa con ojos bien abiertos, alarmados. Ella se sienta más erguida en el sillón y alza una mano para evitar que él hable.

—¿Pip? —digo—. ¿Qué ocurre?

Se pone de pie lentamente, alisando unas arrugas invisibles en la parte delantera de sus vaqueros.

—Hay algo que no te he dicho. —Trago, luchando contra la urgencia de salir corriendo de la habitación para no enterarme jamás de lo que quiere decime a continuación. Pero me quedo donde estoy, clavado en el lugar por el miedo de que es peor no saber—. Temía que si te lo contaba mientras estabas dentro, no quisieras salir nunca más —explica—. Así que esperé.

—¿Para decirme qué? —pregunto—. ¿Para decirme *qué*?

—Ay, Oliver —dice, su voz es un eco distante de la de siempre—. Lo siento tanto. James ya no está entre nosotros.

El mundo se derrumba debajo de mí. Mi mano tantea ciegamente hacia la biblioteca que está a mi lado en busca de algo de qué aferrarse. Miro con fijeza la quemadura en la alfombra, mientras intento escuchar mis propias pulsaciones, pero no oigo nada.

—¿Cuándo? —Es todo lo que consigo articular.

—Hace cuatro años —responde, en voz baja—. Ya hace cuatro años.

Colborne inclina la cabeza. ¿Por qué? ¿Tiene vergüenza por haberme sonsacado la historia mientras todo este tiempo él lo sabía y yo no?

—¿Cómo pasó?

—Despacio. Fue la culpa, Oliver —contesta—. La culpa lo estaba matando. ¿Por qué crees que dejó de visitarte? —Hay un tono de desesperación en su voz, pero no siento pena por ella. No hay lugar para eso. No hay lugar para el enfado tampoco. Solo una catastrófica sensación de pérdida—. Sabes cómo era. Si nosotros lo sentíamos todo dos veces, él lo sentía cuatro.

—¿Qué hizo? —pregunto.

Sus palabras son diminutas, casi inaudibles.

—Se ahogó —responde—. Se ahogó. Por Dios, Oliver, lo siento tanto. Quise contártelo cuando ocurrió, pero tenía tanto miedo de lo que pudieras hacer. —Me doy cuenta de que no tiene menos miedo ahora—. Lo siento.

Estoy destruido. Desamparado.

De repente, es como si hubiera una cuarta persona en la habitación. Por primera vez en diez años, miro la silla de Richard y encuentro que no está vacía. Está sentado ahí, con una arrogancia relajada, leonina. Me observa con una sonrisa afilada y me doy cuenta de que este es el desenlace, el contragolpe, el fin último que estaba esperando. Se queda solo lo suficiente como para dejarme ver el brillo triunfal en sus ojos entrecerrados; luego, él también desaparece.

—Así que —digo cuando tengo fuerza suficiente para hablar—, ahora lo sé.

No vuelvo a hablar hasta que nos despedimos de Colborne en la Mansión. El día ha terminado ahora, la noche cae mientras volvemos caminando por el bosque, para atraparnos en un mundo de oscuridad. No hay estrellas esta noche.

—Oliver —dice Colborne cuando estamos parados en la sombra de la Mansión otra vez—. Lamento que hoy haya terminado así.

—Yo lamento muchas cosas.

—Si alguna vez puedo hacer algo por ti... Bueno, sabes cómo encontrarme. —Me mira de una forma distinta a la de siempre y me doy cuenta de que me ha perdonado, ahora que sabe la verdad. Me ofrece una mano y se la estrecho. Después cada uno se va por su cuenta.

Filippa me está esperando junto al coche.

—Te llevaré adonde quieras —señala—, si prometes que no tendré que preocuparme.

—No —repongo—, no lo hagas. Ya hemos estado preocupados como para toda una vida, ¿no crees?

—Como para diez.

Me apoyo en el coche a su lado y nos quedamos parados allí por un largo rato, mirando la Mansión. El blasón de Dellecher nos devuelve la mirada, con su ilusorio esplendor.

—«Ay, ¿está todo olvidado?» —pregunto—. «¿La amistad de los días de escuela, la inocencia infantil?».

Me pregunto si Filippa reconocerá ese discurso. Fue de ella una vez, en los días tranquilos de nuestro tercer año, cuando todos nos creíamos invencibles.

—Jamás lo olvidaremos —responde—. Esa es la peor parte.

Arrastro los pies sobre la tierra.

—Hay algo que todavía no comprendo.

—¿Qué?

—Lo supiste todo el tiempo, ¿por qué no se lo contaste a nadie?

—Por Dios, Oliver, ¿no es obvio? —Se encoge de hombros cuando no respondo—. Vosotros erais la única familia que tenía. Habría matado a Richard yo misma si hubiese pensado que eso mantendría al resto de vosotros a salvo.

—Eso lo entiendo —señalo, pensando para mis adentros que si lo hubiese hecho ella, probablemente no nos habrían atrapado. Y en realidad, podría haber sido cualquiera de nosotros.

»Pero ¿a mí, Pip? ¿Por qué no me lo contaste?

—Te conocía mejor de lo que te conocías a ti mismo —explica y puedo escuchar diez años de tristeza en su voz—. Me aterraba que hicieras exactamente lo que hiciste.

Mi martirio no es de la clase abnegada. No puedo mirar a Filippa, avergonzado por todas las heridas que he causado; como un hombre con una bomba atada a su pecho, listo para estallar sin pensar en los daños colaterales.

—¿Cómo están Frederick y Gwendolyn? —pregunto, aferrándome a un tema de conversación más fácil—. Se me ha olvidado preguntar.

—Gwendolyn está igual —me cuenta, con la sombra de una sonrisa, que desaparece casi de inmediato—. Pero creo que mantiene un poco de distancia con sus estudiantes ahora.

Asiento, sin comentar.

—¿Y Frederick?

—Aún da clases, pero cada vez menos. Le impactó mucho. Nos impactó mucho a todos. Pero si no hubiera sido así, no me habrían dejado dirigir, así que supongo que no todo es malo.

—Supongo que no —digo, un eco vacío—. ¿Y Camilo? —No sé cómo empezó, pero sospecho que alrededor del Día de Acción de Gracias de nuestro cuarto año. Lo distraídos que estábamos para no notarlo.

Ella sonríe levemente, con culpa.

—No ha cambiado en absoluto. Pregunta por ti cada quince días, cuando vuelvo a casa.

En la pausa que sigue a continuación, casi la perdono. Cada quince días.

—¿Te casarás con él? —pregunto—. Ya son muchos años.

—Él dice lo mismo. Volverías para eso, ¿verdad? Necesito que alguien camine conmigo hasta el altar.

—Solo si Holinshed oficia la ceremonia.

No es una promesa tan firme como la que ella quiere. Pero no obtendrá más que eso. James ya no está y ahora no estoy seguro de nada.

Nos quedamos parados uno al lado del otro un rato más, sin hablar. Luego dice:

—Se hace tarde. ¿Dónde quieres que te lleve? Sabes que puedes quedarte con nosotros.

—No, gracias —respondo—. Puedes llevarme a la estación de autobuses.

Nos metemos en el coche y avanzamos en silencio.

No he ido a Chicago en diez años y encontrar la dirección que Filippa anotó a regañadientes me lleva más tiempo del que debería. Es una casa sencilla pero elegante, que murmura sobre dinero y éxito y el deseo de no ser molestado. Durante un largo rato antes de golpear a la puerta, me quedo parado en la acera, mirando la ventana del dormitorio, donde brilla una suave luz blanca. Han pasado siete años desde la última vez que la vi, la única vez que vino a visitarme, para decirme que yo no engañaba a nadie. Al menos, no a ella.

«Esa camisa en el casillero», dijo. «No era tuya, no esa noche. Yo debería saberlo».

Respiro tan hondo como puedo (mis pulmones aún se sienten demasiado pequeños) y golpeo. Mientras espero en el porche bajo las cálidas sombras del verano, me pregunto si Filippa le ha avisado.

Cuando abre la puerta, sus ojos ya están húmedos. Me da una fuerte bofetada en la cara y acepto el golpe sin protestar. Merezco peores cosas. Deja escapar un sonido de dolorida satisfacción, luego abre la puerta lo suficiente como para dejarme pasar.

Meredith es tan perfecta como recuerdo. Lleva el pelo más corto ahora, pero no demasiado. Usa ropa un poco más holgada, pero, de nuevo, no demasiado. Nos servimos vino, pero no lo bebemos. Ella se sienta en una silla en la sala de estar y yo en el sillón que está al lado, y hablamos. Hablamos durante horas. Hay una década de cosas que no hemos dicho.

—Lo siento —digo, cuando hay una pausa lo bastante larga como para atornillar mi coraje en el punto más alto—. Sé que no tengo derecho a preguntar… Lo que pasó entre tú y James en la clase de Gwendolyn, ¿pasó alguna vez fuera del escenario?

Asiente, pero sin mirarme.

—Una vez, justo después de esa. Pensamos que habíamos ido por caminos distintos, pero entonces entré a la sala de música y ahí estaba. Quise irme de inmediato, pero él me sujetó y tan solo…

Sé lo que debió de pasar, sin que ella me lo cuente.

—No sé qué nos impulsó a hacerlo. Yo necesitaba entender, entender vuestra relación y cómo él te tenía tan a sus pies. No se me ocurrió otra forma —explica—. Pero se terminó apenas empezó. Escuchamos que alguien venía (Filippa, por supuesto, debió de saber que algo andaba mal) y recobramos la cordura.

Luego nos quedamos parados allí. Y él me preguntó: «¿En qué estás pensando?». Y yo respondí: «En lo mismo que tú». No fue necesario que dijéramos tu nombre. —Mira con ceño fruncido el charco rojo de su vino—. Fue solo un beso, pero por Dios, dolió como el demonio.

—Lo sé —digo, sin resentimientos. ¿Quién de nosotros podía decir que se habían cometido más pecados en su contra que los que había cometido él mismo? Éramos tan fácilmente manipulables; una obra maestra de la confusión.

—Creí que eso era todo —continúa, con voz tensa y vacilante—, pero la noche de la fiesta de *Lear*… Yo estaba en el baño, retocando mi maquillaje, y sentí una mano en mi cintura. Al principio creí que eras tú, pero era él y estaba borracho y hablando como un loco. Lo empujé para apartarlo y le dije: «James, ¿qué es lo que te pasa?». Me respondió: «Aunque te lo dijera, no me creerías». Volvió a sujetarme, pero con violencia. Fue doloroso. Añadió: «O quizás seas la única que sí me creería, pero ¿por qué objetarías? Lo hecho, hecho está; un acto de justicia equitativa para ambos». Eso fue suficiente; lo supe. Me escapé, por poco. Salí del Castillo y fui directamente a hablar con Colborne. Le conté todo lo que pude. No le dije nada sobre el muelle, sobre esa mañana, pero sí todo lo demás. Y quise contártelo, ahí en el cruce, pero tuve miedo de que hicieras algo estúpido, como ayudarlo a escapar en el intervalo. *Jamás* pensé que…

Su voz se apaga.

—Meredith, lo siento —dije—. No pensé. No me importó lo que me pasaría, pero debería haber pensado en lo que te pasaría a ti.

No me mira, pero revela:

—Hay algo que necesito saber.

—Por supuesto. —Le debo al menos eso.

—Nosotros. Todo ese tiempo. ¿Fue algo de eso real? ¿O lo supiste todo el tiempo y solo fuimos la carta para evitar que James fuera a la cárcel? —Me lanza una mirada de odio con esos ojos color verde oscuro, y siento náuseas.

—Por Dios, Meredith, no. No tenía ni idea —respondo—. Eras real para mí. A veces creía que eras lo único real.

Asiente como si quisiera creerme, pero hay algo más en camino. Pregunta:

—¿Estabas enamorado de él?

—Sí —contesto, simplemente. James y yo hicimos que el otro padeciera una clase de pasión imprudente de la que Gwendolyn alguna vez habló: felicidad y rabia y deseo y desesperación. Después de todo eso, ¿realmente era tan extraño? Ya no me desconcierta ni me asombra ni me avergüenza—. Sí, lo estaba.

—Esa no es toda la verdad. La pura verdad es que aún estoy enamorado de él.

—Lo sé. —Suena exhausta—. Lo sabía en aquel entonces, solo fingí que no.

—Yo también. Y él también. Lo lamento.

Niega con la cabeza, mira por la ventana oscura un momento.

—Yo también lo lamento, ¿sabes? Lo de él.

Duele demasiado como para hablar de eso. En mi cabeza, me duelen los dientes. Abro la boca para hablar, pero en lugar de eso, sale un suspiro ahogado, un sollozo, y la pena que la conmoción ha mantenido a raya me invade como una inundación. Me doblo hacia delante, esa extraña risa retorcida que ha estado atascada en mi garganta finalmente estalla. Meredith salta de su silla y derriba su copa de vino en el suelo, pero ignora el estrépito que hace al romperse en mil pedazos. Ella dice mi nombre y una docena de cosas más, pero apenas la escucho.

Nada es tan agotador como la angustia. Un cuarto de hora después estoy completamente exhausto; mi garganta, áspera y dolorida; mi cara, roja y pegajosa por las lágrimas. Estoy acostado en el suelo sin saber cómo he llegado allí y Meredith está sentada abrazando mi cabeza como si fuera una cosa frágil y preciada que podría romperse en cualquier momento. Tras media hora más en la que hemos estado en silencio, me ayuda a ponerme de pie y me lleva a la cama.

Yacemos junto al otro en la oscuridad solemne. En lo único que puedo pensar es en Macbeth —tiene la cara de James en mi imaginación— gritando: «¡No duermas más! Macbeth asesina el sueño, así que ¡no duermas más!». Ay, bálsamo de las mentes heridas. Quiero dormir con desesperación, pero no tengo esperanzas de hacerlo.

Pero me despierto por la mañana y parpadeo con ojos hinchados cuando despunta el sol y se filtra por la ventana. En algún momento de la noche, Meredith rodó hacia mí y ahora duerme con el pelo desparramado detrás de sí y su mejilla apoyada en mi hombro.

Aunque no hemos hablado de eso, de algún modo está decidido que me quedaré con Meredith indefinidamente. Si bien su vida profesional está atestada de gente, su vida personal es mayormente solitaria; pasa las horas con libros, palabras y vino. Durante una semana, recreamos la Navidad en Nueva York, pero con más cautela. Me siento en el sillón con una taza de té al lado y un libro en mi regazo, a veces leo, otras veces mi mirada se pierde más allá de las hojas. Al principio, se sienta frente a mí. Luego al lado. Luego se acuesta con la cabeza en mi regazo y yo paso mis dedos por su pelo.

Cuando le explico todo esto a Leah, no logro darme cuenta de si se siente decepcionada o aliviada.

Alexander llama y acordamos reunirnos la próxima vez que esté en la ciudad. No tengo esperanzas de saber de Wren,

Meredith me cuenta que está en Londres, trabajando como dramaturga y viviendo como una ermitaña, con miedo al mundo exterior. No volvemos a hablar de James. Sé que pase lo que pase, jamás volveremos a hacerlo.

Llama Filippa y pregunta por mí. Me dice que hay algo en el correo. Llega dos días más tarde, es un simple sobre marrón con un sobre blanco más pequeño dentro. Ver la letra de James en el segundo hace que mi corazón se detenga un instante. Lo escondo bajo un almohadón del sillón y decido abrirlo cuando Meredith no esté.

Filmará en Los Ángeles la semana que viene. Deja una llave nueva en la mesita de noche, me besa y me deja durmiendo en lo que he llegado a pensar —quizás de forma prematura— como «nuestra» cama. Cuando vuelvo a despertarme, busco la carta de James.

Para este momento, tengo más información sobre lo que pasó. Condujo hacia el norte desde el pequeño apartamento donde vivía en las afueras de Berkeley y se ahogó en las heladas aguas invernales de las islas San Juan. En su coche, abandonado en el desembarque del ferry, había dejado sus llaves, una botella vacía de Xanax y un par de sobres casi idénticos. El primero estaba sin marcar, sin cerrar y contenía una despedida escrita a mano, pero ninguna explicación ni confesión. (Al menos respetó la última petición que le hice). En el segundo, solo había escrito una palabra:

Oliver

Lo abro con dedos torpes. Diez líneas de verso están garabateadas en mitad de la hoja. No deja de ser la letra de James, pero más puntiaguda, como si hubiera sido escrita con apremio, con una pluma que ya casi no tenía más tinta para dar. Reconozco el

texto, un monólogo desarticulado, en mosaico, recopilado de
una de las primeras escenas de *Pericles*:

> *Ay, el mar me ha arrojado contra las piedras,*
> *me ha llevado de costa en costa y me ha dejado*
> *sin otro aliento más que pensar en mi propia muerte.*
> *Lo que fui he olvidado recordar;*
> *pero la necesidad me obliga a pensar en lo que soy:*
> *un hombre muerto de frío. Mis venas están heladas*
> *y tienen apenas suficiente vida para que mi lengua*
> *tenga el ardor de pedir vuestra ayuda;*
> *que si rehusáis, cuando esté muerto,*
> *os ruego que me enterréis como un hombre.*

Lo leo tres veces, preguntándome por qué elegiría dejarme
un pasaje tan extraño y oscuro… hasta que recuerdo que no he
escuchado estas palabras desde que él me las recitó, acostado en
la arena, borracho, en una playa de Del Norte, como si la marea
lo hubiera llevado a mi lado. Soy demasiado consciente de mi
propia necesidad desesperada de encontrar un mensaje en la locura y cuando este cobra forma, sospecho, temiendo generarme
esperanzas. Pero es imposible ignorar las inferencias del texto y
su pequeño rol en nuestra historia, demasiado fundamentales
como para que un académico tan meticuloso como James las
pase por alto.

Cuando no puedo soportar un momento más de inacción,
subo corriendo las escaleras hasta la oficina, con la cabeza llena
de lo que habrían sido las últimas palabras de Pericles si no hubiera pedido «ayuda».

El ordenador crepita al cobrar vida cuando toco el ratón, y
después de un minuto interminable, navego en Internet en busca de todas las crónicas que pueda encontrar de la muerte de

James Farrow en pleno invierno de 2008. Devoro cinco, seis, diez artículos viejos, que dicen exactamente lo mismo. Se ahogó el último día de diciembre y, aunque las autoridades locales dragaron el agua helada durante varios días y kilómetros, jamás hallaron su cuerpo.

Exeunt omnes.

Nota de la autora

Al escribir este libro, consulté tantas ediciones de las obras completas y de las obras individuales que sería imposible enumerarlas a todas sin que la bibliografía terminase siendo más larga que la propia historia. Sin embargo, algunos volúmenes han destacado y vale la pena mencionarlos (y expresar mi eterna gratitud). *The Riverside Shakespeare* (2ª ed.) ha sido casi un compañero constante no solo mientras escribía este libro, sino también en cada proyecto shakespeariano en el que me he embarcado desde que llegó a mis manos en 2010. Más recientemente y, en especial, durante el complejo proceso de revisión, me apoyé en *The Norton Shakespeare* (3ª ed.), debido a su innovador compromiso para preservar tanto «lo maravilloso como la resonancia», como describió Stephen Greenblatt en la fiesta de lanzamiento, en octubre de 2015. Al igual que *Riverside*, se ha vuelto indispensable, especialmente para sortear el laberinto textual que es *El rey Lear*. Otros dos libros más que sería muy descuidado por mi parte no mencionar son *Speaking Shakespeare* de Patsy Rodenberg, que ha tenido una influencia importante en las filosofías teatrales de Gwendolyn, y *Los fuegos de la envidia* de René Girard, que habría evitado mucho de lo que les sale mal a los estudiantes de cuarto año si Oliver lo hubiera leído un poco antes.

Aquí también debo reconocer que he saqueado toda la obra de Shakespeare con vertiginoso desenfreno. Los actores de cuarto año hablan un inglés pidgin tan saturado con palabras y citas y giros de Shakespeare que casi podría ser calificado como un dialecto nuevo (y, sin dudas, excepcionalmente pretencioso). Como es un fenómeno natural y sin regular, en algunas instancias, las citas tomadas del Bardo —que, por el bien de la claridad, he puesto entre comillas, sin importar si eran en verso o prosa— no están tomadas palabra por palabra. Esta es la libertad creativa del lenguaje. A los fines de esta historia en particular, los textos de Shakespeare y sus colaboradores (quienesquiera que hayan sido) siempre están tamizados por la boca de los personajes y/o la mente de Oliver y, por lo tanto, están expuestos a pequeñas transformaciones. Los caprichos de la ortografía de principios de la modernidad han sido regularizados para el lector contemporáneo y he puntuado cada texto de la forma que resultara mejor para el personaje o para la escena. Como comenta James en el Acto V, «las comas pertenecen a los tipógrafos». Sean cuales sean las pequeñas discrepancias que haya, cada línea de *Todos somos villanos* fue escrita con la intención de rendir homenaje a William Shakespeare; quien ya ha tenido demasiados difamadores, detractores y negadores. («Dios, qué tontos estos mortales»).

Agradecimientos

Estoy en deuda con Arielle Datz, quien corrió un gran riesgo con una autora joven, la ayudó a encontrar varias salidas cuando estaba desesperada y la acompañó durante el proceso de publicación con una paciencia y entusiasmo inagotables. A Christine Kopprasch, quien se rio de mis peores chistes e hizo magia con el lío que era mi manuscrito, con un instinto extraordinario y sus conocimientos sobre el arte de la narración. A todos en Flatiron Books, cuya dedicación, creatividad y amor por los buenos libros son realmente inspiradores. A Chris Parris-Lamb, sin cuya guía este libro jamás habría superado la etapa de investigación. A mis compañeros de doctorado en King's College, quienes reivindicaron mi convicción de que sí, algunas personas realmente están lo bastante obsesionadas como para tener conversaciones completas con citas de Shakespeare. A Margaret, por prestarle un oído a cada una de mis quejas. A mis primeras lectoras (Madison, Crissy y Sophie), que fueron sobornadas con vino y, a cambio, me hicieron comentarios invaluables. A mis amigos en Chapel Hill (Bailey, Cary y la familia Simpson), cuya bondad jamás flaqueó, ni siquiera frente a mi ansiedad artística incapacitante. A los maestros, directores y profesores (Natalie Dekle, Brooke Linefsky, Greg Kable, Ray Dooley, Jeff Cornell y Farah Karim-Cooper) que han alentado y permitido mi pasión por Shakespeare. A mi abuela, quien alimentó mi amor por la literatura desde temprana edad y me dejó beber todo su té y la mayor parte de sus licores mientras trabajaba en mi manuscrito en un rincón de su biblioteca. Y a mis padres, quienes me han llevado a innumerables ensayos, me han acompañado a ver unas cuantas obras espantosas, han leído una pila de borradores igual de espantosos y jamás criticaron mis pasiones imprácticas. «Dejadme agradecéroslo humildemente a todos».